Edition
international

SV

SCHWEIZER
VERLAGSHAUS
ZÜRICH

Jon Cleary

Unternehmen Drachenritt

Roman

Schweizer Verlagshaus AG, Zürich

Die Originalausgabe erschien unter dem Titel
HIGH ROAD TO CHINA
im Verlag William Collins Sons & Co Ltd, London

Aus dem Englischen übertragen von Hanny Bezzola

© 1977 by Sundowner Productions Pty Ltd
© 1978 der deutschsprachigen Ausgabe
by Schweizer Verlagshaus AG, Zürich
Printed in Switzerland
by Buchdruckerei Carl Meyer & Söhne, Jona bei Rapperswil SG
3-7263-6218-5

Für Marina und Aubrey Baring

Vorwort des Verfassers

William Bede O'Malley starb am 22. Juli 1974 in Fort Lauderdale, Florida, im Alter von 80 Jahren. Er hinterließ eine Autobiographie mit dem banalen Titel «Ein Abenteuer», ein 1500 Seiten starkes Manuskript, bestimmte aber nicht, was damit geschehen sollte. Nach langem Hin und Her übergab die Familie es mir, einem entfernten Vetter, und stellte mir frei, damit zu machen, was ich wollte. Ich entschloß mich, das «Abenteuer» zu verarbeiten, weil es mir als eines von Bede O'Malleys größten erschien, und erhielt die Erlaubnis, dabei Ausschnitte aus seinem Manuskript zu verwenden. Es lag mir daran, sie in leicht überarbeiteter Form einzubauen, weil ich glaube, daß sie die Geschichte ins richtige Licht rücken. Sie spielt überdies in einer Zeit, an die ich mich, gelinde gesagt, nur verschwommen erinnern kann, da ich damals erst drei Jahre alt war. Denn für viele liegt 1920 beinahe soweit zurück wie 1492 oder 1066.

Ich habe festgestellt, daß gewisse Angaben nicht mit den geschichtlichen Tatsachen übereinstimmen. Das rührt daher, daß Bede O'Malley kein Tagebuch führte und alte Menschen es mit den Daten oft nicht mehr so genau nehmen. Es ändert aber nichts daran, daß er, was er erzählt, tatsächlich erlebt hat.

Er ist ein Abenteurer gewesen von einem Menschenschlag, der am Aussterben ist; doch wer von uns träumt nicht davon, ein Abenteurer zu sein?

Erstes Kapitel

1

«Bis jetzt habe ich nur auf einen einzigen Mann geschossen.» Eve Tozer streichelte das Revolverfutteral neben ihr, als wäre es ein Handtäschchen mit allem, was sie brauchte, um Männer zu verführen. «Elefanten erlegen ist einfacher.»
«Gewiß.» Arthur Henty zuckte mit keiner Wimper. «Ist der Mann, äh, ist er tot gewesen?»
«Auf drei Meter verfehlt man sein Ziel nicht. Es ist ein häßlicher Mexikaner gewesen, der versucht hat, mich zu vergewaltigen.»
«Drei Meter? Ist das nicht ziemlich weit weg für eine Vergewaltigung?»
«Er hatte keine Hose an. Seine Absichten waren eindeutig, wenn Sie wissen, was ich meine.»
Henty hob seine Augenbrauen und fragte sich, ob es möglich war, sich die Stirn zu verrenken. Henty war groß gewachsen und hatte eine beginnende Glatze; seine Knochen standen heraus und erweckten den Eindruck, sein Skelett habe schon begonnen, das Fleisch abzustoßen. Aber die hellblauen Augen sahen listig und belustigt in die Welt. Er dachte nicht daran, eines frühen Todes zu sterben, nicht wenn sich ihm der Anblick eines so erfreulich aussehenden jungen Mädchens wie Eve Tozer bot. Auch dann nicht, wenn beim gegenseitigen Sich-Vorstellen derartige Dinge gesagt wurden. Er hatte Bradley Tozers Tochter noch nie gesehen, bevor er heute morgen nach Tilbury fuhr, um sie am Schiff, mit dem sie aus China kam, abzuholen. Verschiedene Leute vom Hauptsitz der Tozer Cathay Limited in Schanghai hatten ihm geschrieben, sie wäre jeder Zoll ihr Vater. Nun war er, mit einem Seitenblick zum Revolver auf dem Autositz, bereit, ihnen recht zu geben. Er sah Eve an und fragte sich, was der häßliche

Mexikaner gedacht haben mochte, als er ohne Hose mit gezückter Lanze auf sie zugeeilt war, einer Erfüllung entgegen, die er sich nicht so brutal vorgestellt haben dürfte.
Eve schaute sich das am Wagen vorbeigleitende London an, und Henty gelang es, sie eingehend zu mustern, ohne sie anzustarren. Er hatte diese Kunst in den zehn Jahren gelernt, in denen er das chinesische Hinterland bereist hatte, wo ein Fremder es sich nie hatte leisten können, etwas oder jemanden offen anzusehen. Er sah ein überdurchschnittlich groß gewachsenes junges Mädchen mit einer Figur, die auch weniger heißblütigen und zielstrebigen Männern, als der unglückliche Mexikaner einer gewesen war, aufgefallen wäre. Sie trug einen beigefarbenen, seidenen Reiseanzug, braune Strümpfe und Schuhe, denen auch ein ungeübtes Auge ansah, daß sie teuer und maßgefertigt waren. Er stellte fest, daß ihr Rock, der neuesten Mode entsprechend, bis unmittelbar unter das Knie reichte: Seine Frau Marjorie versuchte immer wieder, ihm derlei Nebensächlichkeiten beizubringen. Doch er stellte auch fest, daß sie ihr Haar unmodisch kurz trug und ein wenig Wangenrot aufgelegt hatte, was Marjorie als «gewagt» bezeichnet hätte.
«Es ist sechs Jahre her, seit ich zum letztenmal in London gewesen bin.» Sie fuhren der Themse entlang, und Eve schaute aus dem Fenster des Rolls-Royce. Der graue Himmel und der feine Sprühregen hatten die Leute an diesem Augustfeiertag, dem Bank Holiday, nicht zu Hause gehalten. Sie vermutete, daß die Engländer jetzt ebenso versessen auf Vergnügungen waren, wie vor ein paar Jahren auf den Krieg. England hatte immer noch Mühe, sich in den neuen Frieden einzuleben. Sie hatte letztes Jahr während der Sommerferien in der *Times* gelesen, noch glaube man nicht daran, daß die lange Agonie zu Ende sei. An diesem verlängerten

Wochenende jedoch waren die Menschen entschlossen, sich zu amüsieren, komme was wolle. In ihrem neuen Nachkriegsanstrich blitzende Busse fuhren vorbei; im offenen obern Stock saßen die Fahrgäste unter Regenschirmen und zeigten entschlossen lächelnd die Zähne. Ausflugsboote fuhren die Themse auf und ab, und wenn sie am Parlamentsgebäude vorbeikamen, brüllten die Passagiere aus voller Kehle: «Knees up, Mother Brown.» Auf dem Aushänger einer Zeitung stand: *Woolley: Duck.* Eve wunderte sich über das seltsame Englisch, das in England gesprochen wurde.
«Was heißt Woolley Duck?»
Henty runzelte ratlos die Stirn, schaute dann zurück und lachte. «Frank Woolley ist einer unserer berühmten Kricketspieler, er hat keinen einzigen Punkt gemacht, das nennt man Duck. Kein einziger Lauf.»
«Oh! Nicht diesmal, aber bei einem meiner nächsten Besuche muß ich mir ein Kricketspiel ansehen. Als wir das letztemal hier waren, wollte Mutter hingehen, aber Vater war dagegen. Er sagte, Kricket sei ihm zu langsam. Statt dessen sind wir nach Wimbledon gefahren. Norman Brookes schlug gerade Tony Wilding im Herren-Einzel. Ich weiß noch, daß ich mich in Wilding verliebte.»
«Er ist im Krieg gefallen. Bei Neuve Chapelle. Wie meine beiden Brüder.»
«Sind Sie dort verwundet worden?»
«Nein, an der Somme.» Henty beklopfte sein steifes rechtes Bein mit dem Spazierstock. «Das verfluchte Ding macht mir gelegentlich zu schaffen. Vor allem bei Regenwetter.»
«Sie hätten nicht zum Schiff kommen sollen.» Sie wandte sich ab und schaute wieder zum Fenster hinaus. Bedenkenlos jagte sie wilde Tiere und hatte auch den brünstigen Mexikaner erschossen, ohne daß ihr dies seelisch je zugesetzt hätte, aber menschlichem Leiden

gegenüber fühlte sie sich hilflos. «1914 soll der Sommer wunderschön gewesen sein. Ich habe gelesen, er werde der goldene Sommer genannt, als gäbe es nie wieder seinesgleichen.»
Vielleicht gibt es das wirklich nicht, überlegte Henty, dachte dabei aber nicht an das Wetter. Es war ein Sommer gewesen, sinnierte er, auf den selbst die, die damals noch nicht geboren waren, wehmütig zurückschauen würden. Doch er hatte die Wetterberichte durchgeblättert und festgestellt, daß es kein «langer goldener Sommer» gewesen war; dieser hatte vier Jahre zuvor stattgefunden, 1910; es war der letzte Sommer der Regierungszeit Eduards VII. gewesen, eines für das Vergnügen und nicht für den Krieg geborenen Königs. Doch Henty wußte, das Gedächtnis hatte sein eigenes Wetter, und die Trauer um eine für immer entschwundene Zeit tauchte diese in ein goldenes Licht. Darum glaubte man jetzt, vor dem August 1914 hätte monate-, ja jahrelang die Sonne geschienen. Sein Bein schmerzte ihn plötzlich. Aber er wußte, schuld daran waren weder der Regen noch die Schrapnellkugel, die noch immer in der Kniekehle saß.
Der Rolls-Royce bog in Richtung Strand ab und fuhr bald darauf vor dem «Savoy Hotel» vor. Hinter ihm parkte der kleine Austin mit Eves Zofe Anna und dem Gepäck. Henty, der selber kein Auto besaß und im allgemeinen Busse und Taxis benutzte, wußte, daß es richtig gewesen war, den Rolls-Royce zu mieten, um die Tochter des Chefs am Schiff abzuholen. Man hatte ihn wissen lassen, Bradley Tozer sei für sein einziges Kind nur das Beste gut genug, und Henty hatte festgestellt, daß es für Miß Tozer selbstverständlich war, wenn ihr das Beste geboten wurde. Jedenfalls hatte sie, als er sie vom Schiff zum Auto begleitet hatte, keinerlei Bemerkung gemacht. Auch zum «Savoy» paßte der Rolls; ein Empfangskomitee von Pagen und Gepäckträ-

gern stürzte heraus, als wäre Seine Majestät vorgefahren, um Gnade- und Gunstpensionen unter das gemeine Volk zu verteilen.
Eve reichte dem ersten Gepäckträger das Revolverfutteral, und dieser verzog keine Miene, als stiegen jeden Tag Amerikanerinnen mit Revolvern im «Savoy» ab, jede eine Annie Oakley. Er gab das Futteral weiter an einen jüngeren Gepäckträger und nahm das kleine lackierte Holzkästchen, das Eve ihm zuschob.
«Das muß besonders sorgfältig behandelt werden. Mein Vater skalpiert Sie und mich, wenn das, was drin ist, in Brüche geht.»
«Ja, Miß», erwiderte der erste Gepäckträger und fragte sich, ob der Vater der dunkelhaarigen Schönheit wohl ein Indianer wäre, empörte sich aber auch über die Annahme, es ginge im «Savoy» je etwas anderes in Brüche als vielleicht die Ehe eines Gastes.
Im Lift sagte Arthur Henty: «Schade, daß Ihr Vater Sie nicht begleiten konnte. Ich hatte mich darauf gefreut, ihn nach so langer Zeit wiederzusehen. Es sind beinahe sieben Jahre her, seit ich ihm in Schanghai Lebewohl gesagt habe.»
«Er hat sich nicht verändert.»
«Das habe ich gehört», erkühnte sich Henty zu sagen und war erleichtert, als er sah, daß Eve lächelte.
«Er glaubt immer noch, China gehöre ihm.»
In ihrer Suite trat Eve an die Fenster, öffnete eines und schaute auf den Fluß, dessen Wasser unter dem grauen Himmel die stumpfe Farbe ungewaschenen Quarzes hatte. Es hatte zu regnen aufgehört, aber es war noch immer ein trostloser Tag. Einer, an dem man am besten mit einem guten Buch oder einem guten Mann ins Bett ging. Sie lächelte vor sich hin: Das erste hätte ihre Bostoner Großmutter gefreut, das zweite entsetzt.
Henty musterte sie erneut: Das also war die Erbin des Tozer-Vermögens, die Legatarin jenes Stücks China,

das ihr Vater als seinen Besitz ansah. Tozer Cathay war 1870 von Eves Großvater gegründet worden, einem Windjammerkapitän aus Boston, der Händler geworden war. Rufus Tozer war 1903 an einem Übermaß von Kugeln gestorben, das Banditen auf ihn abgegeben hatten, als er die Kosten einer Reparatur der Chinesischen Mauer schätzte; so wollte es die Firmenlegende. Seither leitete sein Sohn die Unternehmung, der sie im Chinahandel zur schärfsten Konkurrentin von Jardine Matheson gemacht hatte, jener britischen Gesellschaft, die der Meinung gewesen war, China sei *ihr* Besitz, bevor Tozer Cathay ausgebaut worden war.

«Wie stehen Sie zu China?» Er, Henty, hatte das Land und seine Bewohner geliebt, aber er wußte, sein Bein verbot es ihm, dorthin zurückzukehren und seine alte Tätigkeit als Reisender wieder aufzunehmen. Er war Bradley Tozer dankbar, daß er ihn zum Geschäftsführer der Londoner Vertretung gemacht hatte.

Eve zuckte die Schultern und drehte sich vom Fenster weg. Das vom Fluß zurückgeworfene Licht fiel seitlich auf ihr Gesicht und betonte die leichte Schrägstellung der Augen und die hohen Wangenknochen. Rufus Tozer hatte Jahrzehnte zuvor ein chinesisches Halbblut als Braut nach Hause geführt. Für Boston, das sich schon von den Iren überschwemmt sah, war dies der Anfang einer neuen Invasion, diesmal durch die Gelbe Gefahr. Aber Pearl Tozer, die schicklicherweise bei der Geburt ihres Sohnes gestorben war, wurde ihr Eindringen in die wohlanständige Bostoner Gesellschaft verziehen; schließlich hatte es ihr Sohn zum Mittelstürmer der Harvard-Mannschaft gebracht und hatte sowohl einen Platz im Presse-Team wie eine Braut erobert, die eine entfernte Verwandte der Cabots war. Pearls Enkelin, die zu einer außerordentlichen Schönheit herangewachsen war, wurde als salonfähiger befunden als die Iren, obwohl sie Exzentrizitäten wie der Großwildjagd, dem

Steuern von Flugapparaten und dem öffentlichen Rauchen von Zigaretten fröne.
«Es ist nichts für mich, wenn man das so sagen kann. Armut bedrückt mich, und in China ist viel Armut. Ich habe gerne glückliche Menschen um mich.»
Ihre Oberflächlichkeit enttäuschte ihn, und seine Stimme klang schärfer als beabsichtigt, als er sagte: «Die Chinesen *sind* glücklich. Es könnte ihnen besser gehen, aber sie sind nicht unglücklich.»
«Sie halten mich für sehr oberflächlich, weil ich das gesagt habe, nicht wahr?»
Hentys Augenbrauen machten ihm erneut zu schaffen. Er hätte damit rechnen müssen, daß sie vermutlich ihres Vaters Intuition geerbt hatte. Doch er war nicht feige. «Ihre Bemerkung hat es mich glauben lassen. Ich entschuldige mich. Vielleicht sprechen wir besser von etwas anderem. Was haben Sie während der Woche vor, die Sie in London sind?»
Eve lächelte und verzieh ihm. Er hatte recht: Sie war oberflächlich. Zumindest wenn oberflächlich sein hieß, Glück der Not vorzuziehen. «Ich will bei Harrods und in einigen andern Geschäften Einkäufe machen. Auch muß ich für Vater bei Turnbull & Asser Hemden bestellen. Sie haben die Maße. Wann werden sie fertig sein?»
«In zwei, höchstens drei Tagen. Ich habe für jeden Abend Theaterkarten, Sie können wählen. *Tschu Tschin Tschau...*» Nun lächelte auch er. «Da Sie nur wenig für China übrig haben, wohl nicht.»
Sie schüttelte den Kopf. «Ich möchte einige der neuen Theateridole sehen. Ich stehe auf gut aussehende Männer, Mr. Henty. Schockiert Sie das?»
«Nicht wirklich», erwiderte Henty und fragte sich, ob sie wohl ihren Revolver mitnahm, wenn sie den gut aussehenden Männern nachspürte. «Bei einem jungen Mädchen ist das völlig normal.»

«Ich mag Sie, Mr. Henty. Sie geben sich wahrhaftig Mühe, über alles erhaben zu wirken, sind es aber nicht. Stimmt's? Ich habe von Basil Rathbone, dem neuen jugendlichen Liebhaber gelesen. Ich möchte ihn sehen, egal in was.»
Henty hielt einen Fächer Karten in die Höhe. «Er spielt in einem neuen Somerset Maugham, nächste Woche ist Premiere. Er ist hier auch dabei.»
«Sie sind Klasse, Mr. Henty.»
Er faßte das als Kompliment auf; die neuesten amerikanischen Redewendungen waren ihm nicht geläufig.
Unter Annas Aufsicht wurde nun das Gepäck gebracht. Sie war eine kleine, in New York geborene Chinesin, der jeder Augenblick der drei Monate, die ihre Herrin eben in China zugebracht hatte, eine Qual gewesen war. Sie hatte einen New Yorker Akzent, aber allen Bedienten geringeren Standes gegenüber die Einstellung eines Mandarins. Und auf ihrer Liste standen Hotelgepäckträger weit unter der persönlichen Zofe einer Millionärstochter. Sie klatschte in ihre Händchen, was wie kleine Explosionen klang; ihre Befehle kamen wie aus einem Maschinengewehr geschossen. Die zwei Gepäckträger, Orientalen aus Leyton, trugen die Überseekisten und Koffer stumm und mit ausdruckslosen Gesichtern ins Hauptschlafzimmer der Suite, verfluchten aber innerlich Amis, Schlitzaugen und die zwerghafte Hexe, die eine Mischung aus beidem war.
Eve nahm dem Pagen das lackierte Kästchen ab und stellte es auf den Tisch. «Als ich mich von Vater verabschiedet habe, ist er gerade nach Hunan aufgebrochen, um nach dem Pendant zu diesem Stück Ausschau zu halten. Es ist eine Jadefigur, die den taoistischen Abgott Laotse auf einem Ochsen reitend darstellt. Ich glaube, es gibt eine ähnliche in einem Museum in Paris, aber Vater hat gesagt, wenn es ihm gelinge, in den Besitz des Paares zu kommen, werden alle Museen und Sammler

vor Neid erblassen. Sie wissen, wieviel ihm seine Sammlung bedeutet.»
Das wußte Henty in der Tat. Alle Reisenden der Tozer Cathay waren angehalten, auf ihren Besuchen im chinesischen Hinterland nach Gegenständen Ausschau zu halten, die eine Bereicherung der berühmten Tozer-Sammlung darstellen konnten.
«Ist es nicht gewagt, sie mit sich herumzutragen? Wäre es nicht sicherer gewesen, sie direkt nach Amerika zu senden?»
«Das hatte mein Vater ursprünglich im Sinn, aber dann fürchtete er, sie könnte unterwegs gestohlen werden. Ich habe ihn überredet, sie mir mitzugeben. Ich . . .» Sie wirkte zum erstenmal verlegen. «Ich wollte ihm beweisen, daß ich zu etwas zu gebrauchen bin. Ich schulde meinem Vater sehr viel, Mr. Henty.»
Henty war so gelöst, daß er es wagte, offen zu sein. «Soviel ich weiß, hält er große Stücke auf Sie. Möglicherweise steht er in Ihrer Schuld.»
«Sie sind umwerfend, Mr. Henty.» Sie lächelte, schüttelte dann den Kopf und deutete auf das Revolverfutteral auf dem Sofa. «Er ist diesen Sommer mit mir in Kweichow auf Tigerjagd gewesen. Er hatte es nicht vorgehabt, da er schrecklich beschäftigt war, aber ich wollte gern, und so sind wir gegangen. Seit meine Mutter gestorben ist, ist es immer so, er verwöhnt mich maßlos. Er ist ein gütiger Mensch, Mr. Henty, ein *zu* gütiger. Zumindest mir gegenüber.»
Henty war froh über diese Qualifikation, obwohl er sich nicht im klaren war, ob sie es verteidigend gesagt hatte. Bradley Tozer war in China nicht als gütiger Mensch bekannt; er jagte den Geschäften mit der Raubgier eines alten, das Chinesische Meer unsicher machenden Piraten nach. Henty schätzte, daß es in China wenig Menschen gab, die das Gefühl hatten, sie wären Bradley Tozer etwas schuldig.

Das Klingeln des Telefons ersparte ihm irgendeine verlegene Antwort. Eve, die trotz der Ermahnungen ihrer Großmutter mütterlicherseits auch als Dame der Versuchung nicht widerstehen konnte, das Telefon selber abzunehmen, tat es auch diesmal. Es war der Empfang.
«Ein Herr wünscht Sie zu sprechen, Miß Tozer.»
«Ein Herr? Ein Engländer?» Basil Rathbone vielleicht? Eve war nicht so abgebrüht, daß sie nicht auch ab und zu Jungmädchenträume gehabt hätte. «Hat er seinen Namen genannt?»
Unten wurde ganz offensichtlich die Hand auf die Sprechmuschel gehalten. Dann: «Mr. Sun Nan. Ein Chinese.»
Eve sah Henty an. «Kennen Sie einen Mr. Sun Nan?»
«Nein. Ist er unten? Ich kläre ab, was er will.»
Eve sagte ins Telefon: «Mr. Henty kommt in ein paar Minuten nach unten.»
Sie legte den Hörer auf, beinahe gleichzeitig läutete das Telefon wieder. «Es tut mir leid, Miß Tozer, aber der Herr besteht darauf, *Sie* zu sprechen.» Der Ton der Stimme ließ erkennen, daß der Empfangschef des «Savoy» es mißbilligte, daß ein Chinese, ob er nun ein Gentleman war oder nicht, die Stirn hatte, darauf zu bestehen, einen Hotelgast zu belästigen. Wieder legte sich die Hand auf die Sprechmuschel, dann kam die Stimme wieder, diesmal zutiefst schockiert. «Er besteht darauf, Sie *sofort* zu sprechen.»
«Schicken Sie ihn herauf.» Eve legte den Hörer wieder hin und hielt Henty zurück, der auf den Stock gestützt zur Tür humpelte. «Es ist besser, Sie bleiben. Dieser Mr. Sun will mir offenbar etwas Wichtiges mitteilen.»
«Wenn er kaufen oder verkaufen will, hätte er ins Büro kommen können. Lassen Sie mich mit ihm verhandeln.»
«Nein, überlassen Sie ihn mir.» Henty fragte sich plötzlich, ob Mr. Sun, wer er auch sein mochte, dem selben

Schicksal entgegenging wie der unglückliche Mexikaner, was natürlich lächerlich war.
Ein Empfangsangestellter brachte Mr. Sun Nan zur Suite herauf, als brächte das Hotel drängenden, anspruchsvollen Asiaten nicht soviel Vertrauen entgegen, daß es sie allein in die oberen Stockwerke ließe. Er wurde in die Suite eingelassen, ein lächelnder *Li-tschi* von einem Mann, den die Aufmerksamkeit, die man ihm entgegenbrachte, zu amüsieren schien.
«Miß Tozer, ich entschuldige mich tausendmal, daß ich hier eindringe. Wenn die Zeit es zugelassen hätte, hätte ich Ihnen geschrieben und auf eine Antwort gewartet.»
Sein Englisch hatte etwas Pfeifendes, das von einem schlecht sitzenden Gebiß herrühren konnte oder ein Seitenhieb auf die Barbaren war, die diese Sprache erfunden hatten. «Aber man sagt zu Recht: Zeit gewonnen, alles gewonnen.»
«Das ist bestimmt kein chinesisches Sprichwort», erwiderte Eve.
Sun lächelte. «Nein. Ich habe nur darauf zurückgegriffen, weil jeder Zeitgewinn in Ihrem Interesse ist.»
Henty stellte sich vor. «Wenn Sie etwas verkaufen oder kaufen möchten, müssen Sie sich an mich wenden.»
Sun lächelte unverbindlich und wandte sich wieder Eve zu. «Es wäre besser, wenn wir uns unter vier Augen unterhalten könnten, Miß Tozer.»
Henty empfand dieses Beiseitegestelltwerden als beleidigend, und Eve fühlte sich von der lächelnden, aber kühlen Arroganz des Chinesen vor den Kopf gestoßen.
«Mr. Henty bleibt. Wenn Zeit so wichtig ist, verschwenden Sie sie nicht, Mr. Sun.»
«Ich bin darauf vorbereitet worden, daß Sie sich wie Ihr Vater verhalten könnten.» Sun machte eine knappe, anerkennende Verbeugung, dann verschwand das Lächeln von seinem Gesicht, als wäre es eine optische Täuschung gewesen und nicht der Ausdruck von

Freundlichkeit. «Es geht um Ihren Vater. Er ist entführt worden.»
Durch das offene Fenster drangen vom Themseufer herauf die Geräusche des sich des freien Tages freuenden London: alltägliche Geräusche, die Eve vermuten ließen, sie hätte nicht richtig gehört. «Haben Sie *entführt* gesagt?»
«Leider ja.» Wieder huschte ein Lächeln über sein Gesicht, doch es war kein entschuldigendes oder freundliches Lächeln mehr; Sun lächelte, damit ihn sein Gebiß, das tatsächlich schlecht saß, weniger drückte. «Mein Herr hat ihn in Gewahrsam genommen und wird ihn am 21. August Ihres Kalenders töten. Das ist in achtzehn Tagen. Es sei denn ...»
Eve trat ans Fenster und schloß es; das Alltägliche blieb draußen, das Makabre drinnen. Die Wolken lichteten sich, doch sie wurden nicht auseinandergerissen. Flüchtig nahm sie am westlichen Himmel ein Flugzeug wahr, das soeben mit dunklem Rauch ein riesiges O, einen leeren, am grauen Himmel kaum erkennbaren Kreis geschrieben hatte. Des Piloten Bemühen, an einem solchen Tag etwas an den Himmel zu schreiben, kam ihr ebenso lächerlich vor wie das, was Mr. Sun eben gesagt hatte. In einer Art Schockzustand drehte sie sich wieder dem Zimmer zu. Sie hörte Henty sagen: «Ist das ein gemeiner Scherz von Jardine Matheson? Wenn dem so ist, muß ich sagen, daß ich ihn für verteufelt geschmacklos halte.»
«Es ist kein Scherz, Mr. Henty.» Sun lächelte über die Vermutung, Jardine Matheson könnte etwas damit zu tun haben. Ihm schien *das* ein Scherz zu sein. «Mein Herr meint es zuweilen sehr ernst. Wenn er sagt, er werde Miß Tozers Vater töten, wird er das tun.»
«Sie haben gesagt, *es sei denn.*» Eve mußte sich räuspern, um die Frage aussprechen zu können. «Es sei denn was?»

«Ich glaube, Sie haben eine kleine Figur. Laotse auf einem grünen Ochsen reitend ...»
Überrascht und verwirrt deutete Eve auf das Kästchen auf dem Tisch. «Sie ist da drin. Aber sie gehört meinem Vater ...»
Sun schüttelte den Kopf, Ungeduld und Verneinung verhärteten seine Züge. Er war ein Konfuzianer, hatte aber einen unmittelbaren Herrn, den *Tuchun* in Hunan, den Kriegsherrn, der Zeitpläne festlegte, in denen es keinen Platz für Etikette und Rituale gab. «Sie gehört meinem Herrn.»
«Wo hat Ihr Vater sie her?» fragte Henty Eve.
«Er hat sie einem Provinzgouverneur abgekauft. Einem General Tschang irgend etwas.»
«Tschang Tsching-jao», sagte Sun. «Der Feind meines Herrn. Mein Herr besitzt das Gegenstück zu der Figur. Beide Figuren haben ihm gehört, aber Tschang hat ihm eine gestohlen. Öffnen Sie das Kästchen, bitte. *Jetzt gleich.*»
Henty umfaßte seinen Stock, als beabsichtige er, ihn zu etwas anderem denn als Stütze zu benutzen. «Jetzt ist es genug. Das beste ist, wir rufen die Polizei ...»
«Es wäre unklug, die Polizei zu rufen.» Das Pfeifen in Suns Stimme war ausgeprägter geworden. «Mein Herr anerkennt keine Autorität außer der seinen. Auch in China nicht.»
«Miß Tozer, das darf Ihnen nicht genügen. Wie können Sie wissen, daß er nicht blufft, um die Figur zu erschwindeln? Die Chinesen sind die gerissensten Schwindler der Welt ...»
Sun verbeugte sich wieder, als wäre ihm und seinen Landsleuten ein Kompliment gemacht worden. Dann zog er an einer Kette eine goldene Uhr aus der Tasche. Er trug einen schwarzen Anzug, der ihm zu knapp war, und hatte eine schwarze Melone in der Hand; er sah aus wie ein nicht weißer Staatsbeamter von Whitehall.

Er schaute auf die Uhr und hielt sie Eve auf seiner plumpen, offenen Hand unter die Nase. «Erkennen Sie sie, Miß Tozer?»
Eve nahm die Uhr, sie tickte wie eine winzige goldene Zeitbombe in ihrer Hand. «Sie gehört meinem Vater. Ich selbst habe ich ihm letztes Jahr zu Weihnachten geschenkt...»
«Ihr Vater ist an dem Tag, an dem er in Hunan eintraf, gefangengenommen worden, zwei Tage nachdem Ihr Schiff in Schanghai ausgelaufen war. Ich bin auf dem Landweg nach Hongkong gereist, um dort bei Ihnen vorzusprechen. Ihr Schiff sollte vier Tage im Hafen bleiben.»
«Wir sind nur zwei Tage vor Anker gewesen. Der Fahrplan ist aus irgendwelchen Gründen geändert worden. Niemand hatte etwas dagegen», sagte sie beiläufig und fügte vielsagend hinzu: «Damals.»
«Ich bin Ihnen auf einem anderen Schiff nachgereist, Sie waren aber in jedem Hafen gerade ausgelaufen.»
«Sie hätten mir ein Telegramm aufs Schiff schicken können.»
Eve, deren Gedanken sich jagten, glaubte ihm nun jedes Wort. Kein Schwindler hielt sich nur an die nackten Tatsachen.
«Mit welchem Wortlaut, Miß Tozer?» Sun lächelte wieder, als gestehe er ein, daß Verschlüsselungen auch die Klugheit eines Chinesen überstiegen. Die Einfalt der weißen Fremdlinge, deren Verstand augenscheinlich nicht mit ihrer Zunge Schritt zu halten vermochte, erstaunte ihn immer wieder. «Mein Herr will, daß alles geheim bleibt. Wenn ich ein Telegramm gesandt hätte, würden Sie, auch wenn Sie darauf eingegangen wären und es nicht als Jux abgetan hätten, mit den Behörden in Schanghai Fühlung aufgenommen haben. Stimmt's?»
Eve nickte, und Henty sagte: «Sie haben etwas von einer Frist gesagt, innerhalb der die Figur zurück-

gegeben werden muß. Wie lange? Achtzehn Tage? Wo zurückgeben? In Hunan? Das ist unmöglich, das wissen Sie genau.»
«Ich bedaure, daß die Zeit so knapp ist, doch mein Herr läßt sich nicht umstimmen. Wenn ich ihm die Figur am festgelegten Tag nicht übergebe, werde auch ich getötet.»
Sun wurde plötzlich ernst, als überrasche ihn die Möglichkeit, selber vielleicht auch zu sterben. Er tat sie aber sogleich mit einem Achselzucken wieder ab. Er war ein akrobatischer Philosoph, ein optimistischer Fatalist.
«Warum läßt sich an dieser Frist nicht rütteln?» fragte Henty. «Können Sie Ihren Herrn nicht bitten, sie zu verlängern?»
Sun schüttelte den Kopf. «Die einzige Funkstation in Hunan wird von Tschang Tsching-jao kontrolliert. Wenn es möglich gewesen wäre, hätte ich meinem Herrn längst mitgeteilt, daß ich Miß Tozer verfehlt habe. Ich bin, seit ich in Hongkong auf das Schiff gegangen bin, echt frustriert. Was tun? habe ich mich immer und immer wieder gefragt.»
«Wie kommt es, daß Sie heute hier sind, nachdem Sie immer nach Miß Tozer angekommen sind?»
«Mein Schiff hat Konstantinopel angelaufen – von dort habe ich den Orientexpreß genommen. Ein komischer Name für einen Zug, dessen Endstation 4000 Meilen vom wirklichen Orient entfernt ist. Aber er ist sehr bequem und voll der seltsamsten Menschen. Ich habe so ein paar Tage gutgemacht.»
«Nicht genug, um in achtzehn Tagen in Hunan zu sein.» Eve blickte auf die Uhr in ihrer Hand. Mit beelendender Gewißheit wußte sie, daß sie Beweis genug war für die Gefangenschaft ihres Vaters. Doch mit der Hoffnung der Verzweifelten sagte sie: «Und wenn ich Ihnen Ihre Geschichte nicht glaube, Mr. Sun? Sie könnten die Uhr gestohlen haben ...»

Sun Nan zog einen zusammengefalteten Zettel aus dem Innern seiner Jacke und reichte ihn ihr. Kaum hatte sie ihn geöffnet, wußte sie, das es ihres Vaters Handschrift war, kühn und bestimmt, auch jetzt, wo er sie um Hilfe bat.
Eve, Liebling. Ich fürchte, diesen Burschen ist es ernst. Gib ihnen, was sie verlangen. Mach Dir keine Sorgen. Vater.
«Ich verstehe nicht, warum Schanghai uns nicht telegrafisch mitgeteilt hat, daß Ihr Vater verschwunden ist», erklärte Henty.
«Mr. Henty, in China hat sich seit Ihrer Zeit nichts geändert. Wenn man im Hinterland ist, zwei Tagereisen von Schanghai entfernt, ist es unmöglich, in Verbindung zu bleiben. Man könnte ebensogut hinter dem Mond sein.» Sie wandte sich wieder Sun Nan zu. «Wird Ihr Herr, wer immer er ist, meinen Vater tatsächlich töten, wenn er die Figur nicht zurückerhält?»
«Ich fürchte ja, Miß Tozer. Er hat wenig Achtung vor dem Leben, besonders vor dem eines Ausländers. Er sagt oft im Scherz, er wäre ein guter Imperialist gewesen.» Er lächelte, aber Eve und Henty fanden es nicht lustig.
«Und Sie? Achten Sie das Leben von Ausländern?»
Sun spreizte die Finger. «Das meine ist mir teuer. Ich bin nur ein Bote. Trägt ein Telegrammjunge die Last eines jeden Telegramms, das er überbringt?»
«Großer Gott, jetzt gibt er stumpfsinnige Aphorismen von sich!» Sich auf seinen Stock stützend, warf Henty Eve einen hastigen Blick zu. «Verzeihung. Es ist sonst nicht meine Art, in Gegenwart von Damen zu fluchen...»
Hilflosigkeit, Angst, verfrühter Schmerz um ihren Vater, der sterben sollte, lähmten Eve. Trauer war ihr nicht fremd, doch sie war erträglich gewesen: Ihrer Mutter war, wie die Ärzte gesagt hatten, durch den plötzlichen Krebstod ein langsames, qualvolles Ende er-

spart geblieben. Bradley Tozer dagegen war ihr in seiner Abenteuerlust stets als unverwundbar erschienen. Obwohl sie in den Kriegsjahren und seither oft getrennt gewesen waren – sie lebte bei ihrer Großmutter in Amerika, und er kam nur einmal im Jahr nach Hause zu Besuch –, hatte sie nie an ein Leben ohne ihn gedacht. Die Entfernung hatte das Band zwischen ihnen nie beeinträchtigt oder gar gelockert. *Entfernung*...
«Was ist die Luftlinie von London nach Hunan?»
«Luftlinie?» Diesmal hoben Hentys Augenbrauen sich, als wäre er von einem plötzlichen Krampf befallen, dann senkten sie sich wieder, und er runzelte fragend die Stirn. «Meinen Sie mit dem Aeroplan? Über solche Distanzen gibt es keine Linienflüge. Keine Maschine fliegt weiter als bis Paris.»
«Ich kann fliegen. Vater und ich haben zu Hause ein Flugzeug. Wir fliegen meist von Boston in unsere Winterresidenz in Florida. Wir hatten das für nächsten Monat vor.» Sie hörte, wie sie schon die Vergangenheitsform benutzte und bemühte sich, entschiedener zu sprechen. «Wir können hier eine Maschine kaufen und nach China fliegen. Wie weit ist es?»
«Ich weiß es nicht. In der Luftlinie vielleicht sieben- oder achttausend Meilen. Aber Sie können nicht die direkte Luftlinie fliegen. Das ist unmöglich, Miß Tozer...»
«Wenn es um das Leben meines Vaters geht, ist nichts unmöglich, Mr. Henty. Haben Sie einen anderen Vorschlag?»
Henty bearbeitete unglücklich den Teppich mit seinem Stock. «Nein, ich habe keinen. Aber ein solcher Flug...» Er ließ hilflos die Stimme sinken.
«Einige Männer – wie hießen sie? Smith? – sind letztes Jahr nach Australien geflogen.»
«Ross und Keith Smith. Aber sie waren ihrer vier, sie hatten einen Ingenieur und einen Mechaniker dabei

und flogen einen Bomber vom Typ Vickers Vimy. Selbst damit haben sie länger als achtzehn Tage benötigt. Mindestens einen Monat. Und über ein halbes Dutzend andere haben versucht, ihnen zu folgen, und haben weniger als die halbe Strecke geschafft.»
«China ist nicht so weit weg wie Australien, und die Smiths waren nicht in derselben Zeitnot wie ich.»
«Mir wäre lieber, es gäbe einen andern Weg ...»
«Es gibt keinen», erklärte Eve. «Wo kann ich ein Flugzeug kaufen?»

2

Auszug aus William Bede O'Malleys Manuskript:
George Weyman sagte immer, er könne besser lesen, was ich an den Himmel schrieb, als die handgeschriebenen Zettel, die ich ihm jeweils in unserem Büro hinterließ. Vielleicht lag es daran, daß er darunter litt, was heute als Dyslexie bekannt ist, oder daran, daß der einzige Vertrag, den wir je hatten, für die Fleischbrühe Oxo war. Oder besser gesagt, beinahe hatten. Denn zu der Zeit, von der ich schreibe, waren wir noch bei Versuchen. 1913 hatte ein Amerikaner zum erstenmal versucht, an den Himmel zu schreiben, doch war es noch niemandem gelungen, ein System zu entwickeln, durch das der Rauch über längere Zeit gleichmäßig aus den Auspuffrohren unserer Maschinen ausgestoßen wurde. Immer wieder brachen die Buchstaben plötzlich ab. Wenn alle Leute Mr. Pitmans Stenographie hätten lesen können, hätten wir vielleicht Erfolg gehabt. Eine Menge Firmen, die für sich werben lassen wollten, warteten darauf, unsere Dienste in Anspruch zu nehmen, sobald wir bewiesen hatten, daß wir nicht die Analphabeten waren, für die man uns hielt. Diesen Sommer war ein Zuckerzeugfabrikant an uns gelangt, dem wir seinen Namenszug und ein Gummibonbon in Grün über einem halben Dutzend Seebädern an den Himmel schreiben sollten. Auch die Produzenten des Films «*Warum die Frau wechseln?*» hatten mit uns Verbindung aufgenommen; sie wollten den Titel des Films in purpurnem Rauch und den Namen der erfreulich anzusehenden Schauspielerin, Miß Gloria Swanson, in Rot an Gottes Zeltdach gehängt, wie sich einer ihrer Werbemänner ausdrückte. Ich hatte mir Miß Swanson in Schäfchenwolken über dem Londoner Himmel vorgestellt und war begeistert gewesen, aber die Vernunft

hatte uns gezwungen, abzulehnen. Es war sinnlos, einen
Vertrag über fünfunddreißig Buchstaben abzuschließen, solange wir nicht einmal Oxo zustandegebracht
hatten.
Dieses Wochenende war unsere letzte Chance, und das
Glück war uns, wie schon oft, nicht hold. George und
ich hatten den ganzen Morgen in unserem Hangar gestanden und in den Regen hinaus gestarrt. Sobald er
aufgehört hatte, startete ich. Die Wolken hingen immer
noch zu tief, und so war es nicht möglich, richtig an den
Himmel zu schreiben, aber das ließ sich nicht ändern.
Die Schrift würde, wenn ich sie aus dem Auspuff hinausbrachte, um so näher dem Erdboden sein. Dafür
konnten uns wenn nicht die Oxo-Hersteller, so doch
die kurzsichtigen Mitbürger dankbar sein.
Ich beendete das erste O, schloß die Rauchklappe und
nahm die Sopwith Camel nach oben, um zum X anzusetzen. Doch in der Mitte des ersten Schrägbalkens
wußte ich, das Glück hatte uns endgültig verlassen. Es
kam nur noch ein feiner Sprühregen aus dem Auspuff.
Ich drehte einen halben Looping, stieg noch einmal auf
und setzte erneut zum Sturzflug an. Doch es half nichts.
Oxo war lediglich eine riesige Null am Himmel, die
nach Westen gegen Berkshire, einer Grafschaft mit wenig Oxo-Trinkern, abtrieb. Ich verfluchte Rauchgemisch, Wetter und Gott und steuerte dem Boden und
dem Konkurs zu.
Ich nahm die Camel über die Themse herunter und flog
den Landeplatz Waddon bei Croydon an. Ich kam über
das «Oval», den Kricketplatz im Süden Londons. Doch
niemand dort unten wußte um den Frieden, den ich
manchmal hier oben genoß. Aufregungen gab es hier
auch, aber in jenen Tagen vor allem unendlichen Frieden, Friede, als wäre die Luft mein wahres Element, jenes, dem ich trauen konnte. Weder die Schulden noch
andere Sorgen drückten mich hier oben. Wenn nichts

anderes, so gab zumindest dies dem Himmel eine gewisse Reinheit.
Steuerbord tauchte der Flugplatz Waddon auf. Ich setzte, nachdem ich mich vergewissert hatte, daß keine andere Maschine dies im nächsten Augenblick auch tun würde, zur Landeschlaufe an. Vier oder fünf Maschinen kreisten auf verschiedener Höhe; es mußten die Rundflüge sein, zehn Minuten für zehn Schilling. Es gab einen Kontrollturm in Waddon, doch wenn wir es vorzogen, nicht zu ihm hinzusehen, hatte er wenig Kontrolle über uns. Noch hatten die Bürokraten den Himmel nicht in kleine Vierecke mit Flugzeugmarkierungen zerschnitten. Heute fliegen zu viele Leute. «Gleichheit für alle» hätte mit Startverbot belegt und auf den Boden beschränkt werden müssen. Ich kam über die langen Hangars der Aircraft Disposal Company herein. Mir stiegen stets die Tränen in die Augen, wenn ich daran dachte, was alles unter den langgestreckten Dächern stand. Hunderte von Apparaten, Vögel, die im Augenblick, in dem sie die Flügel zum Flug ausgebreitet hatten, gestorben waren, Streitwagen, die keiner mehr wollte. Die Aircraft Disposal Company hatte sie nach Kriegsende hierhergebracht. Man hatte einen Ansturm auf sie erwartet, weil man geglaubt hatte, jeder würde in der Friedenseuphorie die Möglichkeit, ein billiges Flugzeug zu erstehen, beim Schopf packen und sich in die Luft erheben. Doch die Kriegspiloten befriedigten mit ihrem Geld dringlichere Bedürfnisse. Sie heirateten, kauften ein Haus, so sie eines fanden, oder wanderten nach Kanada oder Australien aus. Nur wenige hatten, wie ich, nicht das dringende Bedürfnis nach einer Ehefrau, einem Haus oder einer neuen Heimat. Ich trauerte dem Krieg nicht nach. So flogen inzwischen einige von uns, ignorierten ihre Schulden und nannten Waddon ihr Zuhause.
Es gab damals in Waddon zwei, durch eine öffentliche

Straße, die Plough Lane, getrennte Rollbahnen. Die Camel gegen den Seitenwind haltend, setzte ich sie auf das Gras des «Wallington» genannten Feldes. Wenn man auf den Wind achtete, war Landen im allgemeinen kein Problem, Starten schon eher, eine Seitenbö konnte einen plötzlich auf den Rücken werfen. Solch aufregende Augenblicke erlebt man heute in den riesigen Viehtransportern, die sich Jumbo nennen, nicht mehr. Ich wendete die Maschine am Ende des Feldes und rollte zum Niveauübergang über die Plough Lane zurück. Wie immer, wenn ich auf die Erde zurückkehrte, war mir dabei, als hätte man mir die Luft abgelassen. Ich habe gehört, der Zustand sei der nachkoitalen Bedrücktheit ähnlich. Bis ich zu alt war, um koital zu sein, habe ich diese Bedrücktheit nie kennengelernt.
Ich überquerte die Straße, winkte den voll Neid und stillen Vorwürfen hinter den Schranken wartenden Auto- und Radfahrern gnädig zu und rollte zu unserem Schuppen neben den Hangars der ADC. George Weyman wartete auf mich, um die Camel wie immer zu versorgen. Er flog auch, aber er war der Mechaniker von uns beiden und hegte und pflegte unsere einzige Maschine, als hätte *er* sie gemacht und nicht die Sopwith-Werke. Er liebte sie als Flugzeug, aber auch weil sie unser einziges Kapital war.

«Es hat eben jemand angerufen», erklärte er, als er sie sicher im Schuppen untergebracht hatte, der ihr Hangar und unser Büro und Zuhause war. Da wir uns kein Telefon leisten konnten, wußte ich, daß man ihn ins ADC-Büro gerufen hatte. «Ein Mann namens Henty. Er hat gesagt, du würdest dich an ihn erinnern. Arthur Henty.»

«Wir waren im selben Bataillon, bevor ich zum R.F.C. (Royal Flying Corps) versetzt worden bin. Was will er? Hoffentlich organisiert er nicht irgendein ödes Regimentstreffen.»

«Er hat etwas von einem Flugzeugkauf gesagt. Ein oder zwei Maschinen.»
«Wir verkaufen die Camel nicht», protestierte ich auf Vorschuß. «Wir finden einen andern Weg, die Schulden zu bezahlen.»
«Was für einen? Ich habe eben gesehen, was mit Oxo geschehen ist.» Er deutete mit dem Kopf himmelwärts. Das O, das ich geschrieben hatte, war jetzt nur noch ein schwacher, breitgedrückter Vokal im Grau. «Du hast doch nicht vor, Rundflüge zu machen? Die Leute wollen sitzen und nicht auf den Flügeln stehen.»
George Weyman war ein groß gewachsener Mann mit einer hohen Stimme und einem tiefen Siedepunkt. Er war nie auf Keilereien oder Streit aus. Trotzdem hatte man den Eindruck, er verbringe sein halbes Leben damit, seinen Standpunkt mit den Fäusten zu verteidigen oder jemandem seine Meinung einzubleuen. Er war vollgestopft mit Vorurteilen, und man mußte achtgeben, daß man an keines rührte, was nicht immer leicht war, weil sie sich auf alle menschlichen Belange erstreckten. Warum hatte ich ausgerechnet ihn zu meinem Freund und Partner gemacht? Weil er loyal, ehrlich und ein guter Kumpel war, wenn er nicht gerade stritt, und zudem der beste Flugzeugmechaniker, der mir je begegnet ist.
«Hat Henty gesagt, weshalb er mich sprechen will? Warum geht er nicht zur ADC, wenn er ein Flugzeug kaufen will?»
«Er hat gesagt, er möchte, daß du ihn als alter Dienstkumpel berätst.»
«Henty würde nie Kumpel sagen.»
«Stimmt. *Kamerad*, sagte er. Er will in einer Stunde hier sein. Was sinnierst du? Du machst wieder dein Gaunergesicht.»
Ich starrte zu den ADC-Hangars hinüber. «Wie viele Schecks haben wir noch in unserem Scheckbuch?»

33

«Vier. Aber die Sache hat einen Haken. Es ist kein Geld auf dem Konto. Es ist überzogen und seit Freitag gesperrt.»

«Heute sind Bankferien. Wenn ich vier Schecks ausstelle, kann niemand die Bank anrufen und fragen, ob sie gedeckt sind.»

«Wozu willst du vier Schecks ausstellen?»

«Optionen auf vier Maschinen. Henty soll wählen können – du hast gesagt, er wolle ein, vielleicht zwei Flugzeuge kaufen. Ich werde ihm raten, das bei uns und nicht bei der ADC zu tun. Sie werden teurer sein als bei der ADC, aber das wird er nicht wissen.»

«Es ist mir ein Rätsel, wie du Offizier geworden bist und warum du als Gentleman giltst. Ich bin ein simpler Sergeant gewesen und bin doppelt so sehr Gentleman wie du.»

«Du täuschst dich, Kumpel. Ein Gentleman sein hat nichts mit Redlichkeit zu tun. Das ist eine Legende, die die Gentlemen in die Welt gesetzt haben. Reg dich ab, George. Ich habe nichts im Sinn, wofür man mich nach Wormwood Scrubs bringen könnte. Ich setze lediglich unsere Namen...»

«Deinen Namen. Meinen nicht.»

«Einverstanden. Meinen Namen. Ich unterschreibe die Schecks und gebe sie der ADC. Wenn Henty eine Maschine oder zwei kauft, widerrufe ich die Optionen auf denen, die er nicht will. Ich werde ihn veranlassen, uns den Scheck heute zu geben, und am Montag früh hinterlegen wir ihn bei der Bank als Deckung für die Schecks, die eingelöst werden. Was ist unstatthaft daran?»

«Es ist eines Gentlemans unwürdig, das ist alles.»

«Weil du selbst keiner bist. Ihr Sozialisten erwartet mehr von uns, als wir zu sein vorgeben. Im geheimen wünscht ihr, ihr könntet ebenso ehrlich heucheln wie wir.»

Eine halbe Stunde später fuhr ein Rolls-Royce vor unserem Schuppen vor. Er kam den äußersten Feldrand entlang, als fürchte der Fahrer, die startenden und landenden Flugzeuge könnten ihn angreifen. Arthur Henty stieg aus, richtete sich an seinem Stock auf, drehte sich um und half einem jungen Mädchen aus dem Wagen. Selbst durch die schmutzigen Fensterscheiben unseres Büros sahen wir, daß sie ein Bomber war, eine absolute Schönheit. Ich weiß, daß ich die Vergangenheit durch eine rosa Brille sehe und daß die Mädchen, die ein alter Mann in seiner Jugend gekannt hat, immer einen Glorienschein haben, aber Eve Tozer war nicht nur schön, sie hatte, was später das gewisse Etwas und noch später «Sex-Appeal» genannt wurde, und sie hatte zudem das, was jetzt als «Klasse» bezeichnet wird. Selbst wenn jenes Bürofenster trübe gewesen ist und meine alten Augen nun wäßrig sind, sehe ich sie noch, wie ich sie an jenem Nachmittag vor fünfzig Jahren sah, und ich weiß auch noch, was ich dabei empfand: ein Gefühl, das ich zuvor nur beim Drehen eines Loopings gekannt hatte – im Bett nie.
«Heiliger Moses, hast du schon einmal so eine Frau gesehen?»
«Sie haben ein Schlitzauge bei sich», war alles, was George entgegnete. Er hatte Frauen gegenüber ein mildes Vorurteil, aber eine abgrundtiefe Abneigung gegen alle Völker der Erde, die nicht weiß waren, im besondern gegen jene außerhalb des Imperiums. «Dem verkaufen wir keine Maschine! Diese Kerle wollen die Welt erobern.»
«Überlaß mir das Reden, George. Erklär China nicht den Krieg, bevor wir wissen, was Henty will.»
Wir traten hinaus, um sie zu begrüßen. Ein Chinese war vom Beifahrersitz geklettert und stand nun hinter Henty und dem jungen Mädchen neben der hinteren Autotüre. Als wir auf sie zugingen, flüsterte ich George

zu: «Der Chinese sieht wie ein Butler aus. Mach dir der Gelben Gefahr wegen keine Sorgen.»
Henty stellte sich und Miß Tozer vor, den Chinesen überging er und kam sofort zur Sache. «Miß Tozer braucht einen Flugapparat für einen Langstreckenflug, O'Malley.»
Das «O'Malley» war die Anrede unter Freunden, die wir gewesen waren: Offiziere, die zusammen eine Messe und verschiedene Schützengräben geteilt hatten, aber er war verwundet und demobilisiert worden, bevor wir uns so gut gekannt hatten, daß wir uns die Vornamen sagten.
«Wie hast du mich gefunden?»
«Ich habe in *Illustrated London News* einen Artikel über deine Versuche im Himmelschreiben gelesen. Ich habe ihn ausgeschnitten und aufbewahrt. Man interessiert sich für das, was die Leute machen, mit denen man im Krieg gewesen ist.»
Ich nicht, aber ich war froh, daß er es tat, wenn es bedeutete, daß er *Miß Tozer* mit Leuten zusammenbrachte, mit denen er gedient hatte. «Wie weit wollen Sie fliegen, Miß Tozer?»
«Nach China.» Ich fühlte, wie George sich einen Ruck gab. «Ich möchte spätestens morgen starten.»
«Ist das Ihr Ernst?» fragte George, der zu kochen begann. «Wir mögen es nämlich nicht, wenn man uns auf den Arm nimmt.»
«Es ist mir noch nie im Leben etwas so ernst gewesen, Mr. Weyman. Ich bin eine erfahrene Pilotin. Was ich vorhabe, müßte besser vorbereitet werden, als in einem Tag möglich ist. Ich weiß das. Aber ich habe keine Zeit. Ich fliege nach China, weil es dringend ist, sehr dringend. Zudem muß ich bis zu einem bestimmten Datum dort sein.»
«Wann?»
Sie sah Henty an und dann wieder uns. «Am 21. Au-

gust. Ich brauche ein Flugzeug mit einer großen Reichweite und einer guten Fluggeschwindigkeit. Eins mit genug Platz für mich und einen Passagier.»
Ich schaute Henty an. Er schüttelte den Kopf. «Nicht für mich. Für Mr. Sun Nan.»
Der Chinese hinter ihm starrte George und mich an. Ich hätte beinahe *unergründlich* gesagt, aber eine gewisse Nervosität war ihm doch anzusehen, seine Maske hatte Sprünge. «Ist Mr. Sun Nan Pilot?»
«Nein», erklärte Henty. Ich spürte, daß er und Miß Tozer George und mich nicht ins Vertrauen ziehen wollten. Der Flug, von dem sie sprachen, war keine Spinnerei, kein tolles Abenteuer eines gelangweilten, reichen jungen Mädchens; dazu waren sie zu ernst, ihre Mienen zu angespannt. Doch eins stand fest: Miß Tozer mochte eine erfahrene Pilotin sein, aber sie hatte keine Ahnung, was ihrer wartete. Henty mußte mir meine Skepsis angesehen haben, denn er sagte: «Ich habe Miß Tozer auf der Fahrt hierher vorgeschlagen, eine zweite Maschine und einen Piloten mitzunehmen.»
«Mr. Henty hat Sie als Pilot und Gentleman gerühmt», mischte sich Miß Tozer ein.
George hustete und fuhr sich mit der Hand, die in diesem Augenblick einer Krabbe glich, über den Mund. Ich war nicht sicher, ob Henty etwas über meine Qualitäten als Pilot und Gentleman wußte; aber er war einer von denen (heute gibt es sie kaum mehr), die einen Mann, der einem gewissen Stand angehört, unbesehen für einen Gentleman halten, solange nichts das Gegenteil beweist. Er hatte mir das an einem Abend in der Messe in Salisbury anvertraut, ehe wir nach Frankreich geschickt worden waren und dort feststellen mußten, daß die Deutschen keine Klassenunterschiede machten, wenn sie auf uns schossen. Mein Zynismus war ihm unbekannt: Er hatte sich erst entwickelt, nachdem wir uns getrennt hatten.

«Was würde ich dafür bekommen?» fragte ich *ungentlemanlike*.
«Darüber könnten wir uns einigen», erklärte Miß Tozer. «Ich werde nicht knausrig sein. Mir liegt einzig daran, so schnell wie möglich nach China zu kommen. Meiner Meinung nach verlieren wir jetzt schon Zeit. Können wir uns die Flugzeuge ansehen, die Sie mir zum Kauf vorschlagen?»
«Sie sind drüben in den ADC-Hangars», log ich. «Wir dürfen unsere Maschinen dort einstellen. Wir haben vier.»
«Fünf», verbesserte mich George, bestrebt, ein Körnchen Wahrheit in das Ganze zu bringen. «Wir haben auch eine Sopwith Camel, doch ist sie für Ihre Zwecke ungeeignet.»
Mr. Sun Nan blieb beim Fahrer, wir dagegen begleiteten Miß Tozer und Henty zu den Hangars. Wie an jedem Feiertag war nur ein kleiner Teil des Personals anwesend; kein Verkäufer folgte uns, als wir den langen Reihen abgestellter Flugzeuge entlanggingen. Die erste Maschine, die ich Miß Tozer zeigte, war eine Vickers Vimy. Ein Viersitzer, an dem Zusatztanks angebracht werden konnten und der sich in den letzten Kriegstagen als Bomber bewährt hatte. George war nicht mitgekommen, als ich ihn mir angesehen und einen unserer vier ungedeckten Schecks als Option auf ihn hinterlegt hatte; aber jetzt wußte er nach zehn Minuten, daß es mindestens eine Woche dauern würde, bis er für einen Langstreckenflug bereit wäre. Dasselbe galt für die De Havilland 9 und die De Havilland 4, auf die ich ebenfalls Optionen «bezahlt» hatte. Ich sah unser schnell verdientes Geld rascher dahinschwinden als das O von Oxo. Es blieb uns nur noch das letzte Flugzeug in der Reihe, eine Bristol-Fighter.
«Am anderen Ende des Hangars steht noch eine DH-4.» George redete plötzlich, als hätte er sein Leben lang

Flugzeuge verkauft. «Ich würde aber der Bristol den Vorzug geben. Die Reichweite ist ungefähr dieselbe, aber die Bristol macht an die fünf Meilen mehr in der Stunde und steigt 1500 Meter höher. Ich nehme an, Sie werden eine ganze Reihe von Gebirgen überfliegen?»
«Wie groß ist die Reichweite?» fragte Miß Tozer.
«Die Bristol bleibt drei Stunden oben», erwiderte ich. «Ich habe im Krieg zeitweilig eine geflogen. Sagen wir dreihundert Meilen, vielleicht etwas mehr.»
«Sie könnte mit einem zusätzlichen Tank vergrößert werden», ergänzte George. «Wenn Sie mit einer Durchschnittsgeschwindigkeit von 90 bis 100 Meilen in der Stunde fliegen, bringt ein Zusatztank weitere hundert Meilen, vermutlich sogar mehr. Sie kämen auf eine maximale Reichweite von, sagen wir, vierhundertfünfzig Meilen.»
Miß Tozer musterte die Bristol-Fighter. Sie war ein großartiges Kampfflugzeug gewesen, ein Zweisitzer, der beinahe so wendig war wie ein Einsitzer, aber doppelt so wirkungsvoll, da er mit zwei Maschinengewehren ausgerüstet war, einem, das vom Piloten bedient wurde und geradeaus feuerte, und einem zweiten, das der Beobachter rundherum schwenken konnte. George und ich waren als Zweiergespann damit geflogen und hatten in drei Monaten neun Fritzen heruntergeholt. Miß Tozer ging um die Maschine herum und kam wieder zu uns zurück.
«Können Sie uns Kartenmaterial besorgen, Mr. O'Malley? Ich glaube, wir sollten uns zusammensetzen und die Sache besprechen. Vielleicht könnten wir in Ihr Büro gehen?»
Knapp zwei Leute fanden Platz in unserem Büro. Eine Viererkonferenz hätte es aus den Nähten platzen lassen. «Wir gehen in unseren Hangar zurück. Wir werden ein Plätzchen finden, wo wir uns unterhalten können. George wird sich nach Karten umsehen – wir

haben lediglich England und ein paar alte Kriegskarten von Frankreich und Belgien. Doch bevor er sie organisiert...»
«Ja?»
«Diese Maschine ist nicht das Richtige für Ihr Vorhaben. Nur Sie und Mr. Sun Nan hätten darin Platz, nicht aber ein zweiter Pilot. Sie haben den Kauf einer zweiten Maschine angedeutet. Wir haben nur noch unsere Camel. Ihre Reichweite ist zu klein.»
Sie schwieg einen Augenblick. Sie hatte, wie ich später feststellte, die Gewohnheit, mit der Hand das Kinn zu umfassen, als hätte sie Zahnschmerzen; sie tat es aber, wenn sie nachdachte, als müßte sie den Kopf festhalten, während sie überlegte. «Wie viele Bristol-Fighters sind hier drin?» fragte sie schließlich.
«Mindestens ein halbes Dutzend», erwiderte George. «Zwei davon sind in ebenso gutem Zustand wie diese hier.»
«Es sind zufällig die beiden, auf die wir eine Option haben», mischte ich mich ein.
«Das habe ich mir gedacht», sagte Miß Tozer, und ich wußte nun, daß sie schon zweifelte, ob ich wirklich der Gentleman war, von dem Henty gesprochen hatte. «Was würden sie kosten?»
Beinahe hätte ich den ADC-Preis genannt, aber dann sagte ich mir, wer wagt, gewinnt. «Ungefähr 750 Pfund die Maschine. Wie viele wollen Sie kaufen?»
Miß Tozer blickte zu George, dem ehrlichen Vermittler. «Was sagen *Sie*, was kosten sie, Mr. Weyman?»
George schluckte und vermied es, mich anzusehen. «Mit Zusatztanks und allem an die 750 Pfund.» Damit war unser Gewinn dahin. Ich hatte die Extras vergessen, die nötig waren. «Das ist ein fairer Preis, Miß Tozer.»
«Daran zweifle ich nicht, Mr. Weyman.» Sie sah mich nicht an. «Haben Sie ein Flugbrevet?»
«Ja.»

«Dann kaufe ich drei.» Sie nahm die Hand vom Kinn; sie hatte ihre Gedanken geordnet. «Ich fliege diese und Sie und Mr. O'Malley die andern beiden. Alle werden mit Zusatztanks ausgerüstet. Einer kann auf den oberen Tragflächen angebracht werden, nicht wahr? Bei Ihren beiden Maschinen kommt zudem einer ins hintere Cockpit. So haben wir auf alle Fälle eine Notreserve.»
Ich staunte über die ruhige, kühle Überlegtheit dieses schönen jungen Mädchens. Ohne eine Karte anzusehen und ohne zu wissen, welche Route wir fliegen würden, hatte es ein Hauptproblem einer solchen Reise erkannt. Es war, als sähe sie die Welt zwischen England und China von einem Satelliten aus. Bloß wäre damals jeder eingesperrt worden, der die Möglichkeit einer solchen Sicht angedeutet hätte. Allein das Auge Gottes schaute aus dem Weltall herab, und ich bin überzeugt, daß es sich ab und zu angewidert schloß.
«Könnten Sie einige Karten beschaffen, Mr. Weyman? Wir trinken unterdessen Tee, Mr. O'Malley.»
George entfernte sich leicht bedeppert. «Entschuldigen Sie, daß ich es erwähne», begann ich, «aber meines Wissens haben George und ich uns noch nicht bereit erklärt, Sie zu begleiten. Ich hebe nicht in zwanzig Stunden vom Boden ab, um nach China zu fliegen, ohne zu wissen, warum.»
«Sie werden gut dafür bezahlt. Ist das für Sie nicht Grund genug?»
«Es ist ein Grund, aber er genügt nicht.»
Wir waren zu unserem Schuppen zurückgegangen. Die Camel, der Star des Hauses, thronte mitten drin. An der einen Wand standen die Feldbetten der beiden Mitbewohner, meins und das von George. Daneben ein Küchentisch, zwei Stühle, ein Schrank mit einer windschiefen Tür, ein Kochherd, der aussah wie ein abgefallenes Stück von George Stephensons Lokomotive; an Nägeln hingen Töpfe und Pfannen, eine Art

Rüstung der Armen, ein Stück Fallschirmseide diente als Vorhang, hinter dem sich der Ständer verbarg, an dem unsere dürftige Garderobe hing. In der entfernten Ecke stand eine zerbeulte Wanne und daneben eine Bank mit einem Becken und einem Waschkrug. Auf der Fortsetzung der Bank, die der Wand entlang bis zu dem gemütlichen kleinen Raum reichte, der unser Büro war, lag Georges sämtliches Werkzeug ausgebreitet. Das einzige, das auf einen gewissen Wohlstand hindeutete, war die Camel, und auch auf sie hatte die ärmliche Umgebung bereits abgefärbt.

Miß Tozer sah sich um. «Wer wohnt hier?»

«Wir.»

Selbst Henty machte ein überraschtes Gesicht, etwa wie wenn er eine Karte an den Pferderennen in Ascot gelöst hätte und mitten in den Keramikfabriken von Nord-Staffordshire gelandet wäre. «Bestimmt nur vorübergehend», beeilte er sich, uns zu rechtfertigen.

«Das haben wir gesagt, als wir vor über einem Jahr hierhergezogen sind. Entschuldige dich nicht für uns, Henty. Wir sind blank. Selbst der deutsche Kaiser hätte bei unserer Bank mehr Kredit als wir.» Da George meine Hoffnungen auf einen Gewinn zunichte gemacht hatte, konnte ich es mir leisten, ehrlich zu sein; es war alles, was ich mir leisten konnte. Ich wandte mich Miß Tozer zu und setzte zu einem Sturzflug an. «Warum auch immer Sie nach China fliegen wollen, wir kommen mit. Wie Sie gesagt haben, Geld ist ein Grund.»

«Ich bewundere Ihre Offenheit, Mr. O'Malley.» In ihrer Stimme schwang Erstaunen mit. Sie trat durch die offene Schuppentür wieder ins Freie und blickte in die Ferne – sah sie China? Sie blickte gegen Osten. Sie zog etwas aus der Tasche ihres Kostüms und liebkoste es, ohne darauf zu blicken. Es war eine goldene Uhr an einer Kette. Dann kam sie zu uns zurück. «Ich sage Ihnen, warum ich nach China fliegen muß.»

Sie tat es. Ihre Stimme wurde ein einziges Mal unsicher, nämlich als sie sagte, ihr Vater würde getötet werden, wenn wir bis zum festgelegten Datum nicht in Hunan wären. Meine Ohren wurden auch unsicher, ich hatte Mühe, ihr zu glauben, doch ihr Gesichtsausdruck, und der des hinter ihr stehenden Henty, bewiesen, daß sie die Wahrheit sagte.
«Es kann gefährlich werden, Mr. O'Malley. Vielleicht wollen Sie nicht mitkommen?»
«Sie braucht deine Hilfe», warf Henty ein, bevor ich den Helden spielen konnte. Er schaute voller Haß auf sein steifes Bein. «Ich wollte, ich könnte mit ihr fliegen.»
George kam zurück, in der einen Pranke zusammengerollte Karten, in der andern einen Schulatlas. Ich berichtete ihm, warum wir mit Miß Tozer nach China fliegen sollten. Zuerst hörte er mir zu, als spreche ich von einem Vergnügungsflug nach der Insel Wight, dann explodierte er, fuhr herum und richtete den ausgestreckten Arm wie ein Gewehr auf Sun Nan, der immer noch neben dem Rolls-Royce stand. «Hat er etwas damit zu tun? Lassen Sie sich von einem ... einem verdammten Schlitzauge erpressen? Ich bring das Schwein um!»
«Mr. Weyman, wenn wir ihn umbringen, bringen wir vermutlich auch meinen Vater um. Wenn Sie ein solcher Chinesenhasser sind, ist es vielleicht besser, Sie kommen nicht mit.»
«Er kommt mit», erklärte ich. «Wir brauchen ihn. Wir kommen mit Ihnen, aber jeder von uns erhält 500 Pfund plus bezahlte Rückreise.»
«Jeder 500 Pfund!» Henty war eine Buchhalterseele, was ich nicht erwartet hatte. «Es ist lächerlich. Du versuchst, aus eines andern Not Kapital zu schlagen.»
«Ich feilsche nicht ...»
«Ich auch nicht.» Miß Tozer geriet plötzlich in Wut.

«Das klingt, als klebten Sie ein Preisschild an meines Vaters Leben.»
«Im Gegenteil. Ich habe den Preis *unserer* Leben genannt. Ich glaube nicht, daß ich sie überbewertet habe. Wir sind billiger als die Flugzeuge, die Sie kaufen.»
«Entschuldigen Sie.» Ich hatte das Gefühl, Miß Tozer sei es nicht gewöhnt, sich zu entschuldigen. Aber vielleicht war sie verletzt, und das hatte ich nicht gewollt.
«Ich bezahle, was Sie verlangen. Können wir uns jetzt die Reiseroute ansehen?»
Ich kochte Tee, holte unsere gesprungenen Tassen hervor, rückte die beiden Stühle und zwei Kisten an den Küchentisch, breitete die Karten aus und begann mit dem Planen einer 8000 Meilen langen Reise nach China, deren Vorbereitung in 24 Stunden abgeschlossen sein mußte. Moses, Kolumbus und Kapitän Cook, auch drei große Reisende, hätten uns ausgelacht. Die Karten, die George zusammengeklaut hatte, brachten uns nicht weiter als bis Wien. Den Rest des Weges, der einiges zu reden gab, suchten wir im Schulatlas zusammen. Ich begann mich zu fragen, in was George und ich uns da eingelassen hatten. Ich kam mir vor wie Kolumbus oder Magellan. Sie steuerten dem Rand der Erde zu, ich flog in unbekannte Himmel.
«Die direkte Strecke kommt nicht in Frage», erklärte George. «Wir müssen uns an Etappenziele halten, an denen wir auftanken können. Niemand garantiert uns, daß das immer möglich sein wird. Es wird Landstriche geben, über denen noch nie ein Flugzeug aufgetaucht ist.»
«Dieses Risiko müssen wir eingehen», erwiderte Miß Tozer. «Können Sie bis morgen früh die nötigen Vorkehrungen treffen?»
George nickte. «Ich habe bereits ein halbes Dutzend Leute gebeten, sich auf Abruf bereitzuhalten, um uns zu helfen. Ich habe ihnen versprochen, jeder kriege ein

Pfund, wenn sie die Nacht durch arbeiten. Geht das in Ordnung?» Eve nickte, aber Henty machte ein Gesicht, als hätte George ihnen eine Lebensrente versprochen. «Ich habe ihnen nicht gesagt, wohin wir fliegen, nur daß die Maschinen einen langen, harten Flug durchstehen müßten. Sie werden sie rechtzeitig bereit haben.»
«Ich möchte morgen mittag abfliegen. Kann ich in London etwas besorgen?»
Ich hatte eine Liste gemacht. «Wir wollen uns, des Gewichts wegen, auf ein Minimum beschränken, aber gewisse Dinge sind unerläßlich. Besorgen Sie Fliegeranzüge für sich und Mr. Sun...»
«Das Schwein soll frieren», mischte sich George ein.
Ich beachtete ihn nicht. «Wir haben unsere Armeeanzüge. Sie brauchen zudem ein Paar gute, feste Stiefel – für den Fall, daß wir zu Fuß gehen müssen. Jede Maschine braucht einen Zusatzkompaß, und es wäre gut, Sie würden auch einen Ersatzsextanten beschaffen. Dann vier Schlafsäcke, einen Primuskocher und acht Wasserflaschen, zwei pro Person. Achten Sie darauf, daß sie innen eine Silber- oder Nickelschicht haben, das Wasser schmeckt besser. Sie finden sie bei Hill am Haymarket. Wir brauchen zudem eine Apotheke. Bei John Bell & Croyen an der Wigmore Street wird man sie Ihnen zusammenstellen. Und Karten – die beschaffen Sie sich am besten im Kriegsministerium.»
«Das übernehme ich», anerbot sich Henty.
«Wir stellen das Kochgeschirr. Eine Schußwaffe wäre nicht schlecht, für den Fall, daß wir uns etwas Eßbares schießen müssen. Du kannst sie beraten, Henty.»
«Miß Tozer hat einen Revolver. Ich glaube, sie versteht damit umzugehen.»
«Was jagen Sie?»
«Elefanten, Tiger. Gelegentlich schieße ich auch auf Männer.»
Diesmal sahen George und ich sie mit vorsichtigem In-

teresse an. Dann sagte George: «Wir nehmen unsere Dienstpistolen mit. Zudem lasse ich Maschinengewehre montieren: die ADC hat einige überzählig.»
«Ist das nicht illegal?» fragte Henty. «Bewaffnete Zivilflugzeuge?»
«Doch», erklärte George, «aber wir werden weg sein, bevor jemand etwas davon erfährt. Ich montiere je ein Vickers-MG vorn auf Bedes und meine Maschine und Lewis-MGs auf die Scarff-Ringe im hinteren Cockpit.»
«Ich hoffe, wir brauchen sie nicht», erklärte Miß Tozer nüchtern. Eine Weile sagte niemand etwas. Die Maschinengewehre ließen die übrige Ausrüstung unversehens als überflüssig erscheinen. George, Henty und ich dachten sofort wieder in der im Krieg geltenden Wertskala. Zum erstenmal wurde mir bewußt, daß das Fliegen selbst nicht der schlimmste Teil unserer Reise nach China sein würde.
«Wir schießen erst, wenn die andern schießen», erklärte ich in Verleugnung eines Kriegsprinzips. «Wer immer diese andern sind.»
Henty zog ein Scheckbuch hervor, und ich überließ ihn George, der unser Buchhalter war, wenn es etwas zu buchen gab. Ich stand auf und ging hinaus. Miß Tozer folgte mir. Sie nahm eine Zigarette aus einem goldenen Etui, steckte sie in eine elfenbeinerne Spitze und sah mich an.
«Ich bin Nichtraucher. Ich habe leider keine Streichhölzer.»
Sie durchstöberte ihre Handtasche, zog eine in ein goldenes Kästchen gepaßte Streichholzschachtel hervor und reichte sie mir. Ich glaube nicht, daß ich Frauen gegenüber ungeschickt bin, auch damals war ich es nicht, aber in jenem Augenblick hätte ich mich nicht linkischer benehmen können. Ich hatte noch nie zuvor einer Frau Feuer gegeben. Ich streckte ihr das zischende Streichholz hin, als wäre ich bei Guy Fawkes Leuten in

die Lehre gegangen. Sie lächelte, zog an der Zigarette und überblickte den Flugplatz, auf dem eben die letzte der Maschinen, die auf Rundflügen gewesen waren, landete.
«Mr. Henty hat mir gesagt, Sie seien ein As. Zweiunddreißig Abschüsse, stimmt das?» Ich nickte. Oder vierundvierzig Menschen, wenn man eine andere Rechnung machte. Einige der Maschinen waren Zweisitzer gewesen, zum Beispiel die Albatros C-7. Doch ich machte diese Rechnung nie, ich konnte es nicht.
«Fehlt Ihnen all das? Der Krieg, meine ich.»
«Nein. Nur Irre und Generäle lieben den Krieg.»
Das ist ein Schlagwort geworden, es steht auf den Spruchbändern der Demonstranten, aber es ist deswegen nicht weniger wahr. Doch damals lag die Schlacht an der Somme erst vier Jahre zurück: der 1. Juli 1916, an dem allein die britische Armee 60 000 Mann verlor, der Tag, der dem Krieg seine Glorie austrieb. An jenem Samstagmorgen war ich dabei gewesen. Als ich nicht mehr weiter konnte, weil ich mit drei Toten und einem Sterbenden in einem Geschoßkrater in der Falle saß, wollte ich nicht mehr gegen die Deutschen kämpfen, sondern umkehren und den blinden, verblödeten, in der Vergangenheit lebenden Generälen, die dieses Massaker befohlen hatten, den Garaus machen. Ich überlebte jenen Tag und machte keinem General den Garaus. Statt dessen wechselte ich zur Luftwaffe, wo man oberhalb von Gemetzel und Dreck war und wo man, wenn man starb, einen sauberen, vernünftigen Tod hatte.
«Ich vermisse den Kitzel beim Fliegen. Ich meine die Art, wie wir im Krieg geflogen sind. Ich bin froh um Ihren Auftrag, Miß Tozer. Nicht nur des Geldes wegen.»
«Es wird nicht lustig sein, Mr. O'Malley. Für mich jedenfalls nicht.»

«Ich stelle es mir nicht lustig vor. Aber ich werde wieder aus einem bestimmten Grund an einen bestimmten Ort fliegen.»
Ich schaute gegen Osten, gegen Kent, den Kanal, Frankreich und alles, was zwischen uns und China lag. Im Vordergrund stand geduldig wartend Mr. Sun Nan, in seinen schwarzen Anzug gekleidet, die Melone auf dem Kopf. Ich hätte ihn nicht hassen können, auch nicht mit Georges Vorurteilen. Er erlöste mich von Oxo und all den andern Graffiti, die ich an den Himmel zu kritzeln vorgehabt hatte.
Ende des Auszugs aus O'Malleys Manuskript.

3

General Meng hatte sein Leben mit dem belastenden Namen «Wiegende Blume» begonnen. Seine Mutter hatte sich, entgegen dem, was allgemein üblich war, eine Tochter gewünscht, und nicht einen Sohn. Als er sechsjährig und schon ein wildes Bürschchen war, nannte er sich «Tigerklaue», als er achtzehn war und schon sechs Menschen getötet hatte, war ein halbes Dutzend anderer Namen hinzugekommen. Jetzt, mit fünfzig und unzähligen Toten auf seinem Konto, nannte er sich «Herr des Schwertes». Er wußte, daß gewisse Leute ihn anders bezeichneten. Wenn er sie dabei ertappte, nahm er ihnen die Möglichkeit, je wieder *irgendeinen* Namen auszusprechen.
Bradley Tozer hatte ihn bis jetzt immer nur «General» genannt. «Sie sind ein respektvoller Mensch, Mr. Tozer.»
«Nicht eigentlich, General. Lediglich ein vorsichtiger. Ich nenne Sie auch anders, aber im stillen.»
General Meng nickte, er war nicht beleidigt. Wenn er diesen Amerikaner töten mußte, dann aus einem anderen Grund. Er schob die Ärmel seines weiten blauen Seidengewandes zurück und wedelte sich mit einem bemalten Fächer Luft zu. Er stammte aus den kühlen Steppen von Sinkiang und hatte sich nie an die feuchte Hitze Hunans gewöhnen können. Er war groß gewachsen, hatte ein hübsches mongolisches Gesicht und dichtes, schwarzes Haar. Dieses war sein Stolz. Jeden Morgen hatte es eine seiner Konkubinen fünfzehn Minuten lang zu bürsten. Es glänzte wie das Gefieder eines wilden Enterichs und reflektierte jeden Lichtstrahl, der darauf fiel. Um das Licht zu verstärken, hingen die Wände des *Yamen*, des Palasts, voller Spiegel.
Meng konnte sich jederzeit von jedem Standort aus be-

wundern, und sein Haupt, der Gegenstand seiner Bewunderung, erschien den zahllosen Bediensteten wie ein funkelndes, Böses verheißendes Totem.
Er betrachtete sich in einem vorteilhaft plazierten Spiegel und sah dann wieder auf den Amerikaner, der sein Halbbruder hätte sein können. «Wenn die Figur nicht rechtzeitig zu mir zurückfindet, töte ich Sie. Ich bin ein Mann von Wort, zumindest wenn mir der Sinn danach steht.»
Sie sprachen beide das Mandarin, eine ihrer Zunge nicht ganz vertraute Sprache: Jeder war auf seine Art ein Fremder in Peking. Tozer sprach auch noch Kantonesisch, aber Meng verachtete den Dialekt der Ladenbesitzer aus dem Süden. Sie waren keine Krieger wie er.
«Meine Tochter bringt Ihnen die Figur. Wie schon gesagt, sie bedeutet mir viel, aber nicht mehr als mein Leben.»
«Haben Sie Angst, Mr. Tozer?»
«Nein», erwiderte Tozer und hoffte, es klinge furchtlos. Er war größer als Meng, hatte ausgeprägte, hervorstehende Gesichtsknochen und ungeduldige Augen. Seine Mutter hatte ihm einige Gesichtszüge vererbt, aber nichts von ihrer Gelassenheit. Da sie ihm unbekannt geblieben war, beschloß er, Amerikaner zu sein. Er verlor keine Zeit mit Narren und Versagern, aber er war gerecht und bezahlte höhere Löhne als die Konkurrenz. Wer seinen Anforderungen zu genügen vermochte, blieb meist jahrelang bei ihm. Aber er war auch ein vernünftiger Mensch und wußte daher, daß es in seiner Lage sinnlos war, auf Rechte und Forderungen zu pochen. Er wußte genug von General Meng, um nicht daran zu zweifeln, daß dieser sein Wort halten würde. Wenn ihm der Sinn danach stand.
Meng fächelte sich immer noch Luft zu. Er sah zu den beiden Leibwächtern auf, die hinter ihm standen, Mon-

golen aus dem *Tsaidam*, muskulöse Männer in groben blauen Wollgewändern, die von einer Schärpe zusammengehalten wurden, unter welcher der Stoff bauschig hervorquoll. Ihre Reitstiefel waren schnabelförmig nach oben gerichtet, und im Schaft steckte eine lange Pfeife. Die Tracht war so geschnitten, daß der eine Arm samt der Schulter nackt blieb, ein eher bedrohliches als aufreizendes Decolleté, da die Hand des nackten Arms stets auf dem breiten Pallasch ruhte, der in einer Schlinge an der Schärpe hing. Einzig die flachen Tweedmützen verdarben den kriegerischen Eindruck, sie deuteten auf eine gewerkschaftliche Gesinnung hin, was ihrem Dienstherrn bis jetzt entgangen sein mußte. Sie haßten die Hunanesen und wurden von ihnen gehaßt, ein Sachverhalt, der sie ständig um ihre eigene und in der Folge um General Mengs Sicherheit bangen ließ.
Meng gab ihnen mit dem Fächer einen Wink, und sie polterten über den nackten Holzboden und verließen den engen Raum. Meng wartete, bis die Tür, hinter der sie sich aufpflanzen würden, ins Schloß fiel, dann wandte er sich wieder Bradley Tozer zu.
«Die beiden verstehen zwar kein Mandarin, aber man kann nicht vorsichtig genug sein. Ich kann mir nicht leisten, daß sie an meiner Vollkommenheit zweifeln.» Er betrachtete sich erneut im Spiegel und nickte befriedigt, als hätte er dort festgestellt, daß er die größtmögliche Vollkommenheit erreicht hatte. «Ich bin abergläubisch, Mr. Tozer, das ist mein einziger schwacher Punkt. Die beiden Zwillingsfiguren von Laotse haben mir immer Glück gebracht, seit ich sie vor einigen Jahren kaufte.»
«Wie haben Sie sie erworben?»
«Ich habe ihrem Besitzer, einem Grundeigentümer aus einer Nachbarprovinz, ein Angebot gemacht, das er nicht abschlagen konnte. Das ist eine alte chinesische

Sitte, die wir meines Wissens einem italienischen Geheimbund abgeschaut haben.»
«Wie lautete das Angebot?»
«Sein Kopf oder die Figuren. Unglücklicherweise mißverstand einer meiner Leibwächter einen Befehl, so daß der Grundeigentümer beides verlor.»
«Ich hoffe, Ihre Leibwächter mißverstehen keinen sich auf mich beziehenden Befehl.»
Meng lächelte. «Ich bewundere Sie, Mr. Tozer. Ich vermute, Sie haben im geheimen schreckliche Angst, aber Sie verlieren Ihr *Gesicht* nicht, stimmt das? Das Gesicht wahren, ist sehr wichtig. Aus diesem Grund will ich die Figur wieder haben.»
Tozer zog es vor, nicht erfahren zu wollen, wie Meng die Figur an Tschang Tsching-jao verloren hatte; die Sache mit dem *Gesicht* verbot derlei Fragen. Er wartete, und Meng fächelte sich wieder, dann fuhr der General fort: «Der Hund von Tschang ist mit einer weißen Fahne zu mir gekommen, um einen Waffenstillstand auszuhandeln. Wie Sie wissen, bekämpfen wir uns seit zwei Jahren. Als Mensch, dem Friede lieber ist als Krieg, habe ich ihn empfangen.» Er schaute wieder in den Spiegel, aber der Einfallwinkel der Sonnenstrahlen hatte sich geändert; infolge der Lichtbrechung war dieser vorübergehend nichts als eine helle Fläche, ein milchigweißes, blindes Auge. Verärgert wandte sich Meng wieder Tozer zu, seine Stimme hatte nun einen wütenden Unterton. «Während er hier war und meine Gastfreundschaft genoß, ließ er einen seiner Begleiter die Figur stehlen. Später hat er sie Ihnen verkauft. Wieviel haben Sie dafür bezahlt?»
«Zehntausend amerikanische Dollar.»
Der Fächer bewegte sich schneller, wie der Pendel eines Metronoms, dem man einen wütenden Schubs gegeben hat. «Ah! Sie wissen, daß sie viel mehr wert ist, nicht wahr? Aber auch so kann er sich zwei oder drei Flug-

zeuge kaufen. Sie wissen, daß er das will. Er hat in Schanghai bereits ausländische Piloten angeworben. Ich wußte gleich, daß der Tag, an dem er die Figur stahl, für mich ein rabenschwarzer Tag war. Seither ist so vieles schiefgegangen. Die Ernte war schlecht, vier meiner Opiumkarawanen sind in einen Hinterhalt geraten, und gestern habe ich erfahren, daß zwei meiner Konkubinen Syphilis haben...» Der Fächer blieb unvermittelt in der Luft stehen, wurde mit einem Ruck zusammengeklappt und richtete sich wie eine Pistole auf Tozer. «Das Glück ist mir erst wieder hold, wenn ich die Figur zurück habe, Mr. Tozer. *Und Ihnen auch.*»

Zweites Kapitel

1

Die drei Bristol-Fighter starteten planmäßig am Donnerstagmittag. O'Malley und Weyman hatten bis Mitternacht gearbeitet und dann das Überholen der Flugzeuge den sechs Mechanikern überlassen, die Weyman verpflichtet hatte. Bei zwei Maschinen waren die hinteren Sitze entfernt und Zusatztanks angebracht worden, und ein Fallbenzintank saß auf der obern Tragfläche jeder Maschine. Wegen der Gewichtsverteilung wurde die eine Hälfte der Ersatzteile in O'Malleys, die andere in Weymans Flugzeug verstaut: ein Ersatzpropeller, sechs Zündmagnete, Vulkanisiermaterial, um defekte Reifen zu flicken, ein besonders robuster Wagenheber. Als die Mechaniker die Vickers- und Lewis-Maschinengewehre befestigten, stellten sie Fragen, aber George Weyman hieß sie sich um ihren eigenen Kram kümmern. Kurz vor dem Start tauchte er mit vier Schachteln Munition auf.

«Mehr können wir nicht mitnehmen. Wir haben schon das maximale Ladegewicht.»

«Hast du die Tanks gefüllt?» fragte O'Malley.

«Randvoll. 3 Pfund 8 Pence die Gallone – ich bin froh, daß unsere Freundin das bezahlen muß und nicht wir. Ein Glück, der Inflation zu entkommen. Wie kam sie mit der Maschine zurecht, als du heute mit ihr oben warst?»

O'Malley hatte mit Eve Tozer einen Testflug unternommen, um festzustellen, wie sie mit der Bristol fertig wurde. Er hatte sie auf deren Tücken aufmerksam gemacht: ein unzulängliches Seitenleitwerk, Querruder, die manchmal schwer gingen, Höhenruder, die bei niedrigen Geschwindigkeiten gerne schwammig wurden. Als er auf den Passagiersitz hinter ihr geklettert war, hatte er gefürchtet, sie kämen vielleicht nicht wei-

ter als Purley, das unmittelbar hinter der Anhöhe am Ende des Flugplatzes lag. Er hatte die Gosportschläuche in die Ohrenklappen seiner Fliegermütze gepaßt und Eve durch das Sprechrohr viel Glück gewünscht, sich dann steif in den Sitz zurückgelehnt und auf die Katastrophe gewartet. Er war, wie viele Piloten, ein schlechter Passagier. Trotzdem ...
«Man hätte meinen können, sie sei ihr Leben lang Brisfits geflogen. Sie ist ein Naturtalent, George.»
«Ich glaube, es hat ihr sehr mißfallen, daß ich festgelegt habe, wieviel Gepäck sie mitnehmen darf. Die schlitzäugige Zofe, die sie begleitet hat, muß glauben, sie reise in einem Zeppelin. Sie hat vier Koffer gepackt.»
Henty, Sun Nan und Eve kamen vom Rolls-Royce, wo die Zofe Anna neben den drei Koffern stand, die Weyman zurückgewiesen hatte. Eve und Sun trugen brandneue Fliegeranzüge und Fliegermützen. Eve hatte das lackierte, jetzt in Jute gepackte Holzkästchen unter dem Arm und Sun seine Melone. Eve sah blaß, aber entschlossen aus und Sun blaß und verängstigt.
«Mr. Sun hat mir soeben mitgeteilt, er sei noch nie geflogen», verkündete Eve.
«Freut mich, das zu hören», strahlte Weyman. «Sieht so aus, als ob wir über Frankreich stürmisches Wetter bekämen.»
«Mr. Weyman, bevor wir abfliegen, möchte ich eins klarstellen. Ich brauche sowohl Sie als auch Mr. O'Malley, aber ich brauche Mr. Sun dringender als Sie beide. Aus Angst, Mr. Henty setze sich, sobald wir abgeflogen sind, mit den Behörden in Schanghai in Verbindung, um zu erwirken, daß von dort aus ein Befreiungskorps ausgeschickt wird, weigert er sich, mir zu sagen, wer sein Herr ist und wo er sich aufhält. Ich brauche ihn, damit er uns an den Ort führt, an dem mein Vater gefangengehalten wird. Vergessen Sie das nicht, und behalten Sie ihre chinafeindlichen Gefühle für sich. Sie

werden als Mechaniker und Pilot bezahlt und nicht als Chinesenkenner.»
Weyman lief rot an, und einen Augenblick sah es aus, als würde er in Verwünschungen ausbrechen und davonlaufen. Eve fragte sich, ob sie zu freimütig gewesen sei; wenn George Weyman ausstieg, fand sie vielleicht nicht gleich einen Ersatz. Aber sie konnte nicht zurück; er mußte begreifen, daß es Überlegungen gab, die schwerer wogen als seine dämlichen Vorurteile. Sie starrte ihn an, wußte, daß sie die Lippen zusammenkniff und litt darunter; sie war den Tränen nah, hielt sie aber zurück. Bei diesem Unternehmen würde es nur einen Boß geben: *Sie.*
«Verstanden», erklärte Weyman schließlich grimmig. «Aber verlangen Sie nicht von mir, ihn in meine Maschine zu nehmen. Ich traue diesem Burschen nicht.»
Damit machte er kehrt und entfernte sich, aber Eve wußte, daß sie klargemacht hatte, wer der Boß war. Im Bestreben abzuheben, bevor neue Schwierigkeiten auftauchten, wandte sie sich zu Anna, um sich von ihr zu verabschieden. Diese weinte und setzte sich auf die Koffer wie ein gestrandeter Flüchtling, der nirgends mehr hinfliehen kann. Eve überließ sie sich selbst und kehrte zu Henty zurück.
«Auf Wiedersehn, Mr. Henty. Ich halte Sie, wenn immer möglich, telegrafisch auf dem laufenden, damit Sie wissen, wie wir vorwärtskommen.»
«Ich kenne Ihren Reiseweg», erwiderte Henty. «Sollte ich in der Zwischenzeit etwas von Ihrem Vater hören, schicke ich einen Funkspruch an die britischen Botschaften. Viel Glück.»
Er ging an Sun Nan vorbei, ohne ihn eines Blickes zu würdigen, und gab O'Malley die Hand. Danach begab er sich zum Rolls-Royce zurück, blieb neben dem Auto stehen und bohrte, immer noch mit seiner Hilflosigkeit hadernd, mit dem Stock Löcher in den Boden. Er

kannte China besser als alle, die nun abflogen, Sun Nan vielleicht ausgenommen, aber er wußte, die Reise, die ihnen bevorstand, würde für sein Bein zuviel sein. Voll Neid und wehen Herzens schaute er nach den zum Flugfeldende rollenden Maschinen.
In der vordersten Bristol prüfte O'Malley die Instrumente, blickte zu den Maschinen zu seiner Rechten und Linken hinüber und hob die Hand. Er drückte den Gashebel nach vorn, brachte das Seitenleitwerk in Mittelstellung und ließ das Flugzeug, das nun zu rollen begann, Fahrt aufnehmen. Er war immer nach dem Gefühl geflogen und hatte stets gewußt, wann was zu tun war. Aber noch nie war eines seiner Flugzeuge so schwer beladen gewesen wie diese Bristol, daher behielt er den Fahrtmesser im Auge. Er sah den Zeiger über die 45 Meilen hinausklettern, bei denen man eine Maschine im allgemeinen abheben konnte; er ließ sie auf fünfzig, fünfundfünfzig kommen, zog dann den Knüppel behutsam zurück und fühlte das Feld unter ihr weggleiten. Sobald er in der Luft war, wußte er, daß er für ein weiteres Steigen genug Leistung hatte. Er schaute nach hinten. Es bestand kein Grund, sich Sorgen zu machen. Eve Tozer und George Weyman waren ebenso glatt weggekommen wie er, sie gingen nun in die Kurve, um wie er den festgelegten Kurs aufzunehmen: das Tal hinunter bis Redhill, dann der Eisenbahnlinie nach bis Ashford in Kent und weiter zur Küste. Sie flogen in kriegsmäßiger V-Formation mit O'Malley an der Spitze. Drei bewaffnete Kampfflugzeuge in Kriegsformation unterwegs zu einer Art Kraftprobe auf der andern Seite der Welt. Ich träume, dachte O'Malley. Dann schaute er zu den sich über ihm zusammenziehenden Wolken auf, hörte die an ihm vorbeijagenden Windgöttinnen singen, fühlte, wie ihre Finger ihm ins Gesicht griffen, wußte, der Traum war der Kern der Wirklichkeit, und freute sich.

An diesem Tag lag die Welt in ihren üblichen Krämpfen. Bolschewistische Truppen rückten gegen Warschau vor und wurden in der Krim von Baron Wrangels Weißer Armee zurückgedrängt; Parer und McIntosh landeten von London kommend mit ihrer DH-9 in Darwin, nachdem sie acht Monate unterwegs gewesen waren, um 10 000 Meilen zurückzulegen; an der New Yorker Börse wurde hektisch verkauft, und Landru, der französische Blaubart, scherzte mit den Journalisten, während die Polizei auf der Suche nach den Gebeinen seiner Opfer in seiner Villa Asche siebte. Ereignisse fanden statt, die Geschichte machten oder nur ein Zähnchen waren im Räderwerk der ablaufenden Zeit.
Doch O'Malley, Eve und Weyman ahnten nichts davon und hätten sie nicht beachtet, wenn sie von ihnen gewußt hätten. Sun Nan, dem das Herz im Halse klopfte und der seine Melone wie ein Senfpflaster gegen den Magen drückte, hatte sich für die Welt außerhalb Chinas nie interessiert. Er spähte durch die Brille und suchte jenseits des grauen Horizonts das Reich der Mitte.
Sie erreichten die Küste bei Folkstone. O'Malley beobachtete die sich südlich von ihnen über dem Kanal zusammenballenden Gewitterwolken. Fünfundzwanzig Minuten später waren sie über der Sommemündung, und der Sturm lag hinter ihnen.
Nach fünf weiteren Minuten lag der O'Malley und Weyman vertraute Landstrich unter ihnen. O'Malley schaute schräg nach hinten und deutete nach unten. Weyman nickte, O'Malley sah, wie er wütend mit der behandschuhten Hand auf den Cockpitrand schlug. O'Malley verstand, doch Gebärden richteten nichts mehr aus, dazu war es zu spät. Er schaute auf das flache Land hinunter und suchte den Hügel, den er an jenem Julimorgen vor vier Jahren erklommen hatte; aber aus dieser Höhe gab es keine Hügel. Er sah die Zickzack-

linien der Schützengräben, die Narben des Krieges. Unkraut, Büsche und Feldblumen bewuchsen sie nun: für ihn waren es Wucherungen auf Wunden. Er flog über die weit auseinanderliegenden Dörfer und Städte und sah, daß der Wiederaufbau in vollem Gange war. Auf den Plätzen blieben die Leute stehen und schauten zum Himmel auf, aber niemand winkte. In der Schlaufe einer sich windenden Straße war die Erde umgegraben worden: Kreuze standen darauf, weiße Sternchen, in Reih und Glied zur Inspektion angetretene Tote. Sie sind auch in Reihen gestorben, dachte O'Malley. Mein Gott! schrie er in den Wind, und die Augen gingen ihm über hinter der Brille.
Eve sah, wie die Tragflügel der Maschine vor ihr flatterten; sie schloß dichter auf und fragte sich, was O'Malley ihr wohl mitteilen wollte. Doch er schaute nicht zu ihr hin; statt dessen sah sie, wie er die Brille in die Stirn schob und sich mit einem Taschentuch die Tränen abwischte. Sie blickte nach unten, sah die Schützengräben, die zerschossenen Bauernhäuser, die Kirche mit dem eingestürzten Turm, der einem abgebrochenen Zahn glich, und erinnerte sich, daß Arthur Henty gesagt hatte, an jenem ersten Morgen der Schlacht seien hier mehr Menschen gestorben als je an einem Tag während des ganzen Krieges. Und wofür? hatte Henty gefragt, aber sie hatte gewußt, er erwartete keine Antwort. Dann sah sie, daß O'Malley zu ihr herüberschaute, sie hob die Hand und winkte ihm zu.
In Le Bourget landeten sie, um aufzutanken. Sie starteten anschließend sofort wieder und flogen ziemlich genau nach Osten. Südlich von Straßburg gerieten sie in Regenböen, und O'Malley deutete den andern, sie sollten den Abstand vergrößern. Zehn Minuten flogen sie blind, danach schien ihnen die Sonne hell und beinahe waagrecht entgegen. Auf ihren gelben Strahlen flogen sie durch blendend weiße Wolken und glitten dem son-

nenbeschienenen blauen Bodensee entgegen. Sie kamen in Friedrichshafen neben den riesigen Zeppelinhallen herunter und landeten. Als sie ihre Maschinen am Ende der Rollbahn abstellten, sahen sie einen großen Mercedes-Geländewagen auf sie zurasen. Bei ihnen angelangt, stoppte er, und zwei Männer sprangen heraus.
«Sprechen Sie Deutsch?» Der Frager war ein pausbäckiger Blonder mit Bürstenschnitt, die lebende Karikatur eines Fritzen.
«Leider nein», erwiderte O'Malley. *«Do you speak English?»*
«Ja», erklärte der Pausbäckige und bohrte mit dem kleinen Finger im Ohr, als mache er sich für die Fremdsprache bereit. «Ich bin zwei Jahre in Kriegsgefangenschaft gewesen.»
Der andere Deutsche, ein junger Mann mit schwarzem Haar und Augen, für die es kein Ergeben und keine Niederlage gab, erklärte halb spöttisch: «Herr Bultmann ist stolz auf sein Englisch und die Umstände, unter denen er es gelernt hat.»
«Ich habe jedenfalls überlebt», gab Bultmann zurück, als wäre Überleben der Zweck des Kriegs gewesen. Zu den ehemaligen Feinden gewandt, fuhr er fort: «Ich bin Zeppelin geflogen. Unglücklicherweise sind wir heruntergeholt worden. Herr Pommer hat dem Bodenpersonal angehört. Sein Englisch stammt aus einem Buch.» Er sah O'Malley und Weyman an, als müßte es ihnen klar sein, daß Bodenpersonal nie abgeschossen wurde. Dann entdeckte er die Maschinengewehre auf den beiden Flugzeugen. «Sie sind bewaffnet? Warum?»
«Wir sind unterwegs in die Türkei», erwiderte O'Malley. «Wie Sie wissen, steht die Sache schlecht für unsere ehemaligen Alliierten. Diese Maschinen sind an die Nationalisten verkauft worden.»
«Britische Flugzeuge?»

O'Malley zuckte die Schultern. «Sie wissen, wie Regierungen sind, unsere eingeschlossen. Wenn sie ein Geschäft machen können, verkaufen sie alles an jeden. Herr Weyman und ich sind nur bezahlte Beamte.»
«Aber der Vertrag von ... Wo war es? Sèvres? Ich habe geglaubt, es sei den Türken untersagt, Kriegsmaterial zu haben. Wie uns auch.»
«Ach, was sind schon Verträge? In einem Jahr oder zwei wird auch bei Ihnen ein Auge zugedrückt.»
«Wenn man das tut, gelangt das Material in die falschen Hände. Wer ist die Dame?»
«Die Tochter des ehemaligen türkischen Außenministers. Leider spricht sie weder Englisch noch Deutsch. Der Chinese ist der Butler ihres Vaters.»
«Tut mir leid», sagte Bultmann in seinem tadellosen Kriegsgefangenenenglisch und lächelte. «Ich glaube Ihnen kein Wort. Sie müssen mitkommen.»
Ein zweiter Wagen kam die Rollbahn heruntergerast. Wieder ein Mercedes, aber er war nie als Kriegsgeländewagen benutzt worden, ein Zivilfahrzeug, das, obwohl es dringend einer Neulackierung bedurfte, immer noch Größe, Macht und Wohlstand versinnbildlichte. Auch den Mann, der ausstieg, umgab eine Aura von Wohlstand. Er trug einen Homburg, einen Schillerkragen mit einer Seidenkrawatte, ein schwarzes Jackett, dazu eine graue Weste, gestreifte Hosen und graue Gamaschen. Er hätte als Diplomat, als erfolgreicher Anwalt oder als Gigolo gute Figur gemacht. Erst als er näher kam, sah Eve, die ein Auge für solche Dinge hatte, daß seine Kleider wie das Auto aus der Vorkriegszeit stammten und an den Rändern ausgefranst waren.
«Was gibt es, Herr Bultmann?» Obwohl er mit sanfter Stimme sprach, prägte der harte preußische Akzent sein Deutsch.
«Nichts Besonderes, Herr Baron. Die Engländer haben lediglich eine Erklärung dafür abzugeben, warum sie

mit bewaffneten Flugzeugen über deutsches Hoheitsgebiet fliegen.»
Der neu Hinzugekommene wandte sich O'Malley und den andern zu. Er war sehr groß und schlank und hatte ein hübsches, knochiges Gesicht, das keinen Hinweis auf sein Alter gab. Er konnte Ende Zwanzig, aber auch Anfang Vierzig sein. Er hatte einen kalten, überheblichen Blick, einen sinnlichen Mund und einen die Welt und jedermann verachtenden Gesichtsausdruck. In Eves Augen war er der schönste Mann, den sie seit langem gesehen hatte.
Er nahm den Hut ab, so daß sein glattes blondes Haar zum Vorschein kam, schlug die Absätze zusammen und verbeugte sich vor Eve. «Ich bin Baron Conrad von Kern», sagte er auf englisch. «Ich wohne am See. Beim Anblick Ihrer Flugzeuge bin ich neugierig geworden. Es ist zwei Jahre her, seit ich die letzte Bristol-Fighter gesehen habe. Ich habe sie brennend zum Absturz gebracht.»
«Bravo», lobte O'Malley.
«Es ist sinnlos gewesen», fuhr Kern fort und sah dabei Eve an und nicht O'Malley. «Wir hatten den Krieg schon verloren. Wohin bringen Sie die Maschinen?»
«Nach China», erwiderte Eve und stellte sich, O'Malley und Weyman vor. Sun Nan ließ sie beiseite, aber Kern hatte den Chinesen bereits als keiner Beachtung würdiges Gepäck abgetan. «Es ist sehr wichtig, daß wir nicht aufgehalten werden, Baron.»
«Etwas ist faul an der Sache, Sir», mischte sich Bultmann ein. Er hatte «fishy» gesagt, um seine Kenntnisse der englischen Umgangssprache unter Beweis zu stellen. «Die Dame ist eben noch eine Türkin gewesen, die kein Englisch spricht.»
«Sie haben gesagt, Sie glaubten uns nicht», erklärte O'Malley, als ob damit seine Lüge erledigt gewesen wäre.

«Wann möchten Sie weiterfliegen?» Kern befaßte sich immer noch einzig mit Eve.
«Morgen früh.» Eve hatte den Frauenhelden im Baron erkannt und war entschlossen, das auszunützen. Das Risiko, daß er dem unglücklichen Mexikaner nacheifern würde, war klein. «Wir möchten in einem Hotel übernachten, morgen früh auftanken und sofort weiterfliegen.»
«Man kann nicht vorsichtig genug sein, Sir», sagte Bultmann. «Sie haben gelesen, was die Bolschewiken in Sachsen gemacht haben: Einige Städte in ihre Hand gebracht und als sowjetisch erklärt.»
«Sehen wir wie Bolschewiken aus?» fragte Eve beleidigt.
«Herr Bultmann, könnten Sie sich damit einverstanden erklären, daß die Fremden über Nacht meine Gäste sind und die Flugzeuge unterdessen hier in Ihrer Obhut bleiben?»
O'Malley musterte Bultmann und Pommer. Er haßte den preußischen Militarismus, er hatte gegen ihn gekämpft und sich gefreut, als er zerschlagen war. Aber er war nicht gänzlich zerschlagen worden, und jetzt war er froh darüber. Bultmann nahm Stellung an und schlug die Absätze zusammen.
«Ja, Herr Baron. Ich rufe morgen früh meine Vorgesetzten an und bitte um Anweisungen.»
«Tun Sie das, Herr Bultmann. Unterdessen, Fräulein Tozer...» Er deutete auf das massige Auto.
«Danke. Was ist mit Mr. O'Malley, Mr. Weyman und Mr. Sun Nan?»
Kern sah die drei an, als wäre er überrascht, daß er sie als Gäste aufnehmen sollte. Dann wandte er sich Bultmann zu. «Können Sie sie unterbringen, Herr Bultmann?»
Bultmann war nicht bereit, Fragen weiterhin als Befehle auszulegen. Er gestattete sich ein klein wenig Bolsche-

wismus. «Ich habe genug damit zu tun, auf die Flugzeuge aufzupassen, Herr Baron. Für die Leute sind Sie verantwortlich.»
Kern hob sein Kinn, und sein Mund wurde schmal, aber er drohte nicht, Bultmann vor Kriegsgericht zu stellen. Er wußte besser als alle Anwesenden, daß die alten Zeiten vorbei waren. Er ging steifbeinig auf das Auto zu. «Setzen Sie sich vorn neben mich, Fräulein Tozer.»
George Weyman öffnete zum erstenmal den Mund. «Ich überlasse die Maschinen nicht diesen Hunnen.»
«Es ist einige Zeit her, seit Attila und seine Hunnen hier durchgezogen sind, Herr Weyman», entgegnete Kern ihm. «Herr Bultmann und Herr Pommer sind gute Deutsche, nichts mehr und nichts weniger.»
Weyman sah aus, als würde er gleich bestreiten, daß es gute Deutsche gab, aber O'Malley kam ihm zuvor. «George, wir haben keine Wahl. Die Flugzeuge gehören nicht uns, sondern Miß Tozer.»
«Und ich sage, Sie vertrauen sie Herrn Bultmann an», erklärte Eve. «Steigen Sie ein, Mr. Weyman.»
Weyman errötete und sah O'Malley an, als wollte er ihn des Verrats beschuldigen. Doch dieser drängte bereits Sun Nan in den Fond des Wagens, rückte ihn ans gegenüberliegende Fenster und nahm selber in der Mitte Platz. «Komm, George, du sitzt neben mir.»
Widerstrebend und immer noch wütend stieg George ein; die Tür ließ er offen, den Blick starr nach vorn gerichtet. Kern blieb stehen, knallte schließlich die Fondtüre zu, ging um den Wagen herum und setzte sich ans Steuer. Er nickte Bultmann und Pommer zu, und diese schlugen die Absätze zusammen und standen stramm, dann wendete er den Wagen.
«Warten Sie!» rief Eve plötzlich. Als Kern brüsk anhielt, sprang sie aus dem Auto und lief zu ihrem Flugzeug. Sie kam mit dem in Jute gepackten Kästchen und

einem kleinen Köfferchen zurück. «Danke, Baron. Fliegen schadet der Haut. Meine Salben werden den Schaden wieder gutmachen.»
«Ich habe noch nie einen Teint gesehen, der dies weniger nötig gehabt hätte.»
Die beiden Engländer und der Chinese sahen sich an; die Verachtung für derlei Schmeicheleien machte sie für einen Augenblick zu Verbündeten. Das Vereinigte Königreich und das Reich der Mitte wußten, wie weit man eine Frau ermutigen durfte.
Sie fuhren vom Flugplatz weg, vorbei an den riesigen Hallen, in denen zwei Luftschiffe verankert waren. Ihre Nasen ragten wie jene riesiger Tümmler aus den Hallen. Hier sahen die Zeppeline ziemlich harmlos aus, aber O'Malley hatte während eines Urlaubs in London erlebt, wie einer über der City ins Kreuzfeuer der Scheinwerfer geraten war, und konnte sich nicht erinnern, je etwas so Gespenstisches und Bedrohliches gesehen zu haben. Er sah George Weyman an; Georges Eltern waren bei einem Zeppelinangriff umgekommen.
«Und der paar MGs auf unseren Flugzeugen wegen machen sie ein Geschrei!» sagte dieser bitter. «Wären doch alle verbrannt.»
«Es ist vorbei, George.» O'Malley versuchte, sich seine Besorgnis über Weymans Haß nicht anmerken zu lassen. Seine eigenen Eltern lebten wohlbehalten in Tanganjika und profitierten von dem, was die Deutschen verloren hatten. «Versuch es zu vergessen.»
«Ich denke nicht daran.»
Die Straße führte dem See entlang. Segelboote peilten den Hafen an, die Sonne hinter ihnen ließ sie als riesige, lichte Mücken erscheinen. Das Wasser funkelte wie ein polierter Schild. Der Sommer gefiel sich im Hervorzaubern großer grüner Sträuße von Bäumen. Wenn der Krieg hier gewütet hatte, waren davon keine Spuren mehr zu sehen.

«Ich war unterwegs zum *Thé dansant* in Konstanz», sagte Kern und deutete auf seinen Anzug. Die drei Männer auf dem Rücksitz sahen sich wieder an: Wer ging an einem Nachmittag tanzen? «Ich wollte zur Fähre, als ich Ihre Flugzeuge gesehen habe. Ich bin sofort umgekehrt. Kampfflugzeuge faszinieren mich noch immer.»
«Was sind Sie geflogen?» O'Malley konnte sich diese professionelle Frage nicht versagen.
«Albatros D und Fokker-Dreidecker. Ich flog mit von Richthofen.»
«Wie viele Abschüsse?» fragte Eve.
Wenn Kern den leicht sarkastischen Unterton heraushörte, ließ er sich das nicht anmerken. «Ich habe zweiunddreißig Maschinen abgeschossen, aber ich habe den Krieg nie als Jagd angesehen.»
«Gleich viele wie Mr. O'Malley. Schade, daß wir nicht länger bleiben können. An Gesprächsstoff würde es Ihnen nicht fehlen.»
«Einverstanden – früher», erklärte O'Malley. «Aber Sie vergessen, jetzt bin ich froh, daß der Krieg vorüber ist, jedenfalls dieses Kapitel.»
Eve erwiderte seine Blicke nicht, sondern sah Kern an. «Und Sie, Baron?»
Kern antwortete nicht. Er bog von der Hauptstraße ab und fuhr eine Anhöhe hinauf. Oben stand über einer jäh gegen den See abfallenden Felswand ein Schlößchen. Die wie mit Bleistift gezeichneten Türmchen und Erker vor der Kulisse des blaßrosa Himmels hatten etwas Unwirkliches.
«Es sieht aus wie ein Märchenschloß!» rief Eve entzückt. «Gehört es Ihnen?»
«Ja, es gehört jetzt mir», erwiderte Kern und fuhr über die Zugbrücke und unter einem Fallgatter hindurch in einen kleinen Hof. «Es hat meinem Onkel gehört, aber er und meine beiden Vettern sind im Krieg gefallen. Das hat meiner Tante das Herz gebrochen, sie ist ge-

storben. Das kommt vor bei Frauen.» Er sagte das nicht entschuldigend, sondern herausfordernd, als glaubten ihm die andern nicht.
«Bei Männern manchmal auch», entgegnete Eve sanft.
Bedienstete kamen heraus, zwei Männer und eine Frau, alle gesetzten Alters: Museumsstücke, dachte O'Malley, Vorkriegswachsfiguren, die man aufgezogen und wieder in Dienst genommen hat. Sie verbeugten sich vor dem Baron und seinen Gästen, nicht aber vor Sun Nan, den sie augenscheinlich für das asiatische Spiegelbild ihrer selbst hielten. Doch sie zeigten keinerlei Überraschung, als der Baron sie anwies, Sun Nan wie die andern Gäste auf eines der Zimmer zu führen.
«Sie haben einen langen Flug hinter sich», sagte Kern, als er ihnen voran in die hohe Eingangshalle des Schlosses trat. Die Wände waren mit dunkler, geschnitzter Täfelung verkleidet, aber der Boden war aus Stein, und ihre Schritte widerhallten hohl auf den Fliesen. Wandelnde Skelette, dachte O'Malley und schauderte. Er fragte sich, wie viele Geister Kern hier in einsamen Stunden empfangen mochte.
«Nehmen Sie ein Bad, und ruhen Sie sich aus», fuhr Kern fort. Er richtete sich immer nur an Eve; die andern konnten tun, was ihnen beliebte. «Wir essen um acht.»
Eine Stunde später trat Eve auf die Terrasse vor ihrem Schlafzimmer. Sie trug eine frische Bluse und einen Rock, die sie in ihrem Köfferchen mitgebracht hatte, und fühlte sich erfrischt. Sie war zufrieden mit der Strecke, die sie an dem Tag zurückgelegt hatten. Es war noch ein weiter Weg, bis ihr Vater gerettet war, aber die Reise hatte gut begonnen. Sie zog die goldene Uhr aus der Tasche in ihrem Rock, öffnete sie und betrachtete den sich emsig drehenden Sekundenzeiger. Wieder kam sie ihr wie eine Zeitbombe vor. Ihre Hand krampfte sich unwillkürlich zusammen, als wollte sie die Uhr über die Terrasse hinauswerfen. Statt dessen

klappte Eve sie zu und steckte sie wieder in die Tasche. Sie lehnte sich gegen die gemauerte Brüstung und schaute auf den sich im Zwielicht blaugrau färbenden See. Tauben gurrten in den Bäumen unter ihr, und draußen auf dem Wasser zog ein letztes Segelboot eine silberne Spur in Richtung Heimathafen. Alles war so friedlich, und auf der andern Seite der Erde war ihr Vater vielleicht schon ermordet worden. Sie griff sich an den Hals und fühlte ein plötzliches, schmerzhaftes Würgen.
«Eine heile Welt», sagte O'Malley hinter ihr. «Kaum zu glauben, daß dieses Land den Krieg verloren hat.»
«Die Leute in den Städten wissen, daß sie ihn verloren haben.» Sie ließ die Hand sinken und erholte sich rasch. «Jedenfalls schließe ich es aus dem, was ich gelesen habe. Millionen von Arbeitslosen, Geld, das nicht das Papier wert ist, auf dem es gedruckt wurde.»
«Sie tun Ihnen anscheinend leid.»
«Sie würden mir leid tun, wenn ich darüber nachdächte. Ich bin weit weg vom Krieg gewesen, Mr. O'Malley, und ich habe niemanden verloren. Keinen Vater, keine Brüder, nicht einmal Vettern. Vielleicht würde ich sonst anders denken. Haben Sie jemanden verloren?»
«Verwandte nicht, nur Freunde.» Indem er sozusagen die Tür hinter dem Krieg schloß, wandte er sich ab und schaute wieder auf den See. «Wenn Herr Bultmann den Beamtenapparat in Bewegung setzt, kriegen wir morgen Schwierigkeiten. Die deutsche Bürokratie ist die schlimmste, die es gibt.»
«Wir können es uns nicht leisten, auch nur einen Tag zu verlieren. Nicht schon jetzt. Was schlagen Sie vor?»
«Ich weiß es nicht. Es fällt mir nichts ein. Zudem hält Herr Bultmann mich ohnehin für einen Lügner.»
«Sie *sind* ein Lügner, Mr. O'Malley, aber ich bin mir noch nicht im klaren, ob ein großer oder ein kleiner.

Sie schrecken jedenfalls nicht davor zurück, einer Dame etwas vorzuschwindeln, um sich auf ihre Kosten zu bereichern. Stimmt das?»
O'Malley lachte, durchaus nicht betroffen. «Jeder, der sich an Ihnen bereichern kann, hat einen Orden verdient, Miß Tozer. Gestern, bevor Sie nach London zurückgefahren sind, habe ich mit Arthur Henty gesprochen. Ich wollte ein wenig mehr über Sie wissen, bevor ich Ihnen ans Ende der Welt folgte. Wie ich gehört habe, schreckte auch Ihr Großvater vor ein paar Lügen nicht zurück, wenn sie etwas einbrachten.»
«Hat Mr. Henty das gesagt?»
«Nein. Ich habe zwei und zwei zusammengezählt. Ich glaube nicht, daß ein Weißer in China ein Vermögen machen kann, wenn er völlig ehrlich und unbescholten ist. Ich muß mich einmal bei Mr. Sun erkundigen.»
«Mein Vater *ist* ehrlich.»
«Arthur Henty hat nicht das Gegenteil behauptet. Und ich glaube Ihnen.»
«Bis Sie Mr. Sun gefragt haben. Wollen Sie das sagen?»
Eve wurde sich bewußt, daß sie O'Malley zum erstenmal richtig ansah. Sie interessierte sich stets lebhaft für Männer und hatte zwei ernsthafte Liebschaften hinter sich. Die eine war im Sand verlaufen, und die andere hatte sie brüsk abgebrochen, als sie herausgefunden hatte, daß der Betreffende ebensosehr darauf aus war, an ihr Bankkonto zu kommen wie in ihr Bett. Aber sie war nicht enttäuscht. Wie sie Arthur Henty (erst gestern?) in London gesagt hatte, war sie verrückt nach gut aussehenden Männern. Ganz abgesehen von der Sorge und Aufregung über das Schicksal ihres Vaters, hatte O'Malley sie als Mann vielleicht darum nicht interessiert, weil er nicht gut aussah. Er war wenig mehr als mittelgroß, gut gebaut, hellhäutig und gesund, aber er war nicht hübsch. Er hatte braunes Kraushaar, das die Schere nötig hatte, ein breites, offenes Gesicht, das

einzig die schöngeschnittene Nase über der langgezogenen Oberlippe belebte, und Augen, die zu spöttisch schauten, um auf ein Mädchen einladend zu wirken, das an Romanzen glaubte.
«Ich bezweifle, daß Mr. Sun die richtige Informationsquelle ist. Er steht zu sehr unter dem Einfluß dessen, den er seinen Herrn nennt.»
«Wer sind Sie, Mr. O'Malley, abgesehen von Ihrer fliegerischen Karriere?»
Sie stützte den Ellbogen in die eine Hand und griff sich mit der andern ans Kinn.
«Ein Ex-Infanterieoffizier. Keine Abschüsse, wenn das Ihre nächste Frage ist.»
«Wer sind Sie vor dem Krieg gewesen?»
«Niemand.» Er grinste. «Ich bin ein Einzelkind wie Sie. Mein Vater ist im Kolonialdienst. Er und meine Mutter leben jetzt in Tanganjika und versuchen, die Eingeborenen davon zu überzeugen, daß das Britische Imperium mehr für sie tun wird, als das Deutsche Reich es zuvor getan hat.»
«Wird es dies tun?»
«Ich weiß es nicht. Wenn ich je mit einem Eingeborenen zusammenkomme, frage ich ihn. Mein Vater tut es nicht. Für ihn ist das Britische Imperium das auf Erden, was einem gut geführten Himmel am nächsten kommt. Vielleicht ist das so. Aber mir liegt nichts daran, diese Auffassung zu verbreiten.»
«Sie sprechen wie ein Radikaler. Sind Sie vor dem Krieg einer gewesen?»
«Nein. Ich habe in Oxford Kricket und Rugby gespielt und Bier getrunken. Ein Semester lang habe ich versucht, mich an Sherry zu gewöhnen, aber ich habe herausgefunden, daß ich kein Ästhet bin. Zumindest nicht im Trinken.»
«Ist das alles, was Sie gemacht haben? Kricket und Rugby gespielt und Bier getrunken?»

«Nein. Ab und zu habe ich Geschichte gehört, aber büffeln galt als unfein. Ich habe damals nichts getan, was als unfein galt.»
«Und heute?»
Er schüttelte den Kopf und grinste erneut. «Ich habe im Krieg zuviel gesehen, was auch als fein gegolten hat. Mehr Menschen sind dadurch auf schreckliche Weise umgekommen als je durch Dinge, die als unfein angesehen werden.»
Kern war über die Terrasse gekommen. Er war noch gleich angezogen wie zuvor, immer noch ganz Frauenheld. Eve fragte sich, ob er gewöhnlich zum Thé dansant in Konstanz ging und wirklich ein Gigolo war. Doch trotz seines geckenhaften Aussehens hatte der Baron etwas an sich, das deutlich erkennen ließ, daß er sich nie verkaufte. Zuletzt den dicken Matronen in Konstanz. Allerdings wunderte sie sich, daß es angesichts der rasenden Inflation noch Leute gab, die Geld hatten, sich einen Partner zu kaufen, sei es auch nur für einen Tanz. Von O'Malleys Zynismus angesteckt, sagte sie sich, daß vielleicht nicht alle Deutschen den Krieg verloren hatten.
«Sie sprechen wie unsere Regierung in Berlin», sagte Kern. «Schneidemann und Erzberger spotten über den Ehrenkodex unserer Armee.»
«Ich spotte nicht über den Ehrenkodex», erwiderte O'Malley. «Ich habe lediglich nichts für engstirnige Generäle übrig, die zuviel davon erwarten.»
Kern biß sich auf die Lippen, dann nickte er steif und widerstrebend. Er war ein aufrichtiger Mensch, zu unkompliziert für Dialektik; er war das Produkt einer alten Schule, die nun in Trümmern lag. Er wandte seine Aufmerksamkeit Eve zu. Im Umgang mit Frauen war Humor überflüssig. Er wußte, die meisten von ihnen hatten im Grunde zu viel Vernunft, um Humor zu erwarten.

Als Kavalier der alten Schule bot er ihr den Arm. «Wollen wir uns zu Tisch setzen, Miß Tozer?»
Während des Essens redete vor allem Kern. «Ich stamme aus Königsberg. Meine Heimatstadt gehört jetzt zu Polen. Ihr Engländer und Amerikaner wißt nicht, was es heißt, seine Vaterstadt an ein anderes Land zu verlieren.»
«Sie haben es so gewollt», erwiderte George Weyman, eine Kartoffel im Mund. Seine Abneigung gegen die Deutschen erstreckte sich nicht auf deren Essen. Er hatte zweimal Suppe genommen, dann Fleisch, und war beim dritten Glas Wein. Sein Ton war jedoch nicht aggressiv. «Etwas mußten Sie aufgeben. Man kann einen Krieg nicht verlieren, ohne Haare zu lassen.»
«Vielleicht kann sich Mr. Sun dazu äußern», warf Eve ein. «In China werden schon sehr viel länger Kriege geführt als bei uns.»
Sun Nan saß neben Weyman, O'Malley und Eve ihnen gegenüber und Kern am Tischende. Der Chinese hatte kein einziges Wort gesagt, seit sie im Schloß waren, aber seine Augen und Ohren nahmen alles auf, was um ihn vorging. Das Schloß machte ihm großen Eindruck; er wünschte, sein Herr wäre hier und nähme sich ein Beispiel. Der *Yamen* in Szeping schien ihm fast nur noch eine pompöse Kaserne. «In unseren Kriegen verliert der Verlierer alles», sagte er. «Wir sind nicht so einfältig, auf Gnade zu hoffen.»
«Das klingt, als seien Sie nie auf der Verliererseite gewesen», bemerkte O'Malley.
Mr. Sun lächelte und verströmte Selbstgefälligkeit. «Mein Herr ist ein sehr fähiger General. Er ist nicht einfältig.»
«Er ist ein Schwein.» Weymans Leutseligkeit war plötzlich verschwunden.
Kern saß unbeweglich da und schaute seine Gäste der Reihe nach an. Er wußte nicht, welche Rolle der Chi-

nese spielte, und der Anstand verbot es ihm, danach zu fragen. Die Stimmung hatte umgeschlagen; er war aber eher neugierig als ärgerlich. Er hatte sich dauernd gelangweilt, seit er vor sechs Monaten an den Bodensee gezogen war, und war für alles dankbar, was einen Funken Spannung in seinen grauen Alltag brachte. Jeder Krieg war ihm willkommen, selbst ein Krieg bei Tisch.
«Weil er in seiner Provinz der Herr sein will?» fragte Sun Nan und sah Weyman von der Seite an, als ginge er nur aus Gefälligkeit auf ihn ein. «Ihr Ausländer habt kein Recht, in China zu sein.»
«Wir sind berechtigt, Handel zu treiben.» Weyman war rot angelaufen. Mit einem Chinesen zu diskutieren, ging ihm wider den Strich. «Es gibt Verträge.»
«Sie haben nichts zu besagen. Ihr Europäer habt sie als Deckmantel für eure Lügen und eure Gier erfunden.» Sun Nan machte eine abschließende Handbewegung und wandte sich an Kern. «Es tut mir leid, in Ihrem Haus in einen Streit verwickelt worden zu sein, Baron. Aber ich bin es nicht, der keine Umgangsformen hat. Ich bitte um Vergebung und werde mich zurückziehen.» Er senkte den Kopf und erhob sich.
Doch Weyman packte ihn am Arm und zwang ihn auf den Stuhl zurück. Trotz seines niedrigen Siedepunkts und seiner verheerenden Vorurteile hätte er sich unter normalen Umständen an einer fremden Tafel beherrscht: Er wußte, was sich gehörte. Ironischerweise war es der deutsche Wein, der ihn die Selbstkontrolle verlieren ließ.
«Das laß ich mir von einem Schlitzauge nicht bieten!»
«Nehmen Sie Ihre Hand von meinem Arm!» Das Pfeifen in Suns Stimme hängte die Wörter aneinander. Sein Mund schmerzte, die Zähne kamen ihm in die Quere. Er starrte auf Weyman hinunter und sagte etwas auf Chinesisch.
«Für wen, zum Teufel, halten Sie sich?»

Die Finger immer noch in Suns Arm gekrallt, rückte Weyman den Stuhl zurück und stand auf. O'Malley, der den beiden gegenüber saß, sah, wie Suns Hand in die Tasche fuhr und wußte sofort, was geschehen würde, war aber nicht schnell genug, es zu verhindern. Das Messer zuckte aus Suns Tasche und stach in Weymans Hand; dieser ließ Suns Arm fluchend los und fuhr mit der Faust herum. Aber wieder blitzte das Messer auf, und Weyman sank auf seinen Stuhl und hielt sich mit der blutenden Linken die Innenseite des rechten Ellbogens. Er nahm die Hand weg und schaute verwirrt auf das aus dem Riß in seinem Jackettärmel spritzende Blut. Er versuchte den Arm zu bewegen, vergeblich. Dann kippte er ohnmächtig vom Stuhl.
Kern und O'Malley waren sofort aufgesprungen. Sun Nan, das Messer immer noch in der Hand, wich zurück. Er kämpfte weiterhin mit seinem Gebiß und ließ Mund und Kiefer kreisen, zeigte aber weder Furcht noch Reue.
O'Malley kniete neben Weyman nieder, riß ihm das blutverschmierte Jackett herunter und band die verletzte Ader mit einer Serviette ab.
«Rufen Sie einen Arzt.»
«Ich benachrichtige auch die Polizei.» Kern eilte zur Tür.
«Nein!» Eve hielt ihn zurück. Sie war wütend und verwirrt, erkannte aber sofort, daß die Intervention der Polizei eine Verzögerung ihres Abfluges zur Folge haben müßte. «Bitte keine Polizei! Ich erkläre Ihnen später, warum. Rufen Sie jetzt einen Arzt. *Bitte!*»
Kern sah seine Gäste wieder der Reihe nach an und verließ das Zimmer. Sun Nan ging um den Tisch herum, nahm eine Serviette und säuberte sein Messer. Danach steckte er es in die Tasche zurück, knöpfte sein Jackett zu und verneigte sich vor Eve. «Ich bin es nicht gewöhnt, so behandelt zu werden, Miß Tozer.»

«Auch von Ihrem Herrn nicht?»
«Kein Weißer ist mein Herr und keine Weiße meine Herrin. Vergessen Sie das nicht, Miß Tozer.»
Er drehte ihnen den Rücken zu und ging gemessenen Schrittes aus dem Zimmer, als wüßte er, daß weder Eve noch O'Malley es wagten, die Hand gegen ihn zu erheben.
«Dieser Bastard!» sagte O'Malley.
Weyman bewegte sich, öffnete die Augen und versuchte, sich aufzusetzen. Doch O'Malley hielt ihn zurück. Eve hatte unterdessen ein Kissen gefunden und schob es ihm unter den Kopf. Sie verband seine verletzte Hand mit einer Serviette. Weyman betrachtete seinen auf O'Malleys Knie gestützten rechten Arm und schüttelte den Kopf, als könnte er immer noch nicht fassen, was ihm zugestoßen war.
«Ich könnte ihn umbringen.»
«Das würde ich nicht zulassen», entgegnete O'Malley. «Du hast gehört, was Miß Tozer heute früh gesagt hat. Er ist für sie wichtiger als wir. Und er weiß das.»
Weyman sah Eve und O'Malley an und schaute dann auf seinen Arm. «Wie schlimm ist es?»
«Ich weiß es nicht. Gut sieht es nicht aus, mehr kann ich nicht sagen.»
Kern kam zurück. «Der Arzt wird in zehn Minuten hier sein. Wo ist Herr Sun?»
«In seinem Zimmer», erwiderte Eve. «Er läuft nicht weg.»
«Vielleicht tun Sie mir den Gefallen und erklären mir das alles.» Kern war kühl und höflich.
Eve zögerte, dann erzählte sie Kern die ganze Geschichte. Er hörte mit ausdruckslosem Gesicht zu. Als sie fertig war, sah er auf Weyman hinunter. «Herr Weyman wird morgen nicht fliegen können.»
George Weyman war starrköpfig, aber nicht einfältig, zumindest nicht in praktischen Dingen. «In dem Zu-

stand, in dem der Arm jetzt ist, kann ich kein Flugzeug steuern.»
«Wir müssen morgen weiter», sagte Eve. «Wir können uns keine Verzögerung leisten. Dürfen wir Mr. Weyman und seine Maschine Ihrer Obhut anvertrauen?»
«Sie haben keine andere Wahl», erwiderte Kern. «Die Frage ist, ob Herr Bultmann Sie und die anderen Maschinen freigibt.»
«Können Sie uns nicht behilflich sein?» bettelte Eve. «Sie wissen jetzt, was ein einziger verlorener Tag für uns bedeuten kann.»
«Ich will sehen, was ich tun kann. Für den Augenblick sollten wir Herrn Weyman in sein Zimmer bringen.»
«Was sagen wir dem Arzt?» fragte O'Malley.
«Es sei ein Unfall gewesen», erwiderte Kern. «Er ist während Jahren meines Onkels Arzt gewesen. Er wird keine unbequemen Fragen stellen.»
Der Arzt stellte keine. Er war alt und mager und sah aus, als sei er selbst sein regelmäßigster Patient. Er kam, verband Weymans Arm und verordnete ihm Ruhe. «Die Sehne ist in Mitleidenschaft gezogen worden. Es kann sehr lange dauern, bis der Arm wieder in Ordnung ist.»
«Was hat er gesagt?» fragte Weyman, den des Arztes fehlende Englischkenntnisse irritierten. Kern übersetzte, und er schüttelte enttäuscht und wütend den Kopf. «Werfen Sie das Schwein aus dem Flugzeug, wenn Sie in China sind, Miß Tozer. Aus großer Höhe.»
Eve lächelte, obwohl es sie einige Anstrengung kostete. «Hauptsache, Sie werden wieder gesund, Mr. Weyman. Fahren Sie nach England zurück. Sie werden voll entschädigt.» Dann wandte sie sich ab und griff mit der Hand an die Stirn. Sie schloß die Augen, als sie fühlte, wie sie schwankte, und öffnete sie dann wieder. «Ich bin müde. Wenn Sie mich entschuldigen, Baron, ziehe ich mich zurück.»

Kern begleitete sie zu ihrem Zimmer und küßte ihre Hand. «Wir lösen Ihr Problem, Fräulein Tozer, schlafen Sie ruhig.»
«Mein Problem ist nicht hier, Baron. Es ist in China.»
Sie schloß die Schlafzimmertür, zog sich aus und kroch in das große Himmelbett. Aus dem Fenster starrte sie und sah einen Stern vom blauschwarzen Himmel fallen. Sie glaubte an Vorzeichen, war aber so erschöpft, daß sie nicht mehr wußte, was eine Sternschnuppe bedeutete. Lediglich an das Aufblitzen von Sun Nans Messer erinnerte sie sich, als dieses in George Weymans Arm gefahren war. Sie wußte, *das* war ein Vorzeichen gewesen; sie weinte um ihren Vater, der im Land des Aberglaubens festgehalten wurde, und fragte sich, ob er, wo immer er war, aus seinem Fenster dieselbe Sternschnuppe gesehen hatte. Doch es wurde ihr bewußt, daß in China schon der Morgen dämmerte; ein kostbarer Tag mehr, den der Mann abhaken konnte, der ihren Vater gefangenhielt.

2

Am Morgen sagte Kern beim Frühstück: «Gestatten Sie mir, Herrn Weymans Platz einzunehmen?»
Eve sah O'Malley an. Sie waren nur zu dritt am Tisch. Weyman schlief noch, und Sun Nan, der sehr auf gute Manieren achtete, hatte gebeten, sie möchten ihn bei Tisch entschuldigen. Nun schmatzte er draußen auf der Terrasse einen Apfel und bewunderte die Aussicht wie ein unbelasteter, selbstzufriedener Tourist.
Die Behauptung, in den Nordgebieten herrsche Hungersnot, wurde durch das Frühstück Lügen gestraft. Eier, Speck, Würstchen, Obst und drei Sorten Brot waren wie ein Erntedankopfer auf dem Tisch aufgebaut. Die Früchte der Niederlage, dachte O'Malley, der ein solches Frühstück länger als ihm lieb war nicht mehr gesehen hatte. Er sah Kern an und fragte sich, ob er jemals mit diesem arroganten ehemaligen Feind auskommen könnte.
«Sie entscheiden, Miß Tozer.» Er schlürfte den Kaffee und kostete dessen fade Bitterkeit: In England wurde wenigstens der Kaffee nicht aus Eicheln gemacht. «Wenn sich der Baron herabläßt, eine britische Maschine zu fliegen...»
«Herr O'Malley, Sie sind Flieger wie ich. Sie wissen, echte Piloten machen keinen Unterschied zwischen Flugzeugen. Ihre Flieger haben unsere Albatrosse und Fokker genauso bewundert wie wir Ihre SE und Bristols. Hauptsache, man hat eine Maschine, die zu fliegen Spaß macht.»
«Zumindest etwas, worin wir uns einig sind.» O'Malley bemühte sich, nicht allzu abweisend zu wirken. «Wenn der Baron bei von Richthofen gewesen ist, muß er ein guter Pilot sein. Ich kann das beurteilen, ich bin gegen dieses Jagdgeschwader geflogen.»

«Möglicherweise haben wir sogar gegeneinander gekämpft», meinte Kern.
«Daran habe ich auch schon gedacht. Sind Sie je abgeschossen worden?»
Kern zögerte, aber seine Ehrlichkeit stand seinem Stolz nicht nach. «Einmal. Ich flog eine Albatros, wir stießen über Rosières auf eine englische Staffel. Ich schoß zwei Maschinen ab, zwei Camels, dann tauchte eine dritte über mir auf und setzte meine Maschine in Brand. Ich erreichte unsere Linien noch, aber knapp. Meine Mechaniker zerrten mich aus dem Cockpit, ich war schon angesengt. Hier.» Er fuhr sich mit der rechten Hand über die linke Seite und den linken Arm. «Es war am 22. Juli 1918.»
O'Malley schaute auf seine Kaffeetasse und stieß sie dann von sich. «Ich fliege diese Camel zu Hause in England immer noch.»
Kern zeigte sich nicht überrascht. Der Luftkrieg war stets eine örtlich beschränkte Angelegenheit gewesen. «Haben Sie mich als Abschuß gemeldet?»
«Ich fürchte, ja. Ich hielt Sie für eine tote Ente.»
Kern schüttelte den Kopf und lächelte dünn. «Ihre Rechnung stimmt nicht, Herr O'Malley. Ich habe demnach einen Abschuß mehr als Sie, zweiunddreißig zu einunddreißig.»
«Sind Sie fertig?» Eve, die völlig erledigt gewesen war, hatte tief geschlafen, war aber bedrückt erwacht. Kerns Angebot hatte ihr vorübergehend Auftrieb gegeben, aber jetzt ärgerte sie sich über diese beiden Männer und ihre Erinnerungen, die nichts mit dem zu tun hatten, was sie selbst beschäftigte. «Es geht nicht um irgendeine Spritztour, Baron.»
«Der Krieg ist auch keine Spritztour gewesen, Fräulein.»
Eve ging nicht darauf ein: Sie wußte, er hatte recht, aber die beiden sprachen, als wäre es irgendein lebens-

gefährliches Spiel in der Luft gewesen. «Es würde sich um ein reines Arbeitsverhältnis handeln. Ich biete Ihnen dieselben Bedingungen wie Mr. O'Malley. Fünfhundert Pfund und bezahlte Rückreise. Wieviel Mark das sind, weiß ich nicht.»
Kern lächelte. «Wer weiß das schon? Gestern vielleicht eine Billion, heute eine Trillion. Das Geld ist Nebensache, Fräulein Tozer. Aber ich werde es nehmen.»
Er ist ebenso blank wie ich, dachte O'Malley. Das Schloß, der große Mercedes, die Dienerschaft, die reichen Mahlzeiten: Alles auf Pump von Gott weiß wem. Es gab noch Junker, aber wie lange noch? Eine Wette würde er diesbezüglich nicht eingehen. Nicht einmal eine auf Kredit, wenn jemand *ihm* Kredit gäbe.
Eve erhob sich. Sie hatte es plötzlich eilig, weiterzufliegen. «Können wir in einer halben Stunde aufbrechen, Baron? Wir möchten heute bis Belgrad kommen.»
«Ich rufe Herrn Bultmann an, bevor er sich an seine Vorgesetzten wendet.»
«Wird er uns zurückhalten?»
Kern schüttelte den Kopf. «Herr Bultmann gehört zur alten Schule.»
Was, zum Teufel, heißt das? fragte sich O'Malley, sagte aber nichts, da er es zu ahnen begann. Gewisse Teile Deutschlands widerhallten noch vom Zusammenschlagen der Absätze. Die Arbeiterräte mochten in Sachsen Städte übernehmen, aber nicht hier im Gebiet von Friedrichshafen. Er entschied, daß es zwischen hier und China kein Absatzzusammenschlagen geben würde.
Kern entfernte sich, um Bultmann anzurufen, Eve und O'Malley gingen hinauf, um sich von Weyman zu verabschieden. Er fühlte sich besser, aber seine Stimmung war alles andere als gut. «Habe ich das verdient? Ich werde von so einem verdammten Schlitzauge niedergestochen, und ein Fritz nimmt meinen Platz ein. So gemein ist es mir im Krieg nie ergangen.»

«Nimm's nicht tragisch, alter Junge.»
O'Malley würde Weyman vermissen. Sein aufbrausendes Temperament war hinderlich, auch würden sie über Gebiete fliegen, die seine Vorurteile wie Unkraut hätten wuchern lassen, aber er war ein ausgezeichneter Mechaniker. O'Malley hatte wenig Vertrauen in seine eigenen Fähigkeiten, wenn ernsthafte Pannen auftreten sollten. Doch er wurde sich mehr und mehr bewußt, wie sehr Eve Tozer sich um ihren Vater sorgte. Die kühle Selbstkontrolle, die sie an den Tag legte, war nur noch ein hauchdünnes Deckmäntelchen; daher wollte er sie nicht zusätzlich mit Befürchtungen belasten, die mit etwas Glück grundlos waren.
«Alles Gute.» George Weyman streckte seine bandagierte Linke aus und schüttelte sie, als drücke er ihnen die Hand. «Sie kommen rechtzeitig nach China, Miß Tozer. Auf Bede ist Verlaß.»
Eve, die ein spontan empfindendes junges Mädchen war, küßte Weyman auf die Stirn. Er errötete, als hätte sie die Linnen zurückgeschlagen und wäre zu ihm ins Bett gekrochen. «Auch alles Gute. Gehen Sie zu Arthur Henty, wenn Sie wieder in London sind. Sagen Sie ihm, bis jetzt hätten wir den Zeitplan eingehalten.»
«Das will ich hoffen, nach einem Tag», lästerte O'Malley.
«Ich kann nur noch von Tag zu Tag denken, alles andere macht mich verrückt», sagte Eve.
«Verzeihen Sie.» O'Malley biß sich auf die Zunge und nahm sich vor, in Zukunft vorsichtiger zu sein.
Ein ältlicher Diener fuhr Eve, O'Malley, Kern und Sun Nan zum Flugplatz. Sun Nan saß mit Eve und O'Malley im Fond, der Pilotenwechsel schien ihn nicht zu berühren. Er erwähnte Weyman nicht, erkundigte sich nicht, wie es seinem Opfer ging und machte den Eindruck, als interessierte ihn auch Weymans Auswechslung nicht. Doch er musterte Kern und war überzeugt, daß der

deutsche Aristokrat ebenso viele Vorurteile hegte wie der englische Arbeiter. Hier im Westen waren alle gleich. Er freute sich auf China, wo es nur berechtigte Vorurteile gab.
Bultmann und Pommer erwarteten sie auf dem Flugplatz. Eines der Luftschiffe war aus der Halle gezogen worden und schwebte, die Nase am Ankermast, in der Morgensonne. Der Mercedes fuhr durch seinen Schatten und zu den am Rollbahnende geparkten Bristols. Kern schaute zu dem riesigen Rumpf auf.
«Eines Tages wird der Himmel voll von diesen Dingern sein. Flieger wie wir werden keinen Platz mehr haben, Herr O'Malley.»
«So starten wir eben, fliegen eine Runde, kommen zurück und schießen ihn ab.»
Kern lachte O'Malley zum erstenmal zu. «Eine verdammt gute Idee.»
Der Mercedes hielt neben den Bristols. O'Malley, der überzeugt war, daß Kern mit dem klassenbewußten Bultmann keine Schwierigkeiten haben würde, ging zu seiner Maschine und schraubte die Lewis-MGs im hinteren Cockpit ab. Danach tat er dasselbe mit dem MG auf dem Flugzeug, das nun Kerns war. Er verstaute die Waffen im Cockpit, beließ aber die Befestigungsringe. Als Eve und Kern auf ihn zukamen, sprang er von Kerns Maschine.
«Wir montieren die MGs wieder, wenn wir über kriegerisches Gebiet fliegen», erklärte er.
«Wozu sind sie gut, wenn niemand im hinteren Cockpit sitzt und sie bedient?» fragte Kern.
«Hören Sie auf, so zu denken! Beide!» fuhr Eve sie an, machte kehrt und ging auf ihre Maschine zu. Sie bedeutete Sun Nan mit einer knappen Bewegung, einzusteigen, kletterte selber hinauf und machte es sich auf ihrem Sitz bequem.
Kern schaute zu ihr hinüber. «Die hat sicher auch im

Bett Feuer.» Der Gedanke war O'Malley auch gekommen, aber er hätte ihn nie ausgesprochen. Er war froh, daß Bultmann zu ihnen trat.
«Ich habe alle Tanks füllen lassen, Herr Baron. Nur, da ist noch eine Kleinigkeit. Wer bezahlt?»
Kern hatte augenscheinlich nicht ans Zahlen gedacht. Er sah Bultmann überrascht an, aber O'Malley kam ihm zu Hilfe. «Fräulein Tozer bezahlt Sie.»
«Die Dame bezahlt?» fragte Bultmann.
«Eine neue Sitte», erwiderte O'Malley. «Gleichberechtigung.»
Bultmann schüttelte ob der Dekadenz der Engländer und Amerikaner den Kopf und ging zu Eve hinüber. Nach einem kurzen Hin und Her gab sie ihm einige englische Noten. Bultmann besah sie, als bezweifelte er ihren Wert, trat dann zurück und machte eine Verbeugung.
«Möchten Sie eine Proberunde machen, bevor wir losfliegen?» fragte O'Malley den Baron. «Sie haben noch nie eine Bristol geflogen, nicht wahr?»
«Wann auch? Aber Sie und ich sind Piloten, Herr O'Malley. Würden Sie eine Proberunde machen wollen?»
Ja, dachte O'Malley, sagte aber nein. Er schwor sich jedoch, daß dies das letzte Mal sein würde, daß er sich durch den arroganten Deutschen dazu verleiten ließ, den Helden zu spielen. «Wollen wir? In Wien machen wir Zwischenhalt und tanken auf.»
Sie stiegen in den wolkenlosen Himmel, O'Malley wieder den andern voran. Er schaute zurück und sah, daß Kern seine Bristol zu früh abhob. Der Baron hatte das zusätzliche Gewicht nicht einberechnet. Die Maschine flog einige hundert Meter geradeaus, dann drohte die Nase sich nach unten zu richten, aber Kern war, wie er selber gesagt hatte, ein Flieger, ein Pilot, der Teil seines Flugzeuges war. O'Malley sah, wie die Maschine

schwankte, gleich würde sie abrutschen; aber sie hob die Nase, und er wußte, Kern hatte sie unter Kontrolle. Stetig stieg sie, zog eine ruhige Schleife und schloß sich O'Malley an. Sie nahmen Kurs gegen Osten und folgten bald der Nordflanke der bayerischen Alpen. Es war ein problemloser Flug. O'Malley lehnte sich in seinen geflochtenen Sitz zurück, hob ab und zu das Gesicht zur Sonne, lauschte dem Singen des Motors und staunte über sein Glück. Bradley Tozer tat ihm leid, und er sorgte sich um ihn; aber ohne es zu wollen, hatte der amerikanische Millionär ihm durch seine Tochter zu ein paar Wochen Freiheit verholfen. Er schaute nach links und fragte sich, ob Kern ebenso fühlte.

Nach einem dreieinhalbstündigen Flug landeten sie in Wien. Kern sprang als erster aus seiner Maschine und eilte zu Eve, um ihr beim Aussteigen behilflich zu sein. Der ungelenke Sun Nan mußte allein zurechtkommen. O'Malley, der einen Englisch sprechenden Beamten aufgestöbert hatte, blieb das Überwachen des Auftankens überlassen, während Kern den kleinen Picknickkorb nahm, den sein Diener gepackt hatte, und Eve in den Schatten eines nahen Baumes führte.

Eve rief Sun Nan zu sich, händigte ihm sein Essen aus und bat ihn, auch O'Malley etwas zu bringen. Der Chinese lehnte sich nicht dagegen auf, den Diener zu spielen; er wußte, er war ein gleichwertiger Partner in dem Quartett, so schwierig die Partnerschaft auch sein mochte. Er reichte O'Malley den Lunch, setzte sich unter die Tragflügel von Eves Flugzeug und machte sich schmatzend über sein Brot und seine Wurst her. Er hatte Mühe damit, sein Gebiß verschob sich, und er sehnte sich nach einem Teller schöner weicher Nudeln.

«Ich bin vor dem Krieg hier in Wien gewesen.» Kern lag auf dem Rücken im Gras. Er hatte einen Armeefliegeranzug mitgenommen, trug ihn aber nicht. Wie die andern begnügte er sich an diesem warmen Sommertag

mit Straßenkleidern. Bei ihm waren das eine graue Flanellhose, ein Seidenhemd mit einem breiten, offenen Kragen und schwarz-weiße Schuhe. Wieder kam er Eve wie ein Gigolo vor. Er musterte sie wohlgefällig, und sie erwartete, daß er auf das Gras neben sich klopfte und sie einlade, sich niederzulegen. «Mein Vater ist sechs Monate am Hof des alten Kaisers gewesen. Er ist als Militärberater ausgeliehen worden.»
«Wo ist er jetzt?»
«Er ist bei Verdun gefallen. Meine beiden Brüder auch.»
Sie wechselte das Thema. «Ich bin als Kind mit meinen Eltern hier gewesen. Wir haben die ‹Große Tour› gemacht.»
Sie schwiegen eine Weile und sannen über das nach, was so zerbrechlich geworden war wie ein halb vergessener Traum. Eine Biene summte über dem Picknickkorbrand, Eve scheuchte sie weg. In der Ferne flimmerte das Ende des Flugplatzes in der Hitze wie sich kräuselndes grünes Wasser. Eve legte sich schläfrig hin, war aber wach genug, um Kern nicht zu nahe zu kommen. China und ihr Vater waren mit einem Mal so weit weg wie das verlorene Reich der Habsburger.
Sie hörte Kern sagen: «Ich hatte mich in Wiens Frauen verliebt. Sie waren wunderschön, immer zu einem Flirt aufgelegt, in die Liebe verliebt. Aber ich bin damals zu jung gewesen für sie, erst achtzehn. Ich habe mir geschworen, zurückzukommen und sie zu genießen, wenn ich alt genug wäre. Jetzt ist es zu spät.»
«Warum?» fragte sie träumerisch.
«Weil Romanzen am besten gedeihen, wenn der Bauch voll ist; wenn man Hunger hat, flirtet man nicht. Ich habe das letztes Jahr in Berlin erfahren. Gewiß sind auch Wiens Frauen nicht mehr so üppig wie damals.»
Eve setzte sich auf, alles Träumerische war plötzlich von ihr gewichen. «Sie sind ein Frauenheld, Baron. Ma-

chen Sie sich über unseren Flug keine falschen Hoffnungen.»
Kern, der immer noch die Hände hinter dem Kopf verschränkt im Gras lag, sah lächelnd zu ihr auf. Er *sieht* gut aus, dachte Eve und schalt sich dieses Zugeständnisses wegen. Schade, daß sie ihn nicht unter andern Umständen kennengelernt hatte, zu einer Zeit, da sie ihre Schlagfertigkeit beim Flirten, augenscheinlich seinem Lieblingssport, hätte beweisen können. Mit schlechtem Gewissen dachte sie wieder an ihren Vater. Sie erhob sich hastig und bürstete das Gras vom Rock. Die Fliegermütze überstreifend, ging sie zu O'Malley hinüber, der, gegen den Flügel seiner Maschine gelehnt, die letzten Bissen hinunterschluckte.
«Hat der Baron Sie beleidigt?»
«Warum glauben Sie das?»
«Wegen der Art, wie Sie aufgestanden und weggegangen sind. Es sind auch schon Mädchen so von mir weggegangen.»
Mein Gott, dachte sie, kriege ich mit beiden Schwierigkeiten?
«Wie bezahle ich das Benzin?»
«Was haben Sie?»
«Pfund und Dollar. Etwas anderes konnte ich in der kurzen Zeit nicht auftreiben.»
«Sie nehmen beides. Unser Geld ist ihnen willkommener als wir. Eine mürrische Bande, diese Österreicher.»
«Der Baron behauptet etwas ganz anderes.»
Sie ließ sich nicht auf Einzelheiten ein, sondern drehte ihm den Rücken und trat zu den beiden Männern, die mit einem klapprigen Armeelaster Benzinfässer herbeigefahren hatten, und bezahlte sie. Dann ging sie auf ihre Maschine zu und fuhr zusammen, als Sun Nan unter dem Tragflügel hervorkroch und plötzlich vor ihr stand. Die Sorgen hatten sich in ihrem Geist zu einem Berg aufgetürmt, so daß sie zu sehr mit sich selbst be-

schäftigt war, um den im Schatten sitzenden Sun zu bemerken. «Miß Tozer, lassen Sie es mich wissen, wenn der Baron oder Mr. O'Malley Ihnen Schwierigkeiten bereiten. Ich werde Sie beschützen.»
«Schwierigkeiten?» Dann begriff sie, was er sagen wollte, und staunte über seinen Scharfsinn. Sie lachte über die Ironie des Schicksals, die ihn zu ihrem Beschützer, zum Verteidiger ihrer Ehre machte. «Ich bin sicher, daß ich von den beiden nichts zu befürchten habe, Mr. Sun. Trotzdem vielen Dank.»
«Wir müssen zusammenhalten. Ihr Vater ist auf uns angewiesen, nicht die beiden.»
«Daran brauchen Sie mich nicht zu erinnern, Mr. Sun. Aber wir werden Mr. O'Malley und den Baron vielleicht noch nötig haben.»
Fünf Minuten später hoben sie ab. Diesmal flogen sie in Richtung Südosten und waren bald über Ungarn. Die Länder lagen ineinander verschmolzen unter ihnen; Verträge hatten das Kaiserreich aufgeteilt, aber die Grenzen existierten nur auf der Karte; aus 5000 Fuß Höhe gesehen war alles beim alten. Gelbe Weizenfelder und dazwischen grüne Waldflecken: Das verlorene Reich war unberührt, keine Schützengräben hatten Narben hinterlassen. Dann waren sie über dem Plattensee, er glitzerte in der Nachmittagssonne wie verschütteter Tokaier. Die Segel der Fischerboote glichen winzigen Mücken, die sich im Spinnennetz der Sonne verfangen hatten. Eve hob den Blick vom hell leuchtenden See und sah mit einem Mal die Wolken vor sich.
Sie hingen wie große Körbe voll giftiger, purpurroter Blumen am Himmel, ein sich nach Südwesten erstreckendes Treibhaus, in dem es gärte. Blitze zuckten silberblau durch den Purpur, und sie glaubte, durch den Motorenlärm das Rollen des Donners zu hören. Sie schaute über die Schulter nach Sun Nan, las in dem Gesicht hinter den großen, undurchdringlichen Brillenglä-

sern die Angst und fragte sich, was in ihrem Gesicht zu sehen sein mochte. Sie haßte Gewitter und hatte sich stets auch in den sicheren, wetterfesten Häusern, die sie ihr Zuhause genannt hatte, vor Donner und Blitz gefürchtet. In Amerika hatte sie es nie gewagt, durch ein Gewitter zu fliegen. Bei den ersten Regenböen hatte sie jeweils nach einem geeigneten Landeplatz Ausschau gehalten.
Dann sah sie O'Malley vor sich mit den Tragflügeln wackeln, nach links deuten und nach Osten abdrehen. Er versuchte, das Gewitter zu umfliegen.

3

Auszug aus William Bede O'Malleys Manuskript:
Es war ein Dreckstück von einem Gewitter, das schlimmste, das ich bis dahin erlebt hatte. Ich bin nie religiös gewesen, zumindest nicht am Boden, aber wenn jemand religiös werden will, ist das der Ort dazu, inmitten der Selbstsüchtigen, der Betrüger und Mörder, die das Christentum, oder an was man zu glauben vorgibt, auf die Probe stellen. Nein, wenn ich je religiös gewesen bin, dann oben in der Luft; da habe ich über Gottes Größe und Barmherzigkeit, die ihn den Himmel erschaffen ließen, gestaunt, oder ihn in den Gewittern verflucht, die er aus dem Nichts heraufbeschwor, um seinen Zorn auszuleben. Dies war eines seiner zornigsten.

Die Turbulenz erreichte uns, lange bevor wir in den Wolken waren. Ich hatte nach Osten abgedreht, in der Hoffnung, das Unwetter umfliegen zu können, aber es verlagerte sich viel zu schnell. Sein Rand erfaßte uns, und augenblicklich wurden wir von den mächtigen Luftwogen, die uns entgegenschlugen, durchgeschüttelt. Ich hatte nach unten geschaut, kurz bevor uns die Wolken verschlangen, aber nirgends bot sich ein günstiger Landeplatz an. Wir befanden uns über einer hügeligen Vorgebirgslandschaft; der Gedanke an das dahinter ansteigende Gebirge ängstigte mich. In der Hoffnung, Miß Tozer und Kern würden auf mich schauen, streckte ich die Hand nach oben, dann zog ich den Knüppel nach hinten und begann zu steigen. Wenn wir Glück hatten, gelangten wir über das Gewitter, jedenfalls aber über die Bergspitzen. Berggipfel haben auch heute noch eine verheerende Anziehungskraft auf Flugzeuge. Ich kann selbst in 30 000 Fuß Höhe nicht über eine Bergkette fliegen, ohne das Kratzen der Spitzen am Rumpf zu fühlen. Als die Wolken, einer tobenden See gleich, über uns zusammenschlugen, verlor ich die andern aus den Augen. Aus der Ferne hatten die Gewitterwolken purpurrot geschienen, jetzt waren sie schwarz und grün. Es war mit einem Mal kalt geworden. Der wie Sperrfeuer auf mich niederprasselnde Regen machte die Kälte noch spürbarer. Ich stieg weiter und kämpfte mit dem Steuerknüppel, der gegen meine Hand schlug und meinen Arm an Handansatz und Ellbogen zu brechen drohte. Nichts, was ich je zuvor erlebt hatte, kam an diese Turbulenzen heran. Das Jo-Jo war damals noch nicht erfunden gewesen, und ich hätte darauf kommen und es patentieren lassen müssen. Der Lärm war mehr als Lärm: Es war ein physischer Angriff im Innern meines Kopfs. Ich duckte mich in den Sitz, betäubt, taub und doch hörend. Blitze fuhren hinter den Wolken nieder, die sich schwarz vor dem hellen Hintergrund auftürmten, einer festen, undurchdringlichen Masse gleich. Plötzlich explodierte alles um mich, ein riesiges blau-weißes Licht leuchtete auf und blendete mich, aber im Augenblick bevor ich blind wurde, ließ es mich jede Einzelheit mit erschreckender Deutlichkeit erkennen. Ich sah Dinge, sah die Zeiger am Armaturenbrett, den abgewetzten Cockpitrand, den Riß auf dem Rücken meines rechten Handschuhs. Ich sah das alles und war gleichzeitig *in* allem. Dasselbe Gefühl hatte ich als Kind bei einem epileptischen Anfall gehabt: ein sich Aufspalten in einen Sekundenbruchteile dauernden Traum. Man ist in und außerhalb der Gegenstände, die man in dem Augenblick sieht. Ich war überzeugt, daß ich ohnmächtig würde, daß dies eine letzte, sinnlose Offenbarung vor dem Tod war.

Als der Blitz vorüber war, schaute ich auf. Knapp drei bis vier Meter über mir flog eine Maschine. Ich wußte nicht, war es Miß Tozer oder Kern, ich wußte nur, daß der Pilot oder die Pilotin mich nicht sah. Wir flogen wie aneinandergeschweißt, die Räder des andern nur einen knappen halben Meter über meiner Tragfläche. Wieder zuckten Blitze durch die Wolken, meine halb blinden Augen sahen die andere Maschine erbeben und tauchen. Ich kippte den Knüppel nach vorn, kam in die Turbulenzen, wurde durchgerüttelt und sank unter der mich bedrohenden Maschine weg. Ich kam nicht dazu, nach oben zu schauen, ob sie mir folgte.

Die Bristol überschlug sich und wurde von der lautesten Explosion, die ich je fühlte (nicht *hörte*), seitlich abgetrieben. Der Knall hallte in meinem Kopf wider. Ich war dem Wahnsinn nahe. Aber geistige Gesundheit hat zum Glück nichts mit dem Willen zum Überleben zu tun. Mit angehaltenem Atem, gelähmt, psychisch und physisch geschlagen, weigerte sich mein denkunfähiges Ich, das Flugzeug sich selbst zu überlassen. Meine Hände und Arme arbeiteten aus eigenem Antrieb; langsam kehrte das Gefühl auch in meine Beine und Füße zurück. Ich focht mit den einzigen Waffen, die mir zur Verfügung standen, dem Steuerknüppel und dem Seitenruderpedal, aber sie waren auch die Waffen der Maschine, und sie kämpfte gegen mich. Es war kein Abtrudeln, wir schienen wie in einer Serie verkrampfter, holpriger Rutscher zu tauchen. Ich sah immer noch nichts; Blitze zuckten um mich, aber sie waren nur ein Schein in der Nacht meiner erblindeten Augen. Ich arbeitete nach Gefühl, kämpfte instinktiv mit dem Flugzeug, ließ es manchmal abrutschen und gab dann wieder Gegensteuer, und die ganze Zeit über betete mein langsam wieder ins Leben zurückkehrender Geist, meine Flügel möchten nicht abbrechen, die Maschine sich nicht in ihre Bestandteile auflösen und mich nicht vor dem langen Fall in die Ewigkeit hier oben im Stich lassen. Ich glaubte in diesem Augenblick an Gott und haßte ihn gleichzeitig, weil er mich offensichtlich zu sich nehmen wollte.

Schließlich merkte ich, daß ich siegte. Die Bristol schlitterte nach steuerbord, ich ließ sie gleiten und fühlte, wie ich sie unter Kontrolle bekam. Ich nahm das Seitenleitwerk backbord und drückte den Knüppel hinunter; das Flugzeug reagierte und kam in die Waagrechte. Noch immer peitschten Wind und Regen gegen mich, aber jetzt waren die Bristol und ich wieder eins und gewillt, miteinander zu fliegen. Ich hielt den Knüppel fest und flog durch den Sturm, die Tragflächen bebten, als brächen sie im nächsten Augenblick weg, aber nichts geschah; der Motor hustete einmal und kam dann mit einem herausfordernden Brummen, das mir Mut machte, wieder. Ich warf einen Blick auf den Höhenmesser: Seit ich das letztemal darauf geschaut hatte, war ich 3000 Fuß gesunken. Ich hatte keine Ahnung, wie hoch die Berge waren, die ich gesichtet hatte (lagen sie immer noch vor mir? Unter mir?), ich wagte es jedoch nicht, wieder über das Gewitter zu steigen. Ich mußte es in dieser Höhe durchstehen; die Schlünde der Hölle waren nach oben gerückt, in geringerer Höhe waren die Überlebenschancen größer. Ich fragte mich, wo Miß Tozer und Kern sein mochten. Flogen sie noch, oder waren sie abgestürzt? Ich konnte nichts tun, sie nicht suchen. Mich schauderte, wenn ich daran dachte, wie nahe ich der andern Bristol in den Wolken gewesen war.
Ich brauchte zwanzig Minuten – eine Ewigkeit –, bis ich aus dem Sturm heraus war. Dann schien mir, wie das oft der Fall ist, höhnisch die strahlende Sonne entgegen. Ich überprüfte den Kompaß, wir waren Meilen vom Kurs abgekommen. Doch an eine Korrektur war im Augenblick nicht zu denken. Steuerbord erstreckte sich immer noch das Gewitter gegen Süden, eine von Blitzen erhellte schwarze Wand. Ich schaute hinter mich und rund um mich und hoffte, die andern irgendwo zu entdecken. Da sah ich sie aus den Wolken stechen, zu

dicht beieinander, um mich zu beruhigen; Kern drehte brüsk nach backbord ab, der Abstand zwischen ihnen vergrößerte sich. Ich drosselte den Motor und ließ sie herankommen. Miß Tozer gab mir mit einem Handzeichen zu verstehen, daß bei ihr alles in Ordnung sei; Kern jedoch deutete auf seine obere Tragfläche, und ich sah das zerfetzte Gewebe und die zersplitterten Streben. Er flog ruhig geradeaus, was er auch mußte, wenn er den Apparat in der Luft behalten wollte, ein brüskes Manöver hätte den Flügel in Fetzen gerissen. Ich winkte ihm zu und hielt nach einem möglichen Landeplatz Ausschau. Umsonst, wir befanden uns über einer trostlosen Gebirgslandschaft.

Es blieb nichts anderes übrig, als weiterzufliegen und zu hoffen, Kerns Tragfläche halte, bis ich eine Stelle entdeckte, an der wir landen konnten, ohne seiner Maschine zuviel zuzumuten. Wahrscheinlich würde sie auch bei der sanftesten Landung auseinanderbrechen, aber dieses Risiko mußten wir eingehen.

Nach langem Suchen entdeckte ich vor uns ein langgezogenes, schmales Tal, durch dessen Mitte sich eine schnurgerade weiße Straße zog. Ich bedeutete den andern, über dem Tal zu kreisen, und stach hinunter, um die Landstraße zu besichtigen. Ich glitt über das Tal, sah, wie die beidseits der Straße auf den Feldern arbeitenden Bauern zu mir aufschauten und wie einige entsetzt unter den nahen Bäumen Schutz suchten, aber ich konzentrierte mich auf die weiße Naturstraße und hielt nach Schatten Ausschau, die Wurzeln und Schlaglöcher verraten hätten. Augenscheinlich waren keine vorhanden, so ging ich in die Kurve und gewann rasch wieder Höhe. Ich gab den andern mit Zeichen zu verstehen, daß ich als erster landen würde, dann Miß Tozer und zuletzt Kern.

Ich glitt über ein inmitten von Bäumen stehendes Herrschaftshaus dem oberen Talende zu und setzte über der

Straße zum Landeanflug an. Keine Telegrafenstangen waren im Weg, und die Straße selbst verlief über beinahe eine Meile schnurgerade. Ich setzte die Bristol auf, fühlte die weiche Unterlage und wußte, ich war gerettet. Dann rollte ich die Straße hinunter, hielt schließlich an und schwang ins Feld ab. Sofort sprang ich hinaus und rannte auf die Straße zurück.

Miß Tozer kam so ruhig wie ein Vogel herein, hüpfte ein wenig beim Aufsetzen, korrigierte und rollte auf mich zu. Auch sie schwang ins Feld ab, kletterte heraus und eilte zurück. Sie stellte sich neben mich, und zusammen beobachteten wir, wie Kern eine weite flache Schlaufe flog, um die obere Tragfläche nicht zu sehr zu belasten, und sich zum Landen anschickte. Er näherte sich ruhig; ich sah ihn vor mir, das eine Auge auf die Nase, das andere auf den Flügel gerichtet. Er war drei Meter über der Straße, die Nase nach oben, als der Flügel sich aufzulösen begann. Zuerst flatterten kleine Fetzen über ihn weg, als wäre er in einen Schwarm Stare geraten, dann riß sich ein breiter Streifen los, und ich sah, wie Kern sich duckte, als dieser direkt auf sein Gesicht zuflatterte. Wie durch ein Wunder zog er nicht unwillkürlich Hände und Füße zurück, sondern hielt den Apparat gerade, während die Tragfläche sich in ihre Bestandteile auflöste. Miß Tozer hatte mich am Arm gepackt, aber ich sah sie nicht an, sondern behielt Kern im Auge, der seine Maschine in der schönsten Landung, die ich je gesehen hatte, auf die Erde setzte. Er kam die Straße heruntergerollt und drehte neben uns ins Feld ab.

Der Kern, der herauskletterte, glich dem Dandy, der am Morgen ins Cockpit gestiegen war, kaum noch. Ich hatte ihn als das erkannt, was er war: ein Schürzenjäger und Müßiggänger, dem die Jahre und die Hoden zu schaffen machten; aber bei Gott, fliegen konnte er, und das verzieh in meinen Augen vieles. Doch das wollte

ich ihm nicht sagen. Er hätte in seiner verdammten Arroganz lediglich zustimmend genickt.
«Ich bin von einem Blitz getroffen worden.» Er nahm sein langes seidenes Halstuch ab und band es sich wie einen Gürtel um die Mitte. Er war eben doch ein Stutzer, und ich hatte Lust, aufzugeben. Aber er war so kühl, als käme er von einem zehnminütigen Routineflug zurück, und selbst mit voreingenommenem Blick sah ich, daß es nicht gespielt war. Vermutlich war er an dem Tag, an dem ich ihn abgeschossen hatte, mit der selben kühlen Selbstsicherheit aus seiner brennenden Maschine gestiegen. «Zum Glück ist er nur schwach gewesen.»
«Ich bin froh, daß Ihnen nichts passiert ist.» Miß Tozer sog die Luft ein und sah sich um. «Woher kommt dieser Duft?»
«Ich habe gedacht, es sei Ihr Parfüm.» Sie hatte meinen Arm losgelassen, stand aber immer noch dicht neben mir.
«Rosen», sagte Kern. «Welch herrlicher Anblick!»
Ich wandte den Kopf und folgte seinen Blicken. Ich hatte mich so auf seine Landung konzentriert, daß ich nicht bemerkte, welch ein einziger riesiger, in der Mitte durch die Straße zerschnittener Rosengarten das ganze Tal war. Über die Felder waren Arbeiter verteilt. Am nächsten bei uns, jenseits der Straße, standen vier Frauen. Als Kern und ich zu ihnen hinschauten, schlugen sie die Röcke über den Kopf, um das Gesicht zu verbergen, und entblößten sich dabei von der Taille abwärts. Heutzutage ist der Anblick von Schamhaaren und nackten Hinterbacken an der Tagesordnung, aber 1920 weitete das Fernsehen unseren Horizont noch nicht, und nur wer sich eine Fahrkarte nach Paris oder Port-Said leisten konnte, kam in den Genuß von Pornofilmen. Diese Frauen traten die Sittsamkeit mit Füßen, aber jede auf ihre Art.

«Eine reizende Sitte», kommentierte Kern. «Zweifellos auf diesen Ort beschränkt.»
Ich sah Miß Tozer an, aber sie blickte die Straße hinauf. In der Ferne war eine weiße Staubwolke zu sehen, die sich rasch näherte. Wir erkannten, daß unmittelbar vor ihr ein Schimmel galoppierte, und konnten bald auch den Reiter, oder besser die Reiterin, ausmachen: eine Frau im Damensattel. Sie stürmte wie eine Walküre auf uns zu und brachte das Pferd wenige Zentimeter vor uns zum Stehen.
«Großer Gott, wir müssen in Rumänien sein!» rief Kern aus. «Das ist Königin Maria!»
Sie war es nicht, aber das wußten wir nicht sofort. Sie beruhigte das schnaubende Pferd, saß elegant im Sattel und musterte uns von Kopf bis Fuß. Sie sagte etwas in einer Sprache, die ich nirgends zuordnen konnte, und fuhr mit einem ausgeprägten Akzent auf englisch fort.
«Sie sind Engländer, nicht? Das sind englische Aeroplane, nein?»
«Er ist Engländer, ich Amerikanerin und er Deutscher», erwiderte Eve und stellte uns vor.
«Ich bin Gräfin Ileana Malavitza.» Sie mußte irgendeine Aristokratin oder eine Exzentrikerin sein oder beides. Sie trug eine leuchtend rote Tunika mit silbernen Besätzen und Epauletten, darunter eine königsblaue Hemdbluse und eine dunkelblaue, in über die Knie reichenden Stiefeln steckende Hose. Auf dem blonden Kopf hatte sie einen schwarzen Pelzschako und an ihrem Gürtel hing ein Dolch in emaillierter Scheide. Trotz der Staubpatina war sie eine sehr eindrückliche Erscheinung.
«Willkommen in meinem Tal», sagte die Gräfin.
Ich bedankte mich für die freundliche Begrüßung, schlug zu meiner eigenen Überraschung in Kernscher Manier die Absätze zusammen, verbeugte mich und fragte: «Wo sind wir?»

«Im Malavitza-Tal. Die Grenze zwischen Rumänien und Bulgarien verläuft genau durch die Straßenmitte und auch durch mein Haus. Im Augenblick befinden Sie sich in Rumänien.»
«Die jungen Damen sind Bulgarinnen?» Kern deutete auf die jenseits der Straße zwischen den Rosenstöcken stehenden Frauen.
«Jung? Ihre Augen sind nicht mehr die besten, Baron. Jung ist nur die eine.» Die Gräfin sah flüchtig hinüber, als wären die Frauen nichts weiter als Dornen oder verwelkte Blüten.
«Ich glaube nicht, daß der Baron besonders auf ihre Gesichter geachtet hat», sagte Miß Tozer.
Die Gräfin lachte herzlich; ein Lachen, das tief aus dem Bauch aufstieg wie das Lachen dicker Männer. «Viele halten an dieser Sitte fest. Sie dürfen einem Fremden nicht gleich das Gesicht zeigen. Was sie statt dessen zeigen, ist nicht als Einladung gemeint. Ihre Männer würden Fremden, die das so auslegen, die Kehle durchschneiden.»
Ich sah die Männer weiter hinten in den Rosenfeldern stehen. Sie hatten sich aufgerichtet, auch immer mehr Frauen und Kinder tauchten auf. Es mußten an die hundert sein, düstere, schweigende Gestalten im Meer der roten, rosa und weißen Blüten links und rechts der Straße. Jeder Mann hatte etwas Blitzendes in der Hand, einen Augenblick später wußte ich, es waren Gartenmesser.
Sun Nan war aus Miß Tozers Flugzeug geklettert. Er sah blaß und elend aus, aber er setzte die Melone auf, um sich vor der brennenden Sonne zu schützen, lehnte sich gegen den unteren Flügel der Maschine und brachte es fertig, einen würdigen Eindruck zu machen. Die Gräfin warf ihm einen Blick zu, enthielt sich aber jeden Kommentars. Wie am Tag zuvor Kern, tat auch sie ihn als Diener ab; wenn jemand einen Asiaten bei

sich hatte, konnte es sich in ihren Kreisen bei diesem nur um einen Diener handeln.
«Warum sind Sie in meinem Tal gelandet?»
Ich erklärte ihr das Wieso und Warum und deutete auf die Reste von Kerns oberem Flügel. «Ich fürchte, der Baron kann erst wieder starten, wenn wir das in Ordnung gebracht haben. Können wir in der Nähe irgendwo unterkommen, in einem Gasthof oder so?»
«Sie sind meine Gäste. Kommen Sie mit.» Sie wendete ihr Pferd, und ich fragte mich, ob wir zu Fuß hinter ihr her galoppieren sollten.
«Gräfin, ich möchte die Flugzeuge nicht unbewacht hier stehenlassen.» Ich weiß nicht, woran ich dabei genau dachte, es sei denn, ich fürchtete, die Rosenpflücker gingen mit ihren Gartenmessern auf sie los. Mir fiel ein, daß keiner der wilden, in diesem Bergtal isolierten Landarbeiter je zuvor ein Flugzeug gesehen haben dürfte, zumindest nicht am Boden, aber vermutlich auch nicht in der Luft. Ich erinnerte mich, Berichte über den Aberglauben der Balkanvölker gelesen zu haben, und nichts garantierte, daß diese Balkanbewohner die seltsamen, neumodischen Apparate, die aus dem heißen, wolkenlosen Himmel heruntergefallen waren, nicht als Bedrohung ansahen. Ich hatte nur eine vage Ahnung, wo wir uns befanden, aber Draculas Heimat konnte nicht allzu fern sein.
«Nehmen Sie sie mit.» Sie grub die Absätze in die Flanken ihres Pferdes und jagte in gestrecktem Galopp die Straße hinauf, einen langen, feinen Staubschleier nach sich ziehend.
Ich zuckte die Achseln und sagte zu den andern: «Sie ist die Gastgeberin.»
«Ich bin der Meinung, sie ist nicht ganz richtig», erklärte Miß Tozer. «Halten Sie es für klug, sich bei ihr einzuquartieren?»
«Haben wir die Wahl? Selbst wenn ich gleich Leinwand

und Firnis auftreiben kann, dauert es mindestens zwei Tage, bis ich den Flügel nachgebaut habe.»
Sie ließ sich ihre Verzweiflung nicht anmerken; sie mußte geahnt haben, daß der Schaden nicht in zehn Minuten behoben sein würde. «Fliegt ohne mich weiter, ich werde versuchen, euch einzuholen», erklärte Kern.
Ich wollte Miß Tozer die Entscheidung überlassen, aber sie sah mich an. Sie war der Boß, aber nach George Weymans Ausfall war ich eine Art technischer Leiter geworden. «Ich halte es für besser, wir bleiben zusammen, jedenfalls im jetzigen Zeitpunkt. Wir haben noch ein paar Tage Spielraum.»
«Wir bringen den Flügel gemeinsam in Ordnung», schlug Kern vor. Ich sagte ja, bezweifelte aber, daß er seine Socken stopfen, geschweige denn einen Flugzeugflügel rekonstruieren konnte. Er hatte die Art Hände, die sich zum Streicheln eignen, nicht aber zum Strecken von Leinwand. Wenn er je in seinem Leben körperlich gearbeitet hatte, waren davon keine Spuren mehr zu sehen.
«Mr. Sun kann auch helfen», sagte Miß Tozer.
Sun Nan war zu uns getreten. «Ich könnte Ihnen nützlich sein. Mein Vater ist am Tung-Ting-See Fischer gewesen. Ich habe ihm als Junge beim Segelmachen geholfen.»
Seine Hände sahen ebenso zart und makellos aus wie Kerns. Doch es gab keinen Grund, ihm nicht zu glauben. Ihm lag genausoviel daran, schnell nach China zu kommen, wie Miß Tozer. Es ging ebenso um seinen Kopf wie um den Bradley Tozers.
«Einverstanden. Morgen früh beginnen wir. Gehen wir jetzt zur Gräfin?»
Wir kehrten zu unseren Flugzeugen zurück und rollten hintereinander die lange Straße zum Herrenhaus unter den Bäumen zuoberst im Tal. Die Landarbeiter beobachteten unseren Abzug. Sie standen reglos in der Blü-

tenpracht, wie eiserne Grabmäler auf einem Friedhof. Wir rollten durch ein von Kletterrosen überwachsenes Tor in einer hohen Mauer. In der Mitte der kreisförmigen Auffahrt war ein runder, verwilderter und verfilzter Rasen, der mit einem englischen Rasen nichts gemein hatte. Die Gräfin stand oben auf den Stufen zu der die Hausfront entlang laufenden Terrasse und bedeutete mir, die Maschinen auf dem Rasen zu parkieren. Wir stellten sie in eine Reihe, die Nase gegen das Haus, kletterten heraus, nahmen unser Gepäck und erklommen die Stufen. Miß Tozer trug das in Jute gepackte Kästchen, das die Figur barg, mit der sie ihren Vater auslösen sollte. Sun Nan schleppte seinen und ihren Koffer und sah nun ganz wie ein Diener aus. Die Gräfin erwartete uns oben an den Stufen, die Arme in die Seiten gestemmt, den Tschako keck schräggedrückt. Zu ihrer Rechten und Linken stand je ein junger Mann. Kräftige, auf grobschlächtige Weise gut aussehende Muskelprotze. Bullen in Hosen, heutzutage würde man sie vielleicht Gorillas nennen.
«Das sind meine Begleiter, Michael von Rumänien und Georg von Bulgarien», stellte die Gräfin sie vor. «Die Grenze verläuft auch mitten durch mein Bett.»
Ende des Auszugs aus O'Malleys Manuskript.

Drittes Kapitel

1

«Wir müssen hier weg», sagte Eve. «Gleich.»
«Wie?» fragte O'Malley. «Des Barons Maschine mit nur einer Tragfläche? Wir brauchen ihn, Miß Tozer. Ich glaube, je tiefer wir nach Asien eindringen – und wir sind zugegebenermaßen noch nicht weit gekommen –, desto mehr werden Sie auf einen Mann mehr angewiesen sein. Wenn mir etwas zustößt...»
«Sagen Sie das nicht!» Sie machte eine entschuldigende Geste und lehnte sich gegen den unteren Flügel von Kerns Maschine. «Verzeihen Sie. Ich bin müde und mache mir Sorgen...»
Die Gräfin hatte sie, ganz große Dame, ins Haus gebeten. Es war weitläufig, aber sie sah es offensichtlich als Palast an und war sich nicht bewußt, daß Wunschvorstellungen ihren Blick verzerrten. Sie zog eine silberne Glocke aus der Tasche und klingelte; Dienstboten kamen schlurfend herbei. Sie brachten Konfekt aus Rosenkonfitüre und reichten es den Gästen auf langstieligen Silberlöffeln, danach wurden winzige blaue Gläschen mit einem feurig schmeckenden Schnaps gefüllt. Eve mußte husten, doch die Gräfin achtete nicht auf sie. Eve begann es zu schätzen, daß die Gräfin sie ignorierte.
Die Gräfin hatte Kern persönlich sein Zimmer gezeigt. Der Rumäne und der Bulgare führten O'Malley zu seinem. Eve und Sun Nan wurden einem mürrischen Diener überlassen, der ihnen mit einer Kopfbewegung bedeutete, ihm zu folgen, sie ihr Gepäck selber tragen ließ und ihnen im ersten Stock Zimmer anwies, in denen es roch, als wären sie jahrelang zugesperrt gewesen.
Eve war erschöpft, aber zu ruhelos, um sich hinzulegen, daher war sie in ihrem Zimmer ans Fenster getreten und hatte O'Malley unten auf dem struppigen Rasen

bei der havarierten Bristol gesehen. Auf der Suche nach Rat, Trost oder sonst etwas, was die tausenderlei Ängste besänftigte, die ihren Geist lähmten, war sie, der Eingebung des Augenblicks folgend, zu ihm hinuntergegangen.
«Mr. O'Malley...»
«Macht es Ihnen etwas aus, Bede zu mir zu sagen? Wenn Sie mich Mr. O'Malley nennen, habe ich immer das Gefühl, wir müßten uns die Hand schütteln, wenn wir uns sehen.»
Sie lächelte, zum erstenmal mochte sie ihn. Oder vielleicht fühlte sie sich bei ihm einfach sicher, zumindest vorläufig. Der Anfang ihrer Beziehung war irgendwie vergiftet worden, sie hatte herausgefunden, daß er an ihr verdienen wollte, indem er ihr Flugzeuge zu übersetzten Preisen anzudrehen versuchte. Er war tatsächlich ein Lügner, aber bis jetzt hatte er immer nur ihrer Sache zuliebe gelogen. Ein Spitzbube vielleicht, aber kein Flegel.
«Bede, wir können nicht hierbleiben. Ich habe gesehen, wie die Gräfin Sie und den Baron angeblickt hat.»
O'Malley grinste und schaute zu dem in der rosaroten Abendsonne leuchtenden Haus hinauf. «Ich frage mich, ob sie beabsichtigt, ihr Bett zu einem Völkerbund zu machen. Keine Angst», fügte er hastig hinzu, «mich kriegt sie nicht hinein. Aber wir sollten ein Auge auf den Baron halten. Ich vermute, er ist in mehr Betten gewesen als ich in Pubs.»
Sie hatte keine Lust, über des Barons Schwäche, oder wie man es nennen wollte, zu diskutieren. Statt dessen schaute sie durch das breite Tor (es ließ sich nicht zusperren, stellte sie fest) das Tal hinunter. Die Rosenfelder glichen einem See voll Blut und Sahne, durch den sich wie ein Damm die weiße Straße zog. Die Arbeiter strebten nun den schwarzen Zelten und bemalten Wagen unmittelbar vor der Gartenmauer zu. Schwerer Ro-

senduft erfüllte die immer noch warme Luft. Sie konnte sich an keinen Duft erinnern, der ihr so üppig und widerwärtig erschienen war. Ihre Freunde hatten ihr eben immer nur Rosensträuße gebracht, nicht ganze Rosenfelder.
Die Arbeiter waren mitten auf der Straße stehengeblieben und starrten durch das Tor zu ihr und O'Malley herüber. Ein dicht aneinandergedrängter, stummer, bewegungloser Haufen: Es haftete ihm etwas Bedrohliches an, das schwer zu umschreiben war. Sie fröstelte, wandte den Blick ab und sah wieder O'Malley an. Sie hörte sich sagen: «Glauben Sie, sie ist eine...», sie erinnerte sich nicht, das Wort zuvor benützt zu haben, «...eine Nymphomanin?»
«Die Gräfin? Wenn sie abgekühlt ist, kann man sie vielleicht als das bezeichnen.»
Sie lächelte nochmals, das war ein neuer Zug an ihm, der sie überraschte. «Dann müssen wir dafür sorgen, daß sie abgekühlt bleibt. Von ihren Rumänen und Bulgaren! Mein Gott, zwei Männer, die ständig bereit sein müssen. Sehen Sie sich vor, Bede.»
«Sie auch.» Ernüchtert schaute er zum Haus auf. «Ich weiß nicht, dieser Ort hat etwas Irres.»
«Ich habe dasselbe Gefühl. Nicht nur *sie*, alles. Das Haus ist dem Verfall nahe, haben Sie das bemerkt? Mein Bett ist gemacht gewesen, aber ich glaube, es hat seit Jahren niemand darin geschlafen. Die Linnen sind feuchtkalt wie... wie Leichentücher.» Die Sonne versank hinter den Bergen; unter den Walnußbäumen neben dem Haus wurde es Nacht. Die dunklen Gestalten auf der Straße trieben, immer noch dicht beieinander, einer schwarzen Wolke gleich auf ihre Zelte und Wagen zu, die stummen Gesichter den Eindringlingen zugekehrt. Sie erschauerte wieder, obwohl immer noch eine Bruthitze herrschte. «Sind Sie etwa abergläubisch?»

«Nein», erklärte er mit Nachdruck. Mit zuviel Nachdruck? fragte sie sich; wollte er sie trösten?
«Ich glaube, wir sind in einer abergläubischen Gegend, aber ich bin dagegen gefeit. Die Gräfin ist kein Vampir, wenn Sie das glauben. Nicht mit diesen Zähnen. Sie sind zu makellos, sie müssen falsch sein.»
«Gräfin Dracula? Daran habe ich nicht einmal gedacht.» Sie wußte, daß sie sich kindisch benahm. Der lange Flug, das schreckliche Gewitter, die Hitze im Tal hatten ihrem Verstand zugesetzt; ihr Vater hätte sie viel strenger abgekanzelt, als O'Malley das getan hatte. Sie richtete sich auf, besah das zerschmetterte Gestänge, die herunterhängenden Drahtseile und Leinwandfetzen. «Glauben Sie wirklich, Sie können das wieder in Ordnung bringen?»
«Ich habe mit Michael, dem rumänischen Liebhaber, gesprochen. In Zeichensprache», fügte er erklärend hinzu, als sie ihn entgeistert ansah. «Er mag uns nicht, er mißtraut uns und wäre froh, wenn wir bald wieder verschwänden, darum ist er bereit, uns behilflich zu sein. Er kann Leinwand beschaffen. Ich weiß nicht wo. Vermutlich Persenning oder etwas Ähnliches.»
«Was ist mit den Querrudern? Bringen Sie die zum Funktionieren?»
Er grinste wieder. Ihre Stimmung hatte sich etwas gebessert: Sie besprachen praktische Probleme, Dinge, die nichts mit Aberglauben zu tun hatten. «Das wird sich zeigen, wenn ich versuche, die Maschine in die Luft zu kriegen.»
«Ich werde den Testflug machen. Sie brauchen nicht alle Risiken auf sich zu nehmen, Mr. O'Malley.»
«Jetzt sind wir wieder beim Mr. O'Malley. Schauen Sie, Miß Tozer.»
«Eve.»
Er sah sie einen Augenblick lang aufmerksam an, dann nickte er.

«Einverstanden, Eve. Sie bezahlen mich, damit ich Sie nach China bringe. Ich werde Sie hinbringen, Risiken hin oder her. Wollen wir das Thema damit ad acta legen?»
Sie kapitulierte sofort. Sie wußte, daß dies unter andern Umständen nicht der Fall gewesen wäre, aber sie hatte sich wieder dem Haus zugewandt und die Gräfin mit stechendem Blick am Fenster stehen sehen, und erneut wünschte sie, möglichst rasch hier wegzukommen. Bevor sie ihren Flug fortsetzen konnten, mußte die havarierte Bristol getestet werden, und sie wußte, daß Bede der bessere Pilot war, als sie es je sein würde. Es fehlte ihr nicht an Mut, aber sie war nicht tollkühn.
«Gut. Keine Diskussionen mehr, was die Maschinen anbetrifft.»
«Einverstanden.» Doch auch er hatte die Gräfin unter dem Fenster stehen sehen. Er nahm beschützend ihren Arm und ging mit ihr aufs Haus zu. «Passen Sie auf sich auf. Ich passe auf die Flugzeuge auf.»
«Sie sind ein netter Mensch, Bede.» Sie wußte, es klang, als wäre sie überrascht, aber sie konnte es nicht ändern.
«Alles nur Selbstverteidigung», sagte er bescheiden.
«Ein anderes Wort für Ritterlichkeit.»
«Sie sind nicht so zynisch, wie Sie sich zu geben versuchen.»
«Ich könnte es werden, bis wir in China sind.»
Die Gräfin hatte ihnen gesagt, um neun würde gegessen. Eve nahm ein Bad in einem Badezimmer, das museumsreif war. Die Wände bestanden ganz aus fleckigen, abblätternden und rissigen Spiegeln, so daß Eve sich daraus aussätzig und verzerrt entgegenblickte. Sie fragte sich, wie das Badezimmer der Gräfin aussehen mochte. Waren die Spiegel dort neu und schmeichelten der Benützerin? In der Ecke stand ein riesiger Kachelofen, doch der Kamin darüber war in der Mitte säuber-

lich durchgesägt. Erst als sie das Wasser einlaufen lassen wollte, merkte Eve, daß es in dem Badezimmer keine Hahnen gab, nicht einmal Leitungen. Es war eine Ansammlung von Museumsstücken, die nicht funktionierten und vermutlich nie funktioniert hatten. Doch während sie überlegte, was zu tun sei, erschienen zwei stumme, mürrische Mägde mit großen Kesseln voll warmem und kaltem Wasser. Sie kamen und gingen, bis die riesige Wanne randvoll war. Dann brachten sie ihr Tücher, die so fadenscheinig waren wie ein Bettlerhemd.
Eve badete, zog zu ihrem einzigen Rock eine frische Bluse an und ging zum Essen hinunter. Der Speisesaal täuschte Größe vor, oder vielleicht war die Größe wirklich einmal dagewesen. Der Tisch war festlich gedeckt, doch das Tischtuch und die Servietten waren durchgescheuert und verwaschen, die Weingläser hatten Sprünge, und auch das mit einem Monogramm geschmückte Geschirr war angeschlagen. Das Essen war so miserabel, daß selbst Oliver Twist sich reiflich überlegt hätte, ob er sich ein zweites Mal hätte bedienen wollen.
Eve hielt die Gräfin für vulgär, gestand ihr aber eine gewisse Grandezza zu, die sie von den vulgären Personen, die Eve bis jetzt kennengelernt hatte, unterschied. O'Malley und Kern saßen zur Rechten und zur Linken der Gastgeberin, Eve am andern Tischende zwischen Michael und Georg, Sun Nan, der in jeder Hinsicht überzählig war, zwischen O'Malley und Georg. Als sie bei der Gräfin eingezogen waren, hatte Eve Sun Nan als Geschäftspartner ihres Vaters vorgestellt, diese hatte getan, als hörte sie nicht zu, aber als sie zu Tisch kamen, war auch für den Chinesen gedeckt. Dennoch ignorierte ihn die Gräfin weiterhin, als wäre er ihr so fern wie seine Heimat.
Sie war in rosa Chiffon gehüllt; das Ganze schien Eve

weniger ein Kleid als eine Komposition aus Schleiern (die sie vor ihren Liebhabern einen um den andern fallenließ?). Ihr Gesicht war im Stil der Kinovamps, die Eve gesehen hatte, zurechtgemacht; eine dicke Maskaraschicht auf den Augenwimpern und zuviel Lippenstift auf den vollen Lippen. Sie trug eine Tiara und zwischen den unter dem Chiffon straffen, schweren Brüsten hing an einer goldenen Kette ein mit Diamanten besetztes goldenes Kreuz. Sie mußte einmal eine strahlende Schönheit gewesen sein und sah immer noch gut aus, aber ihre Züge hatten sich vergröbert; ihr Alter ließ sich nicht schätzen, doch war sie noch immer lebhaft und sinnlich. Eve besah sich ihre Hände, die Frauen reiferen Alters oft verrieten, aber sie waren so weich und glatt wie die eines jungen Mädchens. Aber kein junges Mädchen hätte die Zeit und die Erfahrung gehabt, die Brillantringe anzuhäufen, die ihre Finger eisig blitzen ließen.
«Gefallen Ihnen meine Rosen?» Alle vier Ecken des Saales waren mit in großen Bodenvasen steckenden Blumen gefüllt. Eve war schon übel von dem alles durchdringenden Geruch. «Ich lebe für sie. Als ich eine junge Braut war – bin ich mit meinem Mann ins Rosental bei Kerlova gefahren. Dort wird das Rosenöl hergestellt, das herrlichste aller Parfüms. Ich habe meinem Mann gesagt: Ich will mein eigenes Rosental. Wir sind hierher zurückgekommen, und er hat all die Rosenfelder angelegt.»
Da drang von draußen jenseits der Gartenmauern Musik zu ihnen herein, das lebhafte Trillern von Geigen, das Klingeln von Tamburins. Die Gräfin richtete sich auf und wandte sich O'Malley zu.
«Ach, meine Zigeuner! Tanzen Sie, Mr. O'Malley?»
«Nur Menuett», entgegnete O'Malley trocken. «Und nicht beim Essen.»
«Ach, die Engländer sind so gesittet. Man sollte immer

tanzen, wenn sich eine Gelegenheit dazu bietet. Tanzen und lieben!»
«Oh, das tun wir», hielt ihr O'Malley entgegen. «Aber nicht beim Essen.» Die maskaraschweren Augen blitzten einen Augenblick lang gefährlich: Sie war fähig, die Engländer zu hassen, dachte Eve. Dann entließ die Gräfin O'Malley und wandte sich Kern zu. «Meine Zigeuner ziehen bald weiter, sie sind nur während des Sommers hier, um meine Rosen zu pflücken. Ich nenne sie meine Armee. Dann sind wir wieder allein, nicht, meine Süßen?»
Sie blickte ans andere Tischende hinunter zu Michael und Georg. Eve fühlte, wie sich die Stimmung der beiden schlagartig verschlechterte, als sie sahen, wie die Gräfin Kerns Hand drückte. Es waren strenge, eifersüchtige Zwillinge. Ob sie je aufeinander eifersüchtig waren? Sicher war, daß sie Kern haßten: Er war der Günstling ihrer Geliebten, und außerdem war er ein Deutscher.
Georg fuhr die Gräfin unwirsch an, und deren Lächeln erstarb, als wäre sie geohrfeigt worden. Die schwarzumränderten Augen blitzten, und sie antwortete dem Bulgaren ebenso unwirsch. Dieser stand unverzüglich auf, schob den Stuhl geräuschvoll zurück, verbeugte sich vor Eve und marschierte aus dem Saal. Die Gräfin sah ihm nach, hielt dann den Kopf schräg, um der Musik zuzuhören, und lächelte O'Malley erneut zu.
«Tanzen Sie später mit mir, Mr. O'Malley? Ich lehre Sie den *Horo*. Er ist lebhafter als das Menuett, er bringt das Blut ins Wallen.»
«Sehr gern», erwiderte O'Malley alles andere als entzückt. «Aber nur wenn Michael und Georg nichts dagegen haben.»
Die Augen der Gräfin wurden mit einem Mal so hart wie die Diamanten an ihren Fingern. «Sie wissen, was sie erwartet, wenn sie etwas dagegen haben.»

Sie wandte sich brüsk von O'Malley ab, sah Sun Nan an und rief ihn aus China, oder wohin sie ihn in ihrem Geist verbannt hatte, zurück. Dieser hatte teilnahmslos dagesessen und ungeachtet der Spannungen zwischen den Abendländern an seinem *Kebab* gekaut. Ab und zu schob er, ohne sich zu genieren, sein Gebiß wieder in die richtige Lage, wenn dieses durch einen besonders zähen Bissen Schaffleisch ins Rutschen gekommen war.
«Miß Tozer hat gesagt, Sie wären im Handel tätig, Mr. Sun. Im Opiumhandel?»
Die Frage überraschte selbst Sun Nan. Eve, die ihn genau beobachtete, sah, wie er zum Gegenschlag ausholte. Er würde mit der Gastgeberin keinen *Horo* tanzen, auch nicht im übertragenen Sinn.
«Mein Herr hat Pflanzungen.»
«Rauchen Sie das Zeug?»
«Nein. Es ist nichts für jemand, der seinen Verstand beisammen haben muß.»
«Verstand ist nicht immer alles. Träume sind tröstlicher. Finden Sie nicht auch, Miß Tozer?»
Eve hatte immer Träume gehabt; doch ihr einziges Opium war ihre Phantasie. «Nur wenn sie im Bereich des Möglichen sind.»
«Diese Amerikaner», sagte die Gräfin, «immerzu denken sie praktisch.» Damit waren für sie Eve und eine ganze Nation abgetan.
«Wer an die Zukunft glaubt, muß praktisch denken», wagte Eve ihr entgegenzuhalten.
«Wer glaubt an sie?» Die Gräfin schaute wieder zum anderen Tischende hinunter, dabei blinzelte sie, als müßte sie ihre Augen scharf einstellen, weil Eve einen Augenblick lang ganz aus ihrem Blickfeld entschwunden war. Dann bemerkte Eve, daß sie sie gar nicht sah; sie starrte in Raum und Zeit. «Die Vergangenheit ist das einzige, woran man glauben kann. Sie ist die einzige Wirklichkeit, nicht wahr, Baron?»

Kern schreckte nicht davor zurück, plötzlich auf seiten der Gräfin zu sein. «Wir haben sonst nichts, woran wir glauben können.»
«Ich bin eine Welfin. Ich kann meinen Stammbaum über zehn Jahrhunderte zurück verfolgen. Aber ich habe keine Kinder. Was bleibt mir anderes als die Vergangenheit?»
«Eine Welfin?» Eve sah, wie Kern sich aufrichtete. Es war ihr nicht entgangen, wie er die Gräfin ansah, und sie spürte, daß er ihrer Sinnlichkeit nicht widerstehen konnte, wie immer die Gräfin auch über die Deutschen denken mochte. Sein Verstand sitzt ihm in den Eiern, dachte sie. Ihre Bostoner Großmutter hätte ob der Tatsache, daß eine junge Dame derartige Gedanken hegte, einen hysterischen Anfall bekommen. «Dann haben Sie deutsches Blut!»
«Das ist zu viele Generationen her, mein lieber Baron. In mir sind ein halbes Dutzend Nationen vereint.» Sie hielt den Kopf wieder schräg. «Ach, Musik! Laßt uns tanzen!»
Es kümmerte sie nicht, daß sie noch mitten im Essen waren. Eve war darüber nicht unglücklich: Was sie vorgesetzt erhalten hatten, war ungenießbar. Die Gräfin erhob sich und verließ in einer rosa Wolke von wehenden Schleiern, die eine Hand auf Kerns, die andere auf O'Malleys Arm gestützt, den Saal. O'Malley sah sich unter der Tür nach Eve um und blinzelte ihr zu. Er hat den Verstand am richtigen Ort, dachte sie.
Eve rückte ihren Stuhl zurück. Michael, dessen Augen immer noch an der Tür hingen, durch die seine Herrin entschwunden war, erinnerte sich plötzlich seiner guten Manieren, aber Eve ging vom Tisch, bevor er hinter ihrem Stuhl stand. Sun Nan, der noch nie in seinem Leben einer Dame den Stuhl weggerückt hatte, erhob sich und folgte Eve. Dabei saugte er seine Zähne in eine Lage, in der sie ihn nicht drückten.

«Ich habe Ihnen noch nicht dafür gdankt, daß Sie uns heil durch den Gewittersturm gebracht haben.»
«Glück, Mr. Sun, nichts als Glück.»
«Das Glück ist denen hold, die es verdienen.» Er lächelte plötzlich.
«Wir verdienen es offensichtlich.»
Er konnte liebenswürdig sein, aber sie konnte den Grund, weshalb sie zusammen waren, nicht vergessen; auch nicht, daß er gelächelt und im nächsten Augenblick auf George Weyman eingestochen hatte. «Beten Sie darum, daß das Glück uns treu bleibt. Gute Nacht, Mr. Sun.»
Sie ging in ihr Zimmer hinauf und verriegelte die Tür. Sie machte einen Bogen um das Loch in dem ehemals dicken Teppich, in dem sie schon einmal hängengeblieben war, und ging zum großen Kleiderschrank. Sie hatte schon zuvor versucht, ihn zu öffnen, es war ihr aber nicht gelungen; nun rüttelte sie erneut an den Türen, und plötzlich sprangen sie auf. Der Schrank war voller Kleider, sie rochen muffig, und Spinngewebe spannten sich gleich grauen Spitzen über sie. Auf einem Tablar über den Kleidern lag ein Dutzend Hüte, einige hatten breite Krempen, mit riesigen Federn, die ihr als brütende Vögel erschienen; auf andern waren ganze Türme von verblichenen Crêpe-de-Chine-Rosen, die die Farbe von Gebeinen angenommen hatten. Den Schrankboden bedeckte eine dicke Schicht von zu übelriechendem, braunem Humus verrotteten Rosenblättern.
Sie schlug die Türen zu, eilte ans offene Fenster, schöpfte tief Luft und versuchte, den Geruch des Verfalls aus ihrer Nase, ihren Lungen und ihrem Geist zu tilgen. Sie stützte sich aufs Fensterbrett, und wieder empfand sie die Last böser Vorahnungen. Erst jetzt nahm sie die Musik bewußt wahr, deren Lebhaftigkeit ihr in ihrem gegenwärtigen Zustand als Hohn erschien.

Keine fremde Note störte das vom Schlagen und Rasseln der Tamburins und dem dünnen Gesang einer Flöte kontrapunktierte Jubilieren der Geigen; die Musik stieg in leichten, schnell aufeinanderfolgenden Wogen von Tönen zum Haus herauf. Stimmen skandierten den Takt, und draußen vor der Gartenmauer sah sie im roten Widerschein eines Feuers die flüchtigen Schatten von Tanzenden.
Sie schloß rasch die Fenster, öffnete sie aber ebenso schnell wieder. Sie zog sich aus und kroch zwischen die Linnen, die sie vor dem Gang zum Essen zurückgeschlagen hatte, um sie zu lüften. Die Matratze war kalt und roch modrig, aber Eve war so erschöpft, daß es ihr gleichgültig war. Sie sank in Schlaf, hörte im Traum Hilfeschreie, erkannte die Stimmen aber nicht und drehte sich in ihrer Hilflosigkeit der Wand zu. Jemand klopfte an ihre Tür (war es Traum oder Wirklichkeit?). Sie erwachte, die Lider schwer und den Geist vom Schlaf benommen. Sie wartete, tauchte ins volle Bewußtsein auf, aber es klopfte kein zweites Mal. Die Musik vor den Mauern war verstummt. Durch die Stille klang nur noch die leise Musik der Grillen, zu der noch nie jemand getanzt hat.
Sie stand auf und trat ans Fenster. Die Wolken waren weggewischt, und der Mond hing wie ein gelber, im Steigen verblassender Käse über den Bergen. Die Straße war zum silbernen, in die dunklen Felder gelegtes Band geworden: In der Nacht hatten alle Rosen ihre Farbe verloren. Die Flugzeuge unten auf dem Rasen glichen riesigen prähistorischen Vögeln. Immer noch schlaftrunken meinte Eve, sie müßten gleich wegfliegen und sie hier zurücklassen. Dann sah sie, wie sich etwas auf dem Rasen bewegte. Gräfin Malavitza und Baron Kern traten aus dem Schatten der havarierten Bristol. Sie standen dicht beieinander, dann schlang die Gräfin die Arme um seinen Hals und küßte ihn leidenschaft-

lich. Danach trennte sie sich von ihm, schwebte in einer Wolke von Schleiern die Stufen hinan und eilte leichtfüßig wie ein junges Mädchen auf den schwarzen Schatten des Hauses zu. Kern blickte plötzlich auf, sah Eve weiß und nackt am Fenster stehen, schlug die Absätze zusammen, machte eine Verbeugung und folgte der Gräfin ins Haus. Eve wartete, aber O'Malley war nirgends zu sehen. Sie fühlte sich erleichtert, als wäre O'Malleys Wegbleiben eine Art von Loyalitätsbezeugung ihr gegenüber.
Sie ging ins Bett zurück, konnte aber nicht mehr einschlafen. Ab und zu hörte sie, wie sich im Hause etwas regte, sie konnte aber nicht erkennen, wo. Die Geräusche trieben ungebunden umher, als wäre das Haus nur noch ein leeres Gehäuse. Den Kopf ruhelos auf den Kissen, die Augen ziellos wandernd, schien ihr, die Schatten im Zimmer bewegten sich ebenso ungebunden wie die Geräusche. Plötzlich hatte sie Angst, sie wußte nicht wovor, aber gerade das war das Beängstigende. Schutzsuchend setzte sie sich auf. Da fiel ihr der Revolver ein, der noch immer in seinem Futteral im Cockpit ihrer Maschine lag. Sie hatte bei ihrer Ankunft erwogen, ihn ins Haus zu nehmen, hatte es dann aber bleiben lassen mit der Befürchtung, die Gräfin, deren Benehmen sie ohnehin beunruhigte, könnte es als Beleidigung auslegen. Später hatte sie nicht mehr daran gedacht. Sie fühlte, daß sie jetzt hinuntergehen und ihn holen mußte.
Sie zog Bluse und Rock an, öffnete vorsichtig die Tür, schlich barfüßig die dunkle Treppe hinunter und zur Haustüre hinaus auf die Terrasse. Sie überquerte den Rasen, fühlte den Tau auf ihren nackten Füßen, hißte sich ins Cockpit der Bristol, suchte tastend und ließ sich wieder auf den Boden gleiten. Ein Mann trat unter der unteren Tragfläche hervor und stellte sich neben sie, sie fiel beinahe in Ohnmacht.

«Suchen Sie Ihren Revolver?» fragte O'Malley. «Es hat ihn jemand geklaut.»
«Was machen Sie hier?» flüsterte sie mit erstickter Stimme und lehnte sich zitternd gegen den Flugzeugrumpf. «Sind Sie schon die ganze Zeit über hiergewesen?»
«Erst seit die Gräfin und unser deutscher Freund zu Bett gegangen sind. Wir werden morgen ein ernsthaftes Wort mit ihm reden müssen. Wenn er sich überall wie ein Zuchtbulle aufführen will, können wir auf ihn verzichten.»
«Warum schlafen Sie hier draußen?» Sie sah die Umrisse seines Schlafsacks unter dem Flügel.
«Ich habe nach den Waffen gesehen, während alle andern dort draußen tanzten. Die Vickers- und Lewis-MGs sind noch da, aber Ihr Revolver ist verschwunden. Ich will nicht, daß sich irgendwer an den Maschinen zu schaffen macht.»
«Glauben Sie, jemand würde das?»
«Ich weiß es nicht. Aber hier muß man auf alles gefaßt sein. Die Zigeuner würden uns auf Befehl der Gräfin die Kehle durchschneiden.»
Dann hörten sie den Schrei, es war ein langgezogener, im Nichts ersterbender Schrei. Danach war es totenstill, selbst die Grillen waren verstummt. Eve fühlte O'Malleys Hand auf ihrem Arm und war froh darüber, auch wenn seine Umklammerung ihr wehtat. Sie erwarteten, daß im Haus Lichter angingen, aber nichts geschah. Das Haus blieb dunkel, ein mit seinen Schatten verschmelzender, düsterer Klumpen vor dem fahlen, vom nun wolkenverdeckten Mond erhellten Himmel.
«Es kann ein Nachtvogel gewesen sein», meinte O'Malley, aber Eve stellte fest, daß er seine Umklammerung nicht gelockert hatte.
«Bede, ich habe Angst. Ich habe vorher noch nie Angst gehabt – nicht so.»

«Gehen Sie ins Bett zurück. Verriegeln Sie die Tür. Ich bin hier unten, wenn Sie mich brauchen.»
«Hätte ich nur meinen Revolver. Ich habe einen Mann damit erschossen.» Sie fühlte seine Überraschung mehr, als sie sie sah. «Er wollte mich vergewaltigen», fügte sie hinzu.
«Ich glaube nicht, daß die Gräfin in ihrem Haus Vergewaltigungen zuläßt. Sie sähe deren Notwendigkeit nicht ein.»
Mit dieser trockenen Bemerkung wollte er sie beruhigen und die Spannung von ihr nehmen. Wirklich Trost gab ihr aber der warme Druck seiner Hand auf ihrem Arm. «Gute Nacht, Bede.»

2

Als die Sonne aufging, waren die Zigeuner schon auf den Feldern, um die Rosen zu pflücken, solange der Tau auf ihnen lag. Säcke um die Taille gebunden, schritten sie durch die Reihen und rupften die Blüten mit beinahe brutaler Gewalt ab, ohne auf die Pracht um sie herum zu achten. Sie sangen, aber ihre Lieder hatten nichts von der Fröhlichkeit der *Horo*-Musik vom letzten Abend; sie waren langsamer, die Melancholie machte die Frauenstimmen rauh. Es waren die traurigen türkischen Lieder, die vor Jahrhunderten in die Gegend gebracht worden waren. Kern stand am Fenster seines Schlafzimmers und hörte ihnen zu, sie spiegelten seine Stimmung wider. Was er letzte Nacht getan hatte, war ein Fehler gewesen, seine Triebhaftigkeit hatte ihm wieder einmal einen Streich gespielt.
Er zog sich an und ging zum Frühstück hinunter. Es gab Joghurt und Früchte, er war sich an weit mehr gewöhnt; er versuchte, einen Diener aufzutreiben, schwenkte die silberne Glocke, aber niemand kam. Er trank zwei Tassen Eichelkaffee, saß am Tisch und wartete. Irgendwann mußten die Gräfin oder Eve herunterkommen. Draußen hörte er Stimmen und erinnerte sich, was mit seinem Flugzeug geschehen war und daß er versprochen hatte, bei der Reparatur mitzuhelfen. Noch immer hatte er nicht gelernt, daß nicht alles durch andere für ihn erledigt wurde. Seine Niedergeschlagenheit wuchs noch, als er hinaustrat: Er arbeitete nicht gern, er hatte es nie gerne getan.
O'Malley, Sun Nan und Michael, der Rumäne, waren bereits am Werk. Er gesellte sich zu ihnen und entschuldigte sich für sein spätes Erscheinen.
«Wir müssen einen Teil der Außenfläche des Flügels ersetzen.» O'Malley, der sich ganz auf die Reparatur

konzentrierte, ging nicht auf die Entschuldigung ein.
«Michael hat nicht nur Leinwand aufgetrieben, er hat mir auch diese Rohrchaiselongue und diese Rohrstühle gebracht.»
«Sie sind früh aufgestanden.» Kern sah den zusammengerollten Schlafsack unter dem unteren Flügel von O'Malleys Bristol. «Oder sind Sie gar nicht im Bett gewesen?»
«Beides», erwiderte O'Malley kabbalistisch. «Würden Sie jetzt die Stühle und die Chaiselongue ausschlachten?»
O'Malley wandte sich Sun Nan und Michael zu und erwartete keine Opposition, erwog nicht einmal die Möglichkeit einer solchen. Kern hatte sich in seinem Leben nie von jemandem etwas befehlen lassen, es sei denn von seinen Vorgesetzten, aber in der melancholischen Stimmung dieses Morgens erkannte er, daß der Krieg vorbei war und er verloren hatte. Er war jetzt ein bezahlter Arbeiter, auch wenn er nicht der Arbeiterklasse angehörte.
Ungeschickt begann er, die Rohrchaiselongue mit Hammer und Zange auseinanderzunehmen. Er schürfte sich die Knöchel auf, ein Finger blutete, und er war froh, als die Gräfin aus dem Haus trat. Sie trug dasselbe wie am Tag zuvor, hatte die rote Tunika aber gegen einen hüftlangen blauen Kaftan eingetauscht. Er konnte das kurze, dolchartige Schwert nirgends entdecken und fragte sich, ob sie es unter ihrem Kaftan versteckt hatte. O'Malley sah schwitzend und mit Schmierfettspuren im Gesicht auf sie herab, als er sich auf der Motorhaube der Bristol aufrichtete.
«Wir könnten noch eine Hilfe brauchen, Gräfin. Wie wär's mit Georg?»
«Georg weilt nicht mehr unter uns.»
Kern sah, wie Michael auffuhr, als hätte man ihm einen Schlag in den Rücken versetzt. Er und Sun Nan waren

daran gewesen, die Leinwand auszulegen, zu strecken und zu messen. Er ließ die Leinwand fallen und starrte die Gräfin mit verwirrten, entsetzten Augen an. Verdammt, dachte Kern, er versteht Englisch!
«Ich brauche Michael», sagte die Gräfin. «Ich habe eine Arbeit für ihn.»
Sie ging ins Haus zurück. Michael zögerte, folgte ihr dann, stolperte über eine der Stufen, als hätte er nicht achtgegeben, wohin er trat. Erst als die beiden verschwunden waren, wurde Kern bewußt, daß sie ihn nicht einmal angeschaut hatte, daß sie sich letzte Nacht ebenso gut nicht hätten geliebt haben können. Seine Melancholie schlug in Zynismus um. Über sich selbst lachen hat auf den ersten Anhieb etwas Erleichterndes, und so erging es auch ihm. Vom Junker zum Arbeiter, vom Don Juan zum Bock, und das alles in einer einzigen Nacht.
«Was ist zwischen Ihnen beiden letzte Nacht gewesen?» fragte O'Malley.
«Geht Sie das etwas an, Herr O'Malley?»
«Ich glaube schon. Ich muß dafür sorgen, daß wir hier wegkommen und muß wissen, mit welchen Komplikationen ich zu rechnen habe.»
«Es gibt keine Komplikationen.»
«Haben Sie den Schrei gehört letzte Nacht?»
«Einen Schrei? Ich habe nicht gewußt, ob ich geträumt hatte. Ich bin aufgewacht, aber unsere Gastgeberin ist nicht bei mir im Bett gewesen. Ich bin dann wieder eingeschlafen.»
«Ich habe ihn gehört», mischte sich Sun Nan ein. «Es ist der Bulgare gewesen.»
«Woher wissen Sie das?»
«Sein Zimmer liegt direkt über dem meinen. Ich habe heute morgen das Haus durchforscht. Der Bulgare ist in seinem Zimmer, er liegt auf dem Bett, den Dolch der Gräfin in der Brust. Miß Tozers Revolver hat in seinem

Futteral neben ihm gelegen. Ich habe ihn in mein Zimmer genommen.»
«Großer Gott!» rief O'Malley aus. «Wie unergründlich könnt ihr Asiaten sein? Warum haben Sie uns nichts davon gesagt?»
«Es geht uns nichts an. Für uns ist nur wichtig, daß wir schnell nach Hunan kommen.»
O'Malley seufzte schwer, dann sah er Kern an. «Georg hat sich den Revolver geholt, um Ihnen in die Eier zu knallen, Baron. Die Gräfin muß ihm zuvorgekommen sein. Nehmen Sie in Zukunft eine kalte Dusche, wenn Ihr Trieb zu übermächtig wird. Zumindest bis wir in China sind.»
«Halten Sie mir keine Strafpredigt, Herr O'Malley», sagte Kern kühl. Dann deutete er auf die Rohrstücke, die er ausgeschlachtet hatte. «Genügt das?»
«Ja. Jetzt brauchen wir heißes Wasser, damit wir sie in die richtige Form biegen können. Wir haben immer noch keinen Firnis, um die Leinwand zu beschichten.»
«Es hat büchsenweise in den Stallungen hinter dem Haus», erklärte Sun Nan. «Ich habe mich dort umgesehen.»
O'Malley seufzte wieder. «Ich könnte Sie geradezu gern haben, Sun, wenn Sie kein so mörderischer Bastard wären.»
«Die Umstände haben mich dazu gemacht», erwiderte Sun Nan. «Eine Frage des Überlebens.»
Er und O'Malley entfernten sich, um den Firnis und heißes Wasser zu holen. Kern war allein bei den Flugzeugen. Er streichelte einen Flügel, wie er letzte Nacht den Körper der Gräfin gestreichelt hatte. Der Krieg war die einzige echte Leidenschaft in seinem Leben gewesen.
Eve kam die Stufen heruntergeeilt. «Wo sind die andern?»
«Hinter dem Haus. Was ist geschehen?»

Sie sah blaß und erregt aus, die Hände hatte sie zu nervösen Fäusten geballt. «Ich habe gesehen, wie sie Georg hinuntergetragen haben ...»
«Wir wissen es», sagte er besänftigend. «Die Gräfin oder sonst jemand hat ihn letzte Nacht umgebracht.»
«Sie hat in dem Moment etwas zu mir gesagt, die Gräfin ...» Sie versuchte, ihre Aufregung zu meistern. Er spürte ihre stahlharte Entschlossenheit, aber auch ihre verständliche, diffuse Angst. Er hatte Helden gesehen, die Angst gehabt hatten. «Sie sagte, ich hätte sie überfallen. Was hat sie damit gemeint?»
Kern wußte keine Antwort. Er hatte die Frauen geliebt, sie zum Leben gebraucht wie Speise und Trank, aber er hatte sie nie verstanden oder versucht, sie zu verstehen. Auch um die Liebe richtig zu genießen, brauchte es Illusionen.
O'Malley und Sun Nan kamen zurück, gefolgt von zwei Dienstboten mit einem großen Bottich voll heißen Wassers. Eve anerbot sich, zu bleiben und mitzuhelfen, und O'Malley wies jedem eine Arbeit zu. So verging der Vormittag; die Gastgeberin ließ sich nicht mehr blicken. Dafür sahen sie einen Ochsenkarren durch ein Seitentor vom Haus wegfahren; er war mit Rosen voll beladen und sah aus wie ein Leichenwagen, auf dem Bock saßen zwei vermummte Gestalten. Er verschwand in der Dunkelheit des Waldes, der gleich hinter dem Haus begann und sich zu den Bergen erstreckte. Es war O'Malley, der bemerkte, es sähe aus, als hätte der Karren sich auf die bulgarische Seite geschlagen.
Bis zum Mittag hatte O'Malley das geknickte Flügelgerippe geflickt und aus Eschenholz, das Sun Nan herbeigeschleppt hatte, neue Streben angefertigt.
«Wo haben Sie es her, Sun?»
«Es ist besser, Sie fragen nicht.»
O'Malley und Sun Nan hatten sich verschwörerisch zugegrinst. Kern, der es gesehen hatte, hatte eine uner-

klärliche Eifersucht auf den Engländer verspürt. *Er ist sowohl mit Miß Tozer wie mit dem Chinesen gut Freund.* Er kam sich ausgeklammert vor, obwohl ihm in der Vergangenheit nie an Freundschaften gelegen gewesen war. Im Haus ertönte eine Glocke. Sie sahen einander fragend an und kamen zum Schluß, sie rufe zum Essen.
«Ich bleibe bei den Flugzeugen», sagte O'Malley. «Für alle Fälle.»
«Ich lasse Ihnen etwas bringen», anerbot sich Eve. «Was hätten Sie gern, Bede?»
«Irgend etwas. Es ist schlimmer als das Essen in der Schule, aber ich habe Hunger.»
Für Michael und Georg war nicht gedeckt. Sollte der Rumäne auch beseitigt werden? fragte sich Kern. Die Gräfin ignorierte Eve und Sun Nan und schäkerte während des ganzen Essens mit Kern, wieder ganz das verliebte Weib vom Vorabend. Ihre Hand spielte mit der seinen, ihre Augen hingen unentwegt an ihm: Vom kalten Fisch über das verkochte Gemüse bis zu den überreifen Erdbeeren eine einzige Einladung, mit ihr ins Bett zu gehen. Am Ende der Mahlzeit stand sie auf und sagte: «Sie verlassen mein Haus, Miß Tozer.»
Eve, die Kaffeetasse zwischen Tisch und Mund, sah sich überrascht und erstaunt nach ihr um. «Wann?»
«Jetzt gleich!» Die Gräfin war heute auf gelassene Art verrückt. Kern fragte sich, ob sie Opium geraucht hatte. Am Vorabend hatte diese Frau *wir* gesagt, sie gesellschaftlich auf dieselbe Stufe gesetzt. *Sind Sie aus guter Familie?* hatte sie gefragt, die Frage, die alle Aristokraten stellen; und er hatte es bejaht, ihr gesagt, daß auch seine Familie im Gothaer Almanach wäre. Gestern abend hatte er sie zwar für exzentrisch gehalten, aber nicht für verrückt. Er hatte schon mit weit weniger intelligenten Frauen geschlafen. Aber nun waren sie nicht mehr *wir*, wie alle echten Aristokraten kannte er seine Pflichten.

«Miß Tozer kann hier nicht weg, bevor meine Maschine wieder flugtüchtig ist. Wir gehen zusammen.»
Die Gräfin sah ihn verletzt an und sagte sanft auf deutsch, der Sprache, derer sie sich letzte Nacht bedient hatten: «Du mußt nicht gehen, Liebster. Wer nimmt sonst Georgs Platz ein?»
Gott im Himmel, warum war er mit ihr ins Bett gegangen? Er erwiderte auf deutsch: «Michael ist auch noch da.»
«Er ist nicht meinesgleichen. Er ist ein Bauer.»
«Gut, dann bleibe ich», log er lächelnd, seinen Charme wie Zyankali einsetzend. «Aber Miß Tozer soll auch hierbleiben dürfen. Zumindest bis morgen früh.»
«Nein. Sie ist die Ursache meiner Betrübnis. Wenn sie dich nicht ins Haus gebracht hätte, mein Liebster, wäre Georg noch am Leben.» Eine irrwitzige, nicht zu entkräftende Logik. «Sie muß auf der Stelle gehen. Du sorgst dafür.»
Es war der Befehlston, dessen sie sich dem toten Georg gegenüber bedient hatte. Sie machte kehrt und verließ den Saal, es war kein Hinausstürmen, vielmehr ein Entschweben. Der blaue Kaftan schwang, der Körperdrehung folgend, langsam herum. Kern verschlug es die Sprache, er zuckte nur noch die Achseln.
«Was hat sie gesagt?» Eve stellte ihre Tasse geräuschvoll ab. «Warum haßt sie mich?»
In einem Tollhaus gab es keine stichhaltigen Erklärungen. «Es ist besser, Sie packen Ihre Sachen und bringen sie zu den Flugzeugen.»
«Aber warum?» beharrte Eve. «Hat sie gestern nacht etwas über mich gesagt?»
«Nein.» Sie hat nur von *uns* gesprochen, als hätten der Krieg und die Veränderungen, die er mit sich gebracht hat, nie stattgefunden. «Bitte packen Sie Ihre Sachen. Möglicherweise werden wir diese Nacht alle bei den Flugzeugen campieren müssen.»

Er ging hinaus und berichtete O'Malley, was sich zugetragen hatte.
«Die Gräfin ist gerade eben hiergewesen», sagte O'Malley. «Sie ist beinahe auf mich getreten, als wäre ich Luft. Sie ist ins Zigeunerlager hinuntergegangen. Ich nehme an, die Rosenernte ist beendet. Ich sehe keine Blüten mehr.»
«Wann frühestens sind Sie mit der Tragfläche fertig?»
«Wenn Sie und Sun die Leinwand anbringen und lakkieren, kann ich mich mit den neuen Rudern befassen. Wenn wir durcharbeiten und der Lack trocknet . . .» Er schaute zum wolkenlosen Mittagshimmel empor. «Vielleicht können wir im Morgengrauen starten. Oder noch früher, wenn es nötig wird.»
Während sie miteinander sprachen, kam die Gräfin wieder durch das große Tor. Sie trug keinen Hut, und das blonde Haar fiel ihr wie einem jungen Mädchen offen über den Rücken. So muß sie ausgesehen haben, als ihre Welt noch wirklich und golden gewesen ist, dachte Kern.
«Kommen Sie mit, Baron.»
«Später, Gräfin.» Er bemühte sich, sanft und liebenswürdig zu sein, um einem weiteren Wutanfall vorzubeugen. «Ich muß meinen Freunden helfen, wenn sie von hier verschwinden sollen.»
«Sie bleiben?»
Er sah, wie O'Malley hinter ihrem Rücken nickte, und sagte ja.
Sie lächelte ihm zu, erklomm die Stufen und entschwand aus dem hellen, blendenden Licht in die purpurnen Schatten des breiten, offenen Eingangsportals.
Kern sah O'Malley an.
«Warum haben Sie genickt, als sie fragte, ob ich bliebe?»
«Sie sind unser Reisepaß. Sie müssen sie im Bett beglücken, bis die Maschinen startbereit sind.»

«Und wenn ich mich weigere?»
«Das können Sie nicht, Baron, nicht im Ernst. Vom Nabel an aufwärts sind Sie ein Ehrenmann. Auf diesen Teil zähle ich. Sie . . .»
Er hielt inne. Kern blickte über die Schulter. Die Zigeuner waren zum großen Tor gekommen, strömten nun allmählich in den Garten und verteilten sich den Mauern entlang. Einige kauerten nieder, andere lehnten sich gegen die Mauer und die Kletterrosen; Kinder waren keine dabei, aber ein paar Frauen waren mit den Männern gekommen. Sie klebten an der Mauer wie riesige schwarze Käfer, und die auf den Frauenröcken aufgenähten Perlen und die Gartenmesser der Männer blitzten in der Sonne wie die Deckflügel von Insekten. Sie verhielten sich völlig ruhig und flüsterten nicht einmal untereinander.
«Ich könnte die Lewis-MGs wieder montieren», sagte O'Malley, «aber möglicherweise stürzen sie sich dann auf uns.»
Eve und Sun Nan kamen aus dem Haus. Eve trug das in Jute gewickelte Kästchen, Sun Nan seinen und Eves Koffer und Eves Revolverfutteral. Als sie der Zigeuner ansichtig wurden, blieben sie unvermittelt oben an den Stufen stehen. Dann stiegen sie hinunter und gingen auf die Flugzeuge zu.
«Verstauen Sie Ihren Revolver unauffällig im Cockpit», befahl O'Malley leise. «Nachher machen wir uns an die Arbeit, wie wenn nichts wäre.»
Eve stellte keine Fragen. Sie war wieder das kühle, beherrschte junge Mädchen, das Kern vor zwei Tagen kennengelernt hatte, zumindest nach außen. Sie tat, wie O'Malley sie geheißen hatte, dann hörte sie, ohne auf die stummen Zuschauer zu achten, aufmerksam zu, wie er ihr, Kern und Sun Nan erklärte, was für alle als nächstes zu tun war.
«Die Leinwand muß straff gespannt sein, das ist das

Wesentliche. Der gute alte George.» O'Malley sah Sun Nan an, als er Weymans Namen aussprach, doch der Chinese verzog keine Miene. «Er hat an alles gedacht. Es sind einige Zwingen in der Werkzeugkiste. Es wird nicht ganz einfach sein, die Ruder zum Funktionieren zu bringen. Ich werde Ihre Maschine fliegen, Baron, wenn wir hier das Feld räumen. Kann sein, meine Arbeit hält nicht, was ich mir von ihr verspreche.»
«Das werden Sie nicht», erwiderte Kern. «Dies ist meine Maschine, Herr O'Malley. Und ich werde sie fliegen.»
Die beiden Männer starrten sich an, dann sagte O'Malley: «Wie Sie wollen. Ich tue mein Bestes, damit sie sicher ist.»
Sie arbeiteten während des ganzen drückend heißen Nachmittags. Ab und zu machten sie eine Pause, setzten sich unter die Tragflächen der Flugzeuge und blickten zu den sie beobachtenden Zigeunern hinüber. Diese standen nicht mehr wie angenagelt da, einige gingen sogar ab und zu durch das Tor aus dem Garten, kamen aber immer wieder, auch flüsterten sie jetzt hie und da miteinander. Doch ihr geduldiges Zusehen hatte immer noch etwas dunkel Bedrohliches. Draußen im Lager blies jemand eine Flöte, aber ihr Klang hatte nichts Aufheiterndes, sondern zerrte an den Nerven der vier, die am havarierten Flugzeug arbeiteten.
Bei Sonnenuntergang war die Leinwand über dem Mittelteil der Tragfläche festgespannt und lackiert. O'Malley mühte sich immer noch mit den neuen Rudern ab. Jedesmal, wenn er ins Cockpit kletterte und das Steuerwerk betätigte, bewegten sich die Klappen nicht so wie sie sollten. Unabhängig voneinander funktionierten sie zeitweilig, gleichzeitig fast nie.
O'Malley, von Schweiß und Schmierfett selbst schwarz wie ein Zigeuner, war nicht mehr so zuversichtlich. «Ich werde die ganze Nacht an ihnen arbeiten, aber Sie ris-

kieren dennoch einiges, wenn wir morgen starten, Baron.»
«Es wird nicht das erstemal sein, daß ich etwas riskiere. Sie wissen das.»
«Wir verfügten damals beide über gute, erfahrene Mechaniker. Es ist eine andere Art Risiko gewesen.»
«Jedes Risiko ist eine Glückssache.» Im Haus ertönte die silberne Glocke. Er grinste trocken. «Sie ruft. Ich werde dafür sorgen, daß Sie etwas zu essen kriegen.»
Kern wusch sich, zog sich um und betrachtete sich im Spiegel: Zum *Thé dansant* wäre er so nicht gegangen, aber er durfte sich sehen lassen. Schon diese Nacht oder am Morgen in aller Frühe würde er wieder unterwegs sein, allerdings ohne Wissen der Gräfin. Er packte seine Tasche und stellte sie unter das Bett. Danach ging er hinunter und speiste mit der Gräfin – nur sie beide, *wir*, Leute aus gutem Haus – an dem Tisch mit der verwaschenen Tischdecke, den gesprungenen Gläsern und der Aura von kränklicher, hoffnungsloser Flucht in die Vergangenheit.
Die Gräfin reagierte nicht gereizt, als er fragte, ob den Herren O'Malley und Sun etwas zu essen gebracht werden könnte; Eve erwähnte er nicht, wohl wissend, daß die beiden Männer mit ihr teilen würden. Da er kein drittes Gedeck sah, fragte er sich, was aus Michael geworden war. Als hätte sie seine Gedanken gelesen, sagte die Gräfin: «Der Bauer ist für eine Weile weggegangen.»
«Wie Georg?» Er wollte sie nicht verletzen, aber wissen mußte er es.
Sie lächelte das geheimnisvolle Lächeln von Kindern und Irren. «Nein, Michael kommt vielleicht zurück; aber nur, wenn du gehen solltest.»
Der Bissen in seinem Mund schmeckte bitter. Doch sie lächelte immer noch, offener jetzt: Er war immer noch ihr Favorit, der standesgemäße Liebhaber. Er schluckte,

lächelte zurück und versuchte verzweifelt, sich daran zu erinnern, welcher Art das Liebesgeplänkel gewesen war, dem sie sich in der letzten Nacht hingegeben hatten. Alles war ihm recht, wenn sie nur in Stimmung blieb.
Bevor sie ins Schlafzimmer hinaufgingen, entschuldigte er sich mit dem Hinweis, er müsse «seinen Freunden» gute Nacht wünschen. Er ging rasch hinaus, um ihr keine Gelegenheit zu geben, ihn zu begleiten. Die Zigeuner hatten sich aus dem Garten zurückgezogen, aber einige kauerten immer noch beim Tor oder lungerten in dessen Nähe herum, schwarze Silhouetten vor dem Lagerfeuer hinter ihnen. O'Malley und Sun Nan arbeiteten im Schein zweier Öllampen, die sie irgendwo aufgetrieben hatten, und Eve kramte im Cockpit von O'Malleys Maschine herum.
«Was tut sie dort?»
«Sie lädt mein vorderes MG, für alle Fälle. Sie wird auch das Ihre laden. Später, wenn die Burschen beim Tor eingeschlummert sind, montiere ich das Lewis in meinem hinteren Cockpit.»
«Wer wird es bedienen?»
O'Malley sah Sun Nan an. «Die Tanks sind beinahe leer, dadurch ist die Maschine leichter geworden, und ich kann Sie mitnehmen. Bequem wird es nicht sein, aber ich werde auf jede Akrobatik verzichten, so daß Sie nicht hinausfallen sollten. Können Sie ein Maschinengewehr bedienen?»
«Selbstverständlich.»
«Dumm von mir, zu fragen. Gibt es irgend etwas, was Sie nicht können?»
«Ich kann nicht kochen», erwiderte Sun Nan.
O'Malley grinste und sah Kern an. «Um Mitternacht sollten wir startbereit sein. Falls keine Wolken aufziehen, sollte es voraussichtlich hell genug sein.»
Es war eine Mondnacht, die blauen Schatten der Bäume

zeichneten sich beinahe so scharf ab wie am Tag. «Wir benutzen die Straße als Rollbahn.»
«Wie steht es mit den Rudern?»
«Ich glaube, sie funktionieren jetzt. Es gibt leider nur den einen Weg, herauszufinden, ob es stimmt.»
Kern nickte, die Aussicht machte ihm kein Kopfzerbrechen, er fand sie vielmehr aufregend. «Möglicherweise kann ich um Mitternacht nicht hier sein, ich werde warten müssen, bis die Gräfin eingeschlafen ist.»
Er ging zu Eve hinüber, um ihr gute Nacht zu sagen. Sie schaute auf ihn herab, einen Munitionsgurt in der Hand, kriegerisch und völlig unromantisch trotz des Mondscheins. «Ich hoffe, die Gräfin macht es Ihnen nicht zu schwer, Baron.»
Er lächelte zu ihr hinauf: Sie zu betören statt der Frau, die oben im Haus auf ihn wartete, wäre ihm um vieles lieber gewesen. Aus den Augenwinkeln sah er, wie im Schlafzimmer der Gräfin das Licht anging. Eve sah es auch.
«Sie müssen es nicht tun, Baron.»
«Eine Dame unterhalten ist kein Müssen, Fräulein.» Er erwartete, daß sie ihn auffordere, sie Eve zu nennen, wurde aber enttäuscht. «Ich meine, unter den gegebenen Umständen ist es der einzige Weg, mit unserer Gastgeberin fertigzuwerden.»
«Es gibt einen andern Weg!» Sie knallte den Gurt in das MG. «Aber ich fürchte, er ist selbst in diesem Land unrechtmäßig, was auch immer es für ein Land sein mag.»
Steifbeinig in mehr als einer Hinsicht ging er, der Pflichtliebhaber, ins Haus und zurück zur Gräfin.
Er fühlte sich mit einem Mal erniedrigt, wünschte, er hätte eine Pistole statt der Waffe, die die andern ihm zugesprochen hatten. Die Gräfin erwartete ihn, nackt, das Haar offen, wie sie es tagsüber getragen. Üppig ist das Wort, das auf sie zutrifft, dachte er, und wieder spielte ihm sein gewissenloser kleiner Herr einen

Streich, so daß er zum Schluß kam, es gäbe unangenehmere Pflichten. In dem nach Westen gelegenen Zimmer war noch die Hitze des Nachmittags und machte es zum Treibhaus. Überall standen Vasen und Schalen mit Rosen; es war, als sei das Bett in einem überdachten Garten. Das Parfüm der Gräfin war schwer wie das der Blumen. Frau, Sinnlichkeit, Rosen, ein Duftgemisch, das ihn überwältigte. Er lief Gefahr, sich zu berauschen, er würde seine fünf Sinne zusammenreißen müssen, um wach zu bleiben, wenn alles vorüber war.
Im Gegensatz zu andern Frauen, die er gekannt hatte, dachte sie im Bett klarer als außerhalb des Bettes. Während sie sich ausruhten, erzählte sie vom Leben vor dem Krieg. «Ich war an beiden Höfen willkommen, Liebster, in Bukarest und in Sofia. Ich war eine von Ferdys Favoritinnen, ein reizender Mann.» Kern erinnerte sich, daß sein Vater vom gerissenen Ferdy gesprochen hatte, wenn die Rede auf Zar Ferdinand gekommen war. «Wir sind jeweils nach Euxinograd gefahren –, ich habe immer die gewagtesten Badekleider getragen. In Bukarest bin ich mit Maria befreundet gewesen, bevor sie Königin wurde.» Sie starrte eine Weile schweigend an die Decke; als er ebenfalls die Augen hob, entdeckte er, daß diese mit Rosen ausgemalt war. «Ach, Geliebter, ist es klug gewesen, zu glauben, es würde ewig so weitergehen?»
«Nein», erwiderte er, wohl wissend, daß er und seinesgleichen sich in Deutschland derselben Torheit schuldig gemacht hatten. «Schlaf jetzt.»
«Nein.» Sie drehte sich, die Gegenwart, alles, worin sie lebte, wenn sie bei Sinnen war, ihm zu. «Noch nicht.»
Es war nach Mitternacht, als sie einschlief, aber nun schlief sie den tiefen Schlaf der Erschöpften. Er schlich sich aus dem Bett, nahm seine Kleider und ging in sein Zimmer hinunter. Dort kleidete er sich rasch an, holte die Tasche unter dem Bett hervor und eilte hinaus. Die

anderen warteten auf ihn, sie waren schon in ihren Maschinen, Sun Nan hatte sich hinter das wieder auf O'Malleys Maschine montierte Lewis-MG ins hintere Cockpit gezwängt.
«Wir dachten, Sie wären eingeschlafen», begrüßte O'Malley ihn gehässig.
«Ich habe mich nicht absichtlich verspätet», gab Kern ebenso gehässig zurück.
O'Malley kletterte aus seiner Maschine. «Einige der Zigeuner sind immer noch wach, sie lungern unmittelbar hinter dem Tor herum. Die Motoren müssen auf Anhieb anspringen, es darf nichts schiefgehen. Sie starten als erster, dann Miß Tozer und zuletzt ich.»
«Und in welche Richtung fliegen wir?»
O'Malley zeigte mit der Hand nach Südosten. «Ich habe eine Sternpeilung gemacht. So kommen wir nach Sofia. Belgrad liegt soweit hinter uns, daß es sinnlos ist, umzukehren. Ich habe den Brennstoff überprüft, wenn wir Glück haben, reicht er gerade bis Sofia. Aber wir müssen sparsam damit umgehen, machen Sie also keine unnötige Höhe.»
«Gibt es in Sofia einen Flugplatz?»
«Einen Militärflugplatz am Stadtrand.»
«Es wird noch dunkel sein, wenn wir dort ankommen. Wie finden wir ihn?»
«Das frage ich mich auch. Wir könnten hier warten, bis es zu tagen anfängt, wenn nur die Gräfin nicht erwacht. Wir machen es so», erklärte er kurzentschlossen, «wenn in ihrem Zimmer das Licht angeht, werfen wir die Motoren an und starten. Viel Glück, Baron. Ich hoffe, die verdammten Ruder funktionieren. Gehn Sie sanft mit ihnen um, wie mit einer Frau, wenn ich das sagen darf, ohne Ihnen zu nahe zu treten.»
Um 3.30 Uhr, es war noch Nacht, ging im Schlafzimmer der Gräfin das Licht an. Kern, der nur unter Aufbietung seiner letzten Willenskraft wach geblieben war, richtete

sich unverzüglich in seinem Sitz auf. Er sah O'Malley aus dem Cockpit springen und auf seine Maschine zu rennen, um deren Propeller zu packen.
«Zündung!»
O'Malley warf den Propeller an, ein zweites Mal. Der Motor hustete und sprang an. Kern gab Gas, und ein plötzliches Dröhnen erfüllte die Nacht. Er blickte auf, die Gräfin stand am Fenster und verwarf die Arme; er wußte, sie schrie, aber er konnte sie nicht hören. Er wendete die Bristol, geriet in seinen eigenen Sog und sah O'Malley von Eves Maschine wegrennen, als diese den Motor aufheulen ließ. Sun Nan stand vor O'Malleys Maschine und wartete, beide Hände am Propeller, daß der Engländer ins Cockpit klettere und das Steuer ergreife. Doch Kern kam nicht dazu, auch das zu sehen. Die Zigeuner stürmten mit gezückten Messern durch das Tor, einige hatten altmodische Flinten mit langen Läufen bei sich, alle schrien, wurden aber vom ohrenbetäubenden Lärm der Flugzeugmotoren übertönt. Kern visierte das Tor an und rollte, so schnell er es wagte, darauf zu. Die Zigeuner wichen vor den messerscharfen Propellerblättern zurück, und die Bristol war vom Tor weg, bevor sie sich erholt hatten und sich an die Flügel hängen konnten. Er rollte die lange gerade Straße hinunter, verlangsamte das Tempo, als er das Zigeunerlager hinter sich hatte, und blickte zurück. Eves Flugzeug kam eben unter dem Tor durch, zwei Männer klammerten sich an die Flügel. Die Maschine drehte sich um die eigene Achse, kam aber nicht von der Straße ab; die beiden Männer fielen hinunter, sie nahm wieder Fahrt auf und folgte ihm. Dann kam die dritte Bristol durch das Tor.
Sun Nan stand im hinteren Cockpit, das Lewis-MG ratterte. Zwei Männer hatten sich an den unteren Flügel gehängt. Kern fragte sich, ob ihr Gewicht ein Abheben verunmöglichen würde. Doch er konnte die Ereignisse

nicht abwarten. Eve war unmittelbar hinter ihm und wartete, daß er starten würde.
Er bewegte den Steuerknüppel hin und her und trat auf die Seitenruderpedale. Alles harzte ein wenig, aber das *Gefühl* war gut. Er blickte die Straße hinunter, ein bläulichweißes Band, das sich in der blauen Dunkelheit verlor. Dann drückte er den Gashebel nach vorn und fühlte, wie das Flugzeug Geschwindigkeit aufnahm. Er konnte sich nicht erinnern, daß ihm gestern irgendwelche Unebenheiten aufgefallen waren, als sie die Straße heraufgerollt waren, aber jetzt schien ihm, die Bristol mache alle paar Meter einen Hopser. Er hielt sie gerade, sein Magen krampfte sich zusammen, das Tempo wuchs, der Augenblick der Wahrheit kam näher. Dann sagte ihm sein Hosenboden, daß es soweit war; gegen eine besonders ausgeprägte Bodenwelle prallend hob die Maschine ab. Er zog den Knüppel zurück, behielt die Nase oben und versuchte, als der Druck auf die Tragflächen einsetzte, beide Seiten gleichzeitig im Auge zu behalten.
Er blickte gebannt auf die Tragfläche über seinem Kopf und wartete darauf, daß sich die Leinwand vom Rahmen löse, die er und Sun Nan mit soviel Mühe festgezurrt hatten, aber nein, sie hielt, wirkte solide und zuverlässig, nahm den 60-Meilen-in-der-Stunde-Luftzug auf und hob ihn, Kern, immer höher. Schon war es Zeit, in die Kurve zu gehen und Sofia anzupeilen, das irgendwo südöstlich in der Dunkelheit lag.
Behutsam trat er auf das Seitenruderpedal; wieder ließ er die obere Tragfläche nicht aus den Augen, denn durch das Beidrehen wurde sie erhöhtem Druck ausgesetzt. Kerns Körper hatte sich verkrampft, nur seine Hände und Füße, sein «Werkzeug», waren entspannt. Der Motor heulte lauter als je zuvor. Die Maschine mußte auseinanderbersten. Er schaute nach oben, erwartete, daß der Flügel davonfliege, dem grinsenden

Mondschädel entgegen. Mit einemmal klemmten die Querruder, er fühlte den Widerstand. Soweit hatten sie nachgegeben, jetzt war Schluß, gleich würde er in eine unkontrollierte Fluglage geraten. Er kämpfte, rüttelte am Steuerknüppel; plötzlich reagierten die Querruder wieder. Er flog die Kurve fertig, der Schweiß stand auf seiner plötzlich eiskalten Stirn.
Er schaute sich um und sah die zweite und gleich darauf die dritte Bristol von der Straße abheben: Geistervögel im Mondlicht. Er nahm Kurs auf Sofia und die Morgenröte über dem Rand der sich drehenden Welt.

3

In unmittelbarer Nähe war ein Banjo zu hören, der Spieler war kein großer Könner. Jemand schleppte sich schweren Schrittes einen sehr langen, gewundenen Pfad hinunter. «Wer spielt denn hier Banjo?» fragte Bradley Tozer.
«Der General», erwiderte Oberst Buloff. «Er hat, als wir das letzte Mal in Schanghai waren, einen Amerikaner Banjo spielen hören und ihm das Instrument abgekauft. Dazu einen Lehrgang für Banjospieler.»
«Ich habe nicht gewußt, daß der General je in Schanghai war. Oder daß er überhaupt je irgendwo gewesen ist.»
«Er geht inkognito. Um sich ein neues Mädchen zu holen. Er wechselt sie alle 6 Monate. So hat er mich kennengelernt. Meine Frau führte das Blue Delphinium-Teehaus in der Setschuan-Straße. Vielleicht haben Sie schon davon gehört.»
«Leider nicht, aber ich bin auch nie ein Teetrinker gewesen.»
«Nicht einmal in China? Meine Frau hat natürlich nicht nur Tee ausgeschenkt. Von etwas muß man leben.»
Tozer war Oberst Buloff in Schanghai nie persönlich begegnet, aber er hatte von ihm und seiner Frau gehört. Der Oberst stammte aus Rußland, wo er in der Weißen Armee Kavalleriekommandant gewesen war. Er hatte ein Jahr in Harbin verbracht, zusammen mit all den andern Exilierten, dann war er nach Schanghai gegangen, wo er diskret jedem Kriegsherrn, der bereit war, ihn dafür zu bezahlen, seine Dienste als militärischer Berater anbot. In Schanghai wimmelte es damals von brotlosen Militärberatern: Briten, Amerikanern, Russen, Australiern; Kriegsüberbleibsel auf der Suche nach einem neuen Krieg. Anscheinend hatte niemand Oberst Bu-

loffs Dienste in Anspruch genommen, und sie lebten vom Teehaus und Bordell seiner Frau.
Das Banjogeklimper ging weiter: General Meng versuchte nun, den häuslichen Herd warmzuhalten. Tozer fragte: «Was ist mit meinen Dienern geschehen? Ich hatte drei bei mir, als ich gefangengenommen wurde.»
Buloff zuckte die Schultern und drehte an seinem roten Walroßschnurrbart. Er war ein beleibter, untersetzter Mann mit einem Gesicht, das zu seiner Figur paßte. Tozer fragte sich, wie er mit seinen kurzen dicken Beinen auf einem Pferd ausgesehen haben mochte. «Ich fürchte, sie sind tot. Ich würde mir keine Gedanken machen. Sie werden andere finden, wenn Sie entlassen werden.»
«Darum geht es nicht.» Doch Tozer ließ das Thema fallen, bevor er es angeschnitten hatte. Der Gedanke an die ermordeten Diener machte ihn krank. Zwei von ihnen waren seit vielen Jahren bei ihm gewesen. Zum erstenmal fühlte er die Klinge an seiner eigenen Kehle. Er erhob sich vom Bett, trat ans Fenster und schaute hinaus. Falken hingen verdrossen lauernd am bleiernen Himmel. Der gelbe Backsteinpalast dehnte sich terassenförmig aus bis hinunter zur Stadt, die eine halbe Meile von dem Hügel entfernt war, auf dem er stand. Rebhühner stolzierten über die Terrassen und flatterten verängstigt auf, wenn Soldaten oder Palastdiener erschienen, kehrten aber, sobald die Luft wieder rein war, augenblicklich zurück. Auf der Terrasse unmittelbar unter Tozers Fenster lag der Schatten eines Pfirsichbaums, dessen Früchte wie Granaten an den Ästen hingen, die sich unter der Last bogen. «Oberst, tötet er mich tatsächlich, wenn meine Tochter die Statue bis zum festgelegten Datum nicht zurückbringt?»
Es war der Oberst gewesen, der mit einem halben Dutzend Soldaten in den Gasthof in der Stadt gekommen war und ihn abgeführt hatte. Er hatte nach dem Wirt

gerufen, als man ihn mitten in der Nacht aus dem Bett zerrte, aber er wußte jetzt, daß der Mann kein Gehör für seine Bitte, mit dem amerikanischen Botschafter in Tschangscha in Verbindung zu treten, gehabt hätte. Der amerikanische Botschafter war hundert Meilen weit weg, General Meng aber saß oben auf dem Hügel.
«Ich weiß es nicht, Mr. Tozer. Aber ich fürchte, ja. Er ist sehr abergläubisch, wissen Sie, und ist überzeugt, daß alles, was er unternommen hat, schiefgegangen ist, seit die beiden Statuen auseinandergerissen worden sind.»
Tozer warf einen Blick in den Spiegel an der Wand und sah seinen Pessimismus so deutlich wie die Stoppeln auf seinen Wangen. «Ich möchte mich rasieren.»
«Ich schicke Ihnen eines der Mädchen. Natürlich muß ich Ihnen auch eine Wache schicken. Es könnte sein, daß Sie versuchen, sich des Rasiermessers zu bemächtigen, um es für Ihre Zwecke zu verwenden.» Er lächelte, und das Gold in seinem Mund blinkte wie eine kleine Goldader. Er war einer der häßlichsten Männer, denen Tozer je begegnet war, und der Amerikaner fragte sich, wie seine Frau aussehen mochte.
«Ist Ihre Frau auch hier?»
Buloff nickte, das Lächeln wurde breiter, die Goldader zur Goldgrube. «Ich frage sie, ob sie Sie rasieren möchte. Sie beklagt sich, sie hätte hier zu wenig zu tun.»
«Hat sie das Blue Delphinium immer noch?»
«Natürlich. Man weiß ja nicht, wie lange ich diese Stellung hier habe. Es könnte sein, daß man auch mir eines Tages die Kehle durchschneidet. Vielleicht sterben wir sogar zusammen.» Er lachte, und sein dicker Bauch schwabbelte auf und ab. Er trug eine Reithose und darüber eine weite weiße Seidenbluse. Er sah schwanger aus. «Aber das könnte mir auch in Rußland passieren. Hier werde ich wenigstens dafür bezahlt.»

Er ging spreizbeinig hinaus, als erwarte er, plötzlich ein
Pferd zwischen den Beinen zu haben. Bradley Tozer trat
näher an den Spiegel, befühlte die Stoppeln auf Kinn
und Wangen und griff sich an die Kehle. Er wußte
nicht, warum er sich vorstellte, er würde mit einem
Messer getötet werden, aber eine Kugel schien für
einen Mann mit General Mengs Vorlieben irgendwie
zu sauber und zu schnell. Er hatte von des Generals
Grausamkeit gehört: Ein paar wenige Überlebende,
denen die Hände abgeschnitten oder die Augen ausgestochen
worden waren, zeugten von dem, was Meng
denen antun konnte, die ihm in die Quere kamen. «Der
Teufel soll ihn holen!» rief Tozer aus, und sein Spiegelbild
sprach es ihm nach, aber er wußte, seine Verwünschung
änderte nichts. Irgendwo draußen plärrte das
Banjo weiter; der General war nun unterwegs nach Tipperary.
Standen diese Soldatenlieder im Lehrgang, oder
wo mochte er sie her haben? Sentimental war der General
nicht, das war das letzte, das man von ihm behaupten
konnte. Abergläubisch ja, aber sentimental nicht.
Zehn Minuten vergingen, bis die Tür wieder aufging
und des Obersts Frau und ein Soldat hereinkamen. Der
Soldat war einer von Tausenden, die Tozer in den Jahren
in China gesehen hatte; ein Automat mit einem Gewehr,
in einer Uniform, die in einem Dutzend Armeen
nicht aufgefallen wäre. Madame Buloff dagegen konnte
nirgends hin, ohne aufzufallen. Sie war jünger, als
Tozer erwartet hatte, erst Mitte Zwanzig, aber sie war
groß, Gott, war sie groß. Tozer selbst maß einsachtundsiebzig,
aber selbst mit flachen Sandalen überragte sie
ihn um gut fünf Zentimeter. Sie war entsprechend gebaut,
ein grüner, in Seide gehüllter Berg; kein schwabbeliges
Fett, sondern handfestes Fleisch. Ihr grünes,
hautenges Kleid war auf der einen Seite geschlitzt:
Wenn sie sich bewegte, wurde ein weißer Baumstamm
von Bein sichtbar. Wenn sie weniger Gesicht gehabt

hätte, wäre sie vielleicht schön gewesen, aber Tozer hatte das Gefühl, er brauchte noch mindestens drei zusätzliche Meter Abstand, um sie zu beurteilen. Er fragte sich, wie sie und der Oberst zusammen im Bett aussehen mochten. Wenn sie sich liebten, mußte es wie ein Kavallerieangriff sein.
«Bitte, setzen Sie sich.» Er hatte ein kehliges Röhren erwartet, aber sie hatte eine sanfte Stimme mit wenig Volumen; keine Kinderstimme, aber eine für jemanden von ihrer Größe viel zu leise und zu dünne Stimme. «Soll ich Ihre Oberlippe rasieren? Sie sähen mit einem Schnurrbart besser aus.»
Ohne es zu wollen, fühlte er sich geschmeichelt, rief sich dann aber in Erinnerung, daß sie eine Bordellmutter war. «Machen Sie mir keine Komplimente, Madame Buloff. Ich halte schließlich hier nicht nach einem Mädchen Ausschau.»
Sie zog ein Rasiermesser hervor und begann, es mit einer professionellen Handbewegung abzuziehen. «Werden Sie nicht unverschämt, Mr. Tozer. Ich bin es, die das Messer hat.»
Er schaute in den Spiegel und ergab sich. «Schön, versuchen wir es mit einem Schnurrbart. Ich kann ihn immer noch abrasieren, wenn ich hier weggehe.»
«Wenn», piepste sie und lächelte. Sie sah tatsächlich gut aus, sagte er sich, auch wenn er noch nie so große Zähne gesehen hatte, wie sie bei ihrem Lachen zum Vorschein kamen. «Ich mache nur Spaß, Mr. Tozer. Der General bellt mehr, als er beißt. Die beiden Mädchen, die ich ihm gebracht habe, behandelt er wie seine eigenen Töchter.» Nun, nicht ganz wie Töchter, eingedenk des Grundes, warum sie sie zu ihm gebracht hatte. Sie rasierte ihn mit professionellem Fingerspitzengefühl und sprach ihm zu des Generals dünner Banjountermalung Mut zu. Dieser hatte sich nun an «Hierher» gewagt, doch seine Bemühungen hätten jeden Landser in

die entgegengesetzte Richtung marschieren lassen. Tozer, der sich in die Kluft von Madame Buloffs Busenmassiv zurücklehnte, kam ein Gedanke.
«Wieviel zahlt der General Ihrem Mann?»
Das Rasiermesser blieb, die Klinge an seinem Hals angesetzt, stehen. «Was geht Sie das an?»
«Wieviel bezahlt er Ihnen für die Mädchen?» Er schluckte, seine Kehle zuckte unter dem Messer.
Sie starrte einen Augenblick auf ihn herunter und fuhr dann mit Rasieren fort. «Er zahlt meinem Mann zu wenig. Auch für die Mädchen gibt er zu wenig», sagte sie schließlich.
«Haben Sie je daran gedacht, nach Amerika zu gehen?»
Sie hatte sein Gesicht schon zweimal eingeseift, nun tat sie es ein drittes Mal. Der Soldat trat neugierig näher, aber sie bedeutete ihm, sich zurückzuziehen. Er war klein gewachsen, und sie überragte ihn um vieles. «Ich hasse die Chinesen», erklärte sie Tozer. «Wir Russen können sie nicht ausstehen. Amerika? Ja, ich habe daran gedacht. Aber was soll mein Mann dort?»
Er hatte sich das nicht überlegt. «Ein Mann mit seinen Fähigkeiten hat alle Möglichkeiten. Ich würde Ihnen und ihm zehntausend Dollar bezahlen. Damit könnten Sie sich eine neue Existenz aufbauen.»
«Gibt es in Amerika Teehäuser?» Sie begann, den Schaum von seinem Gesicht zu schaben: Er war noch nie so hautnah rasiert worden.
«Nicht wie das Blue Delphinium. Aber wenn Sie diese Art Etablissement im Auge haben, nun, die Amerikaner mögen Mädchen.» Er anerbot sich, ein Bordell zu finanzieren, denn schließlich hatte sein Großvater im Opiumhandel mitgemischt. «Sie könnten in New York einen Teesalon eröffnen.»
«Aus welcher Stadt sind Sie?»
«Aus Boston. Aber dort gibt es keine Teesalons, keine mit Mädchen.» Jedenfalls glaubte er das. Als junger

Mann war er immer nach New York gegangen, wenn er ein Mädchen brauchte.
«Was müßten wir tun für die zehntausend Dollar?»
«Mir zur Flucht verhelfen.»
Wieder blieb das Messer an seinem Hals stehen. Das Banjo wurde erneut gemartert: «Zu Hause ist's am schönsten», zupften General Mengs täppische Finger.
«Der Preis ist zu niedrig, Mr. Tozer», sagte Madame Buloff. «Soll ich morgen wiederkommen und Sie noch besser rasieren?»

Viertes Kapitel

1

Auszug aus William Bede O'Malleys Manuskript:
Früher ist der Balkan ein Vulkan gewesen, aber es waren die Temperamente, die immer wieder zum Ausbruch kamen, nicht die Berge. Der Kommunismus hat sich wie der Schaum eines Feuerlöschers über die Leidenschaften gelegt. Noch nach all den Jahren frage ich mich, ob die Gräfin es fertiggebracht hat, rechtzeitig zu sterben, oder ob auch sie durch den Konformismus ausgelöscht worden ist. Doch an dem Morgen, an dem wir den Rasen vor ihrem Haus verließen, hätte ich Sun Nan keinen Vorwurf gemacht, wenn er sie niedergeschossen hätte. Obwohl ich sie des Heulens der Motoren wegen nicht hörte – die drei Rolls-Royce Falcons drohten die Gartenmauer zum Einsturz zu bringen –, wußte ich, sie forderte unser Leben. Und die Zigeuner, des Rosenpflückens zweifellos überdrüssig, waren bereit, es ihr zu geben.
Nachdem Kern und Eve durch das Tor gerollt waren, sahen sie in mir und Sun Nan die einzigen noch möglichen Opfer. Von allen Seiten stürzten sie sich auf uns. Sie sahen im Mondlicht furchterregend aus: Schwarze Vampire mit Messern und Gewehren statt Fängen. Ich konnte das Kopf-MG nicht abfeuern, ich hätte die vor mir rollende Eve geradewegs von der Straße gefegt. Den auf dem Zusatztank im hinteren Cockpit festgeschnallten Sun Nan behinderten die Gurten und die eigene Behäbigkeit, so daß er mit seinem Lewis-MG nur einen beschränkten Schußwinkel hatte. Ich gab Befehl, nur im äußersten Fall jemanden niederzuschießen. So ballerte er nach hinten über den Schwanz und links und rechts an ihm vorbei; wenn die Zigeuner nicht dicht aufschlossen, kriegte keiner etwas ab. Sie stürzten sich von beiden Seiten mit blitzenden Messern auf die

Flügel: Sie würden den großen Himmelsvogel abstechen, zerfetzen. Ein halbes Dutzend Männer stand jetzt vor mir auf dem Weg. Ich tat es nicht gern, aber ich hatte keine Wahl. Ich ließ den Motor aufheulen und raste auf sie zu. Ich war mit weniger als zehn Meilen in der Stunde in den Weg eingebogen, denn ich wußte, daß ich im Tor links und rechts der Flügel weniger als dreißig Zentimeter Spielraum hatte. Ich hatte einen Blick auf Kern und Eve geworfen, beide hatten das Tor langsam und vorsichtig genommen und erst draußen auf der Straße aufgedreht. Doch jetzt war keine Zeit für Vorsicht. Ich steuerte die Bristol auf die Mitte des Tores zu und hoffte, das Mondlicht hätte bei mir keinen vorübergehenden Astigmatismus bewirkt.
Ich kam mit 30 Meilen in der Stunde durch das Tor, der eine Flügel streifte einen Pfosten. Die Männer blieben bis zur letzten Sekunde auf der Straße stehen, dann ließen sie sich platt auf den Bauch fallen oder tauchten seitwärts weg. Je einer klammerte sich an die Enden des unteren Tragflügels; wären sie beide auf derselben Seite gewesen, wäre ich nie durch die schmale Toröffnung gekommen. Ich behielt das Tempo und beobachtete, was die beiden ungebetenen Passagiere nun taten. Sie rannten neben mir her, ihre Füße berührten den Boden kaum, aber sie hatten Angst, sich ganz an den Flügel zu hängen und auch Angst, ihn loszulassen. Charlie Paddock war in jenem Jahr der weltbeste Sprinter; er hätte nicht einmal den Staub auf die Zunge gekriegt, den die beiden Kerle aufwirbelten. Ich lachte, ein sadistisches Lachen vermutlich. Ich erhöhte das Tempo, und bald würde ich die Abhebegeschwindigkeit erreicht haben. Sie hatten kaum noch Bodenfühlung, aber die Kraft fehlte ihnen, sich auf den Flügel zu hieven. Sun Nan schoß immer noch rückwärts über den Schwanz. Plötzlich hörte er auf, das MG war leer. Im selben Augenblick hatten die Zigeuner-Athleten genug:

Lieber von Bodenhöhe auf den Hintern fallen als von oben aus der Luft. Sie ließen plötzlich los, als hätten sie sich miteinander abgesprochen, blieben zurück, stolperten und kollerten durch den Staub. Da sie nun das zusätzliche Gewicht los war, zeigte die Maschine Tendenz, abzuheben. Ich hob die Nase an und flog den lächelnden Sternen entgegen. Ich blickte zurück: Auf der blauweißen Straße lagen zwei schwarze Kreuze.

Als wir Sofia erreichten, hatten wir noch für ungefähr zwei Minuten Treibstoff in den Tanks. Zuvorkommenderweise stieg ein rosenroter Morgen auf; wir flogen über die Stadt und fanden den rudimentären Flugplatz. So früh anzukommen, hatte seine Vorteile: Es waren noch keine Beamten da, die unerwünschte Fragen stellten. Ein Sergeant und ein Soldat, die sich mit Kern auf Deutsch unterhielten, verkauften uns Benzin. Wir hatten mit fünf Pfund nachgeholfen. Sie kannten das Geld nicht, aber Kern belehrte sie, das Pfund Sterling Seiner Majestät König Georg V. sei eine weltweit anerkannte Währung. Waren das Zeiten, nicht wahr?

Wir schraubten die MGs ab und verstauten sie. Sun Nan stieg wieder in Eves Flugzeug, und wir hoben bei Sonnenschein und wolkenlosem Himmel ab. Das Wetter blieb so bis Konstantinopel: oder Istanbul, Stambul, Neu-Rom, Byzanz, Sie haben die Wahl. Als wir dort ankamen, war es Konstantinopel und wurde, wie während Jahrhunderten, umkämpft, wenn auch zu jener Zeit nur mit Worten.

Die Alliierten waren Besatzungsmacht und stützten Sultan Mehmet VI. gegen die Nationalisten und den General, den wir als Kemal Atatürk kennen, der sich damals aber Mustafa Kemal nannte. Wir überflogen das Goldene Horn, sahen die britischen Kriegsschiffe im Bosporus; dann suchten wir den Flugplatz. Wir hätten weiterfliegen und auf einem ruhigen, offenen Feld landen können, aber wir brauchten Treibstoff.

Der Flugplatz stand unter britischer Militärbesetzung. Kaum waren wir gelandet, waren wir von Tommys umstellt: Sie trugen Tropenhelme, um sich vor der sengenden Sonne zu schützen, und in ihren Gesichtern stand Mißtrauen, um sich vor uns zu schützen. Wir kletterten hinunter, und ich setzte mein freundlichstes Lächeln auf.
«Major O'Malley.» Ich war schon damals dagegen, außerdienstlich den militärischen Grad vor den Namen zu stellen, doch es verfehlte seine Wirkung nie, besonders nicht im Umgang mit Militär. In Rom sollst du's wie die Römer halten. «Wer ist Platzkommandant?»
Der Sergeant warf mir einen flüchtigen Blick zu, musterte aber das junge Mädchen von oben bis unten, dann den Chinesen und den Dandy, der ein Deutscher hätte sein können, und schließlich die drei Bristols, danach wandte er sich wieder mir zu. «Sind Sie so was wie ein fliegender Zirkus, Sir?»
«Das könnte man sagen, Sergeant. Bringen Sie uns jetzt zum Platzkommandanten, dann sehen wir, was für witzige Fragen er uns zu stellen hat.»
Der Kommandant war Johnny Silversmith, schnurrbärtig, glotzäugig und jovial, genauso wie er an dem Abend vor der Schlacht an der Somme gewesen war, an dem ich ihn zum letztenmal gesehen hatte.
«Angenehm, O'Malley – Du bist's! Ist das schön, dich zu sehen! Weißt du, ich bin geblieben, als die Show zu Ende war. Der Friede mit seinen Gewerkschaftern, dem Frauenstimmrecht und all dem Quatsch hat mich nicht gelockt. Wer sind deine Freunde? Einer ist ein Deutscher, hab ich recht? Sie sind hier nicht gern gesehen, weißt du. Ihr wollt nach China, was? Eine verdammt lange Reise. Trinkst du was?»
«Nicht jetzt, Johnny. Die Frage ist, wo kriegen wir Benzin, damit wir sofort weiterfliegen können. Wir stehen unter Zeitdruck.»

«Welches ist euer nächstes Ziel?»
«Adana. Wir fliegen quer über das Land.»
«Kommt nicht in Frage, Kumpel. Ein gewisser Mustafa Kemal hat ganz Anatolien in Aufruhr gebracht. Ihr würdet abgeschossen. Das kann ich nicht zulassen, nicht wenn es um einen Freund von den Füsilieren geht. Tut mir leid, aber ich muß dich hierbehalten, bis du die Bewilligung zum Weiterfliegen hast. Du wirst einen weiten Umweg machen müssen. Smyrna. Zypern. Ich muß die Griechen um eine Landeerlaubnis in Smyrna ersuchen. Lästig, ich weiß, aber es ist nun mal so.»
«Wie lange dauert das?»
«Zwei, drei Tage, vielleicht eine Woche. Es geht über den Dienstweg, und die Griechen nehmen sich Zeit. Sie halten es nicht für nötig, Englisch zu lernen, dabei sollte man meinen, sie wären daran interessiert, auf unserer Seite zu sein.»
Ich sah schwarz für Eve, aber ich war auch wütend. Wütend über die verdammten Kriege, die nie ein Ende nahmen, auf die Sieger, die stets das letzte Stück Land für sich beanspruchten, die Gewinner, die keine Grenzen anerkennen konnten. «Stehen wir unter Arrest, oder können wir in ein Hotel gehen?»
«Natürlich könnt ihr in ein Hotel. Ich kann euch im ‹Péra Place› unterbringen. Wenn...» Sein rotes Gesicht verfärbte sich purpur. «Wenn ihr nicht etwas Billigeres vorzieht. Es ist recht feudal.»
«Geht in Ordnung», erwiderte ich, überzeugt, daß Eve sich nur mit dem feudalsten zufrieden geben würde. Mir war es recht so, ich hatte schließlich die beiden letzten Nächte im Schlafsack unter dem Flugzeugflügel verbracht. «Das Feudalste.»
«Ich besorge euch ein Transportmittel. Tut mir leid, Kumpel. Die Türken haben eine Lektion verdient. Ekel ändern sich nicht. Was meint dein Freund? Der Deutsche.»

«Oh, er hat sich geändert. Es gibt auch Intelligente unter ihnen.»
Ein Geländewagen, der mit uns vier, dem Gepäck und einem Fahrer vollgepackt worden war, brachte uns in die Stadt. Wir kletterten den Hügel von Péra hinauf, durch enge, verstopfte Gäßchen, in denen alliierte Uniformen aus der Menge stachen, Janitschare mit einem Shilling und einer Ration wilden Weins im Tag. Neue Gerüche strömten auf uns ein, scharfe, stechende Gerüche von geröstetem Kaffee, Ziegenmist, Kehricht, schwitzenden Menschen; das war etwas anderes als die Rosen. Wir kamen zum «Péra Place», ein Grandhotel, wie sie heute nicht mehr gebaut werden.
«Für uns vier kostet Sie das ein Vermögen», sagte ich.
Ich hatte während der ganzen Fahrt kein Wort mit Eve gesprochen. Sie versuchte, ihre Mutlosigkeit zu überwinden, besah das Hotel und erwiderte achselzuckend: «Ist in Ordnung.»
Wir gingen hinein, eskortiert von etwas, was ein Dutzend Eunuchen hätte sein können, die sich auf unser Gepäck stürzten. Das Innere war ganz aus rotem Plüsch und Marmor und überall standen Schildblumen, eine Absteige für reisende Sultane: Ich fühlte mich gleich heimisch: Mehmet O'Malley. Kern nickte anerkennend, und selbst Sun Nan verlor etwas von seiner Unergründlichkeit.
«Macht nicht so verdammt *zufriedene* Gesichter!»
Wir waren zerknirscht, Eves Bissigkeit war verständlich. Der Tag, an dem ihrem Vater die Kehle durchgeschnitten würde, rückte immer näher, und nun sah es aus, als würden wir kostbare Tage in einem Fünfstern-Serail verplempern. Ich hatte mich in der Halle umgesehen, es schienen ebenso viele Luxusdirnen herumzustehen wie Schildblumen. Die eine oder die andere musterte uns, schien aber nicht besonders interessiert, entweder lagen wir drei nicht in ihrer Preisklasse, oder

Eve hatte uns schon im Schlepptau. Was auch stimmte, keine dieser Huren würde je ahnen, wie sehr wir ihr bereits verpflichtet waren.
«Ich werde ihnen Dampf aufsetzen», versprach Kern.
Eben war irgendeine Delegation mit dem Orientexpreß angekommen, Diplomaten mit Ehefrauen, Geliebten und Dienern, Politiker in der Sommerfrische – es gab schon damals sogenannte Dienstreisen auf Kosten der Öffentlichkeit. Kern bahnte sich einen Weg und kam zwei Minuten später mit dem Manager, einem vierschrötigen Boy und vier Eunuchen zurück. Wir fuhren stilvoll im offenen Lift nach oben, während die Delegation uns vier verstaubten, mitgenommenen Gestalten nachschaute und sich fragte, welchen Besiegten sie bei ihren Wiedergutmachungsforderungen vergessen hatte. Ich begann, Kerns Gefühle zu teilen.
Der Manager machte einen Bückling nach dem andern und wies uns vier Suiten an. Heute, wo alle Hotelmanager sich wie Cäsaren vorkommen, kann man sich kaum noch vorstellen, wie tief sie sich damals verneigen konnten, ohne das Gleichgewicht zu verlieren oder etwas von ihrer Würde einzubüßen. «Es ist mir ein riesiges Vergnügen, Herr Baron – ach, ich fühle mich in die alten Zeiten zurückversetzt.»
Eve und Sun Nan verschwanden in ihren Suiten, und ich folgte Kern in die seine. Der Manager wünschte uns einen angenehmen Aufenthalt, versicherte uns, daß er uns stets zur Verfügung stünde, und zog sich, gebückt wie das Opfer eines Päderasten, zurück. Nach den vier taschentragenden Eunuchen ging als letzter auch der Boy.
«Ich erinnere mich, daß Sie Ihren Onkel besucht haben, Sir. Sie waren damals viel jünger.» Er sprach deutsch, ich verstand gerade genug, um den Sinn dessen, was er sagte, zu erfassen. «Ihr Onkel ist ein feiner Gentleman gewesen.»

«Ich werde sein Grab besuchen», erklärte Kern.
Er suchte in der Tasche, doch der Boy winkte ab. «Bitte nicht, Herr Baron. Ihr Onkel hat mich immer gut bezahlt.» Mir fiel nun auf, daß seine Augen aussahen, als hätten sie durch die Schlüssellöcher eines Jahrhunderts geschaut, obwohl seine Wangen glatt und faltenlos waren. «Ich wünsche Ihnen einen angenehmen Aufenthalt, Sir.»
Er ging, und ich sagte: «Wie kann er Sie als Junge gekannt haben? Er sieht nicht älter aus als sechzehn.»
«Ich würde sagen, er ist eher sechsundvierzig. Er ist ein Zwerg. Er hat für meinen Onkel spioniert.»
«Wer war Ihr Onkel?»
«Baron von Wangenheim. Er hat in unsere Familie eingeheiratet. Er war vor und während des Krieges hier deutscher Botschafter. Er ist es gewesen, der die Türken bewogen hat, an unserer Seite zu kämpfen.»
«Er ist es auch, dem wir es verdanken, daß man uns vor der Delegation unten den Vorrang gegeben hat. Stimmt's?»
«Man kann es so sagen. Er liegt draußen in Tarabya begraben. Wenn wir hier länger aufgehalten werden, werde ich sein Grab besuchen.»
Ich trat ans Fenster und blickte auf das sich in der Abendsonne kupfern verfärbende Goldene Horn. Hier hatten die Genuesen geherrscht, Kaufleute, die ihre Rivalen, die Venezier, Pisaner und Florentiner, ausgestochen hatten, die Franzosen und die Holländer und schließlich die Engländer hatten sie abgelöst. Zuerst war die Turkie Company gekommen und dann die Levant Company. Die Leiter dieser Gesellschaften waren richtige Könige gewesen, über denen nur noch der Sultan gestanden hatte. Wie schön wäre es gewesen, wenn mir jetzt ein Harborne oder ein Barton Freipässe für uns hätte geben können. Doch diese Zeiten waren vorbei. Noch vor sechs Jahren wäre es vielleicht möglich gewe-

sen, irgendeinen Beamten aufzutreiben, der einem eine Ausreisegenehmigung nach einem Land der eigenen Wahl ausgestellt hätte; aber jetzt nicht mehr, nicht 1920. Ich mußte mich an den Dienstweg halten, an den einfältigen Johnny Silversmith, an irgendeinen Dummkopf im Hauptquartier, an sture Griechen, die nicht Englisch lernen wollten – ich trommelte mit den Fäusten auf das Fensterbrett. «Himmel, wir müssen hier weg, und zwar schnell!»
«Leider haben weder Sie noch ich irgendwelchen Einfluß darauf. Hier im ‹Péra Place› bin ich meines Onkels Neffe, aber draußen bin ich nichts als ein verdammter Hunne.»
Darauf gab es nichts zu sagen. Ich ließ ihn allein, ging in meine Suite, badete und zog meinen einzigen Anzug an. Als wir zum Essen hinuntergingen, wurden wir wieder von allen Seiten angestarrt. Kern, Sun Nan und ich waren die einzigen Männer in Straßenanzügen, Eve die einzige Frau, die kein Abendkleid trug. Der Oberkellner entschuldigte sich ein übers andere Mal bei Kern und komplimentierte uns in eine Ecke hinter eine Aspidistra. Wir hätten von Mustafa Kemals anatolischen Bauern sein können, die für einen Abend auf die Pauke hauten und nur geduldet waren, weil der Oberkellner fürchtete, in absehbarer Zeit könnten die Bauern das Land regieren.
Eve war immer noch niedergeschlagen, zwang sich aber, am Gespräch teilzunehmen. «Ich trinke Champagner. Runzeln Sie nicht die Stirn, ich versuche nicht, mich über etwas hinwegzutäuschen. In einem Hotel wie diesem bestellte – bestellt», dieser kleine Versprecher, die Zeitkorrektur, verriet, wie pessimistisch sie war, «mein Vater immer Champagner. Er wünscht, daß ich dasselbe tue. Was möchten Sie?»
Es war zwecklos, mich, den Biertrinker, oder Sun Nan, der auf grünen Tee schwor, anzusehen. Der Getränke-

kellner wartete gelangweilt und hochnäsig: Offensichtlich fand er, Arak wäre gut genug für uns. Kern wandte sich ihm zu. «Ich habe 1912 mit meinem Onkel, Baron von Wangenheim, hier diniert. Sie haben uns einen Champagner serviert, einen Krug, den ich nie vergessen habe. Den Jahrgang weiß ich nicht mehr, aber es war, um mit Dom Perignon zu sprechen, als tränke man Sterne.»
Der Getränkekellner, dem man anscheinend nicht gesagt hatte, wer Kern war, begann plötzlich zu strahlen. «Ein Krug 1904, Sir. Es ist noch welcher da.»
«Wir nehmen ihn», erklärte Eve.
Das Essen war vorzüglich, und der Champagner schmeckte selbst mir. Danach lehnte ich mich zurück und sah mich im Speisesaal um. Weniger als hundert Meilen von hier war ein Kleinkrieg im Gang, aber niemand in dem großen Saal sah aus, als wüßte er davon, oder machte sich irgendwelche Gedanken darüber. Die Tische der Delegationsmitglieder waren in der Saalmitte, die Herren sahen blasiert und unbeteiligt hinter ihren Hemdbrüsten hervor, die Damen zeigten um Schulter und Busen soviel nackte Haut, daß die anatolischen Moslems sie erschossen hätten, wenn sie ihnen unter die Augen gekommen wären. Eine Gruppe hübscher französischer Offiziere hatte vier Nutten am Tisch, gut aussehende, elegant gekleidete Mädchen, die ihren Kolleginnen am Tisch der Türken und den Tischdamen der Delegierten triumphierende Blicke zuwarfen. Ungefähr ein Dutzend britischer Offiziere war im ganzen Saal verteilt, keiner in Damenbegleitung, und alle sahen neidvoll zu den Franzosen hin. Da waren auch drei griechische Offiziere, ihren Gesichtern nach zu urteilen mit den Ehefrauen. Die übrigen Gäste waren Zivilisten: Diplomaten, reiche Geschäftsleute, Politiker, und die assortierten Damen, die zu dieser auserwählten Klasse gehören. Ein ungarisches Orchester spielte Zi-

geunermelodien, und die Kellner flogen und tauchten wie gedopte Pinguine.
Johnny Silversmith, das Gesicht so rot wie seine Epauletten, kam an unseren Tisch. «Ich hoffe, es gefällt euch hier. Ein wunderbares Lokal, man mag gar nicht mehr nach Hause gehen.»
«Hast du etwas von den Griechen gehört?»
«Ja, das habe ich. Der dienstälteste Verbindungsoffizier sitzt dort an jenem Tisch, der mit der dicken Frau. Er spricht Englisch. Ich bin heute abend bei ihm gewesen, als er aus Smyrna zurückkam. Leider habe ich keine guten Nachrichten. Er hat nein gesagt, es ist ausgeschlossen, daß ihr dort landen könnt. Es sieht aus, als säßet ihr hier fest, es sei denn, ihr wollt über Rußland fliegen, via Schwarzes Meer. Da kann ich euch leider nicht helfen. Kennst du keinen Russen?»
Ich war gerade betrunken genug, um zu fragen: «Gibt es niemanden hier, der sich bestechen läßt?»
Er riß seine Glotzaugen auf. «Mann, so was fragt man nicht. Meinst du auf *unserer* Seite?»
«Ja», mischte sich Eve ein, der Champagner oder die Verzweiflung taten ihre Wirkung. «Hundert Pfund, zweihundert, wenn Sie wollen. Sie lassen unsere Maschinen auftanken und sehen weg, wenn wir abheben.»
Silversmith wußte nun, daß wir *ihm* das Bestechungsgeld anboten. Ich hatte keine Ahnung, wie er finanziell stand, außer, daß er in den zwei Jahren, die ich mit ihm gedient hatte, nie hatte durchblicken lassen, er hätte Geld. Da er in der Armee geblieben war, war es zudem wahrscheinlich, daß er wußte, er bekäme keine Anstellung, wenn er den Dienst quittierte.
Er stierte mich an, und plötzlich hatte ich die traurige Gewißheit, daß das Entsetzen in den blauen Glotzaugen echt war. «Ich muß sagen, du enttäuschst mich, O'Malley. Du mußt mich für einen Araber oder so was halten.»

Er machte kehrt und marschierte zu den Offizieren zurück, bei denen er am andern Ende des Saals gesessen hatte. Ich sah Eve an. «Ich fürchte, ich habe alles verdorben. Jetzt mißtraut er uns. Auch dann, wenn wir beschließen, nach Norden über das Schwarze Meer auszuweichen.»

«Es ist nicht allein Ihre Schuld», sagte Eve hoffnungsloser als je zuvor, seit wir London verlassen hatten. «Ich habe ihm Geld angeboten. Auch ich habe mich in ihm getäuscht.»

«Bevor man jemanden zu bestechen versucht, sollte man seinen Kontostand kennen», brummte Sun Nan konfuzianisch in seine Tasse hinein.

«Verdammt witzig», fauchte ich, ohne mich bei Eve zu entschuldigen, daß ich in Gegenwart einer Dame geflucht hatte.

Das ungarische Orchester spielte einen Straußwalzer. Alle andern im Saal wurden ausgelassener, sogar die Griechen mit ihren Ehefrauen; die Nutten lachten, als wären sie zu ihrem Vergnügen hier, und nicht weil sie dafür bezahlt wurden; die Delegierten und ihre Damen machten Späße, summten mit und wiegten die Köpfe im Takt. Mir wurde plötzlich übel, nicht weil ich zuviel getrunken hatte, nein, aus schierem Elend.

Kern trank den Rest Champagner. «Er ist noch besser, als ich ihn in Erinnerung hatte. Aber ich war damals jung, und wenn man jung ist, hat man eigentlich nur Durst.»

«Großer Gott», fuhr ich ihn an, «spielen Sie jetzt nicht auch noch den Konfuzianer.»

«Versuchen Sie es auch, und seien Sie ein Gentleman, Herr O'Malley.»

Seine Geduld machte mich rasend, aber ich ahnte in meinem Elend, daß er recht hatte. Ich benahm mich unmöglich. «Mein Onkel war ein großer Diplomat. Hier in diesem Saal hat er mir Ratschläge erteilt. Er hat mir

gesagt: ‹Es gibt in jedem Krieg jemand, der glaubt, auf der falschen Seite zu sein.›»
Ich sah Eve an. «Dies ist unbestritten die Nacht der tiefsinnigen Weisheiten. Was steuern die Vereinigten Staaten von Amerika dazu bei? Von England ist leider nichts zu erwarten. Wir haben heute abend keine Denksprüche zur Verfügung, weder tiefsinnige noch andere. ‹Alkohol, und wär's der beste Champagner, macht aus dem Weisesten einen Narren›, wie wär's damit? Ich glaube, ich geh zu Bett.»
«Das sollten wir alle.» Eve erhob sich.
Wir gingen hinaus, aller Augen folgten uns. Ich sah Silversmith mit drei Offizieren an einem Tisch sitzen, sie waren alle jünger als er, er deutete auf mich, nickte mir aber nicht zu, und sagte etwas zu seinen Begleitern. Ich haßte ihn mit einemmal, ich hätte ihn anschreien wollen, weil er sich uns, die keine Zeit zu verlieren hatten, entgegenstellte. Doch meine Zunge war schon einen Meter lang und flatterte wie ein Windsack in der Brise. Wir steuerten auf den Lift zu. In der Halle saßen ein paar elegant gekleidete, züchtige Nutten. Ich sah sie an, fühlte meinen kleinen Herrn sich regen, gab ihm aber nicht statt.
Oben sagten Eve und ich Kern und Sun Nan gute Nacht, und ich begleitete sie zu ihrer Tür. «Ich habe gesehen, wie Sie die Mädchen angeschaut haben, Bede. Wenn Sie möchten, können Sie zu ihnen hinunter gehen, ich habe nichts dagegen. Sie können sie auf meine Rechnung setzen lassen.»
«Sie sind zu großzügig oder so müde und elend wie ich. Sie sagen Dinge, die Sie am Morgen bereuen werden.»
Nach einer Weile nickte sie und lehnte den Kopf gegen die Tür. «Was machen wir jetzt, Bede?»
«Ich weiß es nicht. Ich muß die Karte studieren. Rußland kommt nicht in Frage, in der Krim wird immer noch gekämpft. Die andere Möglichkeit wäre über

Saloniki zurück nach Athen, dann hinunter nach Kreta und hinüber nach Ägypten, und weiter in Richtung Palästina und Mesopotamien. Immer vorausgesetzt, Colonel Silversmith läßt uns überhaupt starten.»
«Wieviel Zeit würde dieser Weg beanspruchen?»
Ich versuchte, mir die Distanzen vorzustellen. «Wir würden mindestens drei oder vier Tage verlieren.»
Ihre Augen glänzten. Dann tat ich etwas, was mich ebenso sehr überraschte wie sie: Ich küßte sie auf die Wange. «Gehen Sie zu Bett, Eve, und versuchen Sie zu schlafen. Bis morgen früh habe ich einen Plan ausgearbeitet.»
Sie öffnete die Tür. «Es tut mir leid, daß ich Ihnen die Mädchen unten zugemutet habe, Sie sind viel zu nett für sie.»
«Im Grunde nicht», erwiderte ich bescheiden.
Ich ging in meine Suite, zog mich aus und trat im Schlafanzug ans Fenster. Ich sah die in der Nähe der Galata-Brücke vertäuten Kriegsschiffe; weiter draußen im Strom lagen andere Schiffe; sie sahen im Mondlicht aus wie schlafende Haie. Ein halbes Dutzend britischer Soldaten wankte johlend durch die engen Gäßchen nach Hause; plötzlich hörte ich einen Schuß, darauf einen Schrei, das Gejohle verstummte. Ich lehnte mich aus dem Fenster, konnte aber nichts sehen; ich hörte nur einen zweiten Schrei und darauf das Davoneilen schwerer Schuhe. Ein Türke, der vom Leben nicht verwöhnt worden war, hatte aus dem Hinterhalt auf die Ausländer geschossen. Ich verstand ihn plötzlich, nahm in diesem Krieg für ihn Partei, für die falsche Seite.
Es klopfte an die Tür. Ich öffnete im Schlafanzug. Der zwergwüchsige Hausbursche und ein junger britischer Offizier, der mir irgendwie bekannt vorkam, standen im Flur. «Major O'Malley», piepste der Boy, «darf ich Ihnen Leutnant Hope vorstellen? Dürfen wir hereinkommen?»

Ich war nicht an Luxushotels gewöhnt: Soviel ich wußte, war es dort nicht üblich, daß die Hotelburschen umhergingen und Gästen im Schlafanzug junge Offiziere vorstellten. «Was soll das? Ich fürchte, Sie haben sich in der Tür geirrt.»
Leutnant Hope sah mich verständnislos an, plötzlich errötete er. Der Hausbursche kicherte und schüttelte den Kopf. «Es geht nicht um so was, Major O'Malley. Dürfen wir hereinkommen?»
Sie kamen herein. Der Hausbursche sah zu mir auf, er kicherte nicht mehr. «Major O'Malley, ich bin Ahmed. Soviel ich weiß, haben Sie draußen auf dem Militärflugplatz drei Maschinen stehen, von denen zwei bewaffnet sind.»
«Wir möchten sie kaufen», erklärte Leutnant Hope.
«*Wir?*» Ich musterte die beiden, den zwerghaften Türken und den hageren, über einsachtzig messenden britischen Offizier.
«Wir bezahlen Ihnen für jede Maschine tausend Pfund Sterling», fuhr Ahmed fort. «Wir möchten Sie noch heute abend übernehmen.»
«Ist das ein Scherz? Hat Colonel Silversmith Sie zu mir geschickt? Das sieht ihm ähnlich, drei Gin, und er führt sich auf wie ein Schuljunge.»
«Es ist kein Scherz. Ich verstehe Ihre Bemerkung über Colonel Silversmith.» Nun erkannte ich Hope wieder; er war einer der Offiziere, mit denen Silversmith zusammengesessen hatte, als wir den Speisesaal verließen. «Ich bin in seiner Einheit. Ein schrecklicher Mensch, wenn er blau ist.»
«Warum bieten Sie mir 3000 Pfund in bar für unsere Maschinen, wenn Sie in seiner Einheit sind? Er hat sie so gut wie beschlagnahmt. Was haben Sie vor?»
«Wir möchten, daß Sie sie nach Malavan oben in Anatolien fliegen und den Nationalisten übergeben. Es gibt dort auch eine griechische Armee, sie ist Mustafa

Kemals Leuten zahlenmäßig achtmal überlegen und verfügt über Flugzeuge. Sie hat die Türken vor einigen Wochen in die zerklüfteten Felsen zurückgetrieben und beinahe aufgerieben. Solange diese griechischen Flugzeuge nicht vom Himmel heruntergeholt werden, kann Mustafa Kemal nicht an einen Gegenangriff denken.»
«Was sind Sie, Hope? Ein Türke?»
«Nein, ein Waliser, Caradoc Dylan Hope aus Llanelli.» Nun hörte ich das kaum wahrnehmbare Singen in der sonst ganz englischen Public-School-Stimme, auch die Art, wie er Llanelli aussprach, bestätigte seine Behauptung. «Ich kämpfe nicht auf seiten der Nationalisten und spioniere auch nicht für sie. Das besorgt Ahmed ganz allein.»
«Ich habe darin jahrelange Erfahrung», erklärte dieser, und sein mittelalterliches Kindergesicht leuchtete vor Stolz.
Mich interessierte Hope mehr als der Spion, der sich selbst als solcher zu erkennen gab. «Wenn Sie weder kämpfen noch spionieren, was tun Sie dann?»
«Ich bin ein Sympathisant, glaube ich.» Baron von Wangenheims Mann, den es in jedem Krieg gibt, der Mann, der glaubt, auf der falschen Seite zu stehen. «Wir sind ziemlich gemein gewesen mit den echten Türken, denen aus dem Hinterland. Sie sind nicht wie die Anhänger des Sultans hier in Konstantinopel. Ich habe in Gallipoli gegen die Türken gekämpft. Es sind großartige Soldaten, man konnte nicht anders als sie bewundern. Ich finde es nicht richtig, daß man ihnen die Nase in ihre eigene Scheiße drücken will, und darauf läuft der Friedensvertrag hinaus. Mit andern Worten, ich bin froh, daß wir den Krieg gewonnen haben, aber es widerstrebt mir, ein Eroberer zu sein. Es gibt welche, denen macht es Spaß, Colonel Silversmith zum Beispiel, aber mir nicht. Wenn Sie uns die Flugzeuge verkaufen, garantiere ich Ihnen, daß Sie noch diese

Nacht hier wegkommen. Ich bin ab Mitternacht für ihre Bewachung verantwortlich.»
«Angenommen, wir fliegen ab, wie können Sie dann wissen, daß wir tatsächlich in Malavan landen werden?»
«Wo wollen Sie sonst hin? Wenn Sie zurück nach Griechenland oder nach Smyrna fliegen, geraten Sie den Griechen in die Hände, auch sie brauchen Kampfflugzeuge. Nicht anders ist es, wenn Sie versuchen, landeinwärts nach Rußland zu gelangen. Flugzeuge haben die Eigenschaft, daß sie früher oder später landen und auftanken müssen. Darum ist es besser, an einem Ort zu landen, wo Sie willkommen sind und dreitausend Pfund aus den Maschinen lösen, als an einem Ort, wo Sie Ihre Maschinen verlieren und erst noch ins Gefängnis gesperrt werden.»
«Sie haben an alles gedacht. Sind Sie zufällig mit Lloyd George verwandt?»
Hope grinste. «Nein. Ich bin lediglich genauso verschlagen, wie Ihr Engländer uns Waliser immer haben wollt.»
«Wir können Ihnen die Flugzeuge keinesfalls verkaufen. Wir müssen sie nach China bringen.»
«Vermieten Sie sie?»
«Für wie lange?»
«Ich weiß es nicht. Vielleicht nur für ein paar Tage, vielleicht für einen Monat. Die Griechen haben sechs Maschinen dort oben. Diese müssen zerstört werden.»
«Was für Piloten haben Sie?»
«Großartige», erklärte Ahmed, der stolze Türke.
«So großartige auch wieder nicht», schränkte Hope ein. «Sie haben keine Erfahrung. Nur ein einziger hat schon an Luftkämpfen teilgenommen.»
«Wir riskieren, daß wir unsere Maschinen verlieren, bevor sie fünf Minuten in der Luft gewesen sind.» Aber ich wußte, ich war ihm ausgeliefert, er hatte mich in der

Hand. Ich sah Ahmed an. Er mochte für die Nationalisten spionieren und als deren Agent ermächtigt sein, Flugzeuge zu kaufen, aber er war immer noch der Hotelbursche. «Holen Sie Miß Tozer und Baron von Kern.»
«Den Chinesen auch?»
«Nein, ihn brauchen wir nicht.»
Ahmed ging, und ich wandte mich Hope zu. «Was schaut für Sie dabei heraus? Haben Sie Prozente?»
Er lief rot an, beherrschte sich aber. «Ihr verdammten Engländer seid alle gleich. Ihr glaubt, alles sei Geschäft.»
«Nicht alle glauben das.» Ich wußte nun, daß ich ihn falsch eingeschätzt hatte. «Verzeihen Sie. Setzen Sie tatsächlich auf diesen Mustafa Kemal?»
Er machte eine vage Gebärde. «Ich weiß nicht, ob ich auf ihn *setze*. Aber ich glaube, die Türken verdienen es, daß man ihnen die Möglichkeit gibt, neu anzufangen. Sie sind keine besonders angenehmen Burschen – sie können ganz schön grausam sein und haben mit unsern Leuten, die in ihre Hände gefallen sind, fürchterliche Dinge gemacht. Aber vielleicht scheint uns das so, weil wir mit unseren Maßstäben messen. Mit unsern heutigen Maßstäben. Wir vergessen, was wir getan haben. Wir haben indische Sepoys (indische Soldaten) vor die Kanonen gebunden und durch sie hindurch geschossen; das tun zivilisierte Menschen nicht unbedingt. Ihr Engländer erinnert euch immer nur an das, was für euch schmeichelhaft ist.»
«Sie haben eben noch ‹wir› gesagt. Ich habe walisische Rugbyspieler gesehen, die ich nicht unbedingt als zivilisierte Menschen bezeichnen würde.»
Er grinste wieder, er hatte erkannt, daß ich im Grunde mit ihm einig war. «Was mich stört, ist, daß wir offenbar nach jedem Krieg ausgerechnet jenen Reaktionären den Rücken stärken, die wir eben geschlagen haben.»

«Was ist, wenn unsere Maschinen gegen unsere eigenen Leute eingesetzt werden sollten?»
«Darüber mache ich mir auch Gedanken. Wir wollen hoffen, daß Sie nur mit Griechen in Konflikt geraten.»
Er mochte Waliser sein, aber er teilte alle unsere englischen Vorurteile.
Die Tür ging auf, und Ahmed kam mit Eve und Kern herein, beide trugen Schlafröcke. Der seine fiel mir mehr auf als der ihre: Er war aus grüner Seide und auf die Tasche war das Monogramm gestickt. Mir wurde plötzlich bewußt, daß ich immer noch nur meinen Pyjama anhatte, gestreifter Baumwollflanell aus den Army & Navy Stores; ich suchte meinen Trenchcoat, einen andern Schlafrock hatte ich nicht.
«Sie verstoßen auch so nicht gegen die guten Sitten», erklärte Eve. «Warum haben Sie uns rufen lassen?»
Ich erläuterte die Lage. «Ich habe Leutnant Hope erklärt, wir könnten die Maschinen nicht verkaufen, da wir unbedingt nach China müssen. Aber...» Während ich mit Hope gesprochen hatte, hatte ich mir etwas zurechtgelegt, einen der waghalsigen Pläne, die die Frucht der Verzweiflung sind. «Wenn Sie einverstanden sind, Eve, vermieten wir ihm zwei der Flugzeuge mit dem Baron und mir als Piloten. Sind Sie bereit, noch ein paar Luftkämpfe auszufechten, Baron?»
«Natürlich.» Es klang, als hätte meine Frage ihn beleidigt.
«Gut. Die Entscheidung liegt nun bei Ihnen, Eve. Wir können Konstantinopel diese Nacht mit allen drei Flugzeugen verlassen. Wenn die Griechen morgen in der Luft sind, werden wir uns ihnen widmen. Mit etwas Glück sind wir übermorgen schon wieder in Richtung China unterwegs.»
«Ohne Mustafa Kemals Einwilligung können Sie die Maschinen nicht fliegen», wandte Hope zweifelnd ein. «Ich meine, daß er möglicherweise nicht begeistert sein

wird, Söldner einzusetzen. Sie haben einen unglaublichen Stolz, diese Türken.»
«Warum sollten wir ihn nicht haben?» Ahmed reckte sich zu seiner ganzen Größe auf. Ich hätte am liebsten gelacht, hatte aber genug Taktgefühl, um es zu unterlassen. «Wir sind ein stolzes Volk. Wir haben einmal ein Weltreich besessen.»
«Die Janitschare sind in einem gewissen Sinn auch Söldner gewesen. Jedenfalls waren sie Christen.»
«Sie hingen dem Sultan an», erwiderte Ahmed. «Ich würde sie nicht mit Mustafa Kemal vergleichen, Major O'Malley.»
Es hatte etwas Irreales, von einem kindergesichtigen Zwerg in einer Hotellivrée und einem Fez auf dem Kopf über diplomatische Finessen aufgeklärt zu werden. Ich sah an meinem Pyjama hinunter und fragte mich allmählich, ob ich nicht nachtwandelte.
Eve hatte ohne mit der Wimper zu zucken zugehört. Nun fragte sie: «Was ist, wenn Sie kein Glück haben? Wenn Sie und der Baron abgeschossen werden?»
«Dieses Risiko müssen wir eingehen», erklärte Kern. «Es ist nicht das erste Mal, daß Herr O'Malley und ich das tun.»
Sie schüttelte verärgert den Kopf. «Ihr sollt euch nicht umbringen lassen . . .»
«Es wird niemand umgebracht werden», redete ich ihr zu. «Zumindest nicht wir.»
Sie wußte, woran ich dachte: Ihr Vater hätte hier mit uns im Zimmer sein können. Ich kannte ihn nicht und wußte buchstäblich nichts von ihm, dennoch war er mir allmählich auf Schritt und Tritt gegenwärtig. Ich bin nicht einmal sicher, daß ich zu jenem Zeitpunkt entschlossen war, sein Leben zu retten. Es ging mir, glaube ich, vielmehr darum, Eve einen Schmerz zu ersparen, den sie nicht hätte verwinden können. Was ich wußte, war, wie sehr sie an ihm hing.

«Also gut», sagte sie widerstrebend.
«Wir fliegen nur zwei Maschinen», erklärte ich Hope und Ahmed. «Ob wir die Griechen herunterholen oder sie uns, ob es morgen sein wird oder in einem Monat, Miß Tozer muß übermorgen von Malavan aus weiterfliegen können. Das ist unsere Bedingung.»
Der Waliser und der Türke, die beiden ungleichen Alliierten (oder waren sie gar nicht so ungleich?) sahen einander an. Dann nickten beide. «Kommen Sie um zwei zum Flugplatz. Ich lasse Ihre Tanks auffüllen. Wir haben ein paar Türken, die für die Armee arbeiten, ich lasse sie die Maschinen bereitmachen. Ahmed wird Ihnen ein Auto organisieren, damit sie rausfahren können.»
«Was ist mit Ihnen? Werden Sie nicht vor Kriegsgericht gestellt, wenn Sie uns weiterfliegen lassen?»
«Kann sein», erwiderte Hope und grinste. «Aber in gewissen Teilen von Wales gilt es immer noch als Ehre, aus der Armee ausgestoßen zu werden.» Er gab allen die Hand. «Wenn Sie entdeckt werden, werde ich vielleicht gezwungen sein, das Feuer auf Sie zu eröffnen, aber ich werde versuchen, unsere Leute zu veranlassen, über Ihre Köpfe wegzuschießen.»
«Ich wäre überrascht, wenn sie es täten», sagte ich. «Besonders wenn sie uns für Türken halten.»
Ende des Auszugs aus O'Malleys Manuskript.

2

Sie verließen das Hotel um ein Uhr früh. Ahmed und ein einäugiger Nachtportier holten sie und das Gepäck in den Zimmern ab und brachten sie über eine Reihe von Hintertreppen ins Freie.
«Was ist mit der Hotelrechnung?» fragte Eve. «Ich sollte sie bezahlen...»
«Sie wird morgen bezahlt.» Ahmed hatte seine Livree gegen eine gestreifte Hose, ein schwarzes Jackett und einen schwarzen Homburg vertauscht. Er kam O'Malley wie ein Minidiplomat vor, wie ein Botschafter von San Marino, Andorra oder eines andern Kleinstaates.
«Die Angestellten, die Nachtdienst haben, stehen im Dienst der Briten. Wenn Sie hinuntergehen und die Rechnung bezahlen, hängen sie sich sofort ans Telefon. Sie wird bezahlt werden, Miß Tozer.»
Das Auto, das in einer Seitengasse auf sie wartete, war ein Vorkriegs-Mercedes. «Der Wagen meines Onkels!» rief Kern aus.
«Ja.» Ahmed strahlte. Er war ein Geheimagent, aber er war auch ein echter Mensch vom Grandhotel: Er hatte ein Gefühl für Einmaliges. «Möchten Sie ihn fahren? Ich habe etwas Mühe, zu den Pedalen zu kommen.» Er setzte sich neben Kern auf den Beifahrersitz, während Eve zwischen O'Malley und Sun Nan im Fond Platz nahm.
Letzterer hatte keine Fragen gestellt, als man ihn geweckt und ihm erklärt hatte, sie würden mitten in der Nacht weiterfliegen. Er hatte sich bereits mit der Tatsache abgefunden, daß sie nicht rechtzeitig nach Hunan gelangen würden, und war sofort eingeschlafen. Er war zwar bedrückt, aber er hatte die Fähigkeit, mit dem Licht auch seine Gedanken abzuschalten. Sein Leben war nicht ohne Aufregungen und Gefahren gewesen,

und er hatte herausgefunden, daß Fatalismus so gut war wie jedes Schlafmittel.
«Auch wenn wir nicht rechtzeitig bei meinem Herrn sind», erklärte er, als er sich neben das Gepäck setzte, «ich werde ihm sagen, daß Sie nichts unversucht ließen.»
«Wenn er meinem Vater etwas antut, bringe ich ihn um», fauchte Eve. «Sie können ihm das auch sagen.»
Ahmed dirigierte Kern aus der Stadt hinaus, am Stadtrand öffnete dieser das Wagendach. Die milde Nachtluft strich ihnen ums Gesicht und nahm etwas von ihrer Besorgnis von ihnen. Die Hitze des vergangenen und des kommenden Tages ließ die Sterne dunkelgelb leuchten; der Mond stand schon tief, als habe er es eilig, in eine andere Nacht aufzugehen. Sie fuhren beinahe in eine am Straßenrand dösende Ziegenherde hinein: Die Ziegen und der Ziegenhirt sprangen auf die Füße und meckerten im aufgewirbelten Staub hinter ihnen her. Sie erreichten eine kleine Anhöhe, und Kern hielt, auf Ahmeds Befehl hin, an. «Den Rest gehen wir zu Fuß», entschied der Zwerg. Er hatte O'Malley unterwegs erklärt, in welcher Richtung sie abfliegen, welchen Kurs sie nehmen und auf was sie achten mußten, wenn sie Malavan erreichten. «Unsere Leute werden die Propeller anwerfen. In Malavan ist ein Feld, auf dessen Längsseiten Laster aufgereiht sind. Es ist kein Flugplatz, aber es ist eben genug, daß Sie landen können. Sobald Sie darüber fliegen, zünden die Laster die Scheinwerfer an.»
Sie stiegen aus und kletterten über Felsbrocken, zwischen denen Lilien, Thymian und niedriges Gebüsch wucherte, den kleinen Hügel hinauf. Eve sog die würzige Luft ein, um den widerlichen Rosenduft endgültig aus ihrer Nase zu verbannen. Sie kamen zu einem verfallenen Steinwall, und O'Malley, der Historiker unter ihnen, fragte sich, ob er gebaut worden war, um andere

Eindringlinge abzuhalten. Doch sie waren keine Eindringlinge: Sie *flohen* aus dem Byzantinischen Reich.
Sie stiegen den Hügel auf der andern Seite hinunter und hielten nach britischen Wachtposten Ausschau. Vier Männer traten aus der Dunkelheit hinter den Hangars. Wortlos nahmen sie das Gepäck und gingen ihnen voran zu den parkierten Flugzeugen.
Einer von ihnen strich liebevoll über den Flügel von O'Malleys Maschine. «Peki.»
«Er sagt, es sei alles in Ordnung», erklärte Ahmed.
Sie stiegen ein. Sobald Eve in ihrem Pilotensitz saß, nahm eine Erregung von ihr Besitz, die nichts mit Übermut zu tun hatte, aber ihr Nervensystem setzte soviel Adrenalin frei, daß sie hellwach wurde und alle Ängste vergaß. Sie waren wieder unterwegs, kamen ihrem Vater immer näher. Plötzlich stießen die türkischen Mechaniker einen zischenden Laut aus und verschwanden in der Dunkelheit des Hangars. Eve duckte sich ins Cockpit und hoffte, Sun Nan und die andern täten dasselbe. Sie hörte eine Wache leise vor sich hinpfeifend das Feld abschreiten. Der Mann konnte gut pfeifen und war stolz darauf; sie hörte, wie er zu einem doppelten Triller ansetzte. Vor ihrem Flugzeug blieb er stehen, sie hörte den dumpfen Aufschlag, als er den Gewehrkolben am Boden abstellte. Er zündete eine Zigarette an, das Streichholz leuchtete einen Augenblick durch die Dunkelheit. Er lehnte sich gegen den unteren Tragflügel ihres Flugzeugs, Eve hielt den Atem an, sie fühlte, wie ihr der Schweiß aus allen Poren brach.
Dann hörte sie das Kratzen seines Stiefelabsatzes auf dem harten Boden, als er den Zigarettenstummel austrat. Sie hörte das metallische Klirren, als er das Gewehr wieder um die Schulter hängte; er sagte laut «Die können mich alle», dann trottete er davon. Sie wartete, richtete sich schließlich wieder auf und brannte nun darauf, wegzukommen.

O'Malley setzte sich in seinem Cockpit auf und sah sich nach Ahmed um, der auf dem Tank im hinteren Cockpit kauerte. Als die Wache aufgetaucht war, hatte der Zwerg auf dem Flügel der Bristol gestanden und O'Malley die letzten Anweisungen gegeben. Er hatte nicht mehr Zeit gehabt herabzuspringen; O'Malley hatte ihn am Kragen gepackt und ins hintere Cockpit gehißt. Jetzt fragte O'Malley: «Wer bringt uns zu Mustafa Kemal, wenn wir gelandet sind?»
Dann hörte er den geschrienen Befehl irgendwo am Rande des Flugfeldes, einen Schuß und davoneilende Füße. Etwas war schiefgegangen; eine andere Wache mußte den Mercedes entdeckt haben. In einer langen Baracke weiter unten neben der Rollbahn gingen die Lichter an; eine Tür flog auf und Männer rannten heraus. Die Türken stürzten aus dem Hangar und packten die Propeller der drei Flugzeuge. O'Malleys Motor sprang als erster an: Er vergaß Ahmed und kontrollierte das Leitwerk. Das Männchen versuchte verzweifelt, aus dem Cockpit zu klettern, doch mit seinen kurzen Beinen erreichte er den Flügel nicht. O'Malley schrie ihm etwas zu und bedeutete ihm, sich wieder ins Cockpit zu ducken. Das Flugzeug schaukelte und begann zu rollen, Ahmed hielt seinen Homburg umklammert und kauerte sich so tief er konnte auf den Tank im Cockpit.
Eve wartete, während der Mann vor ihrem Flugzeug am Propeller drehte und ihn schließlich anwarf. Der Motor hustete, aber sie widerstand der Versuchung, mehr Gas zu geben, aus Angst, er könnte absaufen. Der Mann warf den Propeller noch einmal an, wieder hustete der Motor nur und starb. O'Malleys und Kerns Maschinen rollten schon, ihre Motoren dröhnten durch die Stille der Nacht. Der Mann vor ihr schrie etwas, aber sie hörte ihn nicht, und wenn sie ihn gehört hätte, hätte sie ihn nicht verstanden. Mit verzweifeltem Eifer warf er

den Propeller noch einmal an; der Motor stotterte, erstarb und kam plötzlich endgültig wieder. Der Mann trat zurück, als der Propeller sich immer schneller zu drehen begann. Er rannte rückwärts davon und hielt sich die Seite, dann stürzte er plötzlich vornüber und blieb liegen. Eve starrte verwundert auf ihn, ihre Verwunderung wandelte sich in Entsetzen, als ihr bewußt wurde, daß er erschossen worden war. Sun Nan schlug ihr mit der Hand auf die Schulter und schrie ihr etwas zu. Etwas prallte am Rand des Cockpits auf und pfiff an ihrem Ohr vorbei. Mit noch kälterem Entsetzen begriff sie, daß die Soldaten auf *sie* schossen.

Sie drückte den Gashebel hinunter, jeder Muskel ihn ihr war angespannt, während sie sich zuredete, den Motor nicht zu überfordern. Er drehte nicht rund, irgend etwas mit der Zündung schien nicht zu klappen; aber es mußte auch so gehen, er mußte sie und Sun Nan vom Boden abheben. Die drei Flugzeuge rollten Seite an Seite das dunkle Flugfeld hinunter, nahmen rasch Tempo auf, hüpften, wenn sie gegen Unebenheiten stießen, aber behielten die Nasen gerade. Kugeln fuhren neben ihnen in die Erde, mehrere durchschlugen an Rumpf und Flügeln die Leinwand. Wenn Leutnant Hope Befehl gegeben hatte, über ihre Köpfe hinweg zu schießen, ignorierten die Leute diesen Befehl, oder dann waren sie jämmerliche Schützen.

Eve fühlte, wie sich die Nase der Bristol hob und gab mit dem Knüppel nach. Der Motor setzte kurz aus, und das tat auch ihr Herzschlag. Dann stiegen die Maschinen, waren bald außer Reichweite der Kugeln, und einen Augenblick später sah sie zu ihrer Rechten die Stadt. Die Dome und Moscheen reflektierten das letzte Licht des untergehenden Mondes, die Minarette glühten schwach, wie Kerzen, die ihre eigene Flamme geschluckt haben. Sie sah, wie O'Malley seine Maschine in die Kurve legte, Kern folgte seinem Beispiel, sie tat

es ihm gleich und schloß sich ihnen an. Sie flogen in Richtung Südosten, Anatolien und dem Krieg zu.
O'Malley hatte ihre Geschwindigkeit völlig richtig dosiert. Zwei Stunden, hatte Ahmed gesagt, und nach praktisch auf die Minute genau zwei Stunden Flugzeit sahen sie den dunklen Einschnitt in der Ebene unter ihnen. Das war die Malavanschlucht. Sie führte sie geradewegs zu den Hügelzügen, auf deren Vorläufern die Stadt gebaut war. Sie flogen im Tiefflug über sie, drehten ab und kamen wieder zurück. Mit einem Mal leuchteten in der Ebene am Südrand der Stadt zwei Lichterreihen auf. O'Malley flog ihnen voran zu dem behelfsmäßigen Leuchtpfad, und sie setzten sauber auf dem breiten Feld zwischen den wartenden Lastern auf.
Eve drehte die Zündung ab und lehnte sich zurück. Eine plötzliche, grenzenlose Erschöpfung überkam sie. Unter Aufbietung ihrer letzten Kräfte rappelte sie sich auf und kletterte aus dem Cockpit. Sie stolperte, als sie auf den Flügel hinaustrat. Sun Nan, der schon hinausgeklettert war, fing sie auf und half ihr auf den Boden. Sie fühlte sich schwach, hilflos und anlehnungsbedürftig. Aber sie mobilisierte ihre letzten Kraftreserven und riß sich zusammen. Es sollte sich keiner von ihnen ihrer besonders annehmen, weil sie eine Frau war.
Dann sah sie O'Malley ein Bündel aus seiner Maschine heben. Sie ging auf schwachen Beinen zu ihm hinüber, er legte eben Ahmed auf die Erde. «Er muß ohnmächtig geworden sein. Ein Glück, daß ich ihn nicht verloren habe. Er war nicht angegurtet.»
Ahmed blinzelte und setzte sich behutsam auf. Eine Gruppe Offiziere trat hinter einem der Laster hervor. Die Scheinwerfer erloschen, und einer der Offiziere sagte auf englisch: «Entschuldigen Sie die Dunkelheit, aber wir könnten im Bereich des griechischen Artilleriefeuers sein. In zwei, drei Minuten werden wir es wissen.»

«Warten wir es ab?», fragte Eve.
«Eine Frau?» Der Offizier musterte sie im Sternenschein. «Von einer Frau war nicht die Rede.»
Ahmed sagte, immer noch am Boden sitzend, etwas auf türkisch. Der Offizier suchte ihn mit den Augen, fand ihn und bellte etwas zurück. Dann sah er O'Malley an. «Haben Sie diesen Mann entführt? Er sollte in Konstantinopel bleiben. Der General mag ihn nicht.»
«Ohne ihn wären wir nicht hier», mischte sich Eve ein.
«Warum ist er bei Ihrem General in Ungnade gefallen?»
«Er hat früher für die Deutschen gearbeitet.» Es behagte dem Offizier augenscheinlich nicht, sich mit einer Frau herumzuschlagen. «Wer sind Sie?»
«Ich bin die Besitzerin der Flugzeuge. Worauf warten wir?» Eve war zu müde, um sich diplomatisch oder gar weiblich zu geben.
«Wenn wir in Schußweite sind und die Griechen das Feuer eröffnen, müssen Sie wieder in die Luft gehen.»
Sie warteten und folgten den Blicken des Offiziers. Schließlich erklärte er: «Offensichtlich wissen sie, daß wir außerhalb ihrer Feuerlinie sind. Aber sobald die Sonne aufgeht, werden ihre Maschinen über uns sein, um auszukundschaften, was hier vorgeht.»
«Um wieviel Uhr geht die Sonne auf?» fragte O'Malley.
«In zwei Stunden. Können Sie dann aufsteigen?»
O'Malley sah Kern an, dieser sagte: «Selbstverständlich.»
Man eskortierte sie zu einem Laster und fuhr sie in die Stadt. Leute, die durch das Brummen der im Tiefflug über die Stadt brausenden Flugzeuge erschreckt worden waren, standen in den Straßen herum, aber nirgends war ein Licht. Der Laster hielt vor dem größten Gebäude; als sie durch einen Garten hineingingen, stieg Eve Rosenduft in die Nase. Vor dem Haupteingang standen zwei großgewachsene Wachen, Männer mit

grimmigen Schnurrbärten und noch grimmigeren Augen. In ihren geschlitzten schwarzen Röcken, den blauen Hosen und den hohen Stiefeln hatten sie etwas Operettenhaftes. Doch als sie nebeneinander traten und die Tür versperrten, wirkten sie durchaus nicht wie Schauspieler.
Der Offizier, der Englisch sprach, sagte etwas zu ihnen. Sie starrten die Fremdlinge an und traten zögernd zur Seite. Der Offizier bat die Neuankömmlinge einzutreten und erklärte ihnen: «Es sind die persönlichen Leibwachen des Generals. Lazzer aus dem Gebirge am Schwarzen Meer.»
Eve und die andern mußten nicht lange warten; Ahmed aber, der sich von seiner Ohnmacht erholt hatte, sah aus, als wünschte er, er wäre noch in Konstantinopel. Sie wurden unverzüglich in einen großen Raum geführt, der möglicherweise früher ein Salon gewesen war und nun als Generalstabszimmer diente. An den Wänden hingen Karten statt Bilder, und in der Mitte stand ein langer Konferenztisch. Ein gut aussehender Mann in Uniform, der an dessen Ende gesessen hatte, erhob sich von seinem hochlehnigen Sessel. Er ging nicht auf die Fremden zu, sondern wartete, bis sie zu ihm geführt wurden.
Der Offizier stellte sie auf türkisch vor, und Mustafa Kemal sagte auf französisch: «Willkommen. Entschuldigen Sie, ich spreche leider nicht Englisch.»
Eve reihte die Wörter sorgfältig aneinander, als entnähme sie sie einem Wörterbuch und lege sie vor ihn auf den Tisch. «Ich spreche nur ein Schulmädchenfranzösisch, aber Major O'Malley und Baron Kern können Französisch.»
Mustafa sah Kern an. «Sind Sie Deutscher?»
«Ja, General.» Er reckte sich und schlug die Absätze zusammen. Doch Eve fiel auf, daß der Deutsche den Türken nicht «mon général» genannt hatte. «Ich bin mit

Hauptmann Boelcke und Rittmeister von Richthofen geflogen.»
Mustafa kniff mißbilligend den Mund zusammen und musterte Kern einen Augenblick, dann blickte er auf den sich ängstlich im Hintergrund haltenden Ahmed hinunter. Er sagte etwas auf türkisch, das bös und bissig klang. Er haßt die Deutschen, dachte Eve verzweifelt. Sie sah Kern an, doch dieser zuckte mit keiner Wimper. Er stand steif und aufrecht da, als glitte die Feindseligkeit an ihm ab, die ihm, wie Eve plötzlich merkte, auch das übrige im großen Zimmer anwesende halbe Dutzend Türken entgegenbrachte.
Mustafa sagte auf türkisch etwas zu dem Offzier, der sie zu dem Gebäude gebracht hatte, dann wandte er sich wieder Eve zu und lächelte. Sein Charme hatte etwas Grobschlächtiges, doch fühlte man sofort, daß er schöne Frauen mochte. Eve war mit einem Mal dankbar für ihr Aussehen, so staubig und zerzaust sie momentan auch sein mochte; sie war aber auch froh, keine Deutsche zu sein.
«Sie sind in der Zeit, in der die Flugzeuge gegen den Feind eingesetzt werden, hier in diesem Hause mein Gast, Mademoiselle.» Dann sah er auf Sun Nan. «Fliegt der Chinese auch? Nein? Ist er vielleicht ein Bordschütze?»
«Nein», erklärte O'Malley, der fand, er und Kern würden vernachlässigt, obwohl sie es waren, die die Einsätze fliegen mußten. «Wenn wir Bordschützen mitnehmen sollen, müssen Sie sie stellen, General. Sie müssen sich rasch entscheiden, denn sollte dies der Fall sein, muß ich die Zusatztanks in den hinteren Cockpits entfernen lassen. Verfügen Sie über erfahrene Bordschützen, die schon in Jagdzweisitzern geflogen sind?»
Mustafa Kemal sah ihn zurechtweisend an. «Ich bin der Ranghöhere, Major. Sie sprechen, wenn ich Sie frage.»
«Mit allem Respekt, General, ich diene nicht in Ihrer

Armee. Mein Rang hat nichts zu bedeuten – ich bin Zivilpilot wie auch Baron von Kern. Wenn die Griechen heute früh auftauchen und das Glück uns weiterhin hold ist, beschränkt sich unsere Tätigkeit für Sie auf einen Tag, was mir recht wäre.»
«Ich kämpfe für die Zukunft meines Landes, Monsieur O'Malley.»
Wenn O'Malley seinen Rang als unwichtig abtat, war Mustafa Kemal nicht der Mann, der ihn damit anredete. «Ich entscheide, ob Sie einen Tag für mich tätig sind oder nicht. Sie werden weiterfliegen, wenn ich Ihnen die Erlaubnis dazu gebe.»
Da sie selber erschöpft war, erkannte Eve erst jetzt, daß auch Mustafa von der Müdigkeit gezeichnet war. Vielleicht auch von einer Krankheit. Sie sah, wie seine Hände zitterten, er überspielte es, indem er sie hinter dem Rücken verschränkte. Sie hatte die Vorteile der Macht kennengelernt, aber es war die Macht des Wohlstandes gewesen, die ihres Vaters und ihres Großvaters. Als Kind hatte sie einmal gehört, wie ihr Vater gesagt hatte, es würde immer Menschen geben, die vor dem Geld auf die Knie gingen. Nun wurde ihr eine andere Art Macht vor Augen geführt, und sie sah deren Nachteile. Sie hatte in London im Scherz gesagt, ihr Vater täte, als gehörte ihm ganz China; nun stand sie einem Mann gegenüber, der hoffte, die ganze Türkei würde ihm eines Tages gehören. Doch was ihm diese Ambition bis jetzt eingebracht hatte, konnte man von seinem Gesicht ablesen: Lauter Niederlagen und Enttäuschungen.
«Die Flugzeuge gehören mir, mein General.» Sie nahm es peinlich genau mit der Anrede; sie wollte ihn nicht noch mehr reizen. «Sie sollten alles, was ihren Einsatz betrifft, mit mir besprechen.» Sie hatte sich von O'Malley abgewandt, so daß sie seine Reaktion auf diese Zurechtweisung nicht sah. Aber Mustafas Reaktion war

nicht ermutigend. Er stierte sie an, und sie sah die Schweißtropfen auf seiner Stirn glänzen. Er war krank, daran war kein Zweifel mehr möglich.
«Mademoiselle, ich achte die Frauen und werde ihnen in der neuen Türkei ihren Platz zuweisen. Aber jetzt im Krieg ist kein Platz für sie. Sie sind mein Gast und werden entsprechend behandelt werden. Aber die Flugzeuge gehören jetzt mir, und ich werde sie einsetzen, wann und wo ich es für richtig halte. Sie sind in meinen Besitz übergegangen, als Sie des Zwergs Angebot, Ihnen aus Konstantinopel herauszuhelfen, angenommen haben.» Er sah Ahmed an. «Hast du ihnen sonst noch etwas angeboten?»
«Nein, mein General.» Ahmeds Französisch war so perfekt wie sein Englisch und Deutsch. Er war der vollkommene Spion. Eve fragte sich, wie viele Sprachen er wohl sprach. Aber sie sah, daß er Angst hatte; seine Verbindung mit Deutschen, Wangenheim und seinem Neffen belastete ihn. Aber sie stellte mit Genugtuung fest, daß er nicht liebedienerte; er beugte die winzigen Knie nicht. «Aber ich habe ihnen versprochen, sie könnten weiterfliegen, sobald sie ihre Aufgabe erfüllt hätten.»
«Du warst nicht ermächtigt, irgendwelche Versprechungen zu machen.»
Mustafa wandte sich wieder Eve zu. «Ich brauche die Maschinen, Mademoiselle.»
«Wie lange, mein General?»
Mustafa zuckte die Schultern, was schon eine Konzession war. «Das wird sich zeigen.»
«Fliegen der Baron und ich sie?» fragte O'Malley. Alles für die Sicherheit der Flugzeuge Machbare mußte getan werden.
«Werden Sie nicht versuchen, sich davonzumachen?»
Mustafa Kemal lächelte, aber mehr als ein Verziehen der dünnen Lippen unter dem schweren Schnurrbart

war es nicht. «Natürlich nicht. Mademoiselle Tozer wird, sagen wir mal, unsere Geisel und die dritte Maschine unser Pfand sein. Gehe ich richtig in der Annahme, daß Sie Ehrenmänner sind?»
«Das würde ich nicht sagen», erklärte O'Malley und dachte dabei nur an sich. Er brachte es nicht über sich, diesem arroganten Burschen Honig um den Mund zu schmieren, der, sollte er den Krieg gewinnen, bereits auf halbem Weg zum Diktator war. «Aber der Baron ist einer.»
«Seit ich den Kaiser kennengelernt habe, fällt es mir schwer, einem Deutschen zu glauben. Einen hinterlistigeren Menschen gibt es nicht.»
«Wir beurteilen die Türken auch nicht nach dem Sultan unten in Konstantinopel», entgegnete O'Malley, der bei dieser Verteidigung der Deutschen selber über sich staunte.
Mustafa sah zuerst ihn und dann Kern an. «Da gibt es keine Parallelen, oder, Baron?»
«Keine einzige, General», erklärte Kern und stellte stolz das Kinn. «Ich verteidige den Kaiser nicht, aber ich kritisiere ihn auch nicht. Wenn er den Krieg gewonnen hätte, hielte ich das, was er getan hat, für richtig. Pflicht eines Offiziers ist es, an seinen Befehlshaber zu glauben.»
Die Offiziere im Hintergrund räusperten sich. Mustafa fragte: «Auch wenn er den Krieg verloren hat?»
«Auch dann», entgegnete Kern, und niemand im Zimmer wußte mit Sicherheit, ob er nicht glaubte, was er sagte.
Mustafa nickte. «Ich bin tief beeindruckt, Baron. Ich möchte hoffen, daß meine Leute mir dieselbe Ergebenheit entgegenbringen.» Doch er schaute sie nicht an, und Eve, die nun hellhörig geworden war, erkannte, daß er Feinde hatte, und daß einige davon anwesend waren. Oder daß es zumindest Leute gab, deren Glaube

nicht so stark war wie seiner. «Sie und Monsieur O'Malley fliegen die Maschinen. Ohne Bordschützen. Ich fürchte, meine Leute haben zu wenig Erfahrung im Luftkampf. Sie wären imstande, in die falsche Richtung zu schießen und Sie abzuknallen – dann verlöre ich die Flugzeuge.» Er lächelte wieder. «Trinken Sie jetzt vielleicht mit mir Kaffee, Mademoiselle, während die Maschinen bereitgemacht werden.»
Einige der Offiziere eskortierten O'Malley und Kern hinaus. Eve blieb im Zimmer, zusammen mit Sun Nan, Ahmed, Mustafa und einem Mann, der hereingekommen war, als die andern gegangen waren. Dieser Mann trug dieselbe Tracht wie die beiden Lazzer am Haupteingang, aber er sah noch grimmiger aus, und sein Rock war nicht schwarz, sondern leuchtend rot. An seiner Schulter hing ein Gewehr mit einem langen Lauf, und an seiner Seite baumelte an einer ebenfalls roten Schärpe ein krummer, mit Juwelen besetzter Säbel. Er kommt aus dem Mittelalter, dachte Eve, er gehört zu Saladins Leuten.
«Mein Freund und Kommandant meiner Leibgarde, Oberst Osman», stellte Mustafa ihn vor. «Leider spricht er nur Türkisch.» Er sagte etwas zu Osman, und dieser lächelte übermäßig freundlich unter seinem übermäßig großen Schnurrbart und antwortete etwas. «Er hat Ihnen ein Kompliment gemacht.»
«Was hat er gesagt?»
«Er möchte mit Ihnen ins Bett gehen.»
«In Amerika erachten die Männer das als Kompliment für sie selbst», erklärte Eve. «Sagen Sie dem Oberst, ich fühle mich nicht geschmeichelt.»
Doch Mustafa war nicht geneigt, als Dolmetscher zu fungieren, besonders nicht in Sun Nans und Ahmeds Gegenwart. Er rief etwas, und unverzüglich ging die Tür auf, und ein junger Offizier erschien. Mustafa zeigte auf den Chinesen und den Zwerg, und der Offi-

zier geleitete die beiden hinaus. Obwohl sie recht summarisch verabschiedet worden waren, verließen Sun Nan und Ahmed das Zimmer erhobenen Hauptes.
«Sie werden doch Monsieur Sun Nan nichts antun?» fragte Eve. «Er ist für mich in China äußerst wichtig.»
«Es geschieht ihm nichts.»
«Und Monsieur Ahmed? Ich möchte nicht, daß ihm etwas zustößt.»
«Sie verlangen viel, Mademoiselle.»
«Wenn Sie, wie Sie sagen, den Frauen in der neuen Türkei einen Platz einräumen, werden Sie bald herausfinden, daß auch sie Ansprüche stellen.»
Mustafa lächelte und mobilisierte noch einmal seinen plumpen Charme. Er hatte Erfolg bei den Frauen, fühlte sich aber in Gesellschaft von gebildeten Frauen nie ganz wohl; etwas von dem Emporkömmling aus dem provinziellen Saloniki würde stets an ihm sein. «Sie können von Glück sagen, daß Oberst Osman Sie nicht versteht.» Osman setzte wieder sein vielzähniges Lachen auf, das idiotische Grinsen derer, die nicht folgen können. «Ich fürchte, er würde Ihnen die Kehle durchschneiden, statt mit Ihnen ins Bett zu gehen. Er ist ein sehr altmodischer Moslem.»
Eine Ordonnanz brachte starken Kaffee mit kleinen süßen Kuchen und Honig. Mustafa trank nur Kaffee, aber Osman mampfte Kuchen und verschlang löffelweise Honig, der seinen dichten Schnurrbart verklebte. Eve nippte an ihrem Kaffee, er war ihr zu stark und zu süß, und aß einen Kuchen. Sie betrachtete Mustafa aufmerksam, der immer wieder mit dem Taschentuch den Schweiß abtrocknete. Einmal hatte er einen richtigen Schüttelfrost, so daß die Tasse in seiner Hand in der Untertasse klapperte.
«Malaria», sagte er, als er sah, daß Eve ihn beobachtete. «Wir leben in einem unwirtlichen Land. Wenn ich un-

sern Krieg gewinne, wird dieser Sieg nur der Anfang meines Kampfes sein.»
«Was geschieht, wenn Sie ihn nicht gewinnen?»
«Einige meiner Freunde werden mir die Kehle durchschneiden, bevor meine Feinde es tun können. Sie nennen mich Kemal, das heißt der Vollkommene. Aber nicht alle halten mich für vollkommen.»
Er stellte seine Kaffeetasse ab, sie klapperte wieder in der Untertasse. «Lassen Sie uns gehen und auf die Griechen warten.»
«Sind Sie sicher, daß sie im Morgengrauen kommen?»
«Sie werden kommen. Sie sind im Augenblick siegreich, und in einem Krieg kann man stets voraussagen, was die siegreiche Seite als nächstes tun wird. Das ist die einzige Chance der Geschlagenen.»
Eve, Mustafa, Oberst Osman und die beiden Leibwachen gingen zu Fuß durch die Stadt. Es war die letzte Nachtstunde, kein Lüftchen regte sich, die Hitze lastete wie eine Decke über dem ganzen Land. Eve erinnerte sich an eine andere, frühere Nacht in diesem Sommer. Sie war mit ihrem Vater in Kwelchow auf Tigerjagd gegangen. Es war gefährlich gewesen, aber das Ungewisse hatte sie mehr erregt als geängstigt.
Diesmal ging es um eine andere Art von Jagd; Bede und Kern waren hinter Menschen her. Und sie hatte Angst um sie.
Am Stadtrand blieben sie im verblassenden Mondlicht stehen und blickten nach Osten, wo der neue Tag aufgehen mußte. Hinter ihnen war eine Moschee, deren Minarette flaggenlosen Masten glichen. Eve fragte sich, ob Mustafa für den Islam kämpfte, hielt das aber nicht für wahrscheinlich, er sah nicht aus wie ein religiöser Mensch. Er zog etwas aus der Tasche seiner Tunika, und sie sah, daß seine Finger ein goldenes Amulett umklammerten. Er war also wenigstens abergläubisch, das war doch schon etwas. Es ging ihr darum, seine Schwä-

chen ausfindig zu machen, um etwas in der Hand zu haben, womit sie ihn bewegen konnte, ihr die Flugzeuge herauszugeben.
Die Maschinen waren vom Feld unter die dürren Platanen auf dem staubigen Platz vor der Moschee gebracht worden. Unter Kerns Aufsicht wurden die Zusatztanks in seiner und O'Malleys Bristol entleert. O'Malley hatte die Lewis-MGs abmontiert und lud nun die Vickers-MGs der beiden Maschinen. Sun Nan und Ahmed standen zusammen mit dem sie bewachenden Offizier abseits am Rande des Platzes. O'Malley ging zu Sun Nan hinüber, sprach mit ihm und kam dann zu Eve. Kern folgte ihm.
«Ich habe Sun Nan gesagt, er habe dafür zu sorgen, daß Sie nach Hunan gelangen, wenn der Baron und ich abgeschossen werden.»
Er sprach mit der Beiläufigkeit eines Mannes, der schon viel zu viele derartige Kämpfe durchgestanden hatte. Sie bemühte sich, ihre Besorgnis aus ihrer Stimme herauszuhalten. «Seien Sie vorsichtig, Bede. Und Sie auch, Baron.»
«Mit Vorsicht holen wir die Griechen nicht herunter», sagte Kern. «Wir und die Flugzeuge würden heil bleiben, aber wir müßten morgen wieder aufsteigen. Und dann übermorgen und immer wieder. Wir können uns eine solche Verzögerung nicht leisten.»
«Was sagen sie?» fragte Mustafa ungeduldig. Er schien zu vermuten, es handle sich um eine Art Abschied. «Bitte, sprechen Sie französisch.»
«General, wir verlangen, daß Mademoiselle Tozer und Monsieur Sun Nan morgen weiterfliegen dürfen, wenn der Baron und ich abgeschossen werden», erklärte O'Malley.
«Ich verspreche nichts», erwiderte Mustafa. «Wenn diese beiden Maschinen abgeschossen werden, brauche ich ihre.»

«Es geht um das Leben ihres Vaters. Sie muß bis zu einem bestimmten Datum in China sein – sie wird Ihnen alles erklären.»
«Ich will es nicht wissen.» Das Amulett klimperte in seiner Hand. «Ich bedaure alle Widerwärtigkeiten, die Mademoiselle Tozer hat. Aber mein Land geht vor. Viel Glück.»
Der Himmel im Osten wurde heller und heller, die Nacht ging zur Neige. Das Ende der Welt nahm Gestalt an, das Land der bösen Träume tauchte aus der Dunkelheit auf. Nackte Hügelzüge, felsige Abhänge, an denen nichts wuchs, ausgetrocknete Bachbette, Ruinen, die ein Erdbeben zurückgelassen hatte. Eve fragte sich, wie jemand für ein solches Land in den Kampf ziehen konnte. Wolkenstreifen färbten sich rot: Blutgetränkter Verbandstoff. Der Morgen war unheimlich still, als hätte der Tod ihn schon berührt. O'Malley reichte Eve die Hand.
«Viel Glück», sagte er, der es brauchte.
Kern küßte ihr die Hand und schlug die Absätze zusammen. «Wir schießen sie ab. Zusammen haben wir bereits dreiundsechzig Maschinen runtergeholt, die Griechen haben keine Chance.»
«Vierundsechzig», korrigierte O'Malley. «Ich rechne Sie immer noch mit.»
Sie sprachen immer noch französisch, und Mustafa meinte: «Ich bin beeindruckt. Schießen Sie heute noch je drei ab. Es sind im Ganzen nur sechs. Die Griechen werden auf ihrer Morgenpatrouille eine Überraschung erleben.»
Die beiden Piloten gingen auf ihre Maschinen zu. Eve sah ihnen nach und fror plötzlich in der Morgenhitze. War es für sie im letzten Krieg jeden Morgen so gewesen? Die Morgenpatrouille, das Wort mahnte an den Tod, sie mußte dabei an Männer denken, die blindlings ins feindliche Feuer liefen.

3

Die beiden Bristols schwangen sich in den wachsenden Tag und hoben im Steigen die Sonne über den Kamm der Hügel. O'Malley flog voraus, bestrebt, möglichst viel Höhe zu machen, bevor die Griechen auftauchten; Kern folgte ihm. Sie wandten sich nach Osten, flogen direkt in die Sonne: Der riesige rote Ball und darin die beiden winzigen Kreuze, Mücken im größten aller Feuer, das es gab. Um die Augen zu schonen vermied es Kern, nach vorn in den glühenden Himmel zu schauen. Er blickte nach Süden und Westen, wo die Griechen herkommen mußten, aber sie waren nirgends zu sehen. Sie waren spät dran, wenn sie überhaupt kamen, entweder waren sie zu selbstsicher oder zu unerfahren. Er hoffte, ersteres träfe zu: Neulinge abschießen war zu einfach und irgendwie anrüchig.

Auf 12 000 Fuß erreichten sie ihre Einsatzhöhe und saßen wie Adler in den lichten Säulenhallen des Himmels. Es war viel kühler hier oben, und Kern war froh über seinen Fliegeranzug. Jetzt, da er nicht mehr so schwitzte wie am Boden, fiel die Müdigkeit von ihm ab. Doch es war nicht nur die Luft, die ihm Kraft gab. Er hatte dieses Gefühl an anderen Morgen auch schon gekannt, doch nun war es überhöht, es schwang eine beinahe sexuelle Lust darin mit.

War es das, was ein Selbstmörder in dem Augenblick empfand, da er die Pistole an die Schläfe drückte? Vor langer Zeit, als er noch ein Junge gewesen, hatte er versucht, sich zu erhängen. Er erinnerte sich nicht mehr an den Grund, nur noch an seine Verzweiflung. Das englische Kindermädchen, das ihn ausgescholten hatte, hatte jedoch seinen Eltern nichts gesagt, ihm aber vorgeworfen, er wäre selbstsüchtig und undankbar, weil er seine Eltern nicht liebte und die Welt nicht schätzte, die

sie für ihn aufgebaut hatten. Jetzt sehnte er sich nach dem Tod, weil diese Welt untergegangen war. Das englische Kindermädchen hatte recht gehabt. Er hatte das Deutschland jener Tage nicht richtig zu schätzen gewußt. Er hatte in den letzten zwei Jahren viel Zeit gehabt, darüber nachzudenken; doch bis jetzt hatte sich ihm keine Gelegenheit geboten, auf ehrenhafte Weise aus dem Leben zu scheiden. Würde er das Jenseits gebührend schätzen, wenn Gott ein Junker war, wie sein Vater immer behauptet hatte? Die Vergangenheit blieb hinter ihm, er sah O'Malley mit den Tragflügeln wackeln und die Hand ausstrecken. Von Südwesten her näherten sich auf nicht mehr als 5000 Fuß Höhe fünf Flugzeuge in V-Formation, eine sechste Maschine flog einige Tausend Fuß über ihnen. Schön, mindestens einen erfahrenen Piloten hatten die Griechen. Kern war an der Westfront selber in dieser Formierung geflogen. Er rückte zu O'Malley auf, und sie legten die beiden Bristols in die Kurve, um aus der Sonne auf die nichtsahnenden Griechen hinunterzustechen. Er mußte an seinen Onkel, den Diplomaten, denken, der ihm erzählt hatte, die Störche flögen jedes Jahr von den Flüssen und Mooren Rußlands, Polens und Rumäniens in den Süden, und jedes Jahr lauerten hier hoch oben am anatolischen Himmel die Adler auf sie. Es wäre für die Adler ein verdammt harter Kampf, hatte der Onkel gesagt, aber sie siegten immer.
Kern konnte die Flugzeugtypen jetzt erkennen, es waren vier SE-5 und zwei Sopwith Camel. Als er hinuntertauchte, öffnete er den Mund zu einem Schrei, er genoß den Wind und die Ironie der Lage: Zwei britische Flugzeuge, das eine von einem Engländer, das andere von einem Deutschen geflogen, stürzten sich aus der Sonne herab, um sechs britische Flugzeuge, die die britische Regierung einem ihrer Alliierten gegeben hatte, abzuschießen. Er warf O'Malley einen Blick zu. War der

Engländer in der Lage, diese Ironie auszukosten? Doch dieser konzentrierte sich ganz auf die Griechen. Kern schaute in sein Visier, vergessen war die Ironie, die Trauer um eine verlorene Welt, alles außer dem «Feind».

Er drehte das Gas auf, stach schneller hinunter als O'Malley. Der Wind zerrte an ihm, drückte ihm die Brille ins Gesicht, zog seine Lippen nach hinten zu einem wilden, humorlosen Grinsen: Die Erregung einer andern Art von Geschlechtsakt erfaßte ihn, einem, den man einer Frau nicht erklären konnte. Sein Tempo wuchs, er fühlte das Vibrieren des Flugzeuges, der Wind pfiff ihm um die Ohren, als trüge er keine Mütze. Die Formation der Griechen löste sich auf, sie drehten in Panik um, als sie den Feind sichteten. (Wer mochte es sein? Die Nationalisten hatten keine Flugzeuge.) Plötzlich hatte Kern eine SE-5 im Visier, die verzweifelt versuchte, beizudrehen und Höhe zu machen. Kern legte den Finger auf den Abzug, drückte und sah, wie der Pilot die Arme empor warf. Er haßte den Anblick eines getroffenen Piloten oder Schützen, hatte ihn immer gehaßt, ein Abschuß sollte unpersönlich bleiben, eine Maschine, die abstürzte, mehr nicht. Rauch drang aus dem Rumpf, eine rotgeflammte schwarze Blume. Einer mehr: 33 Abschüsse.

Er drückte den Knüppel zurück und nahm den Fuß vom Gas, denn der Boden kam rasch auf ihn zu. Er hatte keine Übung mehr, er mußte die Maschine zu brüsk heraufgezogen haben; er wurde in den Sitz gepreßt, der unheimliche Druck seines Blutes, seiner Knochen und seines Fleisches lastete auf seinem Magen. Sein Blick trübte sich, die Welt wurde grau, er riß seinen Mund auf und wußte, er würde ohnmächtig werden. Und sterben.

Doch manchmal stirbt die Seele leichter als der Körper. Seine Hände umklammerten den gebogenen Griff des

Steuerknüppels, als das Flugzeug erzitterte und drohte, auseinanderzufallen; dann richtete es die Nase auf, das Zittern verebbte im Schwanzgestänge. Seine Augen wurden wieder klar, das Gewicht wich von seinem Magen, er entkrampfte sich, riß den schmerzenden Kiefer nach oben, daß die Zähne aufeinanderknallten. Dann sah er, wie sich Fetzen von seinem oberen Tragflügel lösten: Der hochfliegende Grieche, der sich über der V-Formation gehalten hatte, hatte seine Verfolgung aufgenommen und nahm ihn unter Beschuß. Wieder taten seine Hände und Füße automatisch das Richtige; sie wollten, daß er am Leben blieb.

Er drehte das Gas wieder auf, stieg in einem halben Looping auf, flog eine halbe Rolle und kam im Sturzflug auf den Griechen herunter. Er mochte keine Übung mehr haben, aber stellte mit Begeisterung fest, daß er eben einen perfekten Immelmann gemacht hatte, auf den der Grieche nicht gefaßt gewesen war. Die SE-5 war in seinem Visier, eine lahme Ente: er drückte auf den Abzug, und die Kugeln drangen in das Flugzeug, fünfzig oder sechzig, rissen Stücke heraus, als zerfetzten sie es quadratzentimeterweise. Der Grieche kippte über den rechten Flügel und trudelte ab. Kern folgte ihm und ließ ihn nicht aus den Augen. Rauch und Flammen stiegen aus der SE-5 auf, sie wurde zum fliegenden Krematorium und schlug in einem tiefen Wadi auf dem Boden auf; eine Rauchsäule stieg plötzlich aus dem Einschnitt, eine schwarze Wolke über dem toten Griechen. Kern flog durch den Rauch, nur fünfzig Fuß über dem Boden, und schaute im Steigen nach oben. Er war tatsächlich aus der Übung und ließ sich an diesem Morgen zu Dummheiten hinreißen: Er hätte nie soviel Höhe verlieren dürfen. Doch die Piloten über ihm mußten wenig Erfahrung haben, keiner war ihm gefolgt. Dann sah er warum. Es waren noch drei griechische Flugzeuge in der Luft (O'Malley mußte eines heruntergeholt haben) und diese waren mit O'Malley so beschäftigt, daß sie nicht auf die Bristol achteten, die von unten auf sie los kam.

O'Malley kurvte und tauchte am Himmel umher und gab eine wunderbare Flugdemonstration. Kern klemmte die Steuersäule zwischen die Knie und wechselte die Trommel des Vickers; er stieg weiter, hielt sich abseits des Luftkampfes und hoffte, O'Malley halte durch, bis er ihm Hilfe bringen konnte. Dann war das MG geladen und der Zeitpunkt gekommen, um einzugreifen.

Er war nun höher als die andern vier Flugzeuge. Er sah O'Malley einen Immelmann fliegen, und der Könner in ihm mußte zugeben, daß er dem seinen nicht nachstand. O'Malley kam im Sturzflug auf den Schwanz einer «Camel» zu und feuerte eine Ladung in ihn, die «Camel» überschlug sich plötzlich, trudelte ab und zog lange Rauchfahnen hinter sich her, ein ausgedienter Blumenstrauß, der vom strahlenden Himmel fiel. Kern nahm eine SE-5 aufs Korn, die O'Malley ansteuerte; der Engländer schien sie nicht bemerkt zu haben. Der Deutsche kam mit seiner Bristol in einem flachen Sturzflug herunter; aber der Grieche hatte ihn kommen sehen und stieg rechts von ihm steil auf. Kern nahm seine Verfolgung auf, der andere aber war ein guter Pilot. Die beiden Flugzeuge zogen einander in steilen Kurven, Rollen, Steig- und Sturzflügen am Himmel herum; Kern fühlte, wie ihm das Blut in den Kopf stieg und seine Eingeweide sich verkrampften, es war viel zu lange her, seit er dergleichen getan hatte. Dann war die SE-5 plötzlich knapp dreißig Meter vor ihm und schien so groß wie ein Luftschiff. Er drückte auf den Abzug, und einmal mehr sah er den Piloten vor sich die Arme hochwerfen. Er flog über dem Griechen, als dessen Maschine wegtauchte. Die Übelkeit, die schon zuvor in ihm aufgestiegen war, kam wieder; plötzlich wollte er diese Männer nicht umbringen; er war es, der hätte sterben sollen. Dies war nicht sein Krieg; Söldner sein war unter seiner Würde. Er blickte nach unten und sah die letzten hundert Meter des Absturzes der SE-5; in 4000 Fuß Höhe stellte er sich das Heulen des Motors, die Gebete des Piloten vor, aber einen Augenblick bevor die Maschine aufschlug, schaute er weg. Er begann wieder zu steigen, er kam sich mit einem Mal verloren vor an dem Himmel, den er so gut zu kennen geglaubt hatte.

Er sah, wie O'Malley sich immer noch wand und kurvte, um der letzten SE-5 auszuweichen. Die zweite «Camel» hielt sich abseits und umkreiste den Bereich, in dem die Bristol und die SE-5 unsichtbare Muster zeichneten. Zweimal machte O'Malley ein herrliches Manöver und stürzte auf den Schwanz der SE-5 zu, aber der Grieche entkam beide Male. Dann sah Kern, wie O'Malley abdrehte, und begriff, warum der Engländer nicht zu seinem Abschuß kam: Sein MG klemmte. Der Pilot der «Camel» mußte im selben Augenblick zur selben Erkenntnis gekommen sein: Er entschloß sich, in den Kampf einzugreifen. Er schnellte ungeschickt herum und kam auf die Bristol herunter; O'Malley ergriff die Flucht, doch nun waren beide Griechen hinter ihm her. Er stieg steil auf, sah Kern, winkte ihm ungestüm und schlug mit der Faust auf das MG. Kern, dem zuwider war, was er tun mußte, machte eine Rolle und stieß in einem tollen Sturzflug nach unten. Er sah die «Camel» unter sich, sah den Piloten ihm erschrocken das Gesicht zudrehen, drückte aber nicht auf den Abzug. Er raste, immer noch im Sturzflug, haarscharf neben der «Camel» vorbei und konnte nun nichts mehr für O'Malley tun. Er riß den Knüppel zurück, er war plötzlich wütend auf sich selbst. Das Manöver war zu abrupt gewesen, ihm wurde schwarz vor den Augen. Doch wieder retteten ihn seine Hände. Die

Maschine fing sich auf und stieg wieder, der schwarze Nebel lichtete sich und war verflogen. Er blickte nach oben und sah vorerst nichts; dann tauchte O'Malley auf, sein MG funktionierte wieder, und er schoß die letzte SE-5 ab. Es blieb nur noch die «Camel».

Kern, der immer noch stieg, sah, wie der «Camel»-Pilot abdrehte, als O'Malley, der augenscheinlich nach einem weitern Abschuß lechzte, wendete, um ihn zu verfolgen. Die Wende der «Camel» war zu flach, sie blieb in O'Malleys Blickfeld. Aber das MG der Bristol klemmte wieder; sie brauste über die «Camel» hinweg und riß beinahe deren oberen Tragflügel mit; der Grieche flatterte davon, als hätte sein Flugzeug überhaupt kein Gewicht. Kern sah, wie O'Malley ihm bedeutete, die «Camel» zu verfolgen; doch er wußte, das konnte er nicht. Der griechische Pilot hatte keine Ahnung von Luftkampf; er war ein blutiger Anfänger und hätte nie auf Feindflug geschickt werden dürfen. Er tauchte steil nach unten und wollte nur noch nach Hause. Kern ließ ihn gehen. O'Malley holte Kern ein, flog knappe zehn Meter neben ihm und riß entgeistert die Arme hoch.

Sie gingen zusammen hinunter, landeten und rollten zum Platz vor der Moschee. Sie waren nur eine Dreiviertelstunde in der Luft gewesen, dennoch war jetzt hellichter Tag und der Morgen schon heiß. Beim Landen sah Kern zum erstenmal, daß die Stadt die geschlossene rückwärtige Linie einer beträchtlichen Streitmacht bildete. In flachen Wadis notdürftig versteckt, waren Laster und Artillerie rund um die Stadt aufgestellt, an den strategischen Punkten auf den Hügeln befanden sich aus Sandsäcken gebaute MG-Stellungen, unterhalb der Stadt hatte sich die Infanterie in einem weiten Halbkreis eingegraben, und neben der Moschee lagerte ein Kavallerieregiment. Mustafa Kemal war nicht einer der Generäle, die möglichst weit hinter der Truppe zurückblieben.

Stadtbewohner und Soldaten drängten sich um den Platz, als die zwei Bristols heranrollten, stehenblieben, und ihre Motoren verstummten. Kern, der in seinem Fliegeranzug schon wieder schwitzte, stieg aus, als O'Malley zu ihm herüber kam.
«Warum haben Sie die ‹Camel› nicht abgeschossen? Hatte Ihr MG auch Ladehemmung?»
«Nein.» Er hatte nicht im Sinn, lange Erklärungen abzugeben, nicht jetzt, wo Mustafa Kemal und die türkischen Offiziere auf sie zukamen.
«Himmel, warum dann? Wir werden sie suchen müssen!»
Dann war Mustafa zu ihnen getreten, hatte ihre Hände genommen und sie warm gedrückt. «Großartig! Sie sind wahre Könner! Sie haben sie zu Anfängern abgestempelt. Aber warum haben Sie den letzten geschont?»
O'Malley sah Kern an, dieser schwieg. Dann sagte er: «Unsere MGs hatten Ladehemmung, General. Das kommt manchmal vor.»
«Sie müssen ihn aufspüren und sein Flugzeug zerstören. Solange sie eine Maschine und einen Piloten haben...»
«Er ist ein Neuling», erklärte Kern. «Er hat keine Ahnung von Luftkämpfen.»
«Was spielt das für eine Rolle?» Dann schien Mustafa der Spannung zwischen dem Deutschen und dem Engländer gewahr zu werden. «Haben Sie etwas gegen das Abschießen von Neulingen, Baron? Hat Deutschland darum den Krieg verloren?»
Kern sah Eve mit Sun Nan und Ahmed neben einer Gruppe von Offizieren stehen. Die Zivilisten und Soldaten hinter ihnen versuchten, sich nach vorne zu arbeiten. Ihre Gesichter strahlten vor Aufregung über das, was sich eben über ihren Köpfen zugetragen hatte. Sie waren Zeugen einer für sie völlig neuen Kampfart gewesen. Irgendwo hinter der Moschee wieherten die Ka-

valleriepferde, doch niemand hörte sie. Die Leute stürmten auf Kern ein, verletzten ihn, wenn nicht mit den Fäusten, so mit ihren Fragen. Er hatte sein Leben lang die seiner Klasse geziemende Distanz gehalten. Man legte seine Prinzipien nicht einer Horde Fremder dar.
«Ich weigere mich, diese Frage zu beantworten, General.»
Der Stolz und die Arroganz der beiden Männer ließ alle andern zurückweichen. Das Strahlen auf den Gesichtern der Zuschauer erstarb; sie verstanden nicht, was gesagt wurde, erkannten aber diese älteste Art von Krieg, den Konflikt zwischen zwei Menschen. Eve trat einen Schritt vor, aber O'Malley versperrte ihr mit dem Arm den Weg. Kern war dem Engländer dankbar dafür: Es hatten sich an die tausend Moslems eingefunden, Eve war die einzige Frau auf dem Platz. Er wollte nicht, daß sie für ihn Partei ergriff, nicht jetzt.
Mustafa sagte in einem harten, von türkischer Wut gezeichneten Französisch: «Sie vergessen wenn nicht den Ort, so die Umstände, Baron. Ich verlange, daß das sechste Flugzeug zerstört wird.»
«Dann wird jemand anders Ihren Befehl ausführen. Dies ist nicht mein Krieg, General.»
«Erklären Sie mir, wo ihr Flugplatz liegt», mischte sich O'Malley ein. «Ich tanke auf und machte mich auf die Suche nach der Maschine.»
«Nein», erklärte Mustafa etwas zu entschieden. Auch er möchte, wir wären unter uns, dachte Kern, er hat mehr zu verlieren als ich, wenn ich mich weigere, den Befehl auszuführen. «Ihr MG hat Ladehemmungen. Baron von Kern zerstört das sechste Flugzeug. Bevor er es getan hat, verläßt niemand die Stadt.»
«General...» Eve stieß gegen O'Malleys Arm; doch Mustafa achtete sich ihrer nicht. Oberst Osman knurrte verärgert, und die in der Nähe stehenden Zivilisten sa-

hen sich verwirrt an. Wo trieb die Welt hin, daß eine Frau es wagte, sich in ein Gespräch der Männer einzumischen? Zwar ging das Gerücht, Mustafa Kemal habe vor, den Frauen gewisse Rechte einzuräumen, doch hier in Anatolien glaubte niemand daran.
«Dürfen wir mit dem Baron sprechen, General?» fragte O'Malley und fuhr fort: «Sein Mut steht außer Zweifel, Sie haben gesehen, wie er da oben gekämpft hat. Ich bin überzeugt, daß er, wenn er jene Maschine nicht aufstöbern will, gute Gründe dafür hat.»
Versuch nicht, mich zu schützen, deutete Kern an, ohne es auszusprechen. Er sah dabei nicht O'Malley an, sondern die hinter diesem stehende Eve. Er sah die Verzweiflung in ihrem Gesicht, die Erkenntnis, daß das Rennen um das Leben ihres Vaters möglicherweise hier sein Ende fand. Doch wessen Leben war wichtiger, das von Bradley Tozer oder das des unbekannten griechischen Piloten? Eines Menschen Leben war nicht weniger wert, weil dieser Mensch keinen Namen hatte. Gewiß waren auch alle, die er im Krieg getötet hatte, für ihn Namenlose, aber das war etwas anderes gewesen. Er hatte für etwas gekämpft, an das er geglaubt hatte und noch glaubte. Aber dieser Krieg ... Er war keiner jener Deutschen, die in die Fremdenlegion eintraten, keiner jener Einzelgänger, die ihre Frustrationen in dem, was sie das große Abenteuer zu nennen liebten, loswerden wollten.
«Wenn ich die Maschine am Boden zerstören kann, tue ich es», erklärte er. «Aber wenn der Pilot damit aufsteigt, komme ich zurück.»
«Ich verstehe Sie nicht, Baron.» Mustafa war stolz und eingebildet, aber doch nicht so stur, daß er die Vorteile eines Kompromisses nicht eingesehen hätte; wichtig war, daß der Deutsche in sein Flugzeug kletterte und aufstieg, solange die Volksmenge, in der bestimmt auch welche waren, die an ihm zweifelten, auf dem Platz ver-

sammelt war. «Krieg ist Krieg. Ich bin überzeugt, daß die Griechen in dieser Beziehung genauso denken wie wir.»
«Vielleicht nicht alle. Sie galten als große Philosophen, nicht als große Krieger.»
«Ich lasse Ihre Maschine auftanken und die Trommeln laden», mischte sich O'Malley ein, der Kern in der Luft haben wollte, bevor neue philosophische Bedenken auftauchten. «In zehn Minuten ist es soweit.»
Wieder ging eine Bewegung durch die Menge, sie zog sich an den Rand des Platzes zurück. Sie hatte nicht verstanden, worüber diskutiert worden war, begriff aber, daß man einen Entschluß gefaßt hatte. Kern gab seinen Fliegeranzug Sun Nan, er würde diesmal nicht in große Höhen hinaufsteigen. Die Menge murmelte anerkennend, als er und Mustafa Kemal zum Flugzeug hinübergingen, dessen Tank unter O'Malleys Aufsicht von zwei Mechanikern gefüllt wurde. Es war gut, Verbündete zu haben, auch wenn es nur einer und dazu ein Deutscher war.
«Sie müssen verstehen, Baron», begann Mustafa, «ich fechte mehr als einen Krieg aus. Ich habe im Land selbst genauso viele Feinde wie außerhalb des Landes. Doch Europa wird mir eines Tages dankbar sein, daß ich dafür gesorgt habe, daß die Türkei den Türken geblieben ist.»
«Ich verstehe Ihren Patriotismus, General. Er scheint uns Deutschen angeboren, unsere Feinde nennen ihn eine Krankheit. Aber ich muß Ihnen ein Geständnis machen, und ich bitte Sie, darüber zu schweigen. Ich habe es plötzlich satt, Menschen zu töten.»
«Sie haben Glück, daß Ihr Krieg zu Ende ist, Baron. Ich kann mir den Luxus, nicht zu töten, nicht leisten. Viel Glück, ich hoffe in Ihrem Interesse, daß der griechische Pilot nicht versucht, in die Luft zu gehen. Aber die Maschine muß zerstört werden, denn solange sie ein Flug-

zeug haben, sind sie mir überlegen. Zerstören Sie es. Sonst bleiben Sie und Ihre Freunde in Malavan, das schwöre ich Ihnen.»
Kern kletterte in die Bristol. O'Malley besah sich die obere Tragfläche und sagte: «Die Reparatur haben wir prächtig hingekriegt. Es hat alles gehalten. Wie steht es mit dem Leitwerk?»
Kern hatte nicht bewußt darauf geachtet, aber es hatte tadellos funktioniert. «Ich habe einen Immelmann geflogen, perfekter ist er mir noch nie gelungen.»
«Sehr schön. Ich habe vier Granaten für Sie, mehr konnte ich in der kurzen Zeit nicht auftreiben. MG-Beschuß reicht möglicherweise nicht aus.»
«Ich habe noch nie bombardiert. Ich werde lernen müssen, sie gezielt abzuwerfen.»
«Gut», O'Malley sah ihn an. «Machen Sie keinen Unsinn. Viel Glück!»
Kern hob ab und stieg steil in den hellen, heißen Morgen hinauf. Major Arif, der Offizier, der sie gestern nacht in Empfang genommen, hatte ihm die ungefähren Koordinaten angegeben, in deren Bereich sie die Griechen und ihre Luftbasis vermuteten. Er warf einen Blick auf die auf seinen Knien ausgebreitete Karte, suchte die Gegend nach Landmarken ab, sah die in den Einschnitten zwischen den Hügeln stationierten griechischen Laster, die Artillerie und die Pferdewagen und fand schließlich die lange gewundene Straße, die er gesucht hatte. Er wußte, die Griechen besaßen keine Fliegerabwehrkanonen, so brauchte er nur gerade so hoch zu fliegen, daß er außerhalb der Reichweite gut gezielter Gewehr- und MG-Salven war. Anscheinend war um die Laster und die Artillerie herum etwas im Gang, aber er nahm keine Notiz davon. Ihm ging es einzig darum, seinen Auftrag auszuführen. Er war seit fünf Minuten in der Luft: Sein Ziel mußte in der Nähe sein. Das Tempo des Krieges war unheimlich gewachsen; er

dachte an seinen Vater, der Wochen gebraucht hatte, um nach Verdun zu gelangen und wenige Stunden nach seiner Ankunft gefallen war; an die Hethiter, die im Schneckentempo über diese Hügel gezogen waren. Er war froh, daß er keine Zeit zum Grübeln hatte. Er ging tief hinunter, mit dem Risiko, von der langen, sich die Straße hinauf bewegenden Kolonne von Fußsoldaten und Kanonen unter Beschuß genommen zu werden. Er wollte überraschend über dem Flugplatz auftauchen und dem Piloten nicht Zeit lassen, aufzusteigen. Das war vom militärischen Gesichtspunkt aus stets eine gute Taktik, nun war es auch eine philosophische. Die Maschine mußte unschädlich gemacht werden, nicht der Pilot.
Die Truppen unter ihm erwarteten, beschossen zu werden und stoben in die Felsen und Büsche links und rechts von der Straße. Einige Soldaten zielten auf ihn, Kugeln schlugen im Bauch der Bristol ein. Doch er stieg trotzdem nicht höher; er wußte, gleich würde er den Hügelkamm vor ihm überfliegen, hinter dem das Dorf liegen mußte, in dessen Nähe die «Camel» stehen sollte. Er hob die Nase der Bristol ein klein wenig, überflog den Hügelkamm nur ganz knapp und war über dem Dorf. Die «Camel» stand auf einem Feld vor einer Häuserreihe an dessen Rand.
Zu glauben, die Griechen erwarteten ihn nicht, war ein Irrtum gewesen. Sie eröffneten das Maschinengewehrfeuer, noch bevor er das Dorf erreichte. Er flog durch einen Salvenregen, der Fetzen aus den Flügeln riß, Kabel durchschlug und Splitter vom Propeller wegfliegen ließ. Er fühlte ein heftiges Zerren im Schenkel und glaubte, er sähe die Kugeln förmlich durch den Boden der Bristol auf sich zukommen. Der ungestüme Empfang brachte ihn aus dem Konzept; er war über der «Camel», hatte erst einen einzigen Feuerstoß in sie gejagt, als ihm endlich die Granaten in dem an einem

Haken am Instrumentenbrett baumelnden Einkaufsnetz einfielen. Er stieg auf, drehte scharf bei, obwohl er wußte, daß er den Maschinengewehrschützen am Boden so eine breitere Angriffsfläche bot, aber er war entschlossen, die Sache ein für allemal hinter sich zu bringen – oder sein Leben ein für allemal zu beenden: Selbstmord, das berauschende Gefühl war wieder da.
Er kam mit ratternden Vickers zurück. Mit den Zähnen zog er den Stift aus einer der Granaten, hielt sie in derselben Hand, mit der er den Knüppel umklammerte. Aus den Augenwinkeln sah er die Maschinengewehrschützen, ein Dutzend Maschinengewehre, die so aufgestellt waren, daß sie ihn ins Kreuzfeuer nehmen konnten. Er flog so tief wie möglich. Kugeln schlugen in die Bristol und drohten, sie auseinanderzureißen; aber jetzt hatte er nur noch Augen für die vor ihm am Boden stehende «Camel». Er sah, wie die Salven aus den Vickers wie Nähmaschinenstiche auf die «Camel» zuliefen; kurz bevor er über dem abgestellten Flugzeug war, warf er die Granate gezielt hinunter. Er hätte den Parabelbogen, den die Granate beschreiben würde, nicht besser abschätzen können, bei einer Stundengeschwindigkeit von 120 Meilen traf er voll ins Schwarze. Er riß den Knüppel zurück und stieg steil aus dem ihm nachjagenden Kugelregen. Er schaute nach unten, die «Camel» brannte, Rauch hüllte sie ein. Seine Arbeit war getan.
Er stieg noch höher und nahm Kurs auf Malavan. Sein Schenkel schmerzte, er griff mit der Hand danach und fühlte das Blut. Das Cockpit schien völlig durchlöchert zu sein, der Wind pfiff ihm von allen Seiten entgegen. Der Motor stotterte und machte viel Lärm, ein sicheres Zeichen, daß er getroffen worden war. Er flog über die Hügel und tat alles, um das Flugzeug nicht zu überfordern. Dann blickte er nach unten und sah, daß sich der Konvoi immer noch die Straße hinauf bewegte; die Ko-

lonne war dichter und länger geworden, immer mehr Laster, Geschütze und Pferdewagen kamen aus den Senkungen zwischen den Hügeln und schlossen sich ihr an und rüsteten sich für den Angriff auf Malavan. Kern war mit einem Mal entsetzlich müde, er fragte sich, wie lange er wohl noch fliegen müßte, bis ihm der Treibstoff ausginge, er abstürzen würde und alles zu Ende wäre.

4

General Meng lehnte sich in seinen Sessel zurück und strich wohlgefällig über sein Haar. «Das Problem ist», begann er, «wir wissen nicht einmal, ob Ihre Tochter mit der Figur hierher unterwegs ist.»
«Können Sie nicht eine drahtlose Botschaft schicken?» Auch Bradley Tozer strich sich über den Kopf, aber nicht wohlgefällig, sondern besorgt. Er hatte den Überblick über die Anzahl Tage, die er nun schon gefangengehalten wurde, verloren, aber er wußte, der Stichtag rückte immer näher. Er wurde höflich und zuvorkommend behandelt, beinahe als ehrenwerter Gast, wie es die chinesische Tradition wollte; aber er wußte nun, daß man ihm die Kehle durchschneiden, ihn enthaupten oder erschießen würde, wenn Eve bis zum bewußten Datum nicht in Szeping auftauchte. «Schicken Sie jemanden nach Tschangscha, man soll meiner Tochter eine Mitteilung ins Hotel ‹Savoy› in London schicken.»
«Ach, das ‹Savoy›!» rief Oberst Buloff aus und schlürfte den wässerigen Fruchtsalat, den seine Frau gemacht hatte. «Diplomaten, mit denen wir in Moskau und in St. Petersburg befreundet waren, haben uns von diesem herrlichen Hotel erzählt. Um im ‹Savoy› speisen zu können, habe ich mich einmal sogar um den Posten eines Militärattachés in London beworben. Doch man sagte mir, ich wäre für einen Diplomaten nicht diplomatisch genug, wie wenn das erforderlich wäre.»
Meng lächelte. «Sagt Ihnen das Essen und die Unterkunft in meinem *Yamen* nicht zu, Oberst?»
«Sie könnten nicht besser sein», erklärte Madame Buloff, die, wenn auch keine Köchin, so doch diplomatischer war als ihr Mann. «Alles ist relativ.»
«In einem Bordell sicher nicht.» Tozer hatte in Sachen

Flucht nichts mehr von den Buloffs gehört, und die Hoffnung, daß sie ihm helfen würden, aufgegeben.
«Warum schicken Sie ihr keine drahtlose Mitteilung, General?»
«Dieser Hund von Tschang erhält eine Kopie einer jeden Meldung, die in Tschangscha im Telegrafenamt hereinkommt oder hinausgeht. Wenn meine Mitteilung durchgehen und Ihre Tocher darauf antworten würde, wüßte er, wo sie abfangen. Wir müssen uns gedulden, Mr. Tozer.»
Tozer blickte über den Tisch hinweg zu Madame Buloff. Er hatte sein Zimmer die letzten zwei Tage nicht verlassen dürfen und hatte die Mahlzeiten hier mit dem General und den Buloffs eingenommen. Madame Buloff hatte Meng überredet, sie kochen zu lassen («damit ich etwas zu tun habe», hatte sie gesagt), und obwohl Tozer sie für die schlechteste Köchin südlich des Polarkreises hielt, waren ihre russischen Gerichte doch etwas anderes als das *kua mein*, das er seit seiner Gefangennahme täglich vorgesetzt erhalten hatte. Selbst wenn man wußte, daß man in zehn Tagen vielleicht tot war, mochte man nicht immer nur Nudeln mit roten Pfefferschoten essen. Kochen konnte Madame Buloff nicht, aber vielleicht war sie sonst ganz nützlich.
«Warum schicken Sie nicht Madame Buloff nach Schanghai zurück, damit sie meiner Tochter von dort ein Telegramm zustellt?»
«Das klingt schon ganz schön verzweifelt, Mr. Tozer», stellte Meng fest.
«Ich bange um meinen Kopf. Ich will aber auch das Unglück von Ihnen abwenden, das über Sie hereingebrochen ist, seit Sie die Statuette verloren haben.»
«Jetzt hat der Chinese in Ihnen gesprochen. Es muß für Sie eine Wohltat sein, kein hundertprozentiger Amerikaner zu sein, wie viele Ihrer Landsleute es mit Stolz von sich behaupten.»

«Ich bin aus Boston, General. Gute Manieren sind uns ebenso selbstverständlich wie Ihnen. Und wir schneiden unsern Gästen nicht die Kehle durch, zumindest nicht im wörtlichen Sinn. Im übertragenen Sinn schon, aber nur wenn sie aus New York sind.»
«Möchten Sie nach Schanghai zurückkehren, Madame Buloff?»
Madame Buloff verlor die Geduld mit ihrer eigenen Kreation und trank den Rest des Fruchtsalates aus. «Allein möchte ich nicht gehen. Vielleicht könnte mein Mann mich begleiten?»
«Ich brauche Ihren Mann hier. Wozu ist ein Militärberater gut, wenn er sich fern vom Kriegsgeschehen aufhält?»
«Im Augenblick geschieht nichts.» Der Oberst säuberte seinen Schnurrbart mit einem großen gelben Taschentuch vom Fruchtsalat. «In vier bis fünf Tagen wären wir wieder zurück. Wir könnten ab Fengsham den Zug nehmen.»
«Oberst, Sie vergessen, daß der Zug nicht fährt. Meine Leute haben den Schienenstrang auf Ihren Rat hin in die Luft gejagt.»
Tozer verzweifelte einmal mehr und wandte sich wieder seinem Fruchtsalat zu. Dieses verdammte China! Mit einem Mal haßte er das Land mit all seinen Fehden. Warum konnte es sich nicht vereinen wie die Staaten von Amerika? Er vergaß seine Bostoner Höflichkeit und sagte spitz: «Ihr *Tuchune* ruiniert China, General.»
Meng schüttelte durchaus nicht beleidigt den Kopf. Er verstand des Amerikaners Nervosität und machte ihm gewisse Zugeständnisse. «Die *Tuchune* werden China immer regieren. Unser Land ist zu groß, um von einem einzigen Mann oder einer einzigen Regierung regiert zu werden. Oberst Buloffs Zar hat das erfahren. Seinem Nachfolger wird es nicht besser ergehen.»
«Das hoffe ich», erklärte Oberst Buloff, bekreuzigte

sich und gab sich alle erdenkliche Mühe, fromm in die Welt zu sehen.
«Aber Ihnen wird es gelingen?» fragte Tozer Meng.
«Ich habe Söhne. Einige Dutzend, sagt man mir. Ich habe noch lange nicht vor zu sterben, Mr. Tozer, und bis dann werde ich einen Lieblingssohn haben. Möglicherweise wird eines von Madame Buloffs Mädchen seine Mutter sein. Oberst Buloff kann sein Pate sein, wenn der Junge sich entschließen sollte, Christ zu werden. Obwohl ich nicht einsehe, warum er das tun sollte.»
Tozer wußte um die Macht der *Tuchune*, der Feudalkriegsherren. Jeder gute Geschäftsmann wußte darum; sie waren während Jahren die besten Kunden der Geschäftsleute gewesen. Sie waren Militärbeamte und ihr Rang entsprach dem eines Generalmajors; auf dem Papier waren sie dem Zivilgouverneur ihrer Provinz unterstellt, aber es gab kaum einen *Tuchun*, der sich auch nur nach außen daran gehalten hätte. Sie hatten schon immer die Macht an sich gerissen, und praktisch jeder strebte danach, seinen Einfluß und sein Gebiet zu vergrößern. General Meng hatte das weite Gebiet von Südhunan übernommen und verwaltete es als seine eigene Provinz. Er kontrollierte die Bauerngehöfte und die Läden und hatte sogar eine eigene Bank. Doch ein Telegrafenamt hatte er keines.
Der General stand auf, betrachtete sich in dem großen Spiegel an der Wand gegenüber und war von seiner Erscheinung und seiner möglichen Unsterblichkeit befriedigt. «Ich muß auf meinem Instrument üben. Können Sie singen, Mr. Tozer? Vielleicht könnten Sie die Worte zu einem Lied, das ich eben lerne, singen. ‹Apfelblütenzeit in der Normandie›.»
«Ich habe seit meiner Schulzeit nicht mehr gesungen.»
Der General war enttäuscht. «Schön, bleiben Sie und trinken Sie Tee, um das Essen abzurunden. Soviel ich

weiß, macht Madame Buloff sehr guten Tee. Ist das ein typisch russisches Essen gewesen, Madame?»
«Ja», erwiderte die Köchin stolz.
«Dann verstehe ich, daß es bei Ihnen zu einer Revolution gekommen ist.»
Er ging hinaus, die beiden Buloffs kochten vor Wut. Tozer sah ihm nach, er blieb noch einmal kurz stehen und betrachtete sich ein letztes Mal im Spiegel. Du Hurensohn, dachte Tozer, bestimmt machst du einen dreckigen Witz, wenn du mir die Kehle durchschneiden läßt. Oder du spielst irgendeine Abschiedsweise auf deinem gottverdammten Banjo.
«Wir müssen hier weg», erklärte Buloff. Es war ein brummiges Flüstern, das tief aus seiner Brust kam. «Er beschimpft uns schon.»
«Alle drei?» fragte Tozer. «Mein Angebot gilt immer noch. Bringen Sie mich hier raus.»
«Wie kommen wir weg?» Madame Buloff nahm den Kessel von dem kleinen Spirituskocher auf dem Tischchen neben ihr und goß das Wasser in die Teekanne. «Das ist russischer Tee, Mr. Tozer. Ich hoffe, Sie mögen ihn.»
«Ich muß nachdenken.» Der Oberst lehnte sich in seinen Stuhl zurück, zog die Schultern ein und kniff die Brauen zusammen, Nachdenken schien für ihn eine Art Turnübung zu sein. «Das Problem ist das Transportmittel. Wir haben nur Pferde und Pferdewagen. Sie holen uns auf den ersten zehn Kilometern ein. Des Generals Kavallerie wird uns einfangen.»
«Nicht wenn du den Kavalleriepferden die Beine brichst», erklärte Madame Buloff und schenkte Tee ein.
«Das kann ich nicht!» Selbst der Oberst war entsetzt. «Ich bin selber Kavallerist.»
Wenn mich jemand hier rausbringt, dann Madame Buloff, dachte Tozer.
«Du hättest die Eisenbahnlinie nicht sprengen sollen»,

sagte die Frau des Obersten. «Du bist schlimmer als die Bolschewisten, du jagst immer alles in die Luft. Ihr Tee, Mr. Tozer.»
Tozer nahm die Tasse und wünschte, es wäre eine Tasse guten Kaffees. «Wie weit ist es bis Fengsham?»
«Achtzig Kilometer», erwiderte der Oberst. «Soweit kann ich nicht zu Fuß gehen. Ich bin Kavallerist. Meine Beine sind nicht zum Gehen gemacht.»
Sie waren auch nicht zum Radfahren gemacht. «Wie wäre es mit Fahrrädern? Ich habe Soldaten auf Fahrrädern gesehen.»
«Ich kann nicht Rad fahren», erklärte die Obristin mit ihren ganzen 250 Pfund.
Die Diskussion wird lächerlich, dachte Tozer. Im andern Zimmer übte der General auf seinem Banjo: Er bahnte sich einen Weg durch die Apfelbäume der Normandie. «Verdammt, lassen Sie sich etwas einfallen! Sie sind der Militärberater, Oberst – beraten Sie uns!»
Buloff duckte sich wieder in seinen Stuhl, schlürfte den Tee und zog die Brauen zusammen, bis sie seine Knopfaugen verbargen. Eine Weile sagte niemand etwas, nur das Klimpern nebenan hallte durch die Stille. Dem General gefiel die Normandie; er durchging sie noch einmal und ließ die Blüten welken. Tozer trank seinen Tee, jetzt dachte er an einen guten Whisky Soda, wie er ihn vor der Prohibition jeweils im Somerset Club getrunken hatte. Boston schien weit, weit weg, doch plötzlich sehnte er sich danach, dorthin heimzukehren. Madame Buloff nippte an ihrem Tee, spreizte geziert den kleinen Finger und träumte. Vielleicht sah sie sich als schlankes, zierliches junges Mädchen in Boston oder in New York oder in der Normandie, irgendwo, nur nicht in Rußland oder China.
Schließlich sagte der Oberst: «Nächste Woche kommen Lastwagen von Schauschan herauf und bringen den Reis, den der General einkaufen ließ. Vielleicht können

wir einen kapern. Aber auch wenn wir hier wegkommen, müssen wir noch das von Gouverneur Tschang kontrollierte Gebiet durchqueren. Und er weiß, daß ich im Dienst des Generals stehe.»
«Zerbrechen Sie sich darüber den Kopf, wenn Gouverneur Tschang uns aufhält», erklärte Tozer, der sich des Obersten wegen keine Sorgen machte.
Im anliegenden Zimmer hatte der General den Kampf mit einem neuen Lied aufgenommen. «Haben wir nicht unsern Spaß?» fragten seine ungelenken Finger. Synkopen waren nicht seine Stärke.

Fünftes Kapitel

1

Auszug aus William Bede O'Malleys Manuskript:
Meine Augenhöhlen schienen mit Sandpapier ausgelegt zu sein, und wenn ich bei meinen Kopfschmerzen zu einem einzigen klaren Gedanken fähig gewesen wäre, hätte er nur eine Eiterbeule aufgestochen. Es war Gott weiß wie lange her, seit ich zum letztenmal geschlafen hatte, und auch dann nur ein paar Stunden. Es war im Schlafsack im Rosengarten auf der Grenze zwischen Bulgarien und Rumänien gewesen: in einer andern Welt und einem andern Jahrhundert. Ich gebe nicht viel auf Vorahnungen, aber eine innere Stimme sagte mir, es würde noch lange dauern, bis ich zu dem ersehnten langen, traumlosen Schlaf in einem bequemen Bett kommen würde.
«Wie fühlen Sie sich, Bede?» fragte Eve.
«Erstklassig.» Ich versuchte die Sandhügel hinter meine Augen zurückzudrängen. Sie durfte den Mut nicht verlieren, darum mußte ich ihr verheimlichen, wie abgekämpft ich war, aber ich hatte eine falsche Antwort gegeben.
«Sie haben es richtig genossen dort oben, was? Es hat Ihnen Spaß gemacht, diese Leute abzuschießen.»
«Mein Gott, Miß Tozer...» Ich griff auf die formelle Anrede zurück, um sie beschimpfen zu können; wie gesagt, ich konnte an jenem heißen türkischen Morgen nicht richtig denken. «Wollen Sie nach China oder nicht?»
«Werden Sie nicht grob, Mr. O'Malley, sonst zahle ich es Ihnen mit derselben Münze zurück.»
Wir waren bereit, einander an die Kehle zu springen, aber ich fürchte, wenn wir es tatsächlich getan hätten, wären wir beide aus Erschöpfung zu Boden gesunken. Sun Nan, der, wie Konfuzius an seinen mehr rhetori-

schen Tagen, Öl auf die Wogen schüttete, ersparte uns weitere Beschimpfungen.
«Offenbaren böse Reden den wahren Menschen? Mit harten Worten löst man keine Probleme.»
«Mein Gott!» stieß ich erneut hervor; dann gab ich es auf und blickte auf Ahmed hinunter, der im mächtigen Schatten des Chinesen stand. «Und was sagt Omar Khayyam?»
«Omar Khayyam war ein Perser, kein Türke», erklärte der Zwerg.
«Das falsche Land, tut mir leid.» Ich war tatsächlich erschöpft, ich konnte jeden Augenblick zusammenbrechen und neben den Flügeln meiner Maschine zu Boden gehen. Wir standen zwischen meinem und Eves Flugzeug und versuchten, uns im Schatten der oberen Flügel zu halten. Mustafa Kemal hatte sich mit seinen Offizieren in den Vorhof der Moschee zurückgezogen und schmiedete in dessen blauem Schatten Kriegspläne, während sich ein *Muezzin* über die Brüstung des Minaretts lehnte und die Gläubigen zum Gebet rief. Der *Muezzin* hatte schon eine Weile versucht, sich bei seinen Schäfchen Gehör zu verschaffen, doch es gelang ihm erst jetzt. Die Männer von Malavan waren zweifellos sehr religiös, aber nicht alle Tage wurde ein Krieg direkt über ihren Dächern ausgefochten, darum hatten sie über den Flugzeugen Allah vergessen. Doch jetzt strömten sie in die Moschee, Mustafa und seine Offiziere allerdings nicht. Sie warteten wie wir auf Kern.
«Was machen wir, wenn er das Flugzeug nicht zerstört?» fragte Eve, das Thema leicht ändernd.
«Wir haben immer noch ein paar Tage Vorsprung.»
«Wir könnten ihn später nötig haben. Wir haben noch eine lange Reise vor uns.»
Ich hätte am liebsten geflucht, nicht über sie, nur weil ich zu müde war, um auf Fragen einzugehen. Dann hörte ich die wie eine bronchitische Kuh hustende Ma-

schine und sah Kern im Südwesten auftauchen. Er war recht hoch, aber nicht so hoch, daß ich nicht sofort gemerkt hätte, daß der Motor schwer angeschlagen war. Mustafa Kemal trat mit seinen Offizieren aus dem Schatten des Moschee-Eingangs heraus; die Zuspätkommenden unter den Gläubigen blieben kurz stehen, bevor sie zum Gebet hineingingen. Der *Muezzin* hatte geendet oder sein Rufen unterbrochen, er stand auf der Plattform des Minaretts und schaute, wie wir andern alle auch, dem näherkommenden Flugzeug entgegen. Hustend und spuckend, daß es mir, der Böses ahnte, in den Ohren weh tat, stach es herunter. Er würde es schaffen, er hatte genug Höhe, um wenn nötig im Gleitflug herunterzukommen, aber er hätte keine Minute länger fliegen können.
Er setzte die Maschine auf, und der Motor starb, bevor er ihn abstellen konnte. Die Bristol kam knapp vor dem Platz zum Stehen, zwei vor einem Haus an einen Pfahl gebundene Esel brüllten und schlugen verängstigt aus. Kern kletterte heraus und lehnte sich gegen die Tragflächen. Trotz meiner Müdigkeit war ich als erster bei ihm. Ich war zu ihm hinüber gerannt, da ich ziemlich sicher war, daß der auf seine Würde bedachte Mustafa keine Hast zeigen würde und auch seine Offiziere nicht.
«Haben Sie die ‹Camel› erwischt?» Er nickte, und ich nickte befriedigt zurück. Jetzt konnten wir zumindest weiterfliegen... «Was ist mit der Maschine los?»
«Ich bin in einen Kugelregen geraten.» Die andern hatten uns erreicht. Eve legte die Hand auf seinen Arm, und er lächelte ihr zu. «Es ist alles in Ordnung, Fräulein.»
«Das ist nicht wahr! Sehen Sie sich Ihr Bein an.» Sie wandte sich Mustafa zu. «Gibt es hier einen Arzt?»
Mustafa nickte, aber Wunden konnten warten. «Haben Sie das Flugzeug zerstört, Baron?»

«Ja, General.» Kern war blaß. Er war ebenso erschöpft wie ich, vielleicht noch mehr: Die Aufregung und die Kugel hatten ihm zugesetzt. «Doch das ist jetzt unwichtig. Die Griechen sind im Anmarsch, sie werden angreifen.»
«Sind Sie sicher?»
«General, ich habe ebensoviel Kriegserfahrung wie Sie. Wenn ich Truppen sehe, weiß ich, ob sie sich zu einem Angriff rüsten oder nicht.»
Mustafa nahm die Zurechtweisung hin, aber nur weil er es als Berufssoldat mit jemandem zu tun hatte, in dem er den andern Berufssoldaten erkannte. «Wieweit weg sind sie?»
«Fünfzehn bis zwanzig Kilometer.»
«Dann greifen sie nicht vor dem späten Nachmittag an, nicht bei dieser Hitze. Vielleicht wollten sie es erst morgen früh tun, aber Sie haben ihnen einen Strich durch die Rechnung gemacht.»
Er fauchte den ihn umstehenden Offizieren ein paar Befehle zu, und diese eilten davon. Nur Oberst Osman und die beiden Leibwachen blieben zurück. Der *Muezzin* war von seiner Plattform verschwunden, und der letzte Bürger war in die Moschee gegangen. Die Soldaten rund um den Platz verzogen sich, den Befehlen der Offiziere nachkommend. Nur einige Kinder und ein paar Frauen blieben zurück, sie klebten wie festgenagelte Vögel an den gleißenden, gelben Hausmauern. Mir war, als flimmere der schöne, heiße Morgen vor Spannung.
«Machen Sie die Flugzeuge wieder startbereit, Monsieur O'Malley. Wir werden sie brauchen. Ich habe nach dem Arzt geschickt, Baron. Können Sie noch einmal aufsteigen?»
Kern preßte die Hand auf seinen Schenkel, sagte aber nur: «Wenn es sein muß.»
«Wir haben unsere Verpflichtungen erfüllt, General»,

erklärte ich. «Wir haben verabredet, daß wir die sechs Flugzeuge zerstören.»
«Ich habe nichts mit Ihnen verabredet. Sie haben mit dem Zwerg verhandelt.» Mustafa deutete verächtlich auf Ahmed, als wäre dieser ein nicht für voll zu nehmender Schuljunge, mit dem kein vernünftiger Mensch verhandelte. «Wir können Ihre Maschinen noch immer sehr gut brauchen. Machen Sie sie bereit.»
«Wir müssen endlich schlafen ...»
«Wir haben Mechaniker. Sie reparieren und überholen Ihre Flugzeuge.»
«Automechaniker. Sie verstehen nichts von Flugzeugmotoren.»
Er verlor plötzlich die Beherrschung. Der Schweiß trat ihm auf die Stirn, er bebte. «Verflucht! Sie und Ihre verdammten Flugzeuge sind nicht mein Bier, auch nicht ob Sie nach China fliegen oder sonstwohin. Ich kämpfe, um mein Land zu retten, und die Maschinen werden aufsteigen und mir helfen, diesen Kampf zu gewinnen. Ob Sie sie fliegen oder meine eigenen Leute, ist egal – sie sind heute nachmittag startbereit.»
Er machte kehrt und stolzierte davon, die beiden Leibwachen marschierten mit ihm. Oberst Osman legte die Hand auf den krummen Säbel an seiner Seite, zog ihn zur Hälfte aus der Scheide und stieß ihn wieder zurück. Die Geste genügte. Danach stelzte auch er davon, dabei rauschte sein langer geschlitzter Rock wie derjenige einer wütenden Frau.
«Was machen wir jetzt?» Es war mehr ein leises Wimmern als eine Frage. Eve schien jede Hoffnung verloren zu haben.
«Ich gehe schlafen», erklärte ich. «Ich bin viel zu müde, um mir noch Gedanken zu machen.» Was jetzt plötzlich tatsächlich stimmte. Ich nahm es mit der Wahrheit in letzter Zeit nicht genau, denn ich war zur Erkenntnis gekommen, daß die Menschheit alles andere lieber

hörte und daß es amüsanter war, einem guten Lügner zuzuhören als einem wahrheitsliebenden Prediger. Doch an jenem Morgen war ich zu müde für Lügen oder philosophische Abhandlungen. Ich konnte sehen, daß ich Eve verletzt hatte, aber ich war sogar zu müde, mich zu entschuldigen. «Da kommt der Arzt, Baron. Lassen Sie Ihr Bein behandeln und gehen Sie dann schlafen.»
«Und was passiert, wenn Sie erwachen?» fauchte Eve gereizt.
«Fragen Sie Konfuzius.» Ich winkte Sun Nan herbei. «Er hat bestimmt etwas Passendes bereit.»
Der Arzt, ein winziges Männchen mit Zahnstummeln, gebrochenem Französisch und einer kleinen, zweiteiligen Reisetasche, nahm den hinkenden Kern am Arm und führte ihn in den Schatten des Moschee-Eingangs. Ich holte den Schlafsack aus meiner Maschine, sah mich um, erspähte den strohgedeckten, offenen Schuppen hinter dem nächsten Haus und steuerte auf ihn zu. Dann blieb ich stehen und drehte mich nach Eve um.
«Es ist beinahe halb acht.» Es war kaum zu glauben, denn man hatte das Gefühl, bei dieser Gluthitze wäre der Morgen längst vorbei und die Mittagswende fällig. «Bitten Sie einen der Offiziere, mich um zwei zu wecken. Ich kann mich dann, bis die Griechen angreifen, noch ein paar Stunden den Flugzeugen widmen.»
«Verdammt, wie können Sie sich so ins Schicksal ergeben, O'Malley?»
Wo war die kühle Lady aus Boston?
«Kein Problem. Ich habe mich vier Jahre lang darin geübt, während Sie Ihre Zeit damit zubrachten, Geld auszugeben.» Und wo war der kühle Gentleman aus Oxford?
Wir standen uns gegenüber und zwischen uns lag ein Minenfeld von bösen Worten. Sun Nan meinte, sich behutsam vorwärts tastend: «Ich glaube, wir sollten uns

nach einer Schlafgelegenheit umtun, Miß Tozer. Vielleicht gibt es ein gutes Hotel.»
«In diesem Nest?» Ahmed, der große Hotelfachmann, sah zu dem dummen Chinesen auf. «Aber ein Wirtshaus oder so was mache ich für Sie ausfindig. Ich komme langsam zur Überzeugung, daß ich einen großen Fehler gemacht habe. Baron von Wangenheim hat mich nie so behandelt.»
Seine Geheimagentenkarriere war zu Ende, aber er war immer noch ein guter Hotelbursche. Er zog vor Eve den Hut, bedeutete ihr, ihm zu folgen und marschierte ihr und Sun Nan voran in Richtung Stadt auf der Suche nach einem Hotel, das unter den gegebenen Umständen annehmbar war, auch wenn es seinen Maßstäben vermutlich nicht genügen würde. Eve, die einem Zusammenbruch nahe war, sah sich nach mir um. Ein trüber Schleier lag auf ihren Augen, als hätte sie plötzlich jede Hoffnung verloren.
«Eve», begann ich so freundlich wie ich konnte, «kommen Sie hierher zurück, wenn irgend etwas geschehen oder die Griechen angreifen sollten. Der Baron und ich bringen Sie hier weg, ich verspreche es Ihnen.»
Seit wir hier gelandet waren, hatte sie das in Jute gewickelte Kästchen unter dem Arm getragen. Nun blickte sie darauf und streckte es mir hin. «Würden Sie das für mich aufheben, Bede?»
Es bestand kein Grund, es mir anzuvertrauen. Doch ich wußte die Geste als das zu deuten, was sie war. Ich war erschöpft, aber nicht völlig abgestumpft. Sie sagte mir, sie vertraue trotz unserer Differenzen immer noch darauf, daß ich sie nach China bringe. Ich nahm das Kästchen. «Versuchen Sie zu schlafen. Ahmed wird Sie wecken, wenn es nötig werden sollte.»
«Das ist das mindeste, was ich tun kann», erklärte Ahmed und zog mit den beiden ab. Ein merkwürdiges Trio. Der kleine Ahmed mit seinem breit auf dem Kopf

sitzenden Homburg mußte beinahe laufen, um vor Eve und Sun Nan zu bleiben, die beide viel längere Beine hatten. Doch ich konnte nicht lachen. Sie waren nur ein Ausschnitt eines viel größeren Bildes, das nichts Lächerliches an sich hatte. Ich ging zu dem strohgedeckten Schuppen hinüber, breitete meinen Schlafsack aus und legte mich hin, nachdem ich mir überlegt hatte, in welcher Richtung der Schatten wandern würde. Ich faltete meine Jacke zusammen und breitete sie über das hölzerne Kästchen; vermutlich beging ich ein taoistisches Sakrileg, aber Laotse war mein Kopfkissen, und ich war froh darüber. Kaum hatte ich meinen Kopf auf ihn gelegt, schlief ich auch schon.
Ein Soldat weckte mich am Nachmittag um zwei. Ich wälzte mich schweißtriefend und sah verständnislos zu ihm auf; er zeigte mir seine gelben Zähne und bedachte mich mit einem breiten Lächeln, guckte aber nicht klüger in die Welt, als ich es getan haben mußte. Das volle Bewußtsein kehrte zurück, und ich setzte mich auf. Kern lag neben mir auf ein paar Armeedecken, er schlief immer noch, seine Hand ruhte schützend auf seinem Schenkel. Ich sah die Ausbuchtung, die der Verband in das Hosenbein drückte, und die Fliegen, die sich an dem am Stoff klebenden eingetrockneten Blut labten. Ich scheuchte sie weg; er bewegte sich, erwachte aber nicht. Er sah verletzlich aus, es war nicht nur Schmerz, der sein schönes Gesicht umwölkte: Zweifel vielleicht? Ich fragte mich, warum er sich neben mich hingelegt hatte, wüßte er, wieviel seiner selbst er im Schlaf preisgab, er hätte es nicht getan. Ich wandte mich ab. Ich war schon immer der Meinung, Schlafende verdienten genausoviel Achtung wie Tote. Auch sie haben ein Recht auf ihre Geheimnisse.
Ich erhob mich, mir war schwindlig und wurde noch schwindliger, als ich über den Platz weg zu den Hügeln hinaufschaute; sie flimmerten in der Hitze, als käme ein

Erdbeben auf die Stadt zugerollt. Der einzige Trost war, daß die Griechen nicht angreifen würden. In gewissen Gebieten hat der Krieg noch etwas Zivilisiertes. Oder hatte es in jenen Tagen.
Ich rollte das in Jute gepackte Kästchen in meinen Schlafsack, trug ihn hinüber und stopfte ihn in das Cockpit meiner Maschine. Ich wußte, hier war es in Sicherheit. Moslems duldeten keinen Diebstahl, und Mustafa Kemal vermutlich am allerwenigsten.
Selbst mit der Hilfe von zwei Armeemechanikern benötigte ich nahezu drei Stunden, um Kerns Maschine zu reparieren. Eine der Benzinzuleitungen war stark zusammengedrückt worden, war aber, wie durch ein Wunder, nicht gebrochen. Der Motor war noch tröpfchenweise mit Treibstoff versorgt worden. Eine andere Kugel hatte ein Lager beschädigt, und eine Pleuelstange hatte einen Zylinder durchgeschlagen. Vom Propeller waren ganze Stücke abgesplittert, dennoch war es nicht nötig, ihn gegen den Ersatzpropeller, den wir bei uns hatten, auszuwechseln. Ich hatte das unangenehme Gefühl, weitere Zwischenfälle stünden uns bevor. Der Weg nach China wurde immer beschwerlicher.
Ich hatte die Arbeit beendet und wünschte einmal mehr, George Weyman wäre noch mit von der Partie, als ich sah, wie Kern sich drüben im Schuppen aufrichtete. Vor Schmierfett strotzend, fühlte ich mich in meinen völlig verschwitzten Kleidern alles andere als wohl. Ich ging zu ihm hinüber und blieb im nun schräg fallenden Schatten des Daches stehen. Die Sonne stand schon ziemlich tief, und ich fragte mich, ob die Griechen in der nächsten halben Stunde angreifen würden. Wenn sie es taten, würden sie geradewegs aus der Sonne kommen.
Kern erhob sich und belastete dabei nur ein Bein. «Es ist lediglich eine Fleischwunde – ein sauberer Durchschuß.» Er lehnte sich auf den groben Spazierstock, den

der Arzt oder sonst jemand ihm gegeben hatte. Unter den Achseln waren Schweißflecken in seinem Hemd, und sein Gesicht war verschmiert, dennoch sah ich neben ihm aus, als wäre ich zehn Jahre in einer Kohlenmine eingeschlossen gewesen. Das aristokratische Aussehen vermutlich. Jetzt, da er wach war, waren auch der Schmerz, die Zweifel oder was immer es war, aus seinem Gesicht gewichen. Er schaute zu den Hügeln hinüber, sie wurden immer deutlicher und klarer, ja schienen näherzukommen, denn die Sonne stand nun unmittelbar hinter ihnen und schob sie auf uns zu.
«Glauben Sie, die Griechen kommen heute abend?»
«Ich weiß es nicht. Möglich, daß die Artillerie uns diese Nacht unter Beschuß nimmt. Es kommt darauf an, wieviel Munition sie haben. Aber ich glaube nicht, daß sie die Infanterie vor dem Morgengrauen losschicken. Ich hoffe es nicht.»
«Wir sollten unsere Maschinen vorsichtshalber hier wegbringen, für den Fall, daß sie in der Nacht das Feuer eröffnen.»
«Ich lasse alle Tanks auffüllen.» Ich deutete mit dem Kopf auf die drei Bristols; die Mechaniker hatten einen Laster herangefahren und füllten die Tanks aus großen Fässern. «Wenn wir aufsteigen, nehmen wir Kurs auf Aleppo.»
«Syrien? Das wird dem General nicht gefallen.» Er schüttelte den Kopf. «Er traut uns nicht und läßt uns nicht allein aufsteigen. Vermutlich gibt er uns jemand mit, um sicher zu sein, daß wir dort landen, wo er uns haben will.»
«Wen er uns auch mitgibt, dieser Jemand muß sich rittlings auf die Zusatztanks in den hinteren Cockpits setzen wie Sun Nan, als wir uns vor der Gräfin retteten. Eine hübsche Steilkurve, und er fällt hinunter.»
Er war nicht entsetzt. «Ich glaube nicht, daß Sie so skrupellos sind, Herr O'Malley.»

Ich wußte, ich war es nicht, jedenfalls bis zu einem bestimmten Punkt nicht. «Möglicherweise wäre ich es, wenn es einzig um mein Leben ginge. Ich bin immer noch nicht ganz sicher, ob Miß Tozer möchte, daß wir töten, um ihren Vater zu retten. Sie hat mir erzählt, sie habe einen Mann erschossen, der sie vergewaltigen wollte, aber was wir heute morgen tun mußten, hat sie anscheinend eher aus der Fassung gebracht.»
«Haben Sie Erfahrung mit Frauen, Herr O'Malley?»
«Ich habe einige Erfahrung mit ihrem Körper.» Welcher Mann behauptet das nicht von sich? Das Krähen des stolzen Hahns. «Aber was ihre Seele angeht, bin ich ein unbeschriebenes Blatt.»
«Das sind die meisten von uns.» Dieses Zugeständnis hatte ich von ihm nicht erwartet. Aber er war nicht mehr der Mann, der auf den Thé dansant in Konstanz verzichtet hatte, um mit uns nach China zu fliegen. Jener Pseudoplayboy hätte vorgegeben, alles über Frauen zu wissen – und er hätte Luftkampfneulinge nicht geschont.
«Können Sie gehen? Wir wollen Miß Tozers Hotel ausfindig machen. Ein Bad würde uns gut tun.»
Wir fanden das Hotel mühelos. Es war das einzige in der Stadt. In jenen Tagen bereisten nur wenige Leute, die es sich leisten konnten, in Hotels zu wohnen, Anatolien. Das Bad war ein ausgehöhlter Fels in einem Anbau, eine antike, von der Zeit und unzähligen nackten Ärschen glattgewetzte Wanne. Alexander der Große konnte auf dem Weg zur Kilikischen Pforte und der Schlacht von Issos darin gebadet haben. O'Malley der Letzte planschte auf dem Weg nach China darin und entstieg ihr erfrischt, die lange brachgelegene Oxford-Phantasie vom Badesalz der Geschichte angeregt. Kern stieg hinein, das verwundete Bein über Wasser haltend. Wie irgendein Vierzehnjähriger stellte ich mit Genugtuung fest, daß er, der Frauenheld, nicht besser bestückt

war als ich. Wir werden nie erwachsen, nicht unten im Zwickel.
Eve und Sun Nan hatten schon gebadet. Wir aßen im Hotel. Ahmed saß, zwei Kissen auf seinem Stuhl, mit uns am Tisch und zwang den Hotelpächter, seinen Standard um vier Klassen hinaufzuschrauben. Der Ziegenbraten war zäh, aber eßbar; der Wein sauer, aber nicht giftig; die Nachspeise dagegen süß und schmackhaft. «Wie nennt sich das?», fragte Eve.
«Kadin Göbegi», erwiderte Ahmed. «Auf englisch heißt das ‹Damennabel›. Entschuldigen Sie, Mademoiselle.»
«Haben Sie das schon einmal gekostet, Baron?» fragte Eve rundheraus.
«Nicht in der Türkei», entgegnete Kern ebenso offenherzig.
Wir lachten alle, sogar Sun Nan, und alle Spannungen waren verflogen. Draußen auf der Straße herrschte ein reges Hin und Her, aber wir sperrten die Welt für eine Stunde oder zwei aus dem Speisesaal aus. Niemand störte uns, alle waren mit den Vorbereitungen für die morgige Schlacht beschäftigt. Um zehn ließ Mustafa Kemal uns zu sich holen.
Als wir mit unserer Eskorte die Hauptstraße hinuntergingen, begriffen wir die Geschäftigkeit, die wir gehört hatten: Die Stadt wurde geräumt. Die Leute pferchten ihr Hab und Gut in Karren und Lastwagen, banden es auf Fahrräder, Esel und Kamele. Mir ist, als sähe ich seit fünfzehn Jahren dasselbe Bild: Die Welt ist immer in Bewegung, stets sind Menschen auf der Flucht; sind es ihre Füße, die die Welt sich drehen und sie zur Tretmühle werden lassen? Und warum sieht das zusammengebundene Hab und Gut von Flüchtlingen immer gleich armselig und trostlos aus: Wird in der Armut alles zum Ramsch?
Niemand sprach laut, nur ein nervöses Flüstern war zu hören und ab und zu ein Kinderweinen, das augen-

blicklich unterdrückt wurde, als fürchteten die fliehenden Bürger, die Griechen draußen in den Hügeln könnten sie in der lautlosen, ruhigen Nacht hören. Soldaten waren kaum zu sehen, wir erfuhren später, daß sie bereits in den der Stadt vorgelagerten Wadis Stellung bezogen hatten. Nirgends brannte ein Licht, die Gestalten waren nichts als schwarze Umrisse in der Dunkelheit; wir mußten die gebeugten Schultern, die Reglosigkeit einer zusammengekauerten Gestalt deuten, um zu ahnen, an wieviel Verzweiflung wir vorbeischritten. Ein Mann trug eine Nähmaschine aus einem Laden, lud sie sorgfältig auf einen Eselkarren und deckte sie mit einem Tuch zu; dann hob er zwei kleine Mädchen vom Boden, schmiß sie achtlos auf den Karren und verschwand wieder im Haus, um zu überlegen, was für Schätze er noch mitnehmen wollte. Drei Frauen kamen die Straße herunter, jede trug eine Matratze auf dem Rücken. «Huren», flüsterte Ahmed mir zu, ohne zu erklären, woran er ihr Gewerbe erkannte; sie waren in jener Nacht nicht die einzigen, die ihre Matratzen mit sich herumschleppten. Ein alter Mann und eine Frau waren, einen Kinderwagen vor sich her schiebend, bereits unterwegs; sie mußten zu den Wohlhabenden der Stadt gezählt haben, daß sie über ein solches Luxusgefährt verfügten, doch es stand nur eine große messingene Kaffeekanne und einiger Krimskrams darin. Was mochte aus dem Kind geworden sein, das in dem Wagen herumgestoßen worden war, als noch Saft, Hoffnung und Fröhlichkeit in dem Paar gewesen, das nun für all das viel zu alt war? Wir kamen zu Mustafas Hauptquartier, in meinem Egoismus war ich froh, all der Not den Rücken zu kehren.

Mustafa Kemal mußte einige Stunden geschlafen haben. Er sah viel frischer und lebhafter aus als am Morgen. Oder vielleicht war der Gedanke an die morgige Schlacht das Adrenalin, das er brauchte. Später, als er

Kemal Atatürk geworden war, las ich, er halte Untätigkeit nicht lange aus.
«Wie man mir sagt, sind die Flugzeuge bereit. Und Sie haben die Tanks füllen lassen, Monsieur O'Malley. Wohin gedenken Sie zu fliegen?»
«Allzeit bereit, General. Das ist ein altes Pfadfindermotto.»
«Es ist auch ein altes Gaunermotto. Versuchen Sie nicht, mich übers Ohr zu hauen, M'sieur.» Ein halbes Dutzend Offiziere war im Stabszimmer versammelt, unter ihnen auch Oberst Osman. Ich weiß nicht, ob überhaupt einer von ihnen Französisch verstand, aber sie nickten alle theatralisch, als gingen sie mit ihrem General völlig einig. Oberst Osman bleckte seine Zähne, und ich wartete darauf, daß er seinen Säbel ziehe, doch die Drohung mit den Zähnen schien zu genügen. Mustafa achtete sich ihrer nicht, er starrte mich an, um sich zu vergewissern, daß seine Warnung verstanden worden war, was durchaus der Fall war. «Sie und der Baron heben eine Stunde vor Sonnenaufgang ab und bombardieren die griechischen Artilleriestellungen», fuhr er schließlich fort. «Ich habe meine Bombenspezialisten eine Anzahl Bomben anfertigen lassen. Sie sind recht einfach und wiegen nur je vier Pfund, aber wenn Sie sie gezielt werfen, tun sie ihre Wirkung. Jeder von Ihnen nimmt ein Dutzend Bomben mit und einen Mann, der zielt und die Bomben abwirft.»
«Das geht nicht, General.» Ich versuchte, kühl zu argumentieren, um ihn vom Verdacht, ich könnte versuchen, ihn auszutricksen, abzubringen. «Mit all diesem Zusatzgewicht bringen wir die Maschinen niemals vom Boden weg.»
«Reduzieren Sie das Gewicht, indem Sie Treibstoff ablassen – eine andere Lösung gibt es nicht. Oder?» Das klang, als wollte er mir helfen, unser Problem zu lösen; aber ich wußte, es war gelöst worden, bevor ich es aus-

gesprochen hatte. «Sie werden nicht länger als zwanzig Minuten in der Luft sein.»
«Wir müssen die Artilleriestellungen ausfindig machen. In der Dunkelheit ist das nicht so einfach...»
«Wir wissen haargenau, wo sie sind. Spione sind aus ihren Linien herübergekommen. Der Himmel ist wolkenlos, also wird das Gebiet im Mondschein liegen. Sie folgen der Hauptstraße bis zum ersten Dorf. Nördlich davon, hinter der Hügelkuppe über dem Dorf, ist ihre Artillerie stationiert.»
«Was ist, wenn sie uns noch am Boden unter Beschuß nehmen. Woher wollen Sie wissen, daß sie das Feuer nicht vor Sonnenaufgang eröffnen? Sie können unsere Maschinen auf dem Platz außer Gefecht setzen...»
«Monsieur O'Malley, in diesem Krieg kann sich keine der beiden Seiten die Extravaganzen der Alliierten und der Deutschen an der Westfront leisten. Ihre Generäle haben, auf beiden Seiten, Munition vergeudet, wie man sonst nur Leute vergeuden kann. Dies ist ein sparsamer Krieg, M'sieur. Sie eröffnen das Artilleriefeuer erst kurz bevor die Infanterie im Morgengrauen angreift.»
«Erlauben Sie Mademoiselle Tozer aufzusteigen? Ihre Maschine darf nicht beschädigt werden, sie muß, mit oder ohne mich und den Baron, nach China weiterfliegen können.»
«Nein», mischte sich Eve ein. Die Offiziere hinter Mustafa sahen sie verwirrt an. Wie konnte eine Frau es wagen, in dem Rat der Männer das Wort zu ergreifen? Allah mußte schlafen. «Ich habe einen andern Vorschlag, General.»
«Sie haben Glück, Mademoiselle», erklärte Mustafa lächelnd. «Ich bin der einzige Mann diesseits des Tisches, der sich den Vorschlag einer Frau anhört. In militärischen Angelegenheiten, meine ich.»
«Gestatten Sie Monsieur O'Malley und Baron von Kern mit vollen Tanks, aber ohne Passagiere aufzusteigen.

Sie sollen die Bomben selber abwerfen. Bringen Sie die Maschinen mit der Zusatzlast der Bomben vom Boden weg, Bede?»
«Knapp. Aber man kann es versuchen.»
«Wie soll ich ihnen trauen?» Mustafa lächelte noch immer; er nahm Eve nicht ernst. «Sie könnten die Bomben auf *mich* herabwerfen.»
«Monsieur Sun Nan und ich bleiben mit meiner Maschine als Geiseln zurück. Sieht man die Kuppe, hinter der die griechischen Kanonen postiert sind, von der Stadt aus?»
«In der Nacht nicht.» Er fing nun an, sie ernst zu nehmen. «Aber wenn die Bomben am richtigen Ort abgeworfen werden, lassen die Explosionen die Hügelsilhouetten erkennen.»
«Lassen Sie mich aufsteigen, sobald sie die Bomben abgeworfen haben – sie werden die Explosionen zählen können. Ich werde mich ihnen anschließen, und wir werden weiterfliegen. Ich *muß* nach China – das Leben meines Vaters steht auf dem Spiel.»
Einige der Offiziere hatten verstanden, was sie gesagt hatte. Sie blickten auf Mustafa und bildeten sich ein für die Zukunft entscheidendes Urteil über ihn, und er wußte das. Ich hörte viel später, er hätte eine Schwäche für Frauen: Angeblich kam seine selbstsüchtige, wankelmütige, hohlköpfige Kusine Fikriye stets näher an ihn heran als irgendeiner seiner Generäle. Auf den Vorschlag dieser Ausländerin eingehen, würde als Schwäche ausgelegt werden. Wer einem Ausländer, besonders aber einer Ausländerin vertraute, war nicht richtig im Kopf. Doch das Glück war auf unserer Seite. Er hatte die Arroganz des großen Mannes, der nicht Zeit hat, auf die Meinung Geringerer einzugehen. Er sah mich an.
«Werden Sie die Griechen bombardieren? Kann ich Ihnen trauen? Pfadfinderehre?»

«Pfadfinderehre, General.» Wir lachten einander an und grinsten über den Versuch, spaßig zu sein. Wenn ich hätte dort bleiben müssen und Luftmarschall seiner Zwei-Maschinen-Luftwaffe geworden wäre, ich wäre ihm nie nahegekommen. Ich zweifelte, daß ihm je jemand nahekam, Vertrauen war etwas, das es für ihn nicht gab. Aber er vertraute uns in jener Nacht, und ich werde nie wissen, was es ihn gekostet hat. «Wir zerstören die Kanonen.»
Er nickte. «Sie sollten sich jetzt schlafen legen. Was ist Ihre nächste Etappe?»
«Aleppo.»
«Fliegen Sie hoch, für den Fall, daß die andere Seite versucht, Sie herunterzuholen, bevor Sie über die Grenze sind.» Er kam hinter dem Tisch hervor, küßte Eve die Hand und verabschiedete sich mit einem Händedruck von mir und Kern, Sun Nan hingegen beachtete er nicht. Dieser starrte unentwegt vor sich hin, das Gesicht so ausdruckslos, als wäre er allein im Zimmer. «Viel Glück. Ich werde nicht hier sein, wenn Sie aufsteigen. Ich gehe hinaus und schließe mich der Vorhut an. Aber Oberst Osman wird mit Mademoiselle Tozer auf dem Platz sein, für den Fall, daß Sie Ihre Pfadfinderehre vergessen, Monsieur O'Malley.» Er sagte etwas zu Osman und wandte sich wieder uns zu. Er vertraute uns, aber nur bis zu einem gewissen Punkt. «Der Oberst ist ermächtigt, nach seinem Ermessen gegen Mademoiselle vorzugehen, wenn die Bomben nicht am richtigen Ort abgeworfen werden. Ich warne Sie, er ist ein Anhänger einer einfachen Rechtsprechung, je einfacher, je besser. Besonders Frauen gegenüber. Auf Wiedersehen und viel Glück.»
Er gab mit der Hand ein Zeichen, wir waren entlassen und wurden aus dem Zimmer eskortiert. Man begleitete uns ins Hotel zurück. Die Straßen waren nun leer, die Räumung war vollzogen worden. Die Häuser stan-

den mit verriegelten Türen da, schwarz und leer wie eine Mauer, die sich den griechischen Eindringlingen entgegenstellte. Ein streunender Esel trottete die Straße herunter, sein lautes, trauriges Brüllen klang wie ein absurdes Requiem für die tote, leere Stadt. Eve stolperte über einen Pflasterstein, ich nahm ihren Arm und war überrascht, wie verkrampft er sich anfühlte. Wir gingen schweigend weiter, selbst der gesprächige Ahmed erkannte, daß im Augenblick keinem von uns der Sinn nach Konversation stand.
Der Hotelpächter war mit den andern Bürgern aus der Stadt geflohen. Wir ließen unsere Eskorte vor der Tür zurück und gingen in das dunkle Hotel. Ahmed kletterte in der engen Hotelhalle auf einen Stuhl. Man konnte ihn im Mondlicht, das durch die offene Tür fiel, kaum ausmachen. Er streckte seine winzigen Beinchen gerade von sich, auf seinen Knien ruhte der Homburg. Er blickte zu uns auf; in der Dunkelheit sah er aus wie ein Kind, das Erwachsensein spielt.
«Es tut mir leid, daß ich Sie hierher gebracht habe. Vielleicht wäre es besser gewesen, Sie wären in Konstantinopel geblieben.»
«Nein», erklärte Kern, der in der letzten halben Stunde kein Wort von sich gegeben hatte. Er schien unter etwas zu leiden, ich kam nicht dahinter, ob das Bein ihn schmerzte, oder ob er eine ihm bis jetzt unbekannte Seite seines Wesens entdeckt hatte. Wenn ich ihn gefragt hätte, hätte er es auf jeden Fall geleugnet. Jedesmal wenn die Mauer zwischen uns abzubröckeln begann (ich hatte ebenso viel zu ihr beigetragen wie er), schien der Preuße durch, der er immer noch war, und ich zog mich zurück. «Das könnte bedeuten, Engländer umzubringen.»
«Ihr Onkel hatte keine derartigen Skrupel», erklärte Ahmed.
«Mein Onkel war Diplomat, nicht Soldat. Diplomaten

müssen nie auf den Abzug drücken. Gute Nacht, Fräulein.» Er verbeugte sich vor Eve, aber schlug diesmal die Absätze nicht zusammen. Er hatte Schmerzen und nahm Rücksicht auf sein verletztes Bein. «Wir sehen uns in Aleppo wieder.»
Er ging, sich schwer auf seinen Stock stützend, nach oben. Ich sah Sun Nan an, der in der letzten halben Stunde nichts gesagt hatte. «Wenn der Baron und ich von unserem Einsatz nicht zurückkommen, ist es an Ihnen, Mr. Sun, dafür zu sorgen, daß der General Sie und Miß Tozer ziehen läßt.»
«Er nimmt keine Notiz von mir.» Er hatte Schwierigkeiten mit seinen Zähnen, seine Stimme hatte etwas Pfeifendes. «Ich bin ein Chinese. Mustafa Kemal und Ihr Freund Mr. Weyman hätten gut zueinander gepaßt.»
«Das bezweifle ich. Aber Sie werden dafür sorgen müssen, daß man von Ihnen Notiz nimmt. Der General wird unten an der Front sein, Sie werden mit Oberst Osman verhandeln müssen. Er geht viel eher auf Sie ein als auf irgendeine Frau.»
Wir gingen in unsere Zimmer hinauf. Ich sagte Eve vor ihrer Tür gute Nacht, die Dunkelheit drängte uns nahe zusammen. «Passen Sie auf sich auf, Bede.»
Ich griff nach ihrer Hand und hob sie an meine Lippen. Kern hätte es geschickter gemacht, aber vielleicht versuchte ich, mehr auszudrücken. «Denken Sie morgen früh nicht an uns. Denken Sie an Ihren Vater.»
Sie drückte mir die Hand. «Das tue ich ununterbrochen. Aber . . .» Sie hielt inne. Ich wartete voller Spannung, daß sie mich küßte; sie war so nah, ich fühlte ihren Atem an meiner Wange. Doch sie tat es nicht. Sie drückte bloß noch einmal meine Hand, öffnete die Tür und huschte in ihr Zimmer.
Ich fand lange keinen Schlaf. Ich war im Begriff, mich zu verlieben, beinahe gegen meinen Willen; ich hatte mich immer für den geborenen Junggesellen gehalten.

Nicht für einen Swinger, wie sie heutzutage genannt werden; ich kann mich nicht daran erinnern, daß es diese Gattung damals schon gab. Nun aber verliebte ich mich in ein reiches Mädchen, das mir, wenn ich seinen Vater rettete, 500 Pfund und eine Fahrkarte nach London bezahlte und mich aus seinem Gedächtnis strich wie die letztjährige Mode. *Schlaf ein, O'Malley, du träumst den falschen Traum.*

Ahmed weckte mich und Kern um 3.30 Uhr. Er hatte uns in der Hotelküche Kaffee gebraut und einige Brote getoastet, die wir in Honig tauchten. Wir trennten uns vor dem Hoteleingang von ihm, wir streckten ihm die Hand hin, und er umklammerte zwei meiner Finger mit seinem Händchen und drückte sie so kräftig, daß ich staunte.

«Viel Glück, Gentlemen. Vielleicht sind Sie eines Tages, wenn mein Land frei ist, für das türkische Volk Helden.»

Unsere Bescheidenheit ließ uns das überhören. Mich jedenfalls. Ich weiß nicht, ob Kern je bescheiden war.

«Sie sollten nach Konstantinopel zurückkehren. Kleine Helden wie Sie laufen hier Gefahr, zertreten zu werden.»

«Vielleicht sollte ich nach London kommen, im ‹Savoy› arbeiten. Ist in England Platz für kleine Leute?»

«Sie könnten eine politische Laufbahn wählen.»

«Fahren Sie, wenn Sie nach Konstantinopel zurückgehen, nach Tarabya hinaus, und legen Sie ein paar Blumen auf meines Onkels Grab», sagte Kern. «Man sollte ihn nicht vergessen.»

«Ich vergesse ihn nicht, Baron. Er war ein großer Mann.»

Kern und ich schritten durch die verlassene Stadt.

«Was macht Ihr Bein?»

«Es wird schon gehen.» Sein Stock klopfte einen hohlen Rhythmus auf dem Kopfsteinpflaster, dem Schädel der

leeren Stadt. «Selbst ohne Beine könnte ich noch von diesem Ort wegfliegen.»
Unsere Flugzeuge waren bereit. Wir nahmen die Bomben an Bord und verstauten sie an jedem möglichen und unmöglichen Ort im vorderen Cockpit. Als ich meine Maschine startete, schaute ich zu Kern hinüber, doch er starrte geradeaus. Ich hatte das Gefühl, er hätte allen für immer auf Wiedersehn gesagt. Ich war wütend auf ihn. Wenn er sich umbringen wollte, und ich hatte seinen Todeswunsch aus einigen seiner fliegerischen Manöver vom vorigen Morgen herausgelesen, von mir aus. Aber nicht in *unserem* Flugzeug. Er sollte warten, bis wir Hunans ansichtig waren, bis wir keine dritte oder sogar zweite Maschine mehr brauchten.
Wir starteten in den letzten Abschnitt der immer noch heißen Nacht. Der Mond stand am Himmel; die Hügel sahen in seinem Schein aus wie weicher, bläulicher Schlamm. Wir flogen über die Wadis, in denen die Türken sich verschanzt hatten; ich wackelte Mustafa Kemal mit den Tragflügeln einen Abschiedsgruß zu. Die Straße stieg die Hügel hinan, und wir folgten ihr. Über dem Dorf, das unser Anhaltspunkt war, verließen wir sie und hielten uns an den Hang hinter den Häusern. Die griechischen Geschütze – ein Dutzend – waren auf einem schmalen Sträßchen unmittelbar hinter der Hügelkuppe aufgestellt. Um mit unseren Bomben das Ziel zu treffen, mußten wir möglichst tief fliegen. Wir konnten nur schätzen, wie nah wir dem zerklüfteten, welligen Boden waren; im Mondlicht fehlte praktisch jede Perspektive. Ich setzte zum Anflug an und hoffte, meine Räder würden nicht gegen irgendwelche unerwarteten Bodenerhebungen stoßen.
Ich nahm eine Bombe, riß den Sicherungsstift heraus, hielt sie seitlich über Bord und ließ sie fallen. Ich war im Ansteigen, um die Kuppe zu überfliegen, als Kern hinter mir nachkam und seine erste Bombe abwarf.

Dann kam ich zurück, die zweite Bombe in der Hand. In diesem Augenblick eröffneten die Kanonen das Feuer, aber sie schossen nicht auf uns, sondern auf Malavan, und das, obwohl niemand erwartet hatte, daß sie die Stadt vor dem Morgengrauen unter Beschuß nehmen würden. Sie waren entschlossen, soviel Munition wie möglich zu verpulvern, bevor unsere Bomben sie außer Gefecht setzten. Wenn uns das überhaupt gelingen würde. Als ich die Bombe abwarf, sah ich die Leuchtspurgeschosse der nicht ausmachbaren MGs zu mir aufsteigen.
Ende des Auszugs aus O'Malleys Manuskript.

2

Eve, Sun Nan, Ahmed und Oberst Osman hatten mit zwei Soldaten, die die Nachhut bildeten, eben den Platz betreten, als sie die ersten Geschosse hörten. Die Männer warfen sich alle flach auf den Boden. Eve, die das Geräusch sich nähernder Geschosse nicht als solches erkannte, blickte verwirrt um sich. Das Geschoß pfiff über ihre Köpfe und schlug in die Moschee ein. Eve, der Sun Nan plötzlich die Beine unter dem Leib wegriß, sah das Minarett wie eine Kerze, die plötzlich schmilzt, in sich zusammenstürzen und in einer Wolke von Rauch und Staub verschwinden. Ein anderes Geschoß schlug in ein Haus ein; ein Esel starb mit einem heiseren Todesschrei. Ein drittes, viertes und fünftes Geschoß explodierte, der Knall machte sie taub. Sie lag immer noch am ganzen Körper zitternd auf der bebenden Erde und kämpfte mit dem Staub und dem beißenden Rauch, als Sun Nan ihr ins Ohr brüllte: «Wir müssen aufsteigen!»
Sie rappelte sich auf, wieder schlug ein Geschoß auf dem Platz ein; Schrapnellstücke flogen gefährlich nah an ihr vorbei. Sie rannte zu der Bristol und kletterte ins Cockpit. Sie sah sich um, Sun Nan versuchte, sich von Oberst Osman loszureißen, der ihn zurückhielt und gleichzeitig seinen Säbel zog. Ahmed rollte sich zusammen und hüpfte wie ein Bällchen weg, als die miteinander kämpfenden Männer über ihn fielen. Sie sah Sun Nans Faust nach oben fahren und sah das Messer darin, dann ließ Osman von ihm ab, sein Säbel fiel zu Boden, er griff nach seinem Arm. Der überall einschlagenden Geschosse wegen hörte sie nichts, aber sie sah, wie er den Kopf wütend den beiden Soldaten zuwandte, die sich nicht entscheiden konnten, ob sie wegrennen oder dem Befehl ihres Obersten nachkommen wollten. Sun

Nan trat den Rückzug an und kam zum Flugzeug herüber. Eve schrie ihm etwas zu, aber ihre Stimme ging im Donnerrollen der explodierenden Geschosse unter. Das Sperrfeuer hatte sich auf das Stadtzentrum verlegt, jedenfalls schien es so; doch dann hörte sie erneut das Heulen eines Geschosses, und die Moschee verschwand in einer riesigen, schwarzen Explosion.
Sie sprang aus dem Cockpit, rannte zum Propeller und packte ihn – da kam ihr in den Sinn, daß sie weder die Zündung eingeschaltet noch die Drosselklappe geöffnet hatte. Panik ergriff sie, das ständige Knallen der explodierenden Geschosse lähmte ihr Denken und ihre Reflexe; das Sperrfeuer verlegte sich wieder auf den Stadtrand. Sie rannte um den Flügel herum und kletterte ins Cockpit; jetzt sah sie Sun Nan auf der andern Seite um das Flugzeug herumgehen und den Propeller packen. Sie winkte, sah, wie er den Propeller anwarf, sah, wie dieser auf den ersten Anhieb kam und sich zu drehen begann. Sie gab zuviel Gas, aber der Motor hustete nicht und versoff auch nicht. Sie wendete das Flugzeug, fühlte, wie es über die Bremskeile holperte. Sun Nan kam auf der den beiden Soldaten abgekehrten Seite zurück. Diese rissen das Gewehr an die Schulter, als der Oberst ihnen tonlos etwas zuschrie. Explosionen zerrissen den frühen Morgen, Rauch und Staub wirbelten wie in einem heftigen Sturm gen Himmel. Sun Nan kletterte auf den unteren Tragflügel und ließ sich ins hintere Cockpit gleiten.
Ein Geschoß, dessen Heulen in dem des Motors unterging, schlug unmittelbar vor dem Flugzeug ein, als dieses Tempo aufnahm, um abzuheben. Durch die Rauchschwaden sah Eve aus den Augenwinkeln Ahmed auf grotesk schnellen Zwergenbeinchen um sein Leben laufen – eine winzige Witzfigur. Dann war sie durch den Rauch und Staub hindurch, hatte den Einschlagkrater wie durch ein Wunder verfehlt, war unbehindert und

hob sich in die Luft. Sie zog die Flugzeugnase hoch und stieg steil an, denn sie fürchtete plötzlich, sie könnten mit einem Geschoß zusammenprallen. Wo waren Bede und Kern geblieben? Warum waren die Geschütze immer noch in Aktion?
Dann ging sie in eine steile Kurve, flog zurück und sah, daß das Sperrfeuer unvermittelt abriß. Die beiden Soldaten lagen tot oder verwundet auf dem Platz; Oberst Osman stand mit erhobenen Fäusten da, und sie konnte die Verwünschungen, die er zu ihr hinaufschickte, beinahe hören und verstehen. Sie stieg höher, blickte auf die sich in den fernen Hügeln verlierende Straße hinunter, spähte in die schwindende Dunkelheit und betete, O'Malley und Kern möchten auftauchen. Plötzlich sah sie die Leuchtspurgeschosse und sah in ihrem Schein die beiden Flugzeuge; sie fuhr herum und lächelte Sun Nan zu wie einem guten Freund. Er winkte, und sie hörte seine Stimme durch die Sprechverbindung.
«Die Sonne geht auf», sagte er, Konfuzius schon um 4.30 Uhr am Morgen, «sie steigt aus China auf wie immer.»
Sie schaute geradeaus. Er hatte recht; eine zarte Röte zeichnete sich am Horizont ab, auch wenn China noch Tagreisen dahinter lag. Sie schaute auf ihren Kompaß und flog in Richtung Südsüdwest auf dem Kurs, den O'Malley ihr angegeben hatte. Die beiden andern Bristols holten sie ein, und sie flogen schräg durch die Sonnenstrahlen des erwachenden Tages und ließen einen Krieg hinter sich, der noch zwei Jahre weitertoben sollte. Doch Eve war zu unerfahren, um sich Gedanken über den Ausgang eines Krieges zu machen, der sie im Grunde nicht interessierte; sie war zu erleichtert, ihr Unternehmen, das ihren Vater retten sollte, fortsetzen zu können. Die Männer, der Engländer, der Deutsche und der Chinese waren vielleicht zu erfahren.

Sie waren an das Kontinuum des Krieges gewöhnt, nur die Geographie änderte.
Vier Stunden später landeten sie in Aleppo, wo ein französischer Offizier wissen wollte, woher sie kamen. O'Malley log einmal mehr das Blaue vom Himmel herunter und erklärte, sie seien über Smyrna und Zypern geflogen. Eve, die sich so hübsch gemacht hatte, wie das im Spiegel ihrer Puderdose möglich war, lächelte ihr weiblichstes Lächeln und gab sich Mühe, ihr Schulfranzösisch nach dem Schnurren einer Kurtisane tönen zu lassen. Kern und Sun Nan schwiegen, was vermutlich ebenso klug war, da das, was er bis jetzt gehört hatte, bei dem französischen Offizier Skepsis erweckte.
«Mademoiselle...» Er war hager und häßlich; ein Leben lang die Küche fremder Länder essen zu müssen, hatte ihn mißlaunig gemacht. Er hatte den Krieg für la belle France auf weite Distanz ausgefochten, und nun war er der Imperien müde, sie waren nicht eine Handvoll Kamel*merde* wert. Er wollte nach Hause, nach Amboise, wollte in der Loire fischen und nie mehr mit einem Ausländer sprechen. «Ich könnte Ihr Vater, vielleicht sogar Ihr Großvater sein. Flirten Sie nicht mit mir. Und was Sie sagen, Sir, tönt nach abgefeimter Lüge. Ich gebe Ihnen eine halbe Stunde, um Ihre Maschinen aufzutanken, dann fliegen Sie weiter und lassen sich hier nicht mehr blicken. Das Benzin kostet Sie das Doppelte des hiesigen Preises, die Hälfte bezahlen Sie dem Syrer, der es Ihnen verkauft, und die andere Hälfte mir, in bar, vorzugsweise in Francs.»
«Ich habe nur amerikanische Dollar und englische Pfund», erklärte Eve.
«In dem Fall englische Pfund», entschied der Offizier. «Die Araber trauen ihm mehr als dem amerikanischen Dollar. Bon voyage.»
«Es überrascht mich, daß Sie sich zu diesem Wunsch aufschwingen», maulte O'Malley.

Der Franzose zuckte die Schultern und machte kehrt.
«Wäre Ihnen ein ‹Haut ab› lieber? Zahlen Sie alles dem Syrer. Er wird mir meinen Anteil geben.»
Der Syrer fuhr, schielend und Gift speiend, mit einem windschiefen Laster vor, auf dem ein Dutzend Fässer mit der Bezeichnung «Französische Armee» standen. Während sie zusahen, wie er die Tanks ihrer Flugzeuge füllte, sagte O'Malley: «Ist euch bewußt, daß wir für das, was wir in der Türkei gemacht haben, nicht bezahlt worden sind?»
«Wollen Sie zurückgehen und kassieren?» fragte Eve scharf; die Geldgier aller Soldaten und Ex-Soldaten widerte sie an.
«Das ist nicht nötig», erwiderte O'Malley ebenso sauer. «Wir stellen es Ihnen in Rechnung, wenn wir in China sind.»
Eve ging davon. Sie fingen an, sich auf die Nerven zu gehen. Kern und Sun Nan wechselten buchstäblich nie ein Wort miteinander; sie brachte es nicht fertig, sich gelöst mit dem Chinesen zu unterhalten; seit damals im Gras neben dem Flugplatz in Wien hatte der Deutsche nie wieder versucht, sie in ein Gespräch zu verwickeln. Er hatte sich verändert, und auch Bede O'Malley hatte sich verändert, zumindest schien es ihr. Sie fühlte mit einem Mal den Druck, der wie die Hitze auf ihr lastete, und sie hätte am liebsten geweint. Doch sie wäre nicht Bradley Tozers Tochter gewesen, wenn sie es wirklich getan hätte.
Eine halbe Stunde später waren sie wieder in der Luft. Es war ein heißer Tag, und sie flogen in großer Höhe, um den Turbulenzen auszuweichen, die sich über der strahlenden Erde bildeten. Sie kamen über den sich grünlichbraun schlängelnden Euphrat; Eve hielt nach dem Garten Eden Ausschau, aber der Baum der Erkenntis war lediglich ein halb in einem Meer von Treibsand begrabenes, blätterloses Gerippe. Eine halbe

Stunde vor Bagdad gesellten sich fünf Bristols der Royal Air Force zu ihnen, ihr Führer kam nahe an die Fremden heran, hielt sich dicht über ihnen und blickte mißtrauisch auf sie hinunter. Eve winkte ihm zu, und der R.A.F.-Verbandsführer winkte zurück, aber es entging ihr nicht, daß die Beobachter in den R.A.F.-Maschinen die Hand an den Lewis-MGs behielten. Bagdad tauchte vor ihnen auf, und sie flogen, immer noch von der R.A.F. eskortiert, über den Tigris, blickten auf die roten und braunen Segel der Handelsschiffe hinunter, die an zum Trocknen an die Sonne gehängte Haifischflossen erinnerten, und landeten auf dem R.A.F.-Flugplatz.
Der Führer des R.A.F.-Verbands stieg aus seiner Maschine, zog seine Lederhaube aus und kam zu Eve herüber, als sie und Sun Nan sich zu Boden gleiten ließen. «Großer Gott, eine Frau und ein Chinese! Das ist aber eine Überraschung! Sie können von Glück sagen, daß meine Jungs Ihnen nicht ein paar blaue Bohnen verpaßt haben, sie sind scharf auf ein Scharmützel. Sind Ihre MGs geladen?»
«Meine nicht», erwiderte Eve. «Aber die von Major O'Malley und Baron von Kern.»
Die beiden tauchten neben Eves Flugzeug auf. Der Verbandskommandant kniff geblendet die Augen zusammen. «O'Malley? Von der 24. Staffel? So was! Wir sind ein paar Wochen parallel zu euch Jungs über Conteville geflogen. Ich habe ein paarmal zugeschaut, wie Sie Fritzen runtergeholt haben.»
«Der Krieg ist klein, und die Welt ist klein», philosophierte O'Malley. «Sind wir hier willkommen oder nicht?»
«Das will ich meinen! Mein Name ist Treloar, Dicky Treloar. Ich bin hier der Platzkommandant.» Er sah kaum alt genug aus, um in einer Schule Klassensprecher zu sein.
O'Malley stellte Eve vor, dann Sun Nan, und sagte

schließlich: «Baron Conrad von Kern. Er flog mit Jasta 11, von Richthofens Geschwader. Er hat zweiunddreißig der Unsern abgeschossen.»
«Beim Jupiter, was Sie nicht sagen! So was! Ich hoffe, Sie bleiben über Nacht. Unsere Jungs werden Sie mit Freuden beschnuppern. Wohin soll es gehen? Nach China? So was!»
Nicht alle R.A.F.-Offiziere teilten den jungenhaften Enthusiasmus ihres Commanders. Es machte sich in der Messe eine gewisse Betretenheit breit, als die Neuankömmlinge vorgestellt wurden. Sie wußten noch nicht einmal, wie sie mit den Arabern umgehen sollten, über die sie ein Mandat gehabt hatten, was die verdammten Kameltreiber ihnen anscheinend übelnahmen. Die meisten von ihnen waren direkt von der Schule in die R.A.F. gekommen. Weder hier noch dort hatten sie gelernt, wie sie sich einem Deutschen gegenüber verhalten sollten, der möglicherweise einige ihrer Freunde abgeschossen hatte, was von einem Yankee-Mädchen zu halten war, das seine eigene Maschine flog, oder wie man mit einem Chinesen umging. Treloar führte die Besucher herum, doch sie wurden größtenteils mit jener wachsamen Herzlichkeit begrüßt, die Eve als «englischen Empfang» qualifizierte.
Der älteste der Anwesenden, er war Mitte Dreißig, nahm zwei Gläser von dem Tablett, das eine der arabischen Messeordonnanzen darbot, und brachte sie Eve und O'Malley. Sun Nan stand, von den Engländern wie den Arabern mißtrauisch beäugt, einsam in einer Ecke. Kern, der sich auf seinen Stock stützte, war dem überschwenglichen Treloar gegenüber von einer vorsichtigen Höflichkeit.
«Ich bin Durant, der Nachrichtenoffizier», stellte sich der Mann vor. Er hatte eine beginnende Glatze und war auch schon zu dick, er schien sich bereits damit abgefunden zu haben, zum Mittelalter zu gehören. «Mir ist

aufgefallen, daß Sie ein paar Kugeln und Schrapnelleinschläge in Ihren Maschinen haben. Sind Sie in irgendeinen Konfliktherd geraten?»
«Wollen Sie die Wahrheit wissen?» fragte O'Malley und schlürfte das herrliche, warme englische Bier.
«Darum geht es beim Nachrichtendienst.» Durant lächelte. «Hat man mir gesagt.»
O'Malley sah Eve an. «Schießen Sie los. Mir geht das Lügen zu leicht.»
Eve berichtete Durant wahrheitsgemäß, was sie erlebt hatten und wo sie herkamen. «Ich hoffe, Sie halten uns nicht zurück.»
«Natürlich nicht. Aber es wird für Sie nicht einfach sein, heute abend hier wegzukommen. Die Burschen werden Sie bis spät in der Nacht festhalten und alles wissen wollen. Sie hätten nur zu gern einen kleinen Luftkampf. Wir haben welche hier, die haben die Vorstellung in Frankreich verpaßt, sie kamen, als alles vorüber war. Ich glaube, sie würden den irakischen Rebellen ein paar unserer Maschinen verkaufen, um jemanden zu haben, mit dem sie Krieg spielen können.»
«Werden sie nie erwachsen?» Eve blickte in die Runde der Schuljungen, die sehnlichst auf jemanden warteten, den sie abschießen und töten konnten.
Durant warf O'Malley einen Blick zu, der, Eve verleugnend, sein Glas schwenkte.
«Miß Tozer, wenn man Nachrichtenoffizier ist, lernt man eines: Krieg hat nichts mit Reife zu tun. Aber was täten diese Burschen, wenn sie zu Hause wären? Vermutlich auf irgendeine andere Art Krawall schlagen.»
«Da ich eine Frau bin, beeindruckt mich Ihre Überlegung nicht.»
«Sie hat einen Magnum .375 in ihrem Flugzeug», erklärte O'Malley, «falls Sie die Auseinandersetzung weiterziehen wollen.»
«Jagen Sie, Miß Tozer? Was am liebsten?»

«Männer», konterte Eve.
Während des Essens beobachtete sie, wie sich die Reserviertheit der Offiziere Kern gegenüber allmählich abbaute. Auch er schien gelöst. Er ist der alte Falke (oder der deutsche Adler) unter den Grünschnäbeln, dachte sie. O'Malley stand auf, um sich an der Diskussion am Tischende zu beteiligen, wo sich lautstark beschriebene und von niedersausenden Händen illustrierte Luftkämpfe abspielten. Whisky wurde bestellt und Toasts auf irgend jemand oder irgend etwas ausgebracht. Eve wartete darauf, daß die Gläser gegen die Wellblechwände der Messe geschmissen würden, aber der R.A.F. fehlte es an Gläsern, und alle hielten sich zurück. Sun Nan sog an seinen Zähnen, um sein Gebiß von den Resten der Büchsenrindfleisch- und Kartoffelpastete zu befreien, und trank, was die Engländer für Tee hielten. Das Treiben langweilte und irritierte ihn ebenso wie Eve, nur zeigte er es weniger deutlich.
Eve entschuldigte sich, die Flieger standen auf und warteten, mehr ungeduldig als höflich, bis sie die Messe verlassen hatte. Sun Nan folgte ihr. Sie gingen zu den Zelten hinüber, die man ihnen zugewiesen hatte. Der Mond war noch nicht aufgegangen, und die Sterne funkelten; sie hatten den ausgeprägten Glanz, den sie von den Sternen über Mexiko her kannte. Die Nacht war ruhig, kein Lüftchen regte sich, ihr war, als ginge sie durch ein Vakuum. Doch plötzlich begann in der Messe hinter ihr jemand Klavier zu spielen, und einige unmusikalische Stimmen grölten: «Not much money/Oh but honey/Ain't we got fun.»
«Mr. O'Malley und der Baron werden am Morgen einen schweren Kopf haben», sagte Sun Nan. «Sie sollten zurückgehen und ihnen Einhalt gebieten.»
«Glauben Sie, sie würden auf mich hören? Ich fürchte, sie sind nicht gleich stark motiviert wie Sie und ich, Mr. Sun. Nicht, was nach China zu gelangen anbetrifft.»

«Wir können es uns nicht leisten, noch mehr Zeit zu verlieren. Wir sind erst in der Hälfte. Ich habe bemerkt, daß das Kästchen mit der Figur nicht in Ihrem Zelt ist.»
«Woher wissen Sie das? Heißt das, Sie sind in mein Zelt gegangen und haben es *durchsucht?*»
«Ja. Die Figur ist für mich ebenso wichtig wie für Sie, Miß Tozer.»
«Sie . . .!»
Doch Boston verbot ihr, weiterzusprechen. Man fluche nicht in Gegenwart eines Geringeren. Ihre Großmutter war der Ansicht, ein Gentleman oder eine Lady sollten auch in Gegenwart eines Iren nicht fluchen, von einem Chinesen gar nicht zu reden. «Tun Sie das nicht wieder, Mr. Sun, oder Sie werden China nicht mehr lebend wiedersehen.»
Er wußte, es war eine leere Drohung: Sie würde die Magnum .375 nie auf *ihn* richten. «Wie wollen Sie den Ort finden, wo Ihr Vater gefangengehalten wird, Miß Tozer, wenn ich China nicht wiedersehe? Wo ist das Kästchen?»
«Es ist im Mannschaftsbüro. Dort wird es Tag und Nacht bewacht.» Sie hörte die Resignation aus ihrer Stimme heraus. Drüben in der Messe hatte Kern ein übermütiges deutsches Lied angestimmt; zwei, drei Stimmen fielen zögernd ein, und der Pianist hämmerte aus dem Stegreif eine Begleitung herunter. Sie fühlte sich plötzlich verlassen, dem Spott preisgegeben. «Ich muß es vor Ihnen genauso schützen wie vor sonst irgendwem, Mr. Sun.»
«Warum sollte ich es stehlen? Ich brauche Sie, um nach China und zu meinem Herrn zurückzukehren.»
Doch sie glaubte ihm nicht, lehnte jede Logik ab: Sie konnte niemandem trauen. Sie ging in ihr Zelt, legte sich hin und versuchte verzweifelt, zu schlafen. Der Trubel in der Messe dauerte noch während Stunden an. *Alle* benahmen sich jetzt wie Schuljungen. Als sie end-

lich einschlief, kam sie sich *alt* vor, sie ärgerte sich maßlos über ihre beiden Piloten, die nicht das geringste Pflichtgefühl hatten und nur darauf aus waren, sich an ihren verflossenen Heldentaten hoch über der Westfront zu berauschen.
Zu ihrer Überraschung saßen O'Malley und Kern am Morgen schon beim Frühstück, als sie in die Messe kam. Sie sahen blaß und krank aus, hatten die Teller mit Würstchen und Spiegeleiern von sich geschoben und vergruben die Gesichter in großen Kaffeetassen.
«Hoffentlich haben Sie das Fest genossen.»
O'Malley sah Kern an. «Die Lady aus Boston hat heute morgen einen sauren Ton.»
Kern konnte sich kaum zu einem Nicken aufraffen; augenscheinlich war er der kränkere von beiden. «Vielleicht hat sie Grund dazu.»
«Nein.» Er hielt den Kopf krampfhaft gerade und schüttelte ihn nicht. «Wir hatten ein Recht, uns zu amüsieren. Miß Tozer, darf ich Sie daran erinnern, daß es für den Baron und mich *kein* Fest gewesen ist, die vor Malavan liegende Artillerie zu bombardieren, damit Sie weiterfliegen konnten? Es war eines der verfluchtesten und höllischsten Unternehmen, an dem ich je beteiligt war. Sie können von Glück reden, daß wir überhaupt hier sind, verkatert oder nicht.»
Sie hatte ihren Ärger zu lange wach und schlafend mit sich herumgetragen, um auf der Stelle ehrliche Reue zu zeigen. «Schön, Sie kriegen einen Bonus.»
O'Malley stellte seine Tasse ab und stand vorsichtig auf. «Reiche Weibsbilder sind doch wirklich die schlimmsten!» Damit ging er hinaus.
Es war kein einziger Offizier in der Messe. Eve, Sun Nan und Kern waren allein. Letzterer sagte betont ruhig: «Fräulein, ich glaube, Sie haben keine Ahnung, wie schwer Verantwortung lasten kann. Nach dem wenigen, was ich von Ihnen weiß, müssen Sie ein sehr behütetes

Leben gehabt haben. Sie haben Glück, Fräulein. Ich hoffe, daß es auch in Zukunft so sein wird. Was uns betrifft, sind die Aussichten nicht so rosig.»
Auch er stand, sich auf seinen Stock stützend, behutsam auf und verließ die Messe. Eve schaute auf ihre Hände, die sie unwillkürlich gefaltet hatte. Dann nahm sie ihre Handtasche, zog eine Zigarette heraus und zündete sie an. Ohne Sun Nan anzusehen, sagte sie: «Jetzt sind Sie an der Reihe, schießen Sie los, ich habe es verdient.»
«Das haben Sie», erklärte Sun Nan, der Frauen nie eine Sonderstellung einräumte. «Aber Major O'Malley und der Baron haben schon alles gesagt.»
Als es Zeit zum Starten war, holte Eve das Kästchen im Mannschaftsbüro und ging mit Treloar zu den wartenden Bristols hinüber. Sie waren aufgetankt worden, und die R.A.F.-Mechaniker hatten die Kugel- und Schrapnelleinschläge am Rumpf und in den Flügeln geflickt. Treloar, der den Kopf zwischen die Schultern gezogen hatte, als fürchte er, dieser könnte das Gleichgewicht verlieren und davonkollern, sagte: «Es war eine tolle Sauferei gestern abend. Schade, daß Sie nicht geblieben sind.»
«Ich war entsetzlich müde. Ich bin eingeschlafen, kaum hatte ich den Kopf auf das Kissen gelegt.»
«Ich fürchte, wenn ich ihn heute morgen hinlegte, würde ich ihn nicht mehr hochkriegen. Ihre Freunde mögen was vertragen. Vor allem der Baron. Ich hätte nie gedacht, daß ich für einen Deutschen was übrighaben könnte, aber er ist Spitze.»
«Und Major O'Malley?»
«Oh, er ist einer der Besten. Sie haben Glück, daß er für Sie fliegt. Wir könnten solche Leute bei der Armee brauchen. Als Vorbild für unsere jungen Burschen.» Es war der Veteran unter den Schuljungen, der hier sprach. «Schön, ich muß mit einer Formation aufstei-

gen. Es wird ein paar wacklige Starts geben heute morgen. Dann viel Glück.»
Durant stand bei O'Malley und Kern. Vielleicht hatte er schon viele Saufgelage hinter sich, jedenfalls wirkte er frisch und munter, was man von seinen angeschlagenen Gesprächspartnern nicht sagen konnte. «Sie haben die Wahl zwischen zwei Routen. Südwärts bis Basrah und dann der Küste entlang bis Bandar Abbàs. Aber von da an wird es, was den Treibstoff betrifft, kritisch werden. Bis nach Karachi kommen Sie nicht, auch nicht mit den Zusatztanks.»
«Wie sieht die andere Route aus?» O'Malley hatte Eve, die zu ihnen getreten war, keines Blickes gewürdigt, obwohl Kern ihr zugenickt und Durant sie höflich begrüßt hatte.
«Isfahan, Kerjand, Quetta. Kerjand ist ein kleines Nest, aber es ist der Endpunkt einer Überlandstraße. Sie bekommen dort Benzin. Wir benützen es selbst, wenn wir Maschinen ins Grenzgebiet überfliegen. Auf dem letzten Stück werden Sie allerdings auf der Hut sein müssen. Die Mahsuds und Wazirs haben unseren Leuten kürzlich bös zugesetzt und einige Maschinen abgeschossen. Aber wenn Sie hoch bleiben, sollten Sie unbehelligt durchkommen. Im Gegenteil, es ist ein hübscher Ausflug. Nun dann, viel Glück. Es war ein großartiger Abend, nicht wahr? Sie haben etwas verpaßt, Miß Tozer.»
«Ja, das hat man mir gesagt.»
Eve ging mit Sun Nan auf ihre Maschine zu, und Durant sah ihr nach. «Sie ist eine Wucht. Ich beneide euch, ihr seid Glückspilze.»
«Eine Wucht», wiederholte O'Malley mit völlig ausdrucksloser Stimme. «Schön, starten wir. Ob wir wohl hochkommen, ohne die Motoren anzulassen. Mir ist, als hätte mir letzte Nacht jemand die Schädeldecke abgehoben.»

Es war ein strahlender Morgen. Sie flogen während vier Stunden unter einem eintönigen Himmel über eine eintönige Landschaft. Eve sehnte sich nach einer Wolke, die die Dinge in eine Beziehung gesetzt und ihr das Gefühl gegeben hätte, sie bewege sich tatsächlich durch diesen unendlichen, sengend heißen Tag. Sie schaute ein paarmal zu O'Malley hinüber, aber er sah nie in ihre Richtung, vielleicht absichtlich, vielleicht nicht. So flog sie weiter durch eine Leere, die allmählich keine Dimension mehr hatte und ebensosehr in ihr wie um sie war.
Sie landeten in Isfahan, nachdem sie über die ehemalige Hauptstadt der Perser geflogen und nach dem Flugplatz Ausschau gehalten hatten, statt die Bauwerke der Vergangenheit zu bewundern. Die Schatten der Flugzeuge glitten über die Kuppel der Blauen Moschee; die Flieger sahen in ihr nur die Landemarke; sie waren auf dem richtigen Kurs. Sie tankten auf, aßen die Büchsenfleischbrote und die süßen Biskuits, die die R.A.F.-Messeordonnanz ihnen mitgegeben hatte, tranken bei einem Straßenverkäufer im Bazar am Rande des Flugfeldes ein paar Tassen starken, süßen Kaffee und machten sich erneut zum Abflug bereit.
Sie stiegen wieder auf, und Eve war froh über die Distanz, die zwischen ihrem und O'Malleys Flugzeug lag. Ein Glück, daß sie nicht den Vickers-Vimy-Bomber gekauft hatte, in dem alle vier auf beschränktem Raum zusammengepfercht gewesen wären und sich gegenseitig entnervt hätten. Sie zog ihre Mütze aus und ließ den Luftstrom durch das Haar blasen; sie stellte sich vor, er blase auch durch das Durcheinander in ihrem unglücklichen Kopf. Aus Angst vor einem Sonnenstich setzte sie die Mütze wieder auf und band sich ein Tuch um den Nacken.
Sie gerieten in eine Turbulenz, die Maschine hüpfte auf und ab, so daß der Motor überanstrengt und mit Benzin

überschwemmt wurde. Sun Nan wurde übel, er ließ den Kopf seitlich hinaushängen, und während das Flugzeug durch die bewegten Luftmassen holperte, schlug sein Kinn ständig gegen den Cockpitrand. Dann waren sie aus der Turbulenz heraus, der Motor drehte wieder ruhig, und sie flogen weiter den alten Karawanenstraßen entlang, die die Wüste unter ihnen wie Graffiti von Reisenden aus fernen Zeiten durchzogen. Eine Kamelkarawane, ein haarfeiner Schatten in der gleißenden Weite, bewegte sich mit der Langsamkeit historischer Tage durch das öde Land.
Am späten Nachmittag landeten sie in Kerjand. Aus der Luft sah der Ort für Eve nicht anders aus als ein Dutzend Städte und Dörfer, über die sie gekommen waren: einige Moscheen, ein paar wenige, große, weißgetünchte Häuser und daneben ein Wirrwarr von braunen Lehmhütten, die weniger gebaut, als aus der sie umgebenden Landschaft gewachsen schienen. Hinter der Stadt stiegen Berge an: Bewässerte Felder bildeten grüne Farbflecken in dem sonst eintönigen, unwirklichen Braun. Sobald die Sonne unterging, wurde es kalt. Eve wurde sich erst jetzt bewußt, wie hoch das Land gelegen war. Vermutlich würde sie froh sein über ihren warmen Schlafsack.
Kaum waren sie gelandet, waren sie auch schon von Soldaten umstellt. Keiner sprach Englisch, aber sie gaben ihnen mit Zeichen zu verstehen, daß sie willkommen waren. O'Malley brachte einige Latten, um die Steuerflächen zu blockieren, und sicherte die Maschinen für die Nacht mit Keilen. Danach gingen er und Sun Nan in die Stadt, um etwas Eßbares einzukaufen.
«Wir werden neben den Flugzeugen schlafen müssen», erklärte er vor dem Fortgehen. «Vermutlich kann man den Soldaten trauen, aber man weiß nie; es wird besser sein, wenn immer jemand wach bleibt. Wir werden uns ablösen.»

Als sie allein waren, machten Eve und Kern sich an die Arbeiten, die O'Malley ihnen zugewiesen hatte. Es war ihr nicht entgangen, daß er immer mehr die Führung übernommen hatte. Manchmal lehnte sie sich innerlich gegen seine unverhohlene Art, Befehle zu erteilen, auf, sie sah auch, daß es Kern nicht immer leicht fiel, sich zu unterwerfen. Doch irgendwie war O'Malley stets weg, bevor sie oder Kern ihren Unwillen kundtun konnten; auch mußte sie zugeben, daß, was er anordnete, immer vernünftig und nötig war. Sie fragte sich lediglich, warum Kern, der mehr Übung darin hatte, andern zu befehlen als sie, der dazu auch erzogen worden war, nicht größeren Widerstand leistete.
Sie überwachte den wenig vertrauenserweckend aussehenden Händler, den die Soldaten aus der Stadt geholt hatten, um die Fremden mit Benzin zu versorgen. Er verkaufte ihnen auch Wasser, und Kern zündete ein Feuer an und kochte das Wasser, bevor er es in ihre Flaschen abfüllte. Der Großteil der Neugierigen hatte sich verzogen, als die Dunkelheit aus der Wüste gekrochen kam, aber einige waren geblieben und hockten nun im Kreis rund um die Flugzeuge. Eve nahm den scharfen Geruch von Kameldung, Urin und trockener, verbrannter Luft wahr, der ihr schon in Bagdad und Isfahan aufgefallen war; aber sie atmete auch ihren eigenen Geruch und hätte viel für ein Bad und frische Kleider gegeben. Doch dann dachte sie an ihren Vater, sah ihn in einem schmutzigen, verlausten Kerker schmachten und vergaß augenblicklich ihre eigene Unbill.
«Ich möchte nicht in der Wüste leben.» Kern stand auf, entlastete sein Bein und blickte um sich. «Ich liebe Bäume und Gras, den Anblick und den Geruch von Wasser. Das ist einer der Gründe, warum ich lieber am Bodensee bin als in der Gegend um Königsberg, wo ich früher gewohnt habe. Die Landschaft war dort nicht so schön.»

«Was werden Sie tun, wenn Sie nach Deutschland zurückkehren? Ich sehe Sie Ihr Leben nicht damit zubringen, zum Thé dansant zu gehen.»
Er hob matt die Hände. «Die Armee hätte mein Leben sein sollen. Doch es gibt in Deutschland keine Armee mehr. Nicht eine, in der ich dienen möchte.»
«Sie können Ihr Leben nicht wegwerfen.»
«Wie amerikanisch Sie sind.» Dann lächelte er wehmütig. «Aber wir Preußen sind auch so gewesen. Mein Vater hat mir stets gesagt, das Leben sei nichts als Pflicht. Vielleicht ist es gut, daß er in Verdun gefallen ist. Fräulein, werden Sie mir, wenn wir in China sind und Ihren Vater gerettet haben, das Flugzeug, das ich jetzt fliege, verkaufen?»
Sie hatte nicht erwartet, daß er eine so bejahende Haltung annehmen würde und das so plötzlich. «Nun – ich weiß es nicht. Vielleicht. Was wollen Sie damit?»
«Ich weiß es nicht – noch nicht. Vielleicht werde ich Flieger bei einem Feudalkriegsherrn wie Herrn Suns Meister einer ist. Oder ich gehe nach Amerika und werde Stunt-Pilot. Kuhstallstürmer, ist das der Ausdruck?»
Sie lachte, froh, damit Zeit zu gewinnen. «Man nennt es ‹barnstorming›, das wäre dann wohl eher Scheunenstürmer. Aber ich sehe Sie nicht als das, Baron. Solche Barn-stormers, also Akrobatikflieger, reisen sämtlichen Jahrmärkten nach. Zum Thé dansant in Konstanz kämen Sie kaum noch.»
«Der Thé dansant war eine Abwechslung, Fräulein.» Er lächelte, aber sein Lächeln war ebenso steif wie sein Ton. «Etwas, um die Zeit auszufüllen. Womit werden Sie Ihre Zeit ausfüllen, wenn wir Ihren Vater gerettet haben, und Sie nichts mehr zu tun haben?»
Diese Zurechtweisung war gerechtfertigt. Sie hatte ihr Leben nie als eine Folge von Pflichten gesehen. Es war eher eine Jagd nach Vergnügungen gewesen, und ihr

Vater hatte sie darin unterstützt; sie würde das alles wieder haben können. Außer Menschen hatten die Amerikaner im Krieg nichts verloren. «Sie können das Flugzeug haben, Baron. Ich schenke es Ihnen.»
Er schüttelte den Kopf. «Man hat mich auch gelehrt, nie Wohltätigkeit anzunehmen, Fräulein. Ich werde das Flugzeug mit dem Honorar, das Sie mir bezahlen, kaufen.»
Nun hatte sie zu keinem der drei Männer mehr eine nähere Beziehung; sie wurde zur Außenseiterin in dem, was sie als ihr Team angesehen hatte. Sie hatte zuvor, unmittelbar nachdem sie gelandet waren, versucht, ihr altes Verhältnis zu Bede wiederherzustellen, aber er hatte ihr keine Gelegenheit dazu gegeben. Er war, so schien es, zu sehr mit praktischen Dingen beschäftigt, um auf persönliche Gefühle einzugehen. Plötzlich wünschte sie, die Reise wäre beendet, ihr Vater gerettet, die Männer, die zuviel von ihr erwarteten, ausbezahlt.
O'Malley und Sun Nan kamen mit gebratenem Ziegenfleisch und gekochtem Reis zurück, das sie ohne großen Appetit aßen. Danach gab es für jeden eine Stange alte Schokolade, die sie in der R.A.F.-Messe in Bagdad gekauft hatten. Ein Kaffeeverkäufer aus dem Bazar in der Stadt war O'Malley gefolgt, und sie kauften bei ihm eine Tasse der starken Brühe. «Sie hatten Früchte im Bazar», erzählte O'Malley, «aber wir haben darauf verzichtet. Bis jetzt haben wir Glück gehabt – keine einzige Darminfektion.»
«Das ist aber auch das einzige, das uns erspart geblieben ist.» Kern streckte sein Bein von sich und stöhnte leise.
«Soll ich den Verband erneuern?» fragte O'Malley.
Eve wußte, daß sie sich als Krankenschwester hätte anerbieten müssen, doch O'Malley war ihr zuvorgekommen, und sie hatte das Gefühl, immer mehr aus dem Kreis der Männer verbannt zu werden.

«Ich hole heißes Wasser.» Sie stand hastig auf, um ihnen keine Gelegenheit zu geben, ihr Angebot abzulehnen.
O'Malley sagte nichts, aber sie fühlte, wie seine Augen ihr folgten, als sie zum Benzinhändler hinüber ging, der eben wegfahren wollte. Sie kaufte ihm noch einmal Wasser ab und zahlte einen Aufpreis für eine alte Kerosinkanne, um es darin zu kochen. Sie vermied es geflissentlich, sich nach den Männern umzusehen, denn sie war sich bewußt, wie ungeschickt sie die Kerosinkanne auf den brennenden Kameldung gestellt hatte: sie, der man den Zutritt zu Großmutters Küche in Boston stets verwehrt hatte. Allmählich wurde ihr klar, wie hilflos sie in den alltäglichsten Dingen war. Als das Wasser kochte und sie es vom Feuer heben wollte, fiel sie beinahe hinein.
«Lassen Sie mich das machen», sagte O'Malley hinter ihr; es ärgerte sie, daß er es war, der sich anerbot, ihr in ihrer Hilflosigkeit zu helfen. Warum war nicht der verdammte Chinese herübergekommen? Aber der mit Reis vollgestopfte Sun Nan – für sein Gebiß war das endlich wieder einmal ein zivilisiertes Essen gewesen – saß mit dem Rücken gegen das Rad eines der Flugzeuge gelehnt am Boden und betrachtete mit überlegener Miene die staunenden Perser.
«Sie müssen die Hose ausziehen», sagte O'Malley zu Kern. «Vielleicht macht Miß Tozer unterdessen einen Spaziergang.»
«Ich habe schon mehr Männer ohne Hose gesehen.»
«Geben Sie nicht an», fauchte O'Malley.
Unbehagen bringt derlei dumme Bemerkungen hervor wie schlechter Boden das Unkraut. Ein Lachen hätte sie aus der Welt geschafft. Man hätte sie auch ignorieren können, aber dazu war Eve im Augenblick zu überempfindlich, also stolzierte sie davon. Sie holte ihren Schlafsack aus dem Flugzeug, kroch hinein und drehte

sich von den Männern weg. Sie schloß die Augen, doch ihr Geist blieb offen für die Wut, die Verdrossenheit und die Zweifel, die über den hereinfallen, der plötzlich entdeckt, daß er fehl am Platz ist. Dann begann es in ihrem Bauch zu rumoren, und sie wußte, sie mußte aufstehen und dem Drang der Eingeweide nachgeben. Der Ziegenbraten, der Reis oder sonst etwas taten ihre Wirkung.
Sie kroch aus dem Schlafsack, ging um ihr Flugzeug herum und hinaus in die Dunkelheit. Sie hörte Schritte hinter sich und fuhr, von plötzlicher Furcht gepackt, herum.
«Wohin gehen Sie?» fragte O'Malley.
Er hatte eine Armeepistole in der Hand, es war das erstemal, daß sie sie sah. «Auf die Toilette, wenn Sie es unbedingt wissen wollen.»
«Ich komme mit Ihnen. Dort drüben sind ein paar Felsbrocken.»
«Sie brauchen nicht mitzukommen – verdammt noch mal, ich schaff es allein.»
«Miß Tozer, ich weiß, es ist Ihnen peinlich, aber Sie müssen dieses Gefühl überwinden. Ich lasse es nicht zu, daß Sie allein in der Dunkelheit herumspazieren.»
«Sie lassen es nicht zu?»
«Nein.»
Ihr Magen krampfte sich zusammen, und sie mußte zu den nächsten Felsen hinübereilen. Als sie hinter ihnen hervorkam, wartete er leise vor sich hinpfeifend auf sie.
«Verdauungsprobleme?», fragt er. «Es ist etwas in der Apotheke, was dem abhelfen sollte. Sagen Sie es mir, wenn Sie in der Nacht noch einmal gehen müssen. Jemand von uns wird mitkommen.»
«Ich werde auch meine Zeit Wache halten.»
«Nein. Sie versuchen, soviel wie möglich zu schlafen. Sie müssen morgen fliegen.»

«Mr. O'Malley, anscheinend sind Sie der Meinung, *ich* arbeite für *Sie*.»
«Durchaus nicht, Miß Tozer. Sie bezahlen die Rechnungen.»
«Ist es mein Geld, das Sie stört?»
«Nein, solange es Sie nicht stört.» Sein Gleichmut war zum aus der Haut fahren; sie haßte ihn mit einem Mal. «Nehmen Sie das Mittel.»
Er ging zu Kern und Sun Nan hinüber, die nebeneinander in ihren Schlafsäcken lagen, und sagte etwas zu ihnen. Sie kroch auch wieder in ihren Sack und schlief glücklicherweise ein, mußte aber im Lauf der Nacht noch zweimal aufstehen. Als sie zum drittenmal erwachte, war es Tag, obwohl die Sonne noch nicht über den Bergen hinter der Stadt zu sehen war. Sie schaute auf ihres Vaters Uhr, glaubte, sie wäre stehengeblieben, überlegte dann aber, daß sie immer nach Osten geflogen waren, ohne daß sie sie vorgestellt hatte. Das niederschmetternde Gefühl, das ebenso ihrer körperlichen Schwäche wie allem andern zuzuschreiben war, sie hätte in dem Rennen um das Leben ihres Vaters rein gar nichts gewonnen, überkam sie.
O'Malley schaute auf sie hinunter. «Wie fühlen Sie sich?»
«Schwach.»
«Können Sie fliegen?»
«Selbstverständlich.» Sie kämpfte sich aus ihrem Schlafsack, ihr wurde schwindlig, aber sie schaffte es, nicht zu wanken. «Es wird schon gehen.»
Er sah sie scharf an. «Schön, Sie wissen es am besten. Ich würde nichts essen. Nehmen Sie noch einmal von dem Mittel.»
Er redete, bevor sie abflogen, nicht mehr mit ihr. Einmal mehr stiegen sie in einen heißen Himmel hinauf und nahmen einmal mehr Kurs nach Osten. Wieder überkam Eve eine große Verlassenheit, sie haßte

O'Malley, haßte alle Männer: Etwas, wozu sie sich nie fähig gehalten hätte. Die ganze Welt außer ihrem Vater hassend, schaute sie vor sich in die flimmernde Ferne und sehnte sich danach, ihn wiederzusehen.
Sie kamen wieder in Turbulenzen, und sie mußte ihre Selbstbemitleidung aufgeben (sie war ehrlich genug, es als solche zu erkennen) und sich ganz auf das Fliegen der bockenden Maschine konzentrieren. Sie war froh, daß sie nicht gefrühstückt hatte; es war nichts in ihr, was sie spucken konnte, und auch ihre Därme schienen leer zu sein. Alle drei Flugzeuge hoben und senkten sich wie herumtreibende Drachen. Plötzlich hörte sie, wie ihr Motor Aussetzer hatte; und als sie ihm mehr Leistung abfordern wollte, die er nicht erbrachte, fühlte sie, wie die Maschine durchsackte. Der Motor hustete, stotterte und starb; das Flugzeug geriet in eine überzogene Fluglage, schmierte über die Tragfläche ab und begann zu trudeln. Himmel, Erde und Horizont wirbelten um sie, und sie verlor jede Orientierung. Der Wind pfiff heulend an ihr vorbei, die Maschine wurde herumgeschüttelt und drohte auseinanderzufallen. Sie arbeitete verzweifelt, um sie unter Kontrolle zu bringen, ihr war, als müßte sie gleichzeitig ein Dutzend Dinge tun.
Dann sprang der Motor wieder an, sie gab Gas, hörte wie er wegblieb und wieder kam. Sie ließ die Maschine weiter trudeln, versuchte, die Spirale zu öffnen und hoffte, sie würde noch nicht gleich am Boden aufschlagen. Sie fühlte, wie die Seitenruder reagierten und zog am Steuerknüppel. Sie fing die Maschine knapp dreihundert Fuß über dem Boden auf; unmittelbar vor ihr stieg ein felsiges Vorgebirge an. Sie riß den Knüppel zurück, gab Gas, nahm die Bristol hinauf und raste haarscharf über die zerklüftete Kuppe weg. Sie stieg weiter, aber sie spürte, der Motor war genauso krank wie sie. Sie würde Quetta nicht erreichen.

O'Malley flog zu ihr, hielt sich aber soweit auf Distanz, daß die ständigen Turbulenzen ihn nicht auf sie warfen. Sie deutete auf den Motor und dann nach unten. Er gab ihr zu verstehen, daß er begriffen hatte, überholte sie und flog ihr nun voraus. Sie befanden sich über zerklüftetem Bergland. Es war, als sähen sie auf eine riesige Felsbrocken-Deponie hinunter. O'Malley drehte sich immer wieder nach ihr um; als sie ihrerseits nach hinten blickte, entdeckte sie Kern, der ihr, etwas höher fliegend, das Geleit gab.
Der Motor röchelte und gab knapp genug Leistung, um die Maschine in der Luft zu halten. Einmal warf sie einen Blick über die Schulter. Sun Nans Gesicht hinter der großen Brille war kreideweiß und angstverzerrt. Dann sah sie O'Malley nach vorn zeigen, die Nase der Bristol senken und auf einen zwischen zwei langgezogenen Bergrücken eingebetteten schmalen Streifen nackter, gelber Erde zusteuern. Als O'Malley nach unten stach, drohte Eves Motor vollends zu sterben, daher folgte sie ihm.
O'Malley flog über den schmalen, offenen Landstreifen, stieg steil wieder an, drehte sich nach ihr um und winkte energisch ab. Doch es war zu spät. Eve brachte die Nase ihrer Maschine nicht mehr hoch. Dreißig Meter über dem Boden setzte der Motor endgültig aus. Die plötzliche Stille ließ sie beinahe vergessen, was sie zu tun hatte; sie hatte sich allzu verbissen auf das Geräusch konzentriert. Der Boden kam mit der Geschwindigkeit einer nach oben statt nach unten strebenden Lawine auf sie zu: Sie sah Felsen, Gebüsch, einen ausgetrockneten Wasserlauf, vom Wind aufgewirbelten gelben Sand. Sie zog mit aller Kraft den Steuerknüppel nach hinten und hielt die Nase mit schierer Willenskraft oben; sie fühlte, wie diese sich langsam senkte und wußte, sie hatte nicht genug Geschwindigkeit. Die Räder setzten auf, hüpften, und sie

kämpfte, um das durch das unebene Gelände rasende Flugzeug auf einer geraden Linie zu halten. Sie hörte einen Knall, die Maschine rutschte seitlich weg, kippte nach backbord, sie duckte sich und erwartete, sie würden sich überschlagen. Doch der Steuerbordflügel senkte sich wieder, das Flugzeug rumpelte noch ein paar Meter weiter und kam endlich in einer Staubwolke zum Stehen.
Sie brauchte eine Weile, um ihre Kräfte zu sammeln und aus dem Cockpit zu klettern. Doch dennoch gaben ihre Beine nach, und sie mußte sich halb auf den Flügel setzen, um nicht zu Boden zu gehen. Sun Nan saß immer noch im Flugzeug, sie ließ ihn und wankte davon, um nach O'Malley und Kern Ausschau zu halten, die über ihr kreisten. O'Malley kam tief herunter, brauste über sie weg und deutete auf den Boden. Zuerst begriff sie nicht, was er wollte; aber plötzlich hatte sie wieder einen klaren Kopf. Er wollte wissen, ob er und Kern landen konnten, ohne ihre Maschinen zu beschädigen.
Sie begann zu laufen, rief Sun Nan zu, er sollte kommen und ihr helfen, einen geeigneteren Landestreifen zu suchen, als der, mit dem sie hatte vorliebnehmen müssen. Sie fand ihn an die hundert Meter von ihrem Flugzeug entfernt, am Fuß der östlichen Bergkette: Ein schmales Stück harten, mit Steinen übersäten Bodens. In einer Viertelstunde hatten sie und Sun Nan die größten Brocken weggeräumt; um alle zu beseitigen, hätten sie Stunden benötigt. Danach warteten sie erschöpft, verschwitzt und von der bösartigen Kraft der gleißenden Sonne in den knapp bemessenen Schatten getrieben, auf O'Malley und Kern.
O'Malley kam zuerst herunter. Seine Maschine hüpfte, und der Steuerbordflügel kam dem Boden bedenklich nah; aber es gelang ihm, die Maschine unter Kontrolle zu bringen, und er rollte aus, wendete die Bristol und

parkierte sie dann neben Eves. Kern setzte zur Landung an, erlebte dasselbe Hüpfen und Abkippen wie O'Malley, behielt ebenfalls Kontrolle, schwenkte herum und rollte neben die beiden anderen Flugzeuge.
«Mein Motor ist einfach – *gestorben*», erklärte Eve; sie besah sich ihre Maschine erst jetzt und entdeckte den zusätzlichen Schaden. «Ich habe zudem einen Reifen zerstört. Möglicherweise ist dabei das Rad oder die Achse verbogen worden.»
O'Malley sah zu den Bergrücken auf: Eine abweisende, kahle, sengend heiße Welt, in der nur vereinzelte dornige Sträucher wuchsen. «Mr. Sun, helfen Sie dem Baron die Lewis-MGs auf meine und seine Maschine zu montieren. Holen Sie die Wasserflaschen aus den Cockpits, graben sie im Schatten der Flügel ein Loch und stellen Sie sie hinein. Laden Sie Ihre Magnum, Miß Tozer, und behalten Sie sie in Griffnähe. Für alle Fälle.»
«Wo sind wir?» Kern war ohne Stock zu ihnen herüber gehumpelt.
«Ich bin nicht sicher. Ich vermute in Waziristan – der Zeit nach, die wir unterwegs sind, könnten wir schon so weit sein. Wenn es zutrifft, müssen wir auf der Hut sein.»
Während Kern und Sun Nan die Maschinengewehre in den hinteren Cockpits montierten, ging O'Malley zu Eves Maschine hinüber. Sie folgte ihm, schweigend beobachtete sie, wie er sowohl das beschädigte Rad wie den kranken Motor inspizierte. Auch er sagte nichts, ignorierte sie scheinbar. Schließlich sprang er vom Motor, den er eben untersucht hatte, herunter. «Wir müssen den Reifen wechseln. Das Rad scheint zum Glück nichts abgekriegt zu haben. Aber für den Motor werde ich einige Zeit aufwenden müssen. Die Zylinderköpfe sehen aus, als seien sie überhitzt worden. Und die Kerzen sind total verölt. Es ist meine Schuld. George hat

mir gesagt, ich müsse alle zwanzig Flugstunden das Öl wechseln. Ich werde es bei meiner und bei Kerns Maschine auch gleich wechseln müssen, sonst könnten wir dieselben Probleme haben.»
«Wie lange werden wir hierbleiben?» Obwohl er die Wartung der Flugzeuge vernachlässigt hatte, tat sie ihr Bestes, jede Kritik aus ihrer Stimme zu verbannen.
«Mindestens zwei Stunden, vielleicht länger.» Er schaute wieder zu den sie umgebenden Bergrücken auf. «Wenn wir keinen Besuch erhalten und das Glück uns treu bleibt, sollten wir spätestens bis zum Mittag hier weg sein.»
Kern und Sun Nan machten sich daran, den Reifen zu wechseln, und O'Malley widmete sich dem Motor. Es dauerte keine halbe Stunde, bis der erste Besuch auftauchte. Eve, die, den Revolver im Schoß, im Schatten des Flügels unter Kerns Maschine saß, blickte in die Felswände auf der andern Seite des schmalen Tals. Ihre Gedanken weilten bei ihrem Vater, und sie sah nichts; plötzlich bewegte sich etwas in ihrem Blickfeld, etwas, das handfester war als die flimmernde Hitze. War ein Felsbrocken in Bewegung geraten? Sie stand auf, kniff geblendet die Augen zusammen und fragte sich, ob die Bewegung nur Einbildung gewesen sei.
Plötzlich erwachte die Bergkuppe zum Leben. Die Ankömmlinge erhoben sich und verteilten sich, eine Art Fries bildend, längs der Horizontlinie. Sie hielten die Gewehre senkrecht in die Höhe und glichen winzigen Ausrufzeichen. O'Malley sprang von Eves Maschine, rannte zu seiner, sprang ins hintere Cockpit, setzte sich rittlings auf den Zusatztank, riß das Lewis-MG herum und richtete es auf die Männer auf der Bergkuppe. Auch Kern sprang in seine Maschine und tat mit seinem Maschinengewehr dasselbe. Sun Nan kam zu Eve herüber. Sie warf ihm einen Seitenblick zu. Zu ihrer Überraschung wirkte er ruhig und unerschrocken, er

war keineswegs mehr der kranke, verängstigte Sun, der hinter ihr im angeschlagenen Flugzeug gesessen hatte.
«Vielleicht greifen sie nicht an», meinte sie.
«Es kommen noch mehr», erwiderte er und deutete das Tal hinunter. Dort tauchten schwarze Gestalten aus dem flimmernden Glast, getragen von einer wogenden Staubwolke, die ihr gespenstisches Aussehen unterstrich. Hundert Reiter oder mehr, jeder ein Gewehr gut sichtbar in der Hand; über der Schulter ihres Anführers aber blitzte ein langer Säbel.

3

Kern beobachtete die herannahenden Reiter mit einer Mischung aus Bewunderung und Besorgnis. Der Anblick einer Truppe Reiter in Bewegung hatte ihn stets fasziniert; wenn er nicht unvermutet entdeckt hätte, wieviel Freude ihm die Fliegerei machte, wäre er Kavallerist geworden. Die Truppe, die aus dem zitternden Dunst auf sie zukam, hatte nichts von dem brillanten Schneid eines Lanzerregiments, dennoch bot sie ein hinreißendes Bild: Die Pferde dicht beieinander in leichtem Galopp, die Köpfe hoch erhoben, und die Reiter so leicht im Sattel, als wären sie dort geboren. Sein Finger lag auf dem Abzug der Lewis, aber würde er zu gegebener Zeit fähig sein, auf die Pferde zu schießen?
Knapp zwanzig Meter vor den Flugzeugen blieben die Reiter stehen. Staub wirbelte durch die Luft und setzte sich dann. Pferde und Reiter nahmen Gestalt an, wurden Wirklichkeit. Er hörte das metallische Klingen der Kandaren und Steigbügel, das dumpfe Herunterfallen der Pferdeäpfel; Geräusche, die ihm vertraut waren und die er liebte. Aber sonst war nichts zu hören. Die Stammesangehörigen in Tunika und Pluderhose, einen schwarzen Turban auf dem Kopf, die Augenlider geschwärzt, viele mit Bart, saßen auf ihren Pferden und starrten die Fremden an. Schließlich ritt der mit dem langen blitzenden Säbel auf seinem rabenschwarzen Hengst zu ihnen herüber. Er wirkte kleiner als die Übrigen, ein drahtiger Mann mit nur einem Nasenflügel und einer eingefallenen Wangenhälfte; mit Ausnahme der schwarz geschminkten blitzenden hellblauen Augen ein halb abgestorbenes Gesicht. Er trug eine rosa Kordreithose, teure Reitstiefel, ein rotes Hemd, eine gelbe Lederjacke und einen schwarzen Turban. Um die

Taille hatte er einen Pistolengurt, an dem rechts in einer Halfter eine Pistole hing und links in einer Scheide ein Messer. Er besah die drei Flugzeuge und die vier Fremden, dann nickte er Kern zu.
«Keine Mätzchen, Jack», sagte er mit amerikanischem Akzent. Er steckte den Säbel in die am Sattel hängende Scheide, zog die Pistole aus der Halfter und richtete sie auf Eve. «Wenn ihr diese Kanonen ein einziges Mal abfeuert, erschieß ich die Frau, verstanden?»
Kern schaute O'Malley an, zuckte die Achseln und nahm die Hand vom Lewis. O'Malley tat dasselbe. Eve hatte ihren Revolver im Anschlag gehalten, aber auf ein Zeichen von O'Malley richtete sie den Kolben nach unten und nahm ihn beim Lauf.
«Wer ist hier der Boß?»
«Ich», erklärte Eve, und der Mann schnitt mit seinem havarierten Gesicht eine derartige Fratze, daß Kern beinahe laut gelacht hätte.
«Sie sind bestimmt Amerikanerin.»
Ein Murren ging durch die Reihen der Reiter, und selbst die Pferde scharrten ruhelos. Der Anführer hob die Hand, stieß, ohne sich umzudrehen, einen Befehl aus, der sein Gefolge zum Verstummen brachte. Dann sah er Kern an. «Sagen Sie der Frau, sie solle den Mund halten. Wer von euch Männern hat etwas zu sagen?»
«Was möchten Sie wissen?», fragte Kern. «Sie haben nach dem Boß gefragt, die Dame ist unser Boß. Aber wenn Sie nicht mit ihr sprechen möchten, können vielleicht Herr O'Malley oder ich Ihnen Auskunft geben.»
«Herr O'Malley? Sind Sie Deutscher?»
«Ja. Baron Conrad von Kern.»
«Ein Fritz, was? Wo wollen Sie hin?»
«Nach China.»
Der Anführer schüttelte den Kopf. «Das war einmal. Jetzt nicht mehr. Okay, kommen Sie runter. Keine Mätzchen mit den MGs.»

«Wo bringen Sie uns hin?» fragte Eve.
Der Anführer sah erneut Kern an. «Verdammt noch mal, sagen Sie ihr, sie soll schweigen, sonst schneiden ihr diese Burschen die Zunge ab.» Er gab einen Befehl, vier Reiter saßen ab und brachten ihre Pferde. «Okay, aufsitzen.»
«Was ist mit meinem Kästchen?» Eve sah O'Malley an, verstummte aber, als einer der abgesessenen Reiter ihr einen unsanften Stoß versetzte.
«Bleibt jemand da und bewacht unsere Maschinen?» Er sah Eve an, schüttelte den Kopf und wandte sich dem Anführer zu. «Wenn nicht, möchte ich sie vertäuen.»
«Mein Gott!» rief der Wazir aus. «Wißt ihr Bastarde nicht, wann ihr das Spiel verloren habt? Vorwärts, in den Sattel, sonst knall ich euch ab.»
Das verwundete Bein behinderte Kern, dennoch gelang es ihm, mit der Leichtigkeit des geübten Reiters aufzusitzen. Auch Eve schwang sich mühelos in den Sattel. Einer der Stammesangehörigen nahm ihr den Revolver ab und bewunderte ihn. Doch der Anführer knallte mit den Fingern und der Mann händigte ihn ihm widerstrebend aus. Der Anführer besah ihn prüfend und schaute Eve an.
«Benützen Sie ihn?»
«Ich habe einmal einen Mann von ungefähr Ihrer Größe damit erschossen.»
Kern bewunderte ihre Schlagfertigkeit, auch wenn sie unter den gegebenen Umständen tollkühn war. Der Anführer nahm den Revolver auf Schulterhöhe und richtete ihn auf Eve. Alle hielten den Atem an; selbst die Pferde schienen stockstill zu stehen. Eve starrte den Anführer an, zuckte aber mit keiner Wimper. Kern faßte die Zügel kürzer, bereit, den Anführer nötigenfalls niederzureiten. Doch in dem Augenblick, in dem er sich anschickte, dem Pferd die Absätze in die Flanken zu stoßen, senkte der Anführer den Revolver, grin-

ste, daß seine lückenhaften Zähne sichtbar wurden, und sagte etwas zu seinem Gefolge. Einige der Männer nickten, andere lachten, aber alle schienen erleichtert.
«Sie haben Mut, Lady. Das hat Sie gerettet, sonst nichts. Wir Puschtonen bewundern Mut. Aber halten Sie von jetzt an den Mund, sonst werden Sie mit Ihrem eigenen Revolver erschossen. Oder vielleicht schneiden wir Ihnen die Kehle durch. Okay, sitzt auf, ihr andern.»
Sun Nan mußte sich in den Sattel helfen lassen, er schwankte bedrohlich und fiel beinahe auf der andern Seite wieder hinunter. Kern ritt zu ihm hin und stieß ihn in den Sattel zurück. Die Stammesangehörigen lachten, aber das Gesicht des Chinesen blieb völlig ausdruckslos. Niemand hatte versucht, die Fremden zu durchsuchen. Kern sah, daß O'Malley seine Armeepistole nicht auf sich trug, aber er fragte sich, wo Sun Nan sein Messer versteckt haben mochte.
O'Malley kletterte in den Sattel und stellte sich dabei nicht allzu ungeschickt an, aber als er oben war, zeigte es sich, daß er nicht reiten konnte. Kern war überrascht. Er hatte den Engländer mehr und mehr als beinahe seinesgleichen angesehen; nicht ganz, aber beinahe. O'Malley war nicht adlig. Aber er war gebildet (nichts geringeres als Oxford, und das machte selbst einem Deutschen Eindruck), er war Offizier, er war ein ausgezeichneter Flieger; also war anzunehmen, daß er, wie jeder Gentleman, auch reiten konnte. Aber als sie, von Stammesangehörigen eingekreist, davongaloppierten, wackelte O'Malley wie eine Stoffpuppe im Sattel. Die vier Waziri, die ihre Pferde abgetreten hatten, blieben bei den Flugzeugen zurück.
Die lange Kriegerreihe auf dem Bergrücken war verschwunden. Nach ungefähr zehn Minuten holten die Berittenen diese Krieger ein. Sie verließen das enge Tal in Einerkolonne über die Steilwand eines Wadis, der Anführer voran, die vier Gefangenen unmittelbar hinter

ihm. Der Weg war steinig, und die Pferde konnten nur noch im Schritt gehen. Plötzlich stießen sie auf ebenso viele, mit Gewehren und langen Messern bewaffnete Stammesangehörige zu Fuß. Sie gliederten sich von beiden Seiten in die Kolonne ein, äugten neugierig nach den Gefangenen, sagten aber nichts.
Nach einem halbstündigen, langsamen Ritt erreichte die Gesellschaft eine kleine, auf einem breiten Hochplateau gebaute Stadt. Ein dichtgedrängter Haufen von Lehmhütten in einem von Mauern umgebenen Rechteck, an dessen vier Ecken je ein Wachtturm mit einem Zinnenkranz von schmalen Schießscharten stand. Als der Umzug näher kam, erhoben sich die Wachen hinter den Zinnen und schwangen zum Gruß die Gewehre, die zu Fuß Gehenden begannen zu laufen und stürmten schreiend und mit den langen Messern gestikulierend voraus. Kurz vor der Stadt entdeckte Kern am Wegrand einen Haufen weißer Steine. Erst als er unmittelbar davor war, erkannte er, daß die Steine Schädel waren, ein hoher, zur Begrüßung grinsender Wall. Er sah, wie Eve das Gesicht abwandte und streckte tröstend die Hand nach ihr aus.
Sie ritten durch ein breites, von zwei weiteren Wachttürmen flankiertes Tor auf einen Platz, der sich von einer Mauer zur andern quer über den flachen Bergrücken erstreckte, und von dem aus die Stadt zu einer vierten, anscheinend auf dem höchsten Punkt gebauten Mauer anstieg. Eine praktisch nur aus der Luft einnehmbare Festung, dachte Kern.
Alle saßen ab, und die Pferde wurden wieder vor die Tore gebracht. O'Malley und Sun Nan machten steif und wund einige Kniebeugen und rieben sich die Schenkelinnenseiten. Eine Menschenmenge strömte, wie schwarzer, aus den Häuserwaben fließender Honig, erregt schnatternd aus der Stadt herunter. Kern und O'Malley stellten sich dicht neben Eve, als sie sich

plötzlich der in der Luft liegenden Feindseligkeit bewußt wurden. Aus irgendeinem Grund haßten diese Menschen alle Fremden.
«Engländer!» Ein alter Mann mit einem weißen Bart spuckte Kern an. Der Deutsche überlegte, ob es wohl etwas einbrächte zu erklären, er und Eve wären keine Engländer. Doch ein Blick in die Menge sagte ihm, daß niemand auf Erklärungen hören würde; viele der Männer hatten schon das Messer in der Hand.
Er wurde mit den andern durch die engen Gassen der Stadt geführt. Der Lärm und die vielen Leute wirkten niederdrückend, und die Sonne steuerte das ihre dazu bei. Kern hatte das Gefühl, sie wären überhaupt niemand mehr. Sein verletztes Bein schmerzte, aber er bemühte sich, nicht zu hinken. Eve stolperte immer wieder, und er und O'Malley mußten sie auffangen. Sun Nans rundes Gesicht glänzte schweißnaß unter der Melone, das schwarze Jackett trug er säuberlich gefaltet über dem Arm. Die ihn stoßenden und puffenden Menschen schienen für ihn nicht vorhanden; er schritt durch sie, als wären sie Gebüsch längs eines überwachsenen Pfads.
Sie gelangten zu einem etwas größeren Haus, wurden hineingeführt und in einen Nebenraum bugsiert. Der Fußboden war mit Fliesen ausgelegt, auf denen dicke gewobene Teppiche lagen, die, wie Kern wußte, zu Hause in Deutschland als wertvoll gegolten hätten, hier aber lediglich zu der spärlichen Möblierung zu gehören schienen. Die Tür war offengeblieben, vier Stammesangehörige gingen mit geschulterten Gewehren und die Hand an den Messern im Gürtel im Flur auf und ab. Sie starrten die Gefangenen an und warfen sich hie und da einige Bemerkungen zu, die offensichtlich voll gemeinen Spottes waren, obwohl Kern sie nicht verstand.
«Mit Reden kommen wir hier nicht raus», meinte O'Malley.

Eve hatte sich auf einen groben, gradlehnigen Stuhl fallen lassen; sie hatte die Schuhe ausgezogen und rieb sich nun die Füße. «Wären Sie doch weitergeflogen, für Sie und den Baron bestand kein Grund zu landen...»
«Quatsch», stieß Kern hervor, obwohl er einen viel kräftigeren Ausdruck auf der Zunge hatte. Er hatte keine Angst, aber die einfältig grinsenden Wachen unter der Tür brachten ihn auf die Palme. Die anständige Behandlung Gefangener war Teil seines Kodexes. Er drehte sich den Männern zu und fuhr sie auf deutsch an: «Verschwindet, ihr blöden, heimtückischen Geier, und schließt die Tür!»
Die Wachen verstanden nicht, was er sagte, aber sie verstanden den Ton. Einer von ihnen zog das Messer, trat ins Zimmer und krächzte etwas in seiner Sprache. Eve fuhr mit einem Schrei vom Stuhl; O'Malley murmelte etwas, und Sun Nan gab ein leises Pfeifen von sich. Der Wazir trat dicht an Kern heran, doch der Deutsche wich nicht von der Stelle. Das Messer fuhr mit einem Ruck in die Höhe, blieb einen Augenblick oben, dann ritzte seine Spitze Kerns Kehle. Dieser verzog keine Miene, aber starrte in die wütenden Augen eine knappe Handbreite vor den seinen, fühlte die Hitze im Leib des andern, roch seinen Atem und seine Ausdünstung.
«Auch Sie haben Mut, Fritz. Genau wie das Weibsbild.» Das drahtige Männchen stand amüsiert – aber nicht auf eine gemeine Art – unter der Tür. Er sagte etwas zu dem Mann mit dem Messer, dieser knurrte noch einmal und zog sich widerwillig zurück. «Kommt, Leute, eßt mit mir. Ich will nicht, daß ihr mir unter den Händen wegsterbt. Nicht vor Hunger.»
Sein Lachen war beinahe ein Gackern. Er gab den vier Wachen mit dem Kopf ein Zeichen, diese kamen herein, packten die Gefangenen, stießen sie vor sich her aus dem Zimmer, einen engen Flur entlang und in

einen anderen, größeren Raum, in dem auf einem Tuch, das auf dem mit Teppichen belegten Boden ausgebreitet war, eine Reihe Speisen standen. Der Anführer bedeutete Kern und den andern, rund um das Mahl Platz zu nehmen, und ließ sich oben an dem ausgebreiteten Tuch auf ein Kissen nieder. Er hatte die Kordhose und die Reitstiefel gegen eine weiße Pluderhose und halbmondförmige, mit Gold und Silber bestickte Pantoffeln vertauscht. Als sein Hemdsärmel zurückrutschte, sah Kern, daß er einen breiten Silberreif trug. Den Turban hatte er noch immer auf dem Kopf, wie auch die übrigen Männer, die schon um das Mahl saßen – ein halbes Dutzend, zwei davon alt und mit weißen Bärten.
«Okay, bedienen Sie sich. Messer und Gabeln gibt's hier nicht, nur Finger. Das ist *chaple kebab* – aufgepaßt, es ist Chili drin. Sie verbrennen sich den Mund, wenn Sie nicht vorsichtig sind.» Er nahm eine große Fleischkugel, biß hinein und nickte anerkennend. «Okay, setzen Sie mich ins Bild. Wer sind Sie, was haben Sie mit den Flugzeugen im Sinn? Und daß mir nicht das Weibsbild antwortet. Sie kann von Glück sagen, daß sie mit uns essen darf. Mein Papa», er deutete auf einen der weißbärtigen Alten, «hätte sie warten lassen und ihr die Reste vorgesetzt. Also, wer zum Teufel, seid ihr?»
O'Malley sagte es ihm und fügte hinzu: «Dürfen wir nun erfahren, wer Sie sind?»
«Ich bin Suleiman Khan.» Er mampfte eine zweite Fleischkugel und biß von dem flachen, runden Brot ab. «In den Staaten hat man mich Solly genannt. Ich habe auf Rennbahnen gearbeitet, Saratoga, Belmont Park und so weiter. Ich und die Nigger. Puschtone war ich der einzige. Ich stand nur eine Stufe über den Niggern. Das Weibsbild ist Amerikanerin, nicht wahr? Hat sie Nigger, die für sie schuften?»
«Darf ich das beantworten?», fragte Eve.

Die Männer waren dem Gespräch, das sie nicht verstanden, nur mit halbem Ohr gefolgt. Jetzt hielten sie augenblicklich mit Essen inne, die Hand zum Teil auf halbem Weg zum Mund, und sahen zuerst Eve und dann Suleiman Khan an.
«Großer Gott», fuhr er sie an, «wollen Sie unbedingt auf dem Schädelberg vor dem Tor landen? Berühren Sie mit der Stirne den Boden, als entschuldigten Sie sich bei mir, und dann halten Sie den Mund, verdammt noch mal.»
«Tun Sie, was er sagt», riet O'Malley.
Eve blickte in die Runde, sah die finsteren, bärtigen Gesichter und beugte sich nach vorn, bis ihre Stirn den Boden berührte. «Ich möchte wetten, daß Sie Ihren Spaß daran haben», murmelte sie O'Malley zu.
«Was hat sie gesagt?», fragte Suleiman.
«Sie beuge ihr Haupt vor allen Männern, sie möchten ihr verzeihen, daß ihre Zunge so lose sei wie die eines krächzenden Papageis.»
«Hat sie das gesagt? He, das klingt nicht schlecht.» Suleiman übermittelte die Entschuldigung den übrigen Waziri. «Okay, sie verzeihen ihr. Sagen Sie ihr, sie könne sich wieder aufrichten.»
Eve setzte sich auf und sah O'Malley wütend an. Der Wazir neben ihr hob plötzlich die Hand, um ihr einen Schlag auf den Mund zu versetzen, aber O'Malley streckte den Arm vor Eve durch und packte den Mann am Handgelenk. Er lächelte ihn an und wandte sich dann Suleiman zu. «Sagen Sie Ihrem Freund, ich schlage meine Frau selber, wenn ich es für nötig halte.»
Suleiman sah die vier Gefangenen der Reihe nach an, sagte dann etwas, worauf der Mann neben Eve sein Handgelenk O'Malleys Umklammerung entwand. Eve faltete die Hände im Schoß und blickte auf sie herab. Kern, dessen Mund brannte, weil er ungewollt auf ein Chilischötchen gebissen hatte, schaute zu Sun Nan hin-

über, der, in sich gekehrt wie immer, fein säuberlich eine Fleischkugel vertilgte und dabei sorgfältig auf die Pfefferschötchen achtete.
«Nicht daß ich selber Zeit für Nigger hätte.» Suleiman setzte das Gespräch fort, als wäre es nie unterbrochen worden. «Wir Afghanen haben keine Zeit für Hindus. Die meisten sind zu dunkel. Haben Sie je einen Hindu gesehen, der so blaue Augen hat wie ich? Sie sollten meinen Papa hören, wenn er erzählt, von wem wir Puschtonen abstammen. Von Kais nämlich, und er ist ein direkter Abkömmling von Jeremias und dieser war der Sohn von Saul, dem ersten König von Israel. Darum haben die meisten von uns Namen aus der Bibel. Ich bin Suleiman, mein Papa ist Jakob, das ist Adam, Ibrahim, Josef, Isaak. Ich habe immer heimlich gelacht, wenn ich die feinen Herren in Saratoga, Belmont und Pimlico habe herumstolzieren sehen, als gehöre die Welt ihnen, und dabei wußten die meisten von ihnen nicht, wer ihr Urgroßvater gewesen war. Wir dagegen wissen, von wem wir abstammen.»
Er ist *von Stand*, dachte Kern; der Gotha schien ebenso rückständig zu sein wie das *Berliner Tageblatt*. Er sog die kühlende Luft ein, sein Mund mußte ganz wund sein.
«Warum sind Sie nach Amerika gegangen?»
«Hab' mich in Australien auf dem falschen Schiff versteckt. Ich habe für meinen Papa Kamele nach Australien gebracht. Es gibt dort im Norden viele Afghanen. Sie treiben im ganzen Land Handel. Dann ging ich nach Brisbane hinunter und habe mich als blinder Passagier auf ein Schiff geschmuggelt, von dem ich glaubte, es liefe Kalkutta an. Es fuhr nach Kalifornien – ich konnte damals nicht viel Englisch. In Kalifornien war ein einziges großes Erdbeben. Ich bin an dem Tag an Land gegangen, an dem San Francisco einstürzte. Ich schnorrte mich nach New York durch und verdingte mich auf den Rennbahnen. Das einzige, das ich schon immer konnte,

war mit Pferden umgehen. Außer mit dem Hurensohn, dem ich das verdanke.» Er berührte sein entstelltes Gesicht. «Ich knallte geradewegs in seinen Huf.»
«Was hat Sie bewogen, nach Waziristan zurückzukehren?»
«Ich habe einen Mann umgebracht.» Suleiman biß wieder in eine Fleischkugel und fuhr sich mit dem Handrücken über den Mund. «Als der Krieg ausbrach, kam ich nach Frankreich, ich war in der 81. Säumerkompanie. Wir hatten einen Leutnant, der ständig auf mir herumritt. Ich wartete bis zum Tag des Waffenstillstands, dann schnitt ich ihm die Kehle durch, um gewissermaßen das Ende des Kriegs zu feiern. Darauf schlug ich mich durch ganz Europa, die Türkei und Persien durch bis nach Hause. Die Kordhose, die ich getragen habe, hat dem Leutnant gehört, die Stiefel auch. Eine hübsche Ausstattung.»
«Sie sind in kurzer Zeit Stammeshäuptling geworden, nicht wahr?», sagte O'Malley und fügte hastig hinzu: «Ich meine es als Kompliment.»
«Ich mußte mich durchsetzen.» Er lachte sein gackerndes Lachen, ging aber nicht auf Einzelheiten ein.
«Was haben Sie mit uns vor?» fragte Kern. «Wir tragen nichts zu Ihrem Häuptlingsruhm bei, oder?»
Suleiman sah ihn über den gebrochenen Backenknochen und die eingesunkene Wange weg aus den Augenwinkeln an. «Haben Sie den Schädelberg gesehen beim Heraufreiten? Vor Hunderten von Jahren ist ein gewisser Babur auf dem Weg nach Indien hier durchgekommen. Er hatte die Gewohnheit, seinen Feinden die Köpfe abzuschlagen und die Schädel aufzuschichten, eine Art Kopfbuchhaltung, verstehen Sie mich?» Er gackerte wieder. «Die Puschto *Maliks*, das sind Häuptlinge, tun das immer noch. Je mehr Schädel einer hat, desto größer ist sein Ansehen. Ich bin noch nicht so lange zurück, aber ich habe meinen Teil zu

dem Berg vor dem Tor beigetragen. Die Schädel von nahezu fünfzig Engländern sind dabei, aber Sie würden sie nicht kennen. Irgendwie sehen die Schädel alle gleich aus. Ich glaube, der Dame wird übel.»
Eve war kreideweiß, sie spuckte, was sie im Mund hatte, in die Hand, sah sich suchend um und leerte es in die Schüssel mit Abfällen hinter ihr. Sie nickte, als Kern sie fragte, ob alles in Ordnung wäre, aber der Blick, den sie Suleiman gab, trug ihr beinahe eine Ohrfeige des Stammesangehörigen neben ihr ein. Dieser sah O'Malley an, der erklärte: «Ich rechne später mit ihr ab, Kumpel.»
«Sie ist als Kind verweichlicht worden», meinte Suleiman. «Als ich klein war, hat meine Mutter mich jeweils in den Schlaf gesungen. Ein Schlaflied nennt man das, nicht? Wissen Sie, was sie mir gesungen hat? Die Namen der Männer, die mein Vater und mein Großvater getötet hatten. Ihr zählt Schafe beim Einschlafen, ich habe Tote gezählt.»
«Ich möchte gerne glauben, Sie nehmen uns auf den Arm», meinte O'Malley, «aber irgendwie habe ich das Gefühl, dem ist nicht so.»
Es war, als würden die blauen Augen in den schwarzen Ringen blasser; Kern mußte plötzlich an die Gräfin denken. Aber Suleiman war nicht geisteskrank. «Ich scherze nicht, Jack. Wir werfen die Engländer zum Land hinaus, und Sie werden uns dabei helfen, so wahr ich hier sitze!»
«Wie?»
«Sie fliegen die Flugzeuge und bombardieren die Engländer.»
«Schon wieder», stöhnte O'Malley leise und sagte dann lauter: «Zuerst müssen wir sie wieder in die Luft kriegen. Ich habe an ihnen gearbeitet, als Sie ... äh ... mich unterbrachen.»
«Wie lange wird es dauern?»

«Drei oder vier Tage.»
Kern sah, wie Eve den Kopf hob, Kümmernis flog über ihr Gesicht, aber sie sagte nichts. Die Zeit verstrich, und der Horizont, hinter dem China lag, kam nicht näher.
«Okay, wir können warten», erklärte Suleiman. «Ich lasse meine Leute Bomben für euch anfertigen.»
«Wir können nicht x-beliebige Bomben abwerfen.»
«Keine Angst, unsere Leute machen genau die, die Sie wollen. Wir gehen zusammen hinunter, und Sie geben ihnen Anweisungen.»
Nach dem Essen ging Suleiman mit O'Malley und Kern zu den Bombenmachern hinunter. Von einem halben Dutzend Wachen flankiert schritten sie durch die engen Gäßchen. Kern hörte das ununterbrochene Hämmern, das aus den dunklen Ladengewölben drang, an denen sie vorbeikamen. Er spähte hinein, im dämmrigen Licht saßen Männer und bearbeiteten Silber- und Kupferplatten mit feinen Hämmerchen.
«Was machen sie mit all den Silberarbeiten?»
«Sie bringen sie in die großen Städte, Kandahar, Quetta und so weiter. Seit die Engländer für ihre Lastwagen neue Straßen angelegt haben, kommt niemand mehr hier durch. Aber hier wurde Geschichte gemacht, Dschingis-Khan und Timur-i-Läng, sie sind hier durchgekommen. Der Ort lag an der großen Karawanenstraße von Bokhara, Samarkand, Meshed und so weiter. Aber mit der guten alten Zeit ist Schluß, die Welt ist kaputtgemacht worden. Ich hätte gerne damals gelebt.»
Sein zerschlagenes Gesicht fiel noch mehr in sich zusammen, seine stechenden blauen Augen wurden sanfter. Selbst schurkische Mordbuben sind Träumer, dachte Kern. Und auf der ganzen Welt stürzen Welten ein. Doch gleich wurden Suleimans Augen wieder durchdringend und nahmen Kern aufs Korn. «Aber wir haben es immer noch besser als ihr, was Fritz?»
Alle hatten es besser als die Deutschen: Für Deutsch-

land war die gute alte Zeit für immer vorbei. «Vermutlich.»

Sie kamen zu einer Reihe aneinandergebauter Läden, deren Zwischenwände herausgerissen worden waren, so daß sie eine kleine Fabrik bildeten, die einzige. Sie traten in das kühle Halbdunkel, das nach der geballten Hitze in den engen, verstopften Gäßchen wohltat. Ein Dutzend Männer arbeitete an den Werkbänken und an der kleinen Esse, sie ließen augenblicklich von dem, was sie eben taten, ab und sahen die Fremden und dann Suleiman an. Dieser sagte etwas zu dem ältesten der Männer, einem großgewachsenen Wazir mit einem grauen Bart und einem am Star erblindeten Auge. Während die beiden diskutierten, blickte Kern sich um und beobachtete O'Malley.

Dieser unterhielt sich in der Zeichensprache mit einem der Arbeiter und nahm ihm das Gewehr ab, an dem er gearbeitet hatte. «Lee-Enfield .303. Eine gute Kopie.»

«Tatsächlich nicht übel.» Suleiman brach sein Gespräch mit dem Alten ab. «Sie können alles machen. Wir haben Mauser und Springfields. Hier, eine Webley .455. Können Sie sie von einer echten unterscheiden?»

«Wo kriegen Sie die Originale her, um sie nachzubauen?»

«Wir stehlen sie. Nehmen sie den englischen Soldaten ab, wenn wir sie umbringen. Bis heute ist es uns nicht möglich gewesen, in den Besitz von Maschinengewehren zu kommen. Aber jetzt haben wir Ihre Lewis-MGs, die werden wir kopieren.»

«Ich entschuldige mich, daß wir nicht einige Haubitzen mitgebracht haben.»

«Was haben Sie vor?» fragte Kern. «Wollen Sie das Britische Reich ausradieren?»

«Ihr habt das versucht, nicht, Fritz? Haben wir nicht das Recht, es zu versuchen? Nein, wir Puschtonen wollen alle Ausländer aus unserem Land vertreiben. Und das

tun wir. Wir sind die größte Stammesgemeinschaft der Erde, wissen Sie das? Wenn wir Waziri, Afridi, Mahsuds, Durran und Ghilzai uns zusammentun, schlägt uns niemand.»
«Wollen Sie eine Art Dschingis-Khan oder Timur-i-Läng werden?»
«Ich?» Suleiman gackerte und schüttelte den Kopf. «Ein Stalljunge aus Saratoga, Belmont Park und dergleichen Orte mehr? Ein Korporal der 81. Säumerkompanie?»
Kern verstand, was er meinte: Korporale stiegen nicht auf und wurden große Führer.
«Werden Herr O'Malley und ich für Sie fliegen oder einen anderen *Malik*?»
«Für mich natürlich.» Suleiman war nicht der Mann, der sein Licht unter den Scheffel stellte. «Zwei Stützpunkte müssen Sie für mich ausradieren. Wann – nun, das ist nicht Ihre Sache. Der erste, den Sie bombardieren werden, ist Fort Kipling.»
«Lassen Sie uns frei, wenn wir die beiden Bombardemente ausgeführt haben?»
«Gewiß. Nachdem Sie ein paar von unsern jungen Burschen das Fliegen beigebracht haben.»
«Heißt das, Sie werden uns nicht gestatten, mit unsern Flugzeugen weiterzufliegen?»
Suleiman schüttelte den Kopf. «Hat König Georg dem Kaiser gestattet, alles mit sich nach Hause zu nehmen? Seien Sie nicht blöd, Jack.»
«Wenn wir uns weigern, zu tun, was Sie verlangen?», fragte Kern.
«Diese Leute machen auch ausgezeichnete Messer. Eigenprodukte, keine Kopien. Dies ist eines.» Er zog eine geschwungene Schneide mit einem verzierten Silbergriff aus dem Gurt. «Nicht schlecht, was? Ich schneid' Ihnen damit die Kehle durch, und Sie fühlen keinen Schmerz, bis Sie tot sind. Was sagen Sie dann?»
«Es ist schwierig, mit durchschnittener Kehle etwas zu

sagen», erklärte O'Malley. «Wir bombardieren die Stützpunkte und ziehen Ihnen eine Luftwaffe heran.»
Kern und O'Malley wurden zu Suleimans Haus zurückeskortiert und mit Eve und Sun Nan wieder in denselben Raum gebracht. Ein Berg Kissen war herangeschleppt worden und vier tiefe leichte indische Bettgestelle, sogenannte *Charpoys*. Suleiman gestand seinen Gefangenen doch noch einen gewissen Komfort zu, bevor er ihnen die Kehle durchschnitt.
«Er wird es tun, meinen Sie nicht auch, Baron?» fragte O'Malley.
«Ich glaube schon. Wir haben es hier nicht mit einem ehrenhaften Menschen zu tun, wie Mustafa Kemal einer war. Was haben Sie, Mr. Sun?»
Sun Nan lächelte vor sich hin und schüttelte den Kopf. «Ihr westlichen Heuchler! Warum ist ein Mensch unehrenhaft, weil er uns die Kehle durchschneiden will? Wir sind ungebeten hierhergekommen. Ihre Landsleute, Mr. O'Malley, sind mit ihm und seinen Landsleuten im Krieg. Warum sollte er gastfreundlich zu uns sein?»
«Vielleicht liegt es daran, daß wir es nicht gewöhnt sind, daß man uns die Kehle durchschneidet», meinte Eve.
«Herr O'Malley, brauchen Sie tatsächlich drei bis vier Tage, um die Maschinen zu reparieren?» fragte Kern.
«Nein. Aber möglicherweise brauchen wir so lange, um einen Plan auszuhecken, wie wir hier wegkommen. Wie fühlen Sie sich, Eve?»
Kern waren die Spannungen zwischen den beiden nicht entgangen. Doch nun klang O'Malleys Stimme nach echter Anteilnahme, und Eve schien sie herauszuhören, antwortete aber dennoch mit Zurückhaltung. «Mein Magen hat sich beruhigt. Wenn ich aber weiter von dem Zeug essen muß, das sie uns am Mittag vorgesetzt haben, weiß ich nicht, ob es lange so bleibt.»
«Versuchen Sie es zu essen, damit Sie bei Kräften blei-

ben. Wenn wir überhaupt hier wieder wegkommen, dann möglicherweise zu Fuß.»
«Sie haben die Gegend gesehen, als wir darüber flogen. Hier überlebt kein Wanderer, nicht bei dieser Hitze.»
«Vielleicht können wir vier Pferde stehlen.»
«So wie Sie und Mr. Sun reiten?» Eve lächelte schwach; ihr Verhältnis zu O'Malley besserte sich. «Nein, wenn wir hier wegkommen, muß es in den Flugzeugen sein.»
«Dann müssen wir die Frist in die Länge ziehen und uns etwas einfallen lassen.»
«Können wir uns vier Tage leisten?» fragte Kern.
«Eigentlich nicht. Aber vorläufig gilt es, Augen und Ohren offen zu halten.» O'Malley sah Sun Nan an. «Sind Sie je in einer ähnlichen Lage gewesen?»
«Einmal», entgegnete Sun Nan. «General Tschang hatte meinen Herrn und mich gefangengenommen.»
«Wie haben Sie sich befreit?», fragte Eve.
«Wir haben den Wachen mit ihren eigenen Messern die Kehle durchgeschnitten.»
«Das mußte kommen», seufzte Eve. «Aber lassen Sie die Scherze, es ist nicht der Augenblick dazu.»
«Es ist kein Scherz, es ist die Wahrheit. Sie und der Baron waren bei der Armee, Mr. O'Malley. Sie wissen, wir kommen hier nicht raus, ohne daß jemand getötet wird. Es ist besser, sie sind es und nicht wir.»
Kern sah, wie Eve erblaßte, als ihr bewußt wurde, daß es Sun Nan blutig ernst war. Hatte sie den Mann, der sie vergewaltigen wollte, tatsächlich erschossen? Man konnte eine Dame so etwas nicht fragen. Doch jemanden in Notwehr erschießen und vorsätzlicher Mord waren zwei völlig verschiedene Dinge. Er wußte, daß selbst er, der in der Luft unzählige Male getötet hatte, vermutlich Skrupel haben würde, wenn es darum ging, einen Menschen aus nächster Nähe kaltblütig umzubringen.

4

«Wie kann ich die Wachen überwältigen?» fragte Bradley Tozer.
«Ich werde das Rasiermesser hierlassen», entgegnete Madame Buloff. «Schneiden Sie ihnen die Kehle durch.»
Sie gingen auf einer der Terrassen unterhalb des Palastes auf und ab. Unter einem Baum stand eine Wache, biß auf einer roten Pfefferschote herum und schaute gelangweilt zu ihnen herüber. Kein Lüftchen regte sich, unten vor der Stadt wurde in regelmäßigen Abständen ein Gong geschlagen, sein dumpfer Klang hatte irgendwie auch die Farbe des heißen, schwülen Tages. Tozer sah die Reisfelder in der Sonne glitzern; sie wurden zu riesigen Glasflächen, auf denen Menschenfliegen herumkrabbelten. Ein von einem unverdrossen dahinstampfenden Büffel angetriebenes Wasserrad drehte sich langsam und schüttete Kübel um Kübel gleißenden Lichtes aus. Wovor renne ich davon? fragte sich Tozer plötzlich. Das war alles so friedlich, weit weg von dem Mordgerede.
«Wir wissen nicht genau, an welchem Tag die Laster mit dem Reis hier eintreffen. Wir werden warten, bis der erste abgeladen ist, dann nehmen wir ihn. Er wird schneller sein.»
«Wieviel Laster kommen?»
«Vier, vielleicht fünf. Es sind alte Klapperkisten, die der General den Handelsunternehmungen in Schanghai gestohlen hat, Jardine Matheson, glaube ich.»
«Gut.» Es hätte einen gewissen Reiz, in einem Laster der Konkurrenz zu fliehen. Er hoffte, deren Fahrzeuge wären so gut wie die der Tozer Cathay. «Können Sie oder der Oberst fahren?»
«Nein. Sie müssen fahren.» Sie hielt inne und schaute

angespannt in die Ebene unter ihnen. Sie trug einen braunen seidenen *Cheong-sam* und einen großen Kulihut; sie erinnerte ihn an die Affenbrotbäume, die er in Afrika gesehen hatte. Er wünschte, er wäre selber nicht so groß, er hätte sich gerne in ihren Schatten gestellt.
«Wenn wir genug Benzin ergattern, können wir vielleicht bis nach Schanghai fahren.»
«Erwarten Sie wirklich, daß ich den Wachen die Kehle durchschneide?» fragte Tozer.
«Warum nicht? Ich sehe keinen andern Weg, sich ihrer zu entledigen. Es geht schneller als sie fesseln und knebeln.»
Sie hätten sich weiter über ihr makabres Unterfangen unterhalten, ihre Rezepte gegenseitig austauschen können. Doch Madame Buloff war eine erfahrene Ausbrecherin: Soviel er wußte, war es durchaus möglich, daß sie zwischen Moskau und Harbin eine lange Blutspur von durchschnittenen Kehlen zurückgelassen hatte.
«Die andere Möglichkeit wäre, den General zu vergiften», sagte sie plötzlich. «Ich könnte das tun mit dem Essen. Die Schwierigkeit ist, ein langsam wirkendes Gift zu finden, das ihn im Schlaf tötet. Es wäre unangenehm für uns, wenn er am Tisch stürbe.»
Vergiften war besser und viel sauberer. Tozer Cathay handelten mit Giften: Alles, womit man Geld verdienen kann, ist uns recht, hatte sein Vater immer gesagt. Doch es kam ihm buchstäblich bei seinem Leben kein langsam wirkendes Gift in den Sinn.
Sie tätschelte seinen Arm, was angesichts ihrer Größe und Fülle eine bemerkenswert zarte Geste war. «Überlassen Sie alles mir. Wir kommen hier raus. Der Oberst und ich verbürgen uns dafür. Werden wir die zwanzigtausend Dollar garantiert bekommen?»
«Ich habe zehn gesagt.»
«Ich habe herausgefunden, wieviel Sie General Tschang für die Figur bezahlt haben, die General Meng zurück-

haben will. Ist Ihr Leben wirklich nur soviel wert wie die Figur?»
«Schön, zwanzigtausend.» Er war als hartnäckiger Feilscher bekannt, aber er hatte nie um sein Leben feilschen müssen. «Sie werden großen Erfolg haben in den Staaten, Madame Buloff.»
«Groß, meiner Statur wegen?» Sie lächelte und tätschelte ihm wieder den Arm; er kam sich vor wie ein Kunde des Blue Delphinium-Teehauses. «Es war nur ein Scherz. Ich will Erfolg haben. Vielleicht werde ich eines Tages eine Kette von Teehäusern besitzen, quer durch Amerika. Ich sehe sie schon. Alle mit einem orangefarbenen Dach und einem Türmchen zuoberst. Und ein großes Angebot, aus dem der Kunde wählen kann.»
«An Tee oder an Mädchen?»
Sie lächelte wieder, aber diesmal tätschelte sie ihm die Wange. «Sowohl als auch, Mr. Tozer. Ach, da kommt mein Mann mit dem General.»
Eine Gruppe Reiter, an die fünfzig, sechzig Mann, kam im Trab über den Weg zwischen den Reisfeldern. Im Palast ertönte ein Gong, und obwohl er keine unmittelbare Betriebsamkeit wahrnahm, fühlte Tozer, wie der große braune Ameisenhaufen zum Leben erwachte. Die Größe von Mengs *Yamen* hatte ihn überrascht. Die Flügel links und rechts des Hauptportals waren je an die hundert Meter lang; ein Denkmal, das Meng sich auf dem *Yamen* seines Vorgängers, der nur eine bescheidene Hütte besessen hatte, gebaut hatte.
Wachen und Diener traten auf die Terrassen hinaus; die Wache unter dem Pfirsichbaum spuckte die Pfefferschote aus und warf sich in die Brust. Für den Herrn des Schwertes galten in seinem Palast dieselben Grundsätze wie in der Armee; für Faulpelze war kein Platz außer im Grab. Als die Reiter durch das Palasttor ritten, war nichts mehr von der verträumten Verschlafenheit übrig,

überall herrschte emsige Betriebsamkeit: Wachen paradierten, Diener eilten hin und her, als wären sie mitten im Frühjahrsreinemachen. Tozer fragte sich amüsiert, ob sich der Herr des Schwertes von der Geschäftigkeit, die er bei seiner Rückkehr vorfand, täuschen ließ. Sein westliches Denken setzte ihm Schranken, er hatte das Erbe seiner halbblütigen Mutter zu sehr unterdrückt. Er würde nie wissen, wie weit ein Chinese einen andern Chinesen täuschen konnte.
Die Mongolen mit den Tweedmützen hatten den Zug angeführt. Sie schwangen sich aus dem Sattel und hielten des Generals und Oberst Buloffs Pferde, während diese absaßen. Tozer überraschte die Leichtigkeit, mit der der untersetzte Russe sich aus dem Sattel gleiten ließ; mit seinen kurzen Beinen mochte er Schwierigkeiten haben, ein Pferd zu besteigen, aber als er die Straße heraufgeritten kam, war er durch und durch der Kavallerist gewesen, der zu sein er für sich in Anspruch nahm. Tozer hatte plötzlich Vertrauen zu den Buloffs. Sie mochten Opportunisten sein, Bordellwirte, ja sogar Gauner, aber daß sie den Bolschewisten entkommen waren, war nicht allein Glück gewesen. Zudem waren sie seine einzige Hoffnung.
General Meng in blauer Uniform und Reitstiefeln, deren Glanz die Staubschicht kaum zu dämpfen vermochte, das glänzende Haar mit einem Spitzhut geschützt, bedeutete Tozer, ihm in die kühlen Hallen des Palastes zu folgen. «Es kann zu ein, zwei Scharmützeln kommen, Mr. Tozer. Tschang, dieser Hund, hat Schwierigkeiten in Tschangscha und angeblich gibt er mir die Schuld dafür. Truppeneinheiten sind auf dem Weg hierher.»
«Wird er hier angreifen? Ich meine Ihren Palast?»
Meng nahm seinen Hut ab, setzte sich und betrachtete sich in einem der Spiegel. Ein Mädchen trat hinter einem Vorhang hervor, stellte sich hinter ihn und be-

gann, sein Haar zu bürsten. Zwei weitere Mädchen erschienen, zogen ihm die Reitstiefel aus und wuschen ihm Gesicht, Hände und Füße. Bradley Tozer, der bedauerte, daß die Amerikanerinnen sich ihrer Männer nicht in dieser Art annahmen, setzte sich dem General gegenüber.

«Lassen Sie mich frei, General, ich gehe auf direktem Weg nach Schanghai und kaufe zwei, drei, so viele Flugzeuge wie Sie wollen. Mit ihnen können Sie General Tschang hochgehen lassen, wenn er kommt. Sie haben gesagt, Tschang tue sich nach Flugzeugen um, Sie können ihm zuvorkommen.»

Meng lächelte. «Mr. Tozer, Sie wissen so gut wie ich, daß man in Schanghai nicht mir nichts dir nichts Flugzeuge kaufen kann. Sie müssen aus Amerika oder England importiert werden. Und das dauert Wochen, ja Monate. Was würden Sie unterdessen tun? Weiterhin in Schanghai bleiben, sich weiterhin als mein Gefangener betrachten, weiterhin versprechen, mir die Statuette zurückzugeben, wenn Ihre Tochter sie bringt? Sie denken nicht im Traum daran.»

«General, ich bin, wie Sie, ein Mann von Wort.»

«Mr. Tozer, wie ich halten Sie Ihr Wort, wenn es Ihnen gelegen kommt. Nur so kann man überleben. Ehrenhafte Männer werden nur von ihren Nachkommen verehrt. Wir übrigen nützen sie aus.»

Dieser ehrliche Zynismus überraschte Tozer. Allerdings hatte er, bis er General Meng kennengelernt hatte, kaum und nur auf Distanz mit Feudalkriegsherren verkehrt. Meng hatte ihn zudem durchschaut. Er würde sich, einmal in Schanghai, bestimmt nicht nach Flugzeugen für den Herrn des Schwertes umtun, sondern China mit dem schnellsten Schiff verlassen.

Meng entließ die Mädchen, betrachtete sich wieder im Spiegel und ging auf Tozers Überlegung ein. «Mit Flugzeugen allein schlage ich Tschang nicht. Dazu brauche

ich Glück, Mr. Tozer, und mein Glück ist immer noch in Ihrem Besitz. Sie haben weniger als eine Woche, um mir die Statuette zurückzugeben. Möglich, daß Tschang und seine Hunde schon früher hier sind. In dem Fall muß ich ihn und Sie töten und hoffen, damit die Götter zu besänftigen, die mich verlassen haben. Wollen wir nun zu Tisch gehen? Ich habe Madame Buloff überredet, das Kochen für einmal jemand anderem zu überlassen, wir sollten also ein anständiges Essen kriegen. Ich fürchte, ich muß sie nach Schanghai zurückschicken, bevor sie uns vergiftet.» Er lächelte Tozer zu. «Ich habe bis jetzt nie einen Vorkoster gehabt. Die alten Eroberer hatten welche, und soviel ich weiß auch einige eurer westlichen Könige.»
«In Amerika hat es nie Könige gegeben.»
«Haben Ihre Präsidenten nie Vorkoster gehabt?»
«Gift ist noch nie die amerikanische Masche gewesen. Wir erschießen unsere Präsidenten oder wählen sie ab. Selbst Kapitalisten werden von ihren Köchen nicht vergiftet.»
«Dann haben Sie keine Immunität erworben.» Der Herr des Schwertes lächelte wieder, aber diesmal in einen andern Spiegel. «Ich mache Sie zu meinem Vorkoster, Mr. Tozer.»

Sechstes Kapitel

1

Auszug aus William Bede O'Malleys Manuskript:
Zwei Tage vergingen, und keine Fluchtmöglichkeit zeichnete sich ab. Ich schaute immer wieder zu den Hügeln und Berggipfeln um uns empor und dachte an Kiplings Geschichten von den britischen Offizieren und den treuen Sepoys, die sie befreiten. Aber wo blieb das britische Reich, jetzt, wo wir es brauchten? Gewiß spielte es Polo und stach draußen vor Puna Schweine ab. Ich dachte an meinen Vater, der mit steifem Kragen und versteiften Vorurteilen in Tanganjika saß und, davon war ich überzeugt, in erster Linie das Leben der Engländer sicherte und nur beiläufig auch das der Eingeborenen.
Ich schaute auch immer wieder zum Himmel auf und hoffte, einer der R.A.F.-Verbände würde auftauchen, deren Flugzeuge die Waziri, wie Durant uns erzählt hatte, immer wieder herunterholten. Doch alles, was ich entdecken konnte, waren die kreisenden Falken, die ihren Kot auf *unsere* Maschinen herunterfallen ließen. Mein Optimismus verließ mich mit dem Schweiß, der mir aus den Poren rann, und jedesmal, wenn wir an dem Schädelberg vor der Stadt vorbeikamen, wurde mir schwindlig, als würde mein Kopf schon gescheuert und geschrubbt, um auch auf den Haufen geworfen zu werden.
Gott weiß aus wieviel knochigen Köpfen das grausige Mahnmal bestand. Aus tausend, zweitausend? Ich wußte es nicht. Ich kann die Größe einer Menge auch nicht schätzen, wenn sie lebt und ihre Köpfe sich schreiend und rufend hin und her bewegen, oder, wie in der Kirche, sich nur senken und einnicken. Wirklich *sehen* konnte ich höchstens die Hälfte der Schädel; sie waren zu einer hohen Pyramide von leeren Augenhöh-

len und ausdruckslosem Lachen aufgeschichtet. Wir kamen jeden Morgen und jeden Abend an ihnen vorbei, und jeden Morgen und jeden Abend grinsten sie uns an. Mir war aufgefallen, daß die Waziri stets den Blick abwandten, und ich fragte mich, wer tatsächlich gesiegt hatte. Doch ich wollte es meinem Schädel ersparen, Suleiman und seinem Gefolge zuzugrinsen. Wenn das das Los des Siegers war, wollte ich lieber ein Verlierer sein.
«Gott sei Dank sind wir in Europa zivilisierter», sagte Kern.
Ich sagte: «Ja» und dachte an all die jungen Männer, die an jenem Julimorgen vor vier Jahren den Hügel hinauf in den Tod gegangen waren. «Wir begraben die Gerippe.»
Eve und Sun Nan mußten in der Stadt bleiben, Kern dagegen durfte mich zu den Flugzeugen begleiten. Ich hatte Suleiman gesagt, Kern wäre ein erfahrener Mechaniker, ich brauchte seine Hilfe, und dieser hatte es geglaubt. Im Land der Blinden ist der Einäugige König... Das gleiche gilt im Land derer, die nichts von einer Sache verstehen. Suleiman hatte Leute, die traditionelle Kunstwerke in Silber schufen, die Säbel und Messer schmiedeten, derer man sich in Sheffield nicht geschämt hätte, Waffen nachbauten, die ebenso einwandfrei töteten wie die Originale, aber er hatte niemand, der etwas von Rolls-Royce-Falcon-Flugzeugmotoren verstand oder auch nur je eine Zündkerze ausgewechselt hatte. Kern konnte fliegen, ich nahm an, die Waziri schlössen daraus, er verstünde auch etwas von Flugzeugen.
Kern hatte sich angewöhnt, sein seidenes Halstuch turbanförmig um den Kopf zu wickeln. Suleiman hatte ihm gezeigt,wie und dabei wie ein altes Weib gekichert. Ich hatte keinen Hut und war durchaus nicht gewillt, mir einen Turban aufzusetzen, obwohl Suleiman mir

einen angeboten hatte, aber irgendwie mußte ich mich vor der Tag für Tag erbarmungslos niederbrennenden Sonne doch schützen. Bei einem Gang durch die Stadt entdeckte ich an einem der Stände im Bazar einen Tropenhelm; ich erstand ihn für einen Shilling, die Blutflecken auf dem eingedrückten Kopfteil und den verblaßten, mit Tinte auf die Unterseite des Randes geschriebenen Namen Hourigan sah ich erst, als ich ihn aufsetzen wollte. Ich versuchte, ihn zurückzugeben, aber der Händler hatte keine Zeit für einen unzufriedenen Kunden: Verkauft war verkauft. Ich setzte den Hut mit spitzen Fingern auf, und als ich am Schädelberg vorbeikam, fragte ich mich, ob Soldat, Korporal oder Sergeant Hourigan mich angrinste.

Wir ritten jeden Morgen in Begleitung von sechs berittenen Wachen den gewundenen Pfad durch die Hügel hinunter. Ich gewöhnte mich an die Gangart des Pferdes, obwohl man auf einem steinigen Bergpfad kaum lernt, korrekt auf einem Pferd zu sitzen. Wenn wir das flache enge Tal erreichten, zwangen die Wachen uns, zu galoppieren. Am Morgen und Abend des ersten Tages hüpfte ich derart im Sattel auf und ab, daß ich sowohl für meine Eier wie für meinen Kopf fürchtete, weil ich glaubte, die ersteren würden zerdrückt und der letztere fiele ab. Aber schon am zweiten Morgen hatte ich mehr Selbstvertrauen und konnte mich dem Rhythmus des Pferdes besser anpassen.

Um Zeit zu haben, einen Fluchtplan auszuhecken, hatte ich die Motoren, soweit ich es wagte, auseinandergenommen; wäre ich zu weit gegangen, hätte ich sie womöglich nicht mehr zusammensetzen können. Wir ritten am frühen Morgen zu den Flugzeugen hinunter und arbeiteten bis elf, danach gingen die Wachen mit uns zu den Höhlen in den steil abfallenden Felsen der östlichen Bergkette. Hier war es verhältnismäßig kühl; wir ließen uns nieder, aßen, was man uns gab, und dösten.

Kern und ich unterhielten uns ab und zu über das einzige Gemeinsame in unserem Leben: Die Westfront. Die Wachen musterten uns mißtrauisch, sagten aber nichts. Gegen drei Uhr nachmittags brachten sie uns zu den Flugzeugen zurück, und wir fuhren fort, zu tun, als ob wir an den Motoren arbeiteten.
Suleiman war am ersten Tag heruntergekommen und hatte beide Lewis-MGs mitgenommen. «In ein paar Monaten habe ich eine Kompanie Maschinengewehrschützen. Wenn die Engländer das nächste Mal hier heraufkommen, jage ich ihnen Blei in den Arsch.»
«Kommen die Engländer hier herauf?» fragte ich so beiläufig wie ich konnte.
«Ab und zu. Da kommt vermutlich auch der Hut her, den Sie aufhaben. Hübsche Sache.»
«Ein bißchen knapp. Vielleicht sitzen die Hüte Toter Lebenden nie richtig. Ich glaube, die Geschichte bestätigt das.»
Er war häßlich, aber wenn er grinste, sah er zum Fürchten aus. «Der Kerl, der den Hut aufhatte, hat nichts mit der Geschichte zu tun. Er war irgendein armer Hurensohn, der nicht einmal wußte, wofür die Raj eintrat.»
«Da könnten Sie sich täuschen.» Ich, der nicht ans Imperium glaubte, fühlte mich widersinnigerweise verpflichtet, den toten Hourigan zu verteidigen. «Vielleicht hat er für seinen Tod eine Medaille gekriegt. Möglicherweise ist er zu Hause in Dublin ein Held.» Ich hatte keine Ahnung, wo Hourigan hergekommen war; ich nannte die erste irische Stadt, die mir in den Sinn kam.
Suleiman schüttelte immer noch grinsend den Kopf. «Setzen Sie den Hut auf, wenn Sie die Engländer bombardieren. Der Ire würde sich darüber freuen.»
«Sie haben eine Menge gelernt auf den Rennplätzen in Saratoga.»
Er schüttelte den Kopf und grinste nicht mehr. «Nein, Jack. In den achtzehn Monaten, die ich in Frankreich

war, habe ich mehr gelernt. Sie und der Fritz nicht auch?»
Ich sah Kern an. Weder er noch ich hatten eine Antwort bereit, die den eingebildeten kleinen Wazir auf seinen Platz gewiesen hätte. Er grinste uns einmal mehr an, saß auf und ritt mit seinem die abmontierten Lewis-MGs mit sich schleppenden Gefolge in die Stadt zurück.
Als wir am dritten Tag, wie an den Tagen zuvor, an den behelfsmäßig eingefriedeten Weiden, die als Pferdekoppel dienten, vor der Stadt vorbeiritten, drehte ich mich um und versuchte mir in Erinnerung zu rufen, was ich gestern und vorgestern gesehen hatte. Es war dasselbe Bild gewesen: hundert oder mehr Pferde und nur drei oder vier Leute, die sie besorgten. Es waren im Ganzen vier große Weiden, je zwei beidseitig der Lehmhütte, in der die Betreuer aßen und schliefen.
Eine halbe Stunde später machten Kern und ich uns an Eves Maschine zu schaffen. Das in Jute gepackte Kästchen lag immer noch im Cockpit. Da Eves Flugzeug nicht mit Waffen bestückt war, hatte sich keiner der Waziri die Mühe genommen, hineinzuklettern und die Cockpits zu durchsuchen. Sie interessierten sich nur für meine und für Kerns Maschine. Suleiman hatte das vorn über den Propeller schießende Vickers-MG inspiziert, aber nicht verlangt, ich sollte versuchen, es abzumontieren; er hatte lediglich sämtliche Munition an sich genommen. Das Kästchen mit der Statuette dagegen, das viel wertvoller war als irgendeine der Waffen, war immer noch dort, wo es gelegen hatte, als wir in Waddon abflogen: auf dem Boden von Eves Cockpit unter dem geflochtenen Sitz gegen den Benzintank geklemmt.
«Glauben Sie, wir könnten, wenn es uns gelänge, uns aus Suleimans Haus und zu den Pferdekoppeln zu stehlen, vor ihm und seinen Halsabschneidern bei den Maschinen sein?»

«Nein.» Mit seinem von Schmierfett und Schweiß geschwärzten Gesicht und dem um den Kopf gebundenen Halstuch hätte er ein Wazir sein können. «Sie und Sun Nan reiten zu schlecht, um diesen Pfad hinunterzujagen. Nicht nachts. Ich nehme an, Sie haben sich vorgestellt, wir würden in der Nacht zu fliehen versuchen.»
«Wann sonst?» Aber sein Einwand war berechtigt. «Dann muß Sun Nan schon bei den Flugzeugen sein und auf uns warten.»
«Wie kommt er dahin, und was ist mit Ihnen? Herr O'Malley...»
«Baron, müssen wir hier draußen so verdammt förmlich sein?» Ich deutete auf die Wildnis um uns. Wenn er und ich hier sterben sollten, wenn unsere Schädel auf dem Haufen vor der Stadt landen und sich auf alle Zeiten angrinsen sollten, dann nicht als zwei, die sich immer angeredet hatten, als läsen sie des andern Visitenkarte.
«Bede...» Er streckte mir lächelnd die Hand hin, und ich nahm sie. «Bede, es gibt nur einen Weg, Sun Nan hier herunter zu kriegen. Du mußt Suleiman Khan davon überzeugen, daß du einen zweiten Mann brauchst, um die Engländer zu bombardieren.»
«Meine eigenen Landsleute bombardieren, begeistert mich wenig.»
«Wäre ich in deinen Augen ein häßlicher Deutscher, wenn ich mich anerböte, es zu tun? Es macht mir so wenig Spaß wie dir, aber schließlich habe ich es früher auch getan.»
Plötzlich hörte ich ein fernes Dröhnen. Unsere Bewacher hatten augenscheinlich feinere Ohren. Sie waren bereits aufgesprungen und rannten schreiend mit drohend erhobenen Gewehren auf uns zu. Ich schaute an den strahlenden, das Auge blendenden Himmel, doch bevor ich das oder die Flugzeuge ausmachen konnte, bohrte sich mir ein Gewehrlauf in den Rücken. Eine

zweite Wache drohte mir mit dem Messer. Ich wich der scharfen Spitze aus und rannte auf die Höhlen zu. Kern, dem sein Bein immer noch zu schaffen machte, humpelte hinter mir drein, gefolgt von den uns ununterbrochen anschreienden Waziri.
Wir stolperten in eine der Höhlen, drei Wachen kamen hinter uns herein und drängten uns in deren Tiefe zurück. Die übrigen drei Waziri brachten die Pferde in die danebenliegende Höhle. Wenn das Flugzeug oder die Flugzeuge das Tal überhaupt sichteten und herunterkamen, um es zu inspizieren, sähen sie nichts weiter als drei verlassene Bristol-Fighters.
Wir warteten im Halbdunkel und spähten ins weißlichgelbe, vom Eingangsloch umrahmte Licht hinaus. Wir konnten in der Höhle das Dröhnen nicht hören, und ich fragte mich schon, ob der Pilot oder die Piloten über uns weggeflogen waren, ohne die drei Bristols zu sehen. Dann brüllten plötzlich zwei Motoren auf, daß wir erschreckt zusammenfuhren, und zwei Flugzeuge brausten über die drei Bristols hinweg und wurden wieder hochgerissen. Zwei vorüberflitzende Striche, kaum mehr; sie waren so unvermittelt aufgetaucht und gleich wieder verschwunden, daß eine Identifikation unmöglich gewesen war. Doch ich wußte, sie mußten zur R.A.F. gehören; wer sonst flog in dieser gottverlassenen Wildnis umher? Die R.A.F.-Piloten, die die drei mitten in dem öden Tal abgestellten Maschinen gesehen hatten, mußten sich dieselbe Frage stellen. Durant in Bagdad hatte gesagt, er würde unser Kommen über Funk nach Quetta melden; aber vielleicht waren diese Flugzeuge anderswo stationiert und wußten nichts von uns. Sie konnten von einem der Stützpunkte kommen, die wir für Suleiman bombardieren sollten.
Ich schob mich langsam gegen den Eingang vor, doch eine der Wachen richtete das Gewehr auf mich. Ich blieb stehen, lehnte mich gegen den Felsen und gab

dem Mann zu verstehen, er wäre der Boß. Doch ich war nun soweit vorn, daß ich die beiden Flugzeuge deutlich erkennen konnte, als sie zurückkamen. Es waren R.A.F. De Haviland-4, jede mit einem Piloten und einem Beobachter. Sie verschwanden wieder aus meinem Blickfeld, aber ich hörte sie steil ansteigen. Ich sah Kern an, er nickte. Die Wachen ließen uns nicht aus den Augen, als erwarteten sie, wir würden aus der Höhle stürmen und davonrennen. Doch wohin sollten wir rennen? Wir kämen keine zwanzig Meter weit, ohne ein Dutzend Kugeln im Rücken zu haben.
Wir hörten die Flugzeuge zurückkommen. Das eine flog zu hoch, als daß ich es hätte sehen können, aber das andere setzte zur Landung an. Der Pilot drosselte den Motor, dann sahen wir ihn vor dem Höhleneingang vorbei zu den drei Bristols rollen und die Zündung ausschalten.
Wir hatten ungehinderte Sicht auf ihn. Der Beobachter erhob sich im Cockpit, griff nach seinem Lewis-MG und blickte sich rasch um. Der Pilot sprang heraus und ging zu den Bristols hinüber. Ich sah, wie er hastig um sie herumging, dann plötzlich stehenblieb und zu Boden schaute. Er hatte unsere Fußspuren im gelben Staub gesehen. Er rief seinem Beobachter etwas zu, dieser riß das MG unverzüglich herum und zielte direkt auf den Höhleneingang. Mein Gott, stöhnte ich innerlich, er knallt uns hier raus.
Ich hörte den Piloten rufen: «Kommt...» Der Rest ging im Dröhnen der zweiten DH-4 unter, die keine vierzig Meter über dem Boden zurückgekommen war. Dann fühlte ich die Gewehrmündung an meiner Wange. Ich drehte den Kopf nicht, schielte aber nach dem Wazir. Es war ein hübscher Bursche von nicht mehr als achtzehn, neunzehn Jahren. Er sah mich an und schüttelte den Kopf. Ich ließ die Augen kreisen und schaute in die andere Richtung. Kern war in der genau gleichen Lage

wie ich, auch er hatte eine Gewehrmündung an der Schläfe. Der dritte Wazir war niedergekniet und zielte auf die zwei R.A.F.-Leute. Ich fühlte, wie mir der kalte Schweiß ausbrach, gleichzeitig überfielen mich, zum ersten Mal in meinem Leben, benebelnde Kopfschmerzen. Der Wazir drückte ab, der Knall widerhallte in der Höhle.
Das Lewis-MG eröffnete das Feuer. Der erste Salvenregen zerriß die Luft, fuhr in die Decke der Höhle und überschüttete uns mit Staub und Felssplittern. Jetzt war es mir egal, ob das Gewehr an meiner Schläfe losging. Ich warf mich zu Boden und rollte in den hintern Teil der Höhle. Wenn ich schon sterben sollte, dann nicht durch eine britische Kugel. Der Kugelhagel auf den Fels ging weiter, der R.A.F.-Mann ließ die ganze verdammte Trommel auf uns los. Felsbrocken wirbelten umher, ein Abpraller traf mich am Rücken und brannte mich durch das Hemd, die Luft war staubgesättigt. Hustend kugelte ich mich zusammen und versuchte, mich mit blinden Augen im großen, dunklen Schoß des Felsen zu verkriechen.
Die Schießerei brach unvermittelt ab. Ich drehte mich auf den Rücken, wischte mir den Staub und den Schutt aus dem Gesicht und schaute zum Höhlenausgang. Der Staub legte sich allmählich, die Helligkeit schien wieder durch, wie die hinter einer dunklen Gewitterwolke aufziehende Sonne. Zwei der Waziri lagen am Boden, selbst durch den noch herumwirbelnden Staub erkannte ich, daß sie tot waren. Der dritte saß mit zurückgelehntem Kopf an der Felswand und starrte zum Höhlenausgang hin. Plötzlich fiel er vornüber, erst jetzt wurde mir klar, daß auch er tot war.
Ich setzte mich auf; Kern tat dasselbe. «Alles in Ordnung?» Mit jedem Wort spuckte ich Staub aus.
«Ja.» Er stand auf und hinkte auf den Höhlenausgang zu. Eine schwarze Silhouette vor dem hellen Hinter-

grund. Plötzlich lehnte er sich gegen die Felswand, als hätte er erst jetzt bemerkt, daß er getroffen worden war.
«Oh, mein Gott!»
Ich rappelte mich auf, war bei ihm, als ein Wazir aus der nebenan liegenden Höhle, das Gewehr im Anschlag, auf uns zugerannt kam. Ich sah die DH-4, der Pilot war über dem unteren Flügel zusammengebrochen, der Beobachter hing aus dem Cockpit heraus. Ich hörte das Dröhnen des zweiten Flugzeuges. Es kam zurück. Es war zu tief, es hätte höher bleiben müssen. Es war genauso niedrig wie das letzte Mal, flog dem Fuß der Steilwand entlang, so daß der Beobachter die Höhlen mit seinem Lewis unter Beschuß nehmen konnte. Ich warf mich wieder zu Boden, Kern und der Wazir taten dasselbe. Ich hörte das Rattern des Lewis, ich lag völlig ungeschützt da und betete, seine Feuerlinie möchte zu hoch sein. Dann sah ich den Wazir hinter dem Felsen vor der Höhle.
Er hatte das Gewehr auf den Felsen abgestützt und zielte sorgfältig, als wäre er an einer Schießübung und hätte es mit einem festen Ziel zu tun und nicht mit einem, das hundert Meter von ihm entfernt mit einer Geschwindigkeit von 100 Meilen in der Stunde vorbeibrauste. Ich weiß, es klingt unwahrscheinlich, aber ich schwöre, es ist wahr. Wenn Sie einen Soldaten kennen, der an der Nordwestgrenze gedient hat, fragen Sie ihn nach den Schießkünsten der afghanischen Scharfschützen. Während das Dauerfeuer aus dem MG einen knappen Meter über seinem Kopf hinfegte, gab der Wazir zwei Schüsse ab. Ich sah den Piloten plötzlich zusammensacken, wie ich andere Piloten unter anderen Himmeln hatte zusammensacken sehen. Die DH heulte auf, als versuche sie, senkrecht aufzusteigen. Der Beobachter klammerte sich fest und bemühte sich krampfhaft, sich zu setzen, wie wenn das irgend etwas geändert hätte. Das Flugzeug schmierte in einer halben Rolle

seitlich ab und krachte mit immer noch dröhnendem Motor geradewegs in die Flanke des Bergrückens und explodierte mit einem Knall, der mir noch heute, wenn ich daran zurückdenke, in den Ohren und den Augen weh tut.
«Mein Gott!»
Ich sprang auf. Doch der Wazir neben mir am Boden war schneller. Er trat ein paar Schritte zurück und hielt Kern und mich mit seinem Gewehr in Schach; zwei seiner Kameraden rannten auf uns zu, der eine trat in die Höhle, sah die drei Toten und war im Handumdrehen wieder da. Sie schrien uns und einander an, ihre schwarzumränderten Augen blitzten wild. Ich war überzeugt, sie hätten den Verstand verloren und würden uns auf der Stelle niedermetzeln. Der jüngste von ihnen hob sein Gewehr und zielte auf mich, sein Finger krümmte sich im Abzugbügel. Ich werde nie wissen, was mir die Kaltblütigkeit gab, es zu tun. Vielleicht hat man im Augenblick, bevor man weiß, daß man stirbt, die Ruhe, die alles möglich macht. Ich hatte dem Tod schon früher in die Augen geschaut, aber nicht aus solcher Nähe. Nicht so, daß ich den Finger, der auf den Abzug drückte, hätte sehen können.
Ich sah den Wazir an und deutete auf die Bristols. «Suleiman Khan wird das nicht gefallen.»
Auch wenn ich seiner Sprache mächtig gewesen wäre, hätte ich nicht mehr hervorgebracht. Ich schaute dem nur drei Meter von mir entfernten Gewehrlauf entlang direkt in diese schwarzumränderten Augen. Er war jung, sein Bartwuchs dünn; vielleicht war es seine Jugend, die mich rettete. Er war noch jung genug, um seinen Anführer, den *Malik* Suleiman Khan, zu fürchten. Wenn er mich und Kern tötete, landete möglicherweise auch sein Kopf auf dem Schädelberg vor der Stadt.
Er senkte das Gewehr, stierte mich haßerfüllt an, machte kehrt und ging zur Höhle zurück, in der die

Pferde noch immer versteckt gehalten wurden. Ich glaubte, auf der Stelle zusammenzubrechen, doch irgendwie gelang es mir, auf den Beinen zu bleiben.
«Gut gemacht, Bede.»
Ich sah Kern an und grinste schwach. Dann schaute ich wieder zu der Bergkette und dem brennenden Wrack der abgestürzten DH-4 hinüber; danach wanderten meine Augen zu den toten R.A.F.-Fliegern in der neben unseren Bristols geparkten Maschine. «Die armen Schweine. Es ist unsere Schuld. Wir hätten dieses unsinnige Unternehmen nie starten sollen ...»
Er schüttelte den Kopf. «Sag jetzt nichts, Bede. Morgen wird dir klarwerden, daß wir für ihren Tod so wenig verantwortlich sind wie für den der Engländer, deren Schädel auf dem Haufen vor der Stadt liegen. Die Flieger hier draußen und die Waziri haben sich schon lange bevor wie hier gestrandet sind, in den Haaren gelegen.»
Er hatte natürlich recht. Die vier toten R.A.F.-Leute hätten mich nicht verflucht, wenn Tote überhaupt an Schuld denken. Soldaten des Königs – und der Königin – hatten lange bevor ich, ja bevor mein Vater geboren wurde, hier gekämpft und waren in diesem Bergland gestorben.
Die Pferde wurden aus der Höhle getrieben. Die drei überlebenden Waziri legten die Toten über die Sättel und achteten dabei darauf, daß jeder auf sein Pferd kam. Kern und mir wurde befohlen aufzusitzen. Der jüngste Wazir ritt zum Flugzeug hinüber; als er zurückkam, baumelten die Köpfe der beiden Flieger an seinem Sattel. Es waren beides junge Burschen, blond, blauäugig, gut aussehend und gräßlich. Ich wandte mich ab und sah Kern an, ich wußte, jeder von uns war so blaß und elend wie der andere.
Wir ritten in die Stadt zurück. Fünf Lebende, drei Leichen, zwei Köpfe: ein makabrer Umzug. Als wir an dem Schädelberg vorbeikamen, blieb der Wazir, der

die Köpfe bei sich hatte, zurück. Weder Kern noch ich sahen sich um. Wir ritten die engen Gäßchen hinauf, gefolgt von einer murrenden, drohenden Menschenmenge. Plötzlich schrien zwei Frauen auf, rannten uns nach und klammerten sich an die über den Pferden hängenden Leichen. Bis wir Suleimans Haus erreichten, hatte uns die Menge eingekreist, sie bedrängte uns wie dunkler Schlamm, in dem wir zu ertrinken drohten. Der Haß auf Kern und mich verzerrte die Gesichter, die zu uns aufsahen, als lägen diese Menschen im eigenen Todeskampf. Eine der Wachen stieß uns vor sich her ins Haus, wir wurden dabei gepufft, gekratzt und angespuckt. Die Tür wurde zugeschlagen, die rasende Menge blieb draußen, wir hörten sie, aber wir waren in Sicherheit. Vorläufig jedenfalls.

Als Kern und ich in den Nebenraum gestoßen wurden, in dem Eve und Sun Nan, gespannt zu vernehmen, was geschehen war, warteten, trat Suleiman in seinen Gold- und Silberpantoffeln in die Halle. Ich war eben mit meinem Bericht zu Ende, als er zu uns kam.

«Morgen in aller Frühe werden die Engländer bombardiert», erklärte er ohne lange Vorrede. «Eins der Flugzeuge muß aufsteigen.»

Ich wußte, jede Diskussion war zwecklos. Die Menge war immer noch draußen, die Rufe der Männer und das Jammern und Schreien der Frauen schlug gegen die Fensterläden wie ein Schwarm wahnsinniger Vögel. Wenn wir am Leben bleiben wollten, mußten wir tun, was Suleiman sagte. Er war mit einem Mal unser einziger Schutz geworden.

«Ich fliege», erklärte Kern. «Sie können sich nicht darauf verlassen, daß Herr O'Malley wirklich Bomben auf seine Landsleute wirft.»

«Ich bin nicht der einzige, der sich darauf verlassen muß.» Suleiman mußte der gerissenste Stalljunge gewesen sein, den es je in Saratoga und Belmont Park ge-

geben hat. Ich weiß nicht, warum er dort nicht als Wetter oder als berufsmäßiger Betrüger ein Vermögen gemacht hat. «Sie müssen sich auch auf ihn verlassen. Wenn er keine Bomben auf die Engländer wirft, leben Sie morgen abend nicht mehr.» Er fuhr sich mit dem Finger quer über den Hals; ich hatte immer geglaubt, nur Tom Santschi und andere Filmbösewichte täten das. «Haben Sie die Köpfe der Kerle gesehen, die sie aus dem Tal gebracht haben? Möchten Sie so aussehen?»
Ich sah Eve an. Sie war blaß, aber das war alles; keine weichen Knie, keine Anzeichen einer Ohnmacht. Sie benahm sich manchmal wie eine reiche, vom Geld ihres Vaters verdorbene Metze, aber sie hatte Klasse, sie war eine Wucht, wie Durant gesagt hatte. Ich hatte ihr ihre Reaktion auf Kerns und mein Feiern in der Messe von Bagdad noch nicht verziehen, aber ich bewunderte sie deswegen nicht weniger. Noch war ich weniger in sie verliebt.
«Ich bombardiere die Stützpunkte», sagte ich. «Wenn aber der Baron und ich hierbleiben müssen, um Ihren Leuten das Fliegen beizubringen, werden Sie Miß Tozer und Mr. Sun gestatten, die Reise morgen fortzusetzen? Miß Tozer muß in vier Tagen in China sein. Ihr Vater wird gefangengehalten, genauso wie Sie uns hier gefangenhalten. Wenn sie bis zum festgelegten Datum nicht eintrifft, wird er umgebracht.»
«Müssen Sie Lösegeld bezahlen oder so was?» Seine blauen Augen sahen Eve plötzlich interessiert an; er war offensichtlich einer jener Moslems, die sehr wohl mit Frauen sprachen, wenn es um Geld ging. «Wieviel?»
«Das erfahre ich erst in China.» Eve zuckte mit keiner Wimper; sie log so gut, wie ich es getan haben könnte. «Das Geld liegt auf einer Bank in Schanghai.»
«Wieviel würde Ihr Papa für Sie bezahlen?»

«Mein Vater ist nicht in der Lage, irgend etwas zu bezahlen. Sie vergessen, daß auch er gefangengehalten wird.»
«Haben Sie andere Angehörige? Eine Mama oder sonst wen?»
«Niemand. Mein Vater und ich sind allein, und wir sind beide gekidnappt worden. Ohne Vollmacht bezahlt die Bank weder für mich noch für ihn. Mein Vater und ich sind die einzigen, die eine Zahlung veranlassen können.»
«Eine seltsame Geschichte, was?» gackerte Suleiman und grinste abscheulich. «Okay. Ich verspreche nichts. Vielleicht lasse ich Sie gehen, vielleicht nicht. Wir werden sehen, wenn der Fritz oder O'Malley die Engländer bombardiert hat und wieder da ist.»
«Ich übernehme es», erklärte Kern. «Ich bin der bessere Pilot, er wird das zugeben. Ich habe an der Westfront doppelt soviel Maschinen abgeschossen wie er.»
«Stimmt das?» Suleiman sah mich an.
«Zweiunddreißig zu sechzehn», erwiderte ich und hoffte, ich löge so gut wie Eve eben. Ich weiß, ich muß unglücklich ausgesehen haben, als ich dieses Zugeständnis machte. «Der Baron hat viel mehr Erfahrung als ich.»
«Ich nehme Mr. Sun als Bombenschützen mit», sagte Kern. «Dann können Sie sicher sein, daß die Engländer auch wirklich bombardiert werden.»
«Ich habe im Boxeraufstand gegen die Engländer gekämpft.» Sun Nan war daran, seinen Anteil zu leisten. Ich war nicht sicher, aber ich traute ihm zu, besser zu lügen als wir alle. «Ich habe lange auf eine Gelegenheit zur Rache gewartet.»
Suleiman nickte anerkennend. «Das ist Pukhtunwalis erstes Gebot, das, was die Puschtonen antreibt: Rache. Wir nennen sie *badal*. Wollen Sie sich auch rächen, Fritz?»

«Ja», erwiderte Kern. Er hatte soviel Feingefühl, mich nicht anzusehen.
«Okay, sobald es Tag wird, starten Sie mit einem der Flugzeuge. Sie müssen dort sein, bevor die andern ihre Maschinen ausschicken, um uns zu bombardieren. Wir haben einige Karten, ich zeige Ihnen später, wo Sie hinfliegen müssen.»
Er ging hinaus und schloß die Tür hinter sich. Der Lärm draußen war abgeklungen, aber als ich ans Fenster trat und durch den halboffenen Fensterladen spähte, sah ich die Horde immer noch draußen stehen und mit finstern Gesichtern das Haus anstarren, in dem die Ungläubigen sich befanden.
Sun Nan schenkte uns allen Tee ein. Man hatte einen großen kupfernen Samowar gebracht und ihn auf das Tischchen in der Ecke gestellt. Daneben standen dickwandige Porzellantassen, die sehr wohl aus einer ausgeraubten englischen Messe stammen konnten, ein Teller mit *Nan*, dem flachen runden Brot, und ein anderer voll mit Honig und Nüssen überzogenen Kuchen. Kern und ich waren rechtzeitig zum Nachmittagstee aus dem Tal des Todes und des Schreckens zurückgekehrt.
«Sie können wählen», sagte Sun Nan. «Grünen Tee, den ich selbstverständlich für den besten halte, oder was Suleiman Khan englischen Tee nennt.» Er deutete auf eine kleine Teekanne mit einer Art Regimentsemblem darauf, vermutlich auch ein Beutestück. «Aber Sie werden ihn kaum für englischen Tee halten. Tee, Büffelmilch und Zucker werden zusammen gekocht. Jedenfalls hat er das gesagt.»
Ich verzog das Gesicht. «Grünen Tee, bitte. Was ist das für ein Wappen auf dem Samowar?»
Kern hatte es sich angesehen. «Das eines russischen Zars, ich glaube, Alexanders des Zweiten. Mein Großvater hatte so einen. Er war preußischer Militärattaché am Hof von St. Petersburg.»

«Wie kommt Suleiman dazu? Die Paschtonen hatten nie jemanden in Petersburg.» Obwohl Suleiman sich Puschtone nannte, wie übrigens alle seine Stammesgenossen, das hatte ich inzwischen herausgefunden, blieb ich bei dem mir geläufigen Paschtone. «Es sei denn, jemand aus der Zarenfamilie ist von Samarkand kommend hier durchgeritten.»
«Einer der Schädel draußen vor der Stadt könnte einem Russen gehört haben.» Eve nippte grünen Tee, den kleinen Finger säuberlich gekrümmt, ein Mädchen aus Bostons guter Gesellschaft, das sein Bestes tat, sich mit Umständen abzufinden, die niemand in Boston als geziemend angesehen hätte. Es sei denn, die Schädel hätten Bolschewisten gehört.
«Was wird Suleiman als Andenken an uns im Haus behalten?»
«Er hat Ihren Revolver», erwiderte ich und nahm den Tee, den Sun Nan mir reichte. «Aber wenn wir morgen früh hier weggehen, nehmen wir ihn mit.»
«Wir? Wir alle?»
«Ja. Vielleicht stehen die Möglichkeiten durchzukommen hundert zu eins, aber es fällt mir nichts anderes ein, und ich will lieber im Wegrennen sterben als stillstehen.»
Ende des Auszugs aus O'Malleys Manuskript.

2

Das leise Singen der Flöte war die ganze Nacht zu hören, eine Totenklage, in der eine alles umfassende Traurigkeit lag. Eve stellte fest, daß auch sie nicht ungerührt blieb. Das Wehklagen galt nicht den beiden R.A.F.-Engländern, sondern den drei toten Waziri, aber die hohe, traurige Musik griff ihr ans Herz, sie fühlte mit den unbekannten Müttern und Frauen der Toten. Am Morgen würden die Väter und Brüder ihr, Bede, dem Baron und Sun Nan vielleicht nach dem Leben trachten, aber jetzt in der Nacht der Welt und des Geistes verstand sie den Schmerz jener, die den Flötenspieler gebeten hatten, er möchte spielen.
Sie schlief schlecht in dem unbequemen *Charpoy*, döste ein, und schreckte immer wieder auf. Als sie zum vierten Mal erwachte, standen die drei Männer am Fenster. Die Fensterläden waren geschlossen und von außen verriegelt worden, aber es drang genug Mondlicht herein, um die drei dicht beieinander stehenden Gestalten zu beleuchten. Sie setzte sich auf. «Was ist los?» fragte sie flüsternd.
«Suleiman wird uns gleich abholen», erklärte Kern. «In einer Stunde ist es Tag.»
«Wie lange wirst du brauchen?» fragte O'Malley. «Eve und ich müssen uns bereithalten, um gleich handeln zu können.»
Er nennt mich wieder beim Vornamen, dachte Eve. Sie war froh darüber, sie brauchte Trost, auch wenn er nur im Tonfall einer Stimme lag.
«Mindestens fünfundvierzig Minuten», erwiderte Kern und nahm das seidene Halstuch ab, das er sich wieder umgebunden hatte. «Nimm das. Es ist leichter, einen Menschen mit einem Halstuch oder einem Strumpf zu erdrosseln als mit bloßen Händen.»

«Was für einen Knoten soll ich machen?» fragte O'Malley. «Einen Immelmann?»
Die beiden lachten, ein Scherz unter Profis; nur, daß keiner von beiden das Erwürgen von Menschen zu seinem Beruf gemacht hat, dachte Eve. Mit Empörung stellte sie fest, daß der böse kleine Scherz sie nicht schockierte. Die Angst vor dem eigenen Tod verleiht einem ein dickes Fell. Wenn sie je lebend nach Boston zurückkehrte, würde sie ihrer Großmutter sagen, mit Artigkeiten überlebe man nicht. Ihre Großmutter, die sicher unter den zivilisierten Menschen von Beacon Hill lebte, würde ihr raten, derlei Ketzerei unverzüglich zu vergessen.
Schritte hallten durch den Korridor. O'Malley, Kern und Sun Nan schlüpften in die Betten zurück, Eve legte sich wieder hin. Die Tür wurde aufgesperrt, und Suleiman trat mit drei Wachen ein, zwei von ihnen trugen Öllampen.
«Es ist Zeit, Fritz.» Suleiman trug dasselbe wie am Tag ihrer Ankunft. Ein rotes Hemd, ein gelbes Jackett, die Offiziershose und die Reitstiefel des toten Amerikaners. Der Säbel hing in einer Scheide an seinem Gurt. «Sie leisten der Dame Gesellschaft, O'Malley. Sie redet zuviel, aber sie ist ein schönes Stück Fleisch. Ich habe um Saratoga herum schlimmere gesehen.»
«Huren oder Frauen?» fragte Eve.
Suleiman rang die Hände und sah O'Malley an. «Genau das meine ich. Sie redet zuviel. Okay, Fritz, gehen wir. Da, ziehen Sie das an. Wenn Sie über die Engländer fliegen, werden diese Sie für einen Puschtonen halten. Dann machen sie sich gleich die Hosen voll. Ein fliegender Puschtone!» Er hob das seidene Halstuch auf, das O'Malley auf sein Bett gelegt hatte, und reichte es Kern.
«Wäre es nicht besser, wenn ich einen echten Turban trüge?» fragte der Deutsche. «Es wäre mir eine Ehre.»

«Das nächste Mal, Fritz. So nahe sind die Engländer nicht, daß sie den Unterschied merken.»
Kern schlang das Halstuch um den Kopf und versteckte die Enden. Im flackernden Licht der Öllampen sah er aus wie der Bruder des Puschtonen. Er sieht grausam, schön und romantisch aus, dachte Eve; sie wußte, sie wäre unter anderen Voraussetzungen sehr von ihm eingenommen gewesen. Er drehte sich nach ihr um, schlug die Absätze zusammen und küßte ihr die Hand. «Es wird nicht lange dauern, Fräulein.»
«Viel Glück, Baron. Der Turban steht Ihnen.»
«Danke. Herr Sun, gehen wir die Engländer bombardieren?»
«Mit Vergnügen», erwiderte Sun Nan mit leicht pfeifender Stimme und drückte sich die Melone sorgfältig in die Stirn.
«Eins muß man euch lassen», sagte Suleiman, «ihr seid zivilisiert.»
«Das kommt bei Ihnen auch noch», tröstete ihn O'Malley.
«O ja, sobald wir die Engländer los sind.»
Suleiman ging allen voran zur Türe hinaus, diese wurde wieder zugesperrt, und Eve und O'Malley waren allein. Um gegen das Gefühl der Hilflosigkeit und Ohnmacht anzukämpfen und nicht einfach zu sitzen und nichts zu tun, trat Eve zu dem kleinen Tischchen und zündete den Ölbrenner unter dem Samowar an. O'Malley sah ihr wortlos zu. Sie fühlte seine Blicke auf sich. Die Männer schauten ihr nach, seit sie fünfzehn war, doch jetzt war es ihr zum erstenmal peinlich.
Nach langem reichte sie ihm eine Tasse grünen Tee. «Es hat noch von dem scheußlichen flachen Brot, und Honig ist auch noch da.»
«Wir wollen davon essen. Wir werden mächtig laufen müssen, um zu den Pferden zu kommen.»
«Glauben Sie wirklich, wir können fliehen?»

Er zuckte die Achseln und schlürfte seinen Tee. «Sie machen guten Tee.»
«Ich habe es von meiner Großmutter gelernt. Sie hat die Boston Tea Party stets als Fehler angesehen. Sie hätte mehr dafür übriggehabt, wenn Kaffee in den Hafen geschüttet worden wäre. Sie trinkt keinen.»
Er lächelte ihr unvermittelt zu, und sie lächelte ebenso unvermittelt zurück. Dann setzte sie sich auf das niedrige *Charpoy* und zog die Strümpfe aus. Ihr Rock rutschte über die Knie, und als sie aufsah, betrachtete er sie.
«Suleiman hat recht. Sie sind ein schönes Stück Fleisch.»
Er lächelte immer noch, und sie konnte nicht beleidigt sein; sie wollte es auch nicht. «Ich glaube, wenn man Ihnen den kleinsten Anlaß gäbe, wären Sie ein Draufgänger und ein Flegel.»
«Nein, nicht eigentlich. Nur wenn man mich ermutigt. Warum ziehen Sie die Strümpfe aus?»
«Ich will Sie bestimmt nicht ermutigen, wenn Sie das glauben.»
«Sind Sie je von einem Habenichts geliebt worden?»
«Ich weiß es nicht. Kommt darauf an, was Sie unter Geliebtwerden und unter Habenichts verstehen.»
«Die Antwort einer echten Dame. Sie haben gewonnen. Was soll ich damit?»
Sie gab ihm die Strümpfe und stand auf. «Bede, benützen Sie sie. Der Baron hat gesagt, es sei leichter mit einem Halstuch oder mit Strümpfen... Sie wissen schon.»
Er nahm die Strümpfe, knüpfte sie zusammen, drehte einen Seidenstrick daraus und testete dessen Belastbarkeit. Sie schaute zu und bemühte sich, den Strick nicht um einen Hals geschlungen zu sehen. «Damit geht es. Wenn wir in Schanghai sind, kaufe ich Ihnen neue. Die schönsten, die ein Habenichts erstehen kann.»

Ich mag ihn, er kann so nett sein. «Lassen Sie uns nicht mehr streiten, Bede.»
Er nahm ihre linke Hand und tastete den dritten Finger ab. «Gibt es in Amerika einen Mann, der auf Sie wartet?»
«Nein. Kein bestimmter – weder ein reicher noch ein armer.» Es gab in Boston, Bar Harbor und Palm Beach Männer, die darauf warteten, mit ihr tanzen, segeln und wenn möglich auch ins Bett zu gehen. Aber es gab keinen bestimmten Mann. «Ich denke im Augenblick nur an einen Mann, meinen Vater.»
Er drückte ihre Hand und ließ sie los. «Gewiß.»
Später fragte er: «Wieviel Zeit haben wir noch?»
Sie zog die Uhr ihres Vaters hervor, hielt sie gegen die allmählich durch die Fensterläden dringende Tageshelle. «Fünf Minuten, würde ich sagen.»
«Gut. Sie wissen, was Sie zu tun haben, sobald wir den Baron hören.»
Draußen erwachte die Stadt. Das Singen der Flöte war immer noch zu hören, aber es war sehr, sehr leise geworden, der Flötenspieler mußte entweder erschöpft oder halb eingeschlafen sein. Ein Hahn krähte, ein zweiter antwortete. Nebenan wurden die Fensterläden geöffnet und gegen die Hausmauer geschlagen, der Tag begann mit einem Knall. Eine verdrießliche, schlaftrunkene Stimme rief etwas; Eve verstand es nicht, aber sie wußte, ein fauler Irgendwer wurde aufgefordert, endlich aufzustehen.
Dann hörte sie das Brummen des Flugzeugs. Sie sah O'Malley an, der nickte. Er trat hinter die Tür, die Hände mit dem gespannten Seidenstrick weit auseinander. Das Flugzeug brauste im Tiefflug über die Stadt; obwohl es noch nicht richtig Tag war, hatte Kern genau die richtige Gasse angeflogen, was eine reife Leistung war. Er hielt sich knapp über den Dächern, schon das Dröhnen war ein Bombardement. Die Bristol donnerte

über das Haus, in diesem Augenblick hämmerte Eve mit den Fäusten gegen die Tür und schrie so laut sie konnte.
Als sich das Flugzeug entfernte, hörte sie auf zu schreien (es war ihr plötzlich bewußt geworden, daß die Nachbarn sie nicht hören durften), fuhr aber fort, die Tür zu bearbeiten. Man hörte hastige Schritte im Korridor, ein ärgerliches Rufen, dann wurde der Schlüssel umgedreht. Sie wich gegen die Zimmermitte zurück; die Wache trat ein und kam auf sie zu. Sie sah O'Malley mit erhobenen Armen hinter der Tür hervortreten; die Schlinge legte sich um den Hals des Wazirs und wurde zugezogen. Er ließ das Gewehr fallen und griff nach dem Strick; seine Augen traten hervor, sein Mund öffnete sich. Eve sah zu, wie er starb, sie konnte den Blick nicht von ihm lösen, es schien eine Ewigkeit zu dauern.
O'Malley trat zurück und ließ die Schlinge los, der Wazir sank zu Boden. «Mein Gott! Es gibt bessere Arten, einen Menschen zu töten.»
Dann hob er das Gewehr auf und nahm, als Kern aus der entgegengesetzten Richtung zurückkam, Eves Hand. Sie hörten das Flugzeug und danach die Bombe: Sie hatte das Haus getroffen. Der obere Stock mußte eingestürzt sein, die Decke ihres Zimmers bekam Risse und begann, sich über ihnen zu biegen. Sie liefen zur Tür hinaus und stolperten in eine dicke Rauch- und Staubwolke. O'Malley fiel über etwas und riß Eve mit. Sie stürzte auf ihn, hörte ihn keuchen und fluchen. Sie wälzte sich weg, Staub und Rauch kratzten sie im Hals, sie hustete und sah die zweite Wache mit gezücktem Messer auf sie zukommen.
Sie fühlte etwas unter ihrer Hand, ein Stück Mauerwerk; sie packte es und schleuderte es im Aufstehen mit aller Wucht gegen den Wazir. Unmittelbar neben ihrem Ohr knallte ein Schuß. Sie hörte nichts mehr, sah

aber den Stammesangehörigen taumeln, zusammensinken und vornüber fallen. O'Malley hatte aus der Hüfte geschossen; sie sah ihn befriedigt nicken. «*Das* ist eine bessere Art, einen Mann zu töten.»
Kern mußte eine unglaublich enge Kurve gemacht haben. Er kam schon wieder knapp über den Dächern die Gasse herunter. O'Malley warf sich auf den Boden und zog Eve zu sich herunter. Die zweite Bombe spaltete die Vorderfront des Hauses. Es gab wieder eine mächtige Explosion, und alles schien über ihnen zusammenzustürzen.
«Zu nah, du verdammter Narr von einem Chinesen!», brüllte O'Malley und mußte vom Rauch und Staub husten.
Eve, die es nicht fassen konnte, daß sie noch lebte, rappelte sich zerschunden und angeschlagen auf. O'Malley saß, den Kopf zwischen den Knien, mitten im Schutt und hustete sich die Lunge aus dem Leib. Sie klopfte ihm auf den Rücken und half ihm auf die Beine. Das Hauptportal stand offen, oder besser gesagt, die ganze Hausfront stand offen. Doch sie konnten noch nicht weg.
Der immer noch hustende O'Malley schleppte den toten Wazir in den hinteren Teil der beschädigten Halle. «Entkleiden Sie ihn.» Er spuckte aus und stolperte über den Schutt in das Zimmer zurück, in dem die erste Wache lag. Eve machte sich daran, dem Toten die Kleider vom Leib zu zerren. Sie zog seine Hose über ihren Rock an und wand sich seinen schmierigen Turban um den Kopf. Doch als es darum ging, das blutverschmierte Hemd überzustreifen, war sie überfordert; sie ließ es fallen und knöpfte seine Tunika über ihre Bluse. Als sie fertig war, trat O'Malley, in gleicher Verkleidung wie sie, aus dem Seitenzimmer.
«Die Puschton-Zwillinge. Kommen Sie.»
«Zuerst will ich meinen Revolver haben.»

Sie fand ihn in dem großen Saal auf der andern Seite der Halle, der unbeschädigt geblieben war. Die Magnum .375 lag auf dem Tisch, zusammen mit den vier Schachteln Munition, die sie in London gekauft hatte. Sie nahm den Revolver und zwei Schachteln Munition; O'Malley rief ihr von der Tür aus zu, sie solle sich um Himmels willen beeilen. Als Kern und Sun Nan zum dritten Mal zurückkamen, stürzten sie aus dem Haus. Fliehende Waziri jagten schreiend und jammernd die Gäßchen hinauf dem Hügel hinter der Stadt zu. Eve war, als tauchten sie in eine zähflüssige, aufgewühlte See: Es gab kein Schwimmen mit dem Strom. O'Malley bahnte sich einen Weg durch die Menschenbrandung. Sie senkte den Kopf, um nicht erkannt zu werden, und klammerte sich an seine Tunika. Sie stolperte, fühlte etwas Weiches unter den Füßen, schaute zu Boden und sah, daß sie auf eine alte Frau getreten war. Die Bristol heulte mit ohrenbetäubendem Lärm über sie hinweg; die Fliehenden drückten sich an die Hausmauern, für einen Augenblick hatten sie sozusagen freie Bahn. Sie eilten das Sträßchen hinunter, an dessen Ende eben die dritte Bombe explodiert war.

Sie liefen in eine Wolke von Rauch und Staub, erreichten den Platz am unteren Ende der Stadt und strebten dem Tor in der Mauer zu. Eve rang nach Atem, ihre Knie gaben nach, sie wußte, sie würde zusammenbrechen, lange bevor sie die Pferdeweiden erreichten. Doch O'Malley zog sie mit sich und rief ihr aufmunternde Worte zu, während er wie ein wütender Wazir mit dem Gewehr über dem Kopf herumfuchtelte und der Bristol drohte, die jetzt zurückkam und den Wachtturm am Tor bombardierte. Der Turm verschwand in einer Explosion; Eve und O'Malley rannten hindurch, waren aus der Stadt heraus und nur noch fünfzig Meter von den Pferdekoppeln entfernt.

Die Pferde bäumten sich wiehernd auf und galoppier-

ten irr vor Angst den Umzäunungen entlang. O Gott, dachte Eve, wie fangen wir zwei ein? Sie lief weiter, ihre Augen waren blind vom Staub und vor Erschöpfung, die Lungen brannten sie wie Feuer, die Beine wollten sie nicht mehr tragen, da wurde sie plötzlich der beiden Pferdeknechte ansichtig, die vor der Hütte versuchten, zwei gesattelte Pferde zu beruhigen. In diesem Augenblick hatte auch O'Malley sie entdeckt. Er riß sich von ihr los und stürmte davon.
Einer der Knechte fuhr herum, als O'Malley ihn erreichte. Obwohl sie wie geblendet war, sah Eve die Überraschung auf seinem Gesicht, als O'Malley ihm den Gewehrkolben über den Schädel zog. Er ging zu Boden und kam unter das Pferd zu liegen. O'Malley packte die Zügel, warf sie Eve zu und stürmte auf den zweiten Pferdeknecht los. Sein Pferd bäumte sich von Panik ergriffen auf und wieherte schrill; er sah O'Malley überhaupt nicht. Er sackte zusammen, ohne zu wissen, wer ihm einen Schlag versetzt hatte. O'Malley hängte sich das Gewehr an den Rücken, packte die Zügel des hochgehenden Pferdes und versuchte aufzusitzen. Eve, die schon im Sattel saß, zwang ihr Pferd neben den völlig verängstigten Hengst und drängte ihn gegen die Umzäunung. Die Bristol war verschwunden, aber eine blinde Panik hatte sich der Pferde in den Koppeln bemächtigt; das gesattelte Pferd außerhalb der Umzäunung schien den Drang zu haben, sich ihnen anzuschließen. O'Malley würde nie in den Sattel kommen, geschweige das Pferd reiten können.
«Nehmen Sie meins», schrie Eve.
O'Malley hatte nichts dagegen. Er packte Eves Pferd bei den Zügeln. Eve schüttelte die Steigbügel ab, ergriff die Zügel des sich bäumenden Pferdes und schwang sich auf dessen Rücken hinüber. O'Malley schaffte es irgendwie, in den Sattel des ruhigeren Pferdes zu kommen, und zerrte dieses weg, während Eve versuchte, das

ihre zu besänftigen. Das Pferd, ein großer brauner Hengst, ging wieder hoch, versuchte aber zum Glück nicht, sie durch Bocksprünge abzuwerfen. Plötzlich setzte es sich in Bewegung und jagte blindlings davon. Geradewegs zurück auf das Stadttor zu.
Eve kämpfte verbissen und versuchte unter Aufbietung all ihrer Kräfte den Kopf des Hengstes herunter zu bekommen. Sie rasten in gestrecktem Galopp unter dem halb eingestürzten Tor durch. Das Pferd warf den Kopf wild herum, und Eve bemühte sich verzweifelt, es unter Kontrolle zu bekommen. Sie überquerte den Platz, und einen schrecklichen Augenblick lang fürchtete Eve, der Hengst trüge sie in die engen verstopften Gassen zurück, denen sie eben entronnen war. Doch dann schien das Pferd zu ahnen, daß es zu nichts führte, in die Menschenansammlung vor ihm hineinzupreschen. Es wich zurück und senkte den Kopf, von diesem Augenblick an hatte Eve es unter Kontrolle. Sie ließ es einen weiten Bogen machen, jetzt ritt sie es und kämpfte nicht mit ihm, sondern redete ihm zu und galoppierte wieder zum Tor hinaus.
Sie sah den wartenden O'Malley. Er wendete sein Pferd, sie holte ihn ein und gemeinsam stiegen sie den schmalen Pfad den Bergrücken hinunter und zwischen den Hügeln ins Tal. Kern und Sun Nan kamen unterdessen zurück und bombardierten den Schädelberg.

3

Kern sah den Haufen wie eine gigantische Blume auseinanderbersten, Knochen flogen wie Blütenblätter in alle Richtungen. Im Steigen sah er die beiden Reiter der Straße zujagen. Er wäre am liebsten zu ihnen hinuntergetaucht, um seiner Freude über ihre geglückte Flucht Ausdruck zu geben, fürchtete aber, er könnte die Pferde erschrecken und hielt genügend Höhe. Einer der Reiter sah zu ihm auf, und er spornte ihn mit einem Flügelwackeln an. Dann drehte er sich nach Sun Nan um und fragte über das Sprechrohr: «Wie viele Bomben haben wir noch?»
Sun Nan hob zwei Finger. «Sparen Sie sie. Kann sein, wir brauchen sie noch.»
«Ich würde sie gerne auf Suleiman Khan hinunterwerfen.»
Als sie in der Frühe aus der Stadt zu den Flugzeugen hinuntergeritten waren, hatte Suleiman sich in der Hochstimmung eines Jungen befunden, der vorhat, sein Schulhaus in die Luft zu jagen. Er hatte mit seinen Leuten gelacht und gescherzt. Auch diese, an die fünfzig oder sechzig, waren bei bester Laune gewesen und hatten, als sie den Talboden erreichten, den Pferden die Sporen gegeben und waren mit einem Huronengebrüll auf die Flugzeuge zugesprengt. Trotz seiner Besorgnis hatte Kern sich einmal mehr von dem aufregenden Bild einer dahingaloppierenden Reiterschar begeistern lassen.
Suleiman mußte ihn beobachtet haben. «Sie sind ein Pferdenarr, was, Fritz?»
«Ich bin Kavallerist gewesen, bevor ich Flieger geworden bin.»
«Bleiben Sie bei uns, Fritz. Hier können Sie fliegen und reiten und haben alles, was Sie wollen.» Suleiman war

großzügig in den ersten Morgenstunden des Tages, an dem die Engländer die Waziri mit einem Bombenteppich belegen sollten. «Sogar die Amerikanerin, wenn Sie sie wollen.»
«Ein verlockender Gedanke», erwiderte Kern, ohne zu sagen, was ihn daran besonders reizte. «Ich werde es mir überlegen.»
Sie hatten die Flugzeuge erreicht. Die Reiter umstellten die drei Bristols und die DH-4, als wollten sie sie davon abhalten, sich selbständig zu machen und davonzufliegen. Kern und O'Malley hatten am späten Nachmittag des vergangenen Tages noch einmal herunterreiten müssen. Die Motoren waren zusammengebaut und die Flugzeuge startbereit. Sie waren übereingekommen, Kern und Sun Nan sollten am Morgen in Eves Maschine aufsteigen. Sollte es Eve und O'Malley nicht gelingen, aus der Stadt zu entkommen, würden der Deutsche und der Chinese mit dem Kästchen und der Figur weiterfliegen. Kern sollte, auch wenn Eve und O'Malley verloren waren, versuchen, Bradley Tozer das Leben zu retten.
Die Verantwortung, die ihm aufgebürdet worden war, lastete schwer auf ihm, aber er hatte nicht versucht, sich ihr zu entziehen. Jetzt machte sie ihn gegen die hämischen Anspielungen des Waziriführers unempfindlich.
«So selbstsicher, heute morgen, Fritz. Sie haben doch nicht etwa vor, den Spieß umzudrehen und mich hereinzulegen, was?»
«Ich werde für Sie Bomben auf die Engländer werfen. Etwas anderes haben Sie von mir nicht verlangt.»
Suleiman musterte zuerst ihn und dann Sun Nan mißtrauisch. «Wie hast du es, Schlitzauge? Wie stehst du zu dem Unternehmen?»
«Ich habe nur einen Wunsch, nach China heimzukehren. Ich bombardiere wen Sie wollen.»
«Du gehörst zur Oberschicht, Schlitzauge. Ich habe

noch nie einen Chinesen gesehen, der der Oberschicht angehört, immer nur Wäschereiarbeiter.»
«Wir sind einige hundert Millionen zu Hause in China. Es kann nicht jeder Wäschereiarbeiter sein. Einige von uns müssen gezwungenermaßen die ... Oberschicht bilden.»
Suleiman grinste; er war an diesem Morgen so bei Laune, daß er es sogar ertrug, gehänselt zu werden. Der beste Scherz steht dir noch bevor, dachte Kern, aber über ihn wirst du nicht lachen.
Vier Waziri hatten die Bomben in der Nacht heruntergebracht und waren als Wachen bei den Flugzeugen geblieben. Sie mußten die enthaupteten Leichen der R.A.F.-Soldaten begraben oder sonst beseitigt haben, jedenfalls konnte Kern am jungfräulichen Himmel keine kreisenden Aasgeier entdecken. Er und Sun Nan kletterten in Eves Flugzeug, die Waziri reichten ihnen die Bomben herauf. Kern war überrascht, wie fertig sie aussahen, sie hätten beinahe aus einer Waffenfabrik stammen können. Ein paar afghanische Bombenmacher hätten den Kruppwerken wohl angestanden, vorausgesetzt natürlich, die Bomben explodierten, wenn sie am Ziel aufschlugen.
«Sind Sie sicher, daß die Bomben losgehen?»
Da Suleiman auf seinem schwarzen Hengst saß, waren seine Augen auf derselben Höhe wie Kerns. «Sie gehen los.» Jetzt kicherte er nicht und grinste auch nicht mehr. «Sie müssen nichts anderes tun, als sie abwerfen. Nachher kommen Sie hierher zurück. Tun Sie das nicht, landen die Köpfe des Weibsstückes und des Engländers auf dem Schädelhaufen, bevor die Sonne dort drüben aufgeht.» Er zeigte gerade über seinen Kopf.
«Oh, wir kommen zurück.»
«Sie haben unser Wort darauf», erklärte Sun Nan. «Jede Bombe wird genau das ihr zugedachte Ziel treffen.»

So war es auch gewesen. Nun waren noch zwei übrig.
Kern stieg so hoch, daß er über den jäh abfallenden
Bergrücken ins Tal sah. Die Sonne war aufgegangen
und zeichnete scharfe Umrisse. Er sah die Reiter bei
den Flugzeugen sich zusammenrotten und in gestrecktem Galopp der Straße, die in die Stadt hinaufführte,
zujagen. Suleiman hatte die Bombeneinschläge gehört
und wußte, er war aufs Kreuz gelegt worden.
Kern stach auf die den Pfad heraufreitenden Waziri
hinunter, hob die Hand, und der hinter ihm sitzende
Sun Nan ließ die erste der beiden Bomben fallen. Sie
ging drei Meter vor den zuvorderst Reitenden nieder,
ein schwarzer Pilz wuchs aus dem Boden, und sie waren nicht mehr zu sehen. Kern drehte bei und kam zurück. Mindestens die Hälfte der Waziri war durchgekommen und jagte immer noch die Hügel hinan. Die
letzte Bombe landete mitten in der Reiterkolonne, aber
als er zurückschaute, entdeckte er, daß ein halbes Dutzend von ihnen im Sattel geblieben war und immer
noch der Stadt zustrebte. Einer blickte zu ihm auf und
schwang drohend das Gewehr über dem Kopf. Kern
stieg höher und hielt nach Eve und O'Malley Ausschau.
Als er sie entdeckte, waren sie keine achthundert Meter
von den stadtwärts reitenden Waziri entfernt. Er ging so
tief hinunter wie er es konnte, ohne die Pferde zu erschrecken, und zeigte erregt in die entgegengesetzte
Richtung. Er sah, wie sie langsamer wurden und unvermittelt in ein enges Wadi einschwenkten. Die Sonne
beschien nur dessen vordersten Teil, sie aber zogen sich
ganz in den Schatten zurück. Die Waziri jagten am
Wadiende vorbei, und kaum waren sie außer Sicht, waren Eve und O'Malley wieder auf dem Weg vorne.
Kern kreiste über ihnen, er sah, wie sie an der Stelle,
wo die zweite Bombe niedergegangen war, den Menschen- und Pferdeleichen auswichen, und gegen den
Talboden hin ihre Gangart beschleunigten. Sobald sie

im Flachen waren, jagten sie in gestrecktem Galopp auf die Flugzeuge zu. Kern schraubte sich in einem weiten Bogen in die Höhe, schaute in Richtung Stadt und sah Reiter, ein halbes Dutzend, wieder den Weg heruntersprengen.
Er brauste im Tiefflug über die geparkten Flugzeuge, wackelte mit den Flügeln und zeigte zur Stadt. Eve saß schon in einer der Bristols und O'Malley warf den Propeller an. Beide winkten Kern zu, aber er wußte nicht, ob sie seine Warnung verstanden hatten. Er stieg und flog wieder über den Bergrücken.
Die Waziri hatten die beiden Stellen, auf die Sun Nans Bomben niedergegangen waren, bereits hinter sich. Wie echte Bergler, was sie ja auch waren, jagten sie ohne Rücksicht auf sich oder die Pferde den gewundenen Pfad hinunter. Ihnen voran sprengte ein Reiter in einer gelben Weste und einem roten Hemd.
Kern flog wieder zu den geparkten Flugzeugen zurück, überzeugt, der Propeller der einen Bristol würde schon drehen. Aber O'Malley kämpfte immer noch mit ihm. Plötzlich rannte er zu der andern Bristol hinüber, Eve kletterte aus dem Cockpit der ersten Maschine und folgte ihm. Kern flog hart über ihre Köpfe, drehte scharf bei und kam durch das Tal zurück. In diesem Augenblick hatten Suleiman und seine Leute die Talsohle erreicht. Er flog geradewegs auf sie zu, keine zwei Meter über dem Boden. Die Reiter kamen mit einer unglaublichen Geschwindigkeit auf ihn zu. Gleich würden sie frontal mit seiner Maschine zusammenprallen. Wieder lockte der Selbstmord. Er hörte Sun Nans Schrei im Sprachrohr. Im letzten Augenblick riß er die Nase hoch und sah noch, wie die Reiter auseinanderstoben, wie drei der Pferde zu Boden gingen, als die Beine unter ihnen einknickten. Er stieg steil an, schaute zurück und erblickte den einsamen Reiter in der gelben Weste, dessen gezückter Säbel wie ein sichtbar gewordener

Wutschrei in der Sonne blitzte, wie er mit ungebrochener Wucht auf Eve, O'Malley und die immer noch am Boden klebenden Bristols zugaloppierte.
Kern ging in die Kurve, aber er wußte, er würde zu spät kommen. Er sah, wie O'Malley plötzlich einen Schritt zurücktrat, sah ein Rauchwölklein vom Motor aufsteigen, der Propeller war zum flimmernden Lichtkreis geworden. O'Malley lief auf der anderen Seite des Flugzeugs um den Flügel herum; jetzt war der Wazir nur noch knapp vierzig Meter von der Bristol entfernt. Er galoppierte, den Säbel in einer ebenso furchterregenden, herrlichen wie sinnlosen Herausforderung hoch erhoben, in unvermindertem Tempo weiter, als wollte er geradewegs in das Flugzeug hineinreiten. Eve stand im Cockpit auf und richtete den Revolver auf ihn. Das Männchen fiel knapp zehn Meter vor dem Flugzeug aus dem Sattel. Sein Pferd schwenkte ab, jagte am Schwanz der Bristol vorbei und galoppierte das Tal hinauf. Eve setzte sich wieder. O'Malley schwang sich ins hintere Cockpit. Einen Augenblick später rollte die Bristol das Tal hinunter und stieg in die Sonne auf. Kern drehte sich nach Sun Nan um und hob triumphierend die Hand, der Chinese, der die asiatische Unergründlichkeit für einmal Lügen strafte, lächelte und nickte heftig.
Kern kam in einer weiten Kurve zurück und flog dann neben Eve. Als er zurückschaute, sah er die beiden überlebenden Reiter auf die verlassene Bristol und die DH-4 zutraben. Zwischen den beiden Flugzeugen lag Suleiman Khan, Puschton *Malik,* Schädelsammler, Korporal der 81. Säumerkompanie und Stalljunge in Saratoga, Belmont Park und derlei Orten, dessen gelbe Weste im zunehmenden Sonnenglanz allmählich verblaßte.

4

«Madame Buloff hat uns bis jetzt noch nicht vergiftet», erklärte General Meng. «Das ist keine Beleidigung, Madame. Mein einfacher chinesischer Magen hat sich lediglich noch nicht an den Reichtum der russischen Küche gewöhnt.»
Wenn Madame Buloff beleidigt war, zeigte sie es nicht. «Ich wünschte, ich könnte Ihnen Kaviar vorsetzen, General. Wenn Sie das nächste Mal nach Schanghai kommen, stelle ich Ihnen das üppigste Mahl auf, das Sie je gegessen haben.»
«Ich kann es kaum erwarten», erwiderte General Meng. «Würden Sie nun die Güte haben, die Speisen zu kosten, Mr. Tozer? Sie brauchen keine Angst zu haben. Bis jetzt haben Sie überlebt.»
Bradley Tozer kostete das Essen, ohne die Buloffs anzusehen. Er wußte, es war kein Gift darin, aber es schmeckte deshalb nicht besser.
Er hatte ihr gesagt, der Herr des Schwertes fürchte, vergiftet zu werden, und sie hatte erwidert, er sollte sich keine Sorgen machen. «Ich habe noch immer kein langsames Gift gefunden. Ich bin überzeugt, daß die Chinesen eins haben, sie sind im Beseitigen von Menschen viel fortschrittlicher als die Russen. Aber hier im Generalspalast bevorzugt man schnellere Methoden.»
Sie gab eine pantomimische Darstellung des Erschießens, Kehledurchschneidens und Kopfabschlagens; ihre massige Gestalt sah bei allen drei Methoden furchterregend aus. «Machen Sie sich keine Sorgen, Mr. Tozer. Wenn ich das richtige Gift gefunden habe, lasse ich es Sie wissen.»
«Aber wie komme ich darum herum, es zu kosten?»
«Oh, Sie werden es kosten. Aber wir pumpen Ihnen den Magen aus, bevor Sie daran sterben. Grigori

Rasputin hat mir gezeigt, wie man das macht. Er ist mein Liebhaber gewesen, müssen Sie wissen.»
«Oh, tatsächlich?» Tozer war sich seitens der Frauen nicht an derlei Geständnisse gewöhnt.
«Ich bin natürlich nicht seine einzige Geliebte gewesen. Der Mann war ein Teufel.»
«Das habe ich gehört.»
Doch er hatte andere Vorstellungen von einem Teufel als sie. «Er war ein Mönch, ging aber ständig mit irgendwelchen Frauen ins Bett. Er hatte den Lebenssaft von sechs Hengsten. Aber er hat mich gerettet.»
«Wovor? Vor der Hölle?» Er sah vor seinem inneren Auge einen virilen, in ein Evangelium vertieften Mönch seine Soutane zuknöpfen.
«Nein. Vor einer Lebensmittelvergiftung. Er hat mir die Hände auf den Magen gelegt und mich geheilt. Doch nachher, als alle gegangen waren, hat er mir den Magen ausgepumpt. Es wird Ihnen nichts geschehen, Mr. Tozer. Ich werde mit Ihrem Magen dasselbe machen.»
Doch bis jetzt hatte sie nichts gefunden, das General Meng im Schlaf umbringen würde. Die Zeit wurde knapp, und Bradley Tozer, der Vorkoster, hatte jeden Geschmack an den Dingen verloren.
Das Essen begann. Es war nicht besser als irgendeins von Madame Buloffs Essen. Später lud General Meng Tozer zu einem Spaziergang auf der Terrasse ein. Sie gingen hinaus und begannen unter den wachsamen Augen der beiden Mongolen hin- und herzuschlendern. Sie kamen unter dem Pfirsichbaum durch, Meng streckte die Hand aus und pflückte eine Frucht.
«Wir schätzen Pfirsiche sehr – sie sind für uns das Symbol der Langlebigkeit. Ich esse täglich mindestens einen. Daß Pfirsichbäume hier so gut gedeihen, ist eine der wenigen guten Seiten dieses Landstrichs.»
«Würde ein Pfirsich auch für mich Garant eines langen Lebens sein?»

«Unter den gegebenen Umständen bezweifle ich das.»
Meng wechselte das Thema, es war ihm offensichtlich peinlich, sich von einem Aberglauben lossagen zu müssen, weil dieser sich nicht mit einem andern vereinen ließ. «Als Junge bin ich einmal mit dem englischen Botaniker Wilson nach Westsetschuan gegangen. Wir kletterten auf Berge, und er zeigte mir Blumen, die ich noch nie gesehen hatte. Ich möchte gerne dorthin zurückgehen, ein *Tuchun* sein. Ich würde mir einen neuen *Yamen* bauen und ihn mit Pfirsichbäumen umgeben. Aber es wird natürlich nie dazu kommen. Man kann sich sein Königreich nicht mehr auswählen.»
«In Amerika kann man es. Ein Geschäftsreich.»
Der Herr des Schwertes lächelte. «Vielleicht werde ich nach Amerika kommen und ein *Tuchun* sein. Welche Gegend würden Sie vorschlagen?»
«Texas», erwiderte Tozer, der nach einem Staat suchte, der einen *Tuchun* verdient hätte. «Aber warum werden Sie nicht Herr über ganz China?»
«Ein einzelner kann China nicht regieren. Diese Zeiten sind vorbei. Nein, ich bin glücklich mit dem, was ich habe. Reiche können zu groß werden, Mr. Tozer. Unzählige Ihrer westlichen Könige haben den Thron verloren, weil sie diese Tatsache nicht erkannt haben.»
Er blieb an der Brüstung stehen und blickte über das Land. Im Abendlicht hatte man den Eindruck, nichts bewege sich. Tozer war die unendliche Stille, die sich über die chinesische Landschaft senken konnte, schon öfter aufgefallen. Es war dann, als machten sich die Bauern, und wer sonst gerade vorbeikam, unsichtbar und überließen die Landschaft ganz dem ihr innewohnenden Wechsel von Licht und Schatten und der ihr eigenen besänftigenden Ruhe. Doch er wußte, es war alles Illusion. Unter dem zartblauen Frieden der Dämmerung schwelte ein Vulkan: Hunderte von Millionen menschlicher Wesen.

«Tschangs Streitkräfte sind nur noch zwanzig Meilen entfernt. Es sind einige Regimenter, haben meine Spione gesagt.»
«Wird er angreifen?» Die Hoffnung ließ Tozers Herz höher schlagen. Vielleicht konnte er in der Hitze des Kampfes entkommen.
«Nicht mit so wenig Leuten. Er müßte das Dreifache haben, um sich Hoffnungen auf einen Sieg machen zu können. Vielleicht macht er nur Muskelübungen. Unter anderen Voraussetzungen zöge ich aus und würde seine Regimenter zerschlagen.»
«Jetzt nicht?»
Meng lächelte wieder. «Die Voraussetzungen sind nicht günstig, Mr. Tozer. Was geschieht, wenn das Glück wieder nicht auf meiner Seite ist? Und da ist es, seit ich die Figur nicht mehr habe, nie gewesen. Ich könnte sogar ums Leben kommen.»
«Das möchte ich nicht», erklärte Tozer höflich.
«Sie sind ein reizender Mensch, Mr. Tozer. Ich hoffe sehr, ich muß Sie nicht töten.»
Die Buloffs kamen Hand in Hand über die Terrasse gewallt, ein zweistufiges Denkmal ehelicher Treue. Buloff reckte sich auf den Zehenspitzen, und seine Frau beugte sich über ihn: Seine Lippen berührten ihre Wangen und küßten sie.
«Diese Russen», schimpfte Meng, «sie wissen nicht, was sich in der Öffentlichkeit gehört.»
«In Amerika benimmt sich in der Öffentlichkeit niemand so sittsam wie Bordellmütter.»
«Ich hätte nicht gedacht, daß Sie welche kennen.»
«Nur vom Hörensagen, General.»
Die Buloffs gesellten sich zu ihnen. Madame Buloff streckte die Hand aus und fuhr Tozer über die Oberlippe. «Ihr Schnurrbart macht sich, Mr. Tozer. In diesem Licht sieht er voll entwickelt aus. Steht er ihm nicht, General?»

«Wir wollen hoffen, daß er Zeit hat, ganz zu wachsen.»
Madame Buloff ließ die Finger über Tozers Wangen gleiten. «Aber Sie haben eine Rasur nötig. Ich mach das heute abend, bevor Sie zu Bett gehen.»
«Ich möchte nicht, daß der Oberst auf Ihre Gegenwart verzichten muß.»
Buloff strahlte und winkte großzügig ab. «Meine Frau hat es sich zur Lebensaufgabe gemacht, Männer zu beglücken. Aber ich bin ihr einziges Glück. Wenn Sie wissen, was ich meine.»
«Wie verrucht», erklärte der Herr des Schwertes in einem Anflug von Puritanismus. «Gute Nacht, Mr. Tozer. Vergessen Sie nicht, zu beten.»
Er schritt davon, die beiden Mongolen hinter ihm her. Madame Buloff sah ihm nach. «Ich würde ihn liebend gern rasieren.»
«Komm, komm, mein Herzblatt.» Der Oberst versetzte ihr einen Schlag, als wäre sie im Begriff, Amok zu laufen. «Morgen abend sind wir nicht mehr hier.» Er sah, daß Tozer ihn scharf anschaute und fügte achselzuckend hinzu. «Ich hoffe es wenigstens.»
Eine Stunde später kam Madame Buloff zu Tozer in sein Zimmer. Der Wachtsoldat bemühte sich schon lange nicht mehr herein, wenn sie den Gefangenen rasierte. Sie ließ die Tür offen, und er blieb im Korridor auf seinem Stuhl sitzen. Sie begann, Tozers Gesicht einzuseifen.
«Ich kann kein Gift auftreiben. Wir müssen auf unseren ursprünglichen Plan zurückgreifen. Sie entledigen sich der Wache und treffen sich bei der Lastwagenkolonne mit uns.»
«Wie entledige ich mich der Wache?»
Sie fuhr ihm mit der Schneide des Rasiermessers über den Hals. «Wie sonst? Ihr Schnurrbart gefällt mir. Sie sind ein gut aussehender Mann, Mr. Tozer.»
«Ich bin kein Kunde, Madame Buloff.»

Sie schenkte ihm ihr verführerischstes Lächeln. «Es würde Sie nichts kosten, Mr. Tozer. Ich habe mich nie verkauft.»
«Nach Rasputin und dem Oberst wäre ich vermutlich eine Enttäuschung.»
«Als junger Mann sind Sie bestimmt ein Hengst gewesen.»
«Ich war ein Unschuldslamm und immer in der Defensive.» Da er sich nicht allzu sehr herabsetzen wollte, fügte er hinzu: «Ein echter Amerikaner.»
Sie beendete die Rasur und klopfte Kölnisch Wasser in seine Wangen.
«Ich mag den Geruch von frisch rasierten Männern. Es war etwas, das ich bei Grigori Rasputin vermißte. Er hat sich nie rasiert und nie gebadet. Es war, als ginge man mit einem Müllhaufen ins Bett. Da.»
Sie wischte das Rasiermesser ab, legte es zusammen und steckte es ihm vorne ins Hemd. Es kam auf seine Brust zu liegen; ein Prickeln lief ihm über die Haut, als wäre die Klinge aufgeklappt, so daß er sich nur einen Ruck geben müßte, um tot zu sein.

Siebentes Kapitel

1

Sie flogen den ganzen Tag, um etwas von der verlorenen Zeit gutzumachen. Eve war ungehalten darüber, daß sie bei ihren – zwar überstürzten – Vorbereitungen etwas vergessen hatten: Einen Kalender. Als O'Malley für die zweite Tagesetappe das Steuer übernahm und sie im hintern Cockpit saß, öffnete sie den Schulatlas und ging auf der Karte den Weg durch, den sie bis jetzt zurückgelegt hatten, und zählte die Tage zusammen. Sie hatten noch vier Tage, um ungefähr 3000 Meilen hinter sich zu bringen. Mit andern Worten, sie konnten sich keinerlei Verzögerung mehr leisten. Die Dauerbeanspruchung unter härtesten Bedingungen begann sich auf die Flugzeuge auszuwirken. O'Malley hatte erklärt, mehr als zwei Tagesetappen von gesamthaft 900 Meilen lägen nicht mehr drin, da ihm sonst am Abend die Zeit zu einer sachgerechten Wartung fehle. Sie schloß den Atlas und blickte auf Indien hinunter. Im Atlas war es rot und hatte die Form eines zerdrückten Eiscreme-Cornets. Nun lag es unter ihr, braun mit grünen Flecken, soweit das Auge reichte, end- und formlos, vollgestopft mit Menschen aller Hautschattierungen und trieb mit allen Kartographen sein Gespött.

Nachdem sie aus dem Tal des toten Suleiman Khan entkommen waren, hatten sie in der ersten größeren Siedlung, die sie gesichtet hatten, eine Zwischenlandung gemacht. Sie erwies sich als einer der Stützpunkte, die sie für Suleiman hätten bombardieren sollen: Fort Kipling. Die indische Armee arbeitete hier Hand in Hand mit der R.A.F., Platzkommandant war Oberstleutnant John London.

«Es freut mich, daß Suleiman Khan tot ist.» London war ein hagerer Mann mit einer Adlernase und blaßblauen Augen; er sah wie einer der Paschtonen aus, gegen die

er sein Leben lang gekämpft hatte. «Er hat uns das Leben schwer gemacht. Sie müssen selbstverständlich hierbleiben, bis jemand von Quetta oder Peschawar herunterkommt und sich mit Ihnen unterhält.»
«Können wir nicht nach Quetta fliegen?» hatte O'Malley gefragt. «Dann braucht niemand extra zu kommen, und uns liegt es am Weg.»
London überlegte einen Augenblick. «Eine sehr gute Idee. Je weniger wir von den Hauptquartier-Wallahs hier sehen, desto besser. Es ist ein verdammt mühsames Gesindel. Verzeihen Sie den Ausdruck, Miß Tozer.»
«Wir können also nach Quetta weiterfliegen?» fragte O'Malley. «Gut. Nun wäre ich Ihnen dankbar, wenn Ihre Leute den Zusatztank in meiner Maschine ausbauen könnten. Von jetzt an sollte das Auftanken kein Problem mehr sein.»
«Ich unterrichte Quetta über Funk von Ihrem Kommen.»
Doch in Quetta erwartete man sie vergebens. Während die beiden Maschinen überholt wurden und die R.A.F.-Mechaniker den Zusatztank in O'Malleys Flugzeug gegen einen geflochtenen Sitz vertauschten, besprach sich O'Malley leise mit den anderen.
«Wir können es uns nicht leisten, in das Räderwerk der Armeebürokratie zu geraten. Ich weiß nicht, wie es in der deutschen Armee gewesen ist, Conrad, aber die britische glaubt, sie hätte die Bürokratie erfunden. In Quetta geben sie uns möglicherweise nach Delhi weiter. Ich habe auf der Karte nachgeschaut. Wir fliegen nach Multan. Dort weiß man nichts von uns. Wir denken uns irgendeine Geschichte aus, mit der wir sie abspeisen können.»
«Glauben Sie, Sie können das?», fragte Eve.
«Sie enttäuschen mich. Das klingt ganz, als hätten Sie kein Vertrauen mehr in mein Lügnertalent.»
«Im Grunde doch.»

Das Vertrauensverhältnis, das sich in der vergangenen Nacht und in den frühen Morgenstunden zwischen ihnen wieder ergeben hatte, dauerte noch an. Schließlich wäre sie ohne ihn kaum lebend aus Suleiman Khans Haus gekommen. Allerdings war ihre Schuld beglichen, denn sie hatte mit dem tödlichen Schuß auf Suleiman, wie O'Malley selber gesagt hatte, ihnen beiden das Leben gerettet. Sie hatte aufs Geratewohl geschossen, als sie den mexikanischen Vergewaltiger getötet hatte, auf den Waziri aber hatte sie bewußt und kühl gezielt. Möglich, daß diese Tat sie in künftigen Träumen verfolgen würde, diese Nacht aber würde sie gut schlafen und sich des toten Suleimans wegen keinerlei Gewissensbisse machen. Sie war zu froh, noch am Leben zu sein, um wegen des Preises dieses Überlebens irgendwelche moralischen Bedenken zu haben.
Oberstleutnant London begleitete sie zu ihren Maschinen. «Was ist mit dem Bristol-Fighter, der noch in Suleiman Khans Tal steht?»
«Er gehört dem Baron», erwiderte Eve und sah Kern an. Dieser schlug die Absätze zusammen und senkte den Kopf. «Können Sie ihn hierbehalten? Er wird ihn auf dem Rückweg nach Deutschland abholen.»
«Sie wollen nach Deutschland zurück?» fragte London. «Nach dem, was ich gelesen habe, würde ich meinen, man fährt am besten, wenn man nicht dort ist.»
«Ich bin überstürzt abgereist, Oberst. Ich werde dorthin zurückgehen, und sei es auch nur, um auf gebührende Weise Lebewohl zu sagen. Man hat mich stets angehalten, das zu tun.»
«Bestimmt», erwiderte Oberst London verlegen, ihn hatte man das Gegenteil gelehrt; um Abschiede sollte man kein Aufheben machen. «Schön, Quetta hat sich gemeldet. Sie freuen sich, Sie kennenzulernen, werden Sie aber nach Delhi weitergeben. Sie werden dort wenig Spaß haben, Delhi ist verdammt heiß in dieser

Jahreszeit. Verzeihen Sie den Ausdruck, Miß Tozer.»
Sie starteten, ließen Quetta links liegen, landeten in Multan und übernachteten dort. Der Kommandant hatte O'Malley nur mit halbem Ohr zugehört, als dieser erzählte, sie wären nach Kabul unterwegs, um Teppiche einzukaufen. «Miß Tozer und Mr. Sun besitzen in Amerika ein Importgeschäft. Persische und afghanische Teppiche sind in Amerika sehr gefragt. Präsident Wilson hat mehrere im Weißen Haus.»
Oberst Kynes Augen hingen an Eve, als hätte er noch nie eine schöne Frau gesehen. Außer «Sehr schön, sehr schön», brachte er nichts hervor.
Sein Adjutant, ein Hauptmann mit einer hohen Stimme und schlaffen Gliedern, dagegen sagte: «Für eine Geschäftsfrau sieht Miß Tozer ziemlich ungepflegt aus. Hat sie sich einen ihrer alten Teppiche übergezogen?»
«Sind hier die Schützen der Königin stationiert?» fragte O'Malley.
Hauptmann Le Quexs Augen wurden schmal, er nahm Haltung an. «Hier ist Kavallerie, nicht blöde Infanterie.» Er bürstete ein unsichtbares Stäubchen von seinem makellosen Ich. «Sie sind Ex-R.A.F., habe ich gehört. Auf das Äußere hat man in Ihrem Geschwader wohl nicht viel gegeben.»
«Oh, wir waren immer alle piekfein und sind nie zum Kampf aufgestiegen, ohne vorher unsere Fliegeranzüge aufbügeln zu lassen. Doch zur Sache, unser sämtliches Gepäck ist uns in Jaipur gefilzt worden. Wenn Sie Miß Tozer zurechtgemacht sähen, würden dem Oberst die Augen vollends aus dem Kopf fallen.»
«Wenn Sie länger blieben, würde ich Sie mit meinem Schneider zusammenbringen. Ein großartiger Bursche, wirklich, auch wenn er ein *Chee-chee* ist. Aber ich will sehen, womit ich Sie ausrüsten kann. Es freut mich sehr zu hören, daß Sie Wert auf ein gepflegtes Äußeres legen. Hier draußen muß man das.»

«Stil ist unser Ziel», erwiderte O'Malley.
«Sehr gut, sehr gut», sagte Oberst Kyne und starrte immer noch Eve an. Hauptmann Le Quex schwirrte herum, um sie auszustatten.
Unterdessen nahm O'Malley Eve beiseite. «Würde es Ihnen nichts ausmachen, etwas in uns zu investieren? Ich fürchte, in diesem Aufzug...», er und Eve trugen immer noch die Kleider, die sie den toten Waziri in Suleimans Haus ausgezogen hatten, «... werden wir früher oder später als Landstreicher verhaftet. Hauptmann Le Quex, den ich für einen Schwulen in Uniform halte, sagt, er könne uns anständige Sachen besorgen. Vielleicht werden wir nachher so hübsch aussehen wie er.»
«Ich habe nicht gewußt, daß es Schwule gibt in der Armee. Gibt es das bei der R.A.F. auch?»
«Ich glaube in den Bombern, wo alle eng zusammengepfercht sind. Das begünstigt derlei Neigungen.»
«Ich bin froh, daß Sie Jagdflieger gewesen sind, Major O'Malley.»
«Ich auch, Miß Tozer.»
Als sie am Morgen weiterflogen, waren sie herausgeputzt, als hielte Hauptmann Le Quex sich persönlich für ihr Äußeres verantwortlich. Er hatte für O'Malley und Kern Anzüge aus Tussahseide besorgt und Tropenhelme mit einem breiten Nackenschutz. Bei Sun Nan war in seinen Augen entweder Hopfen und Malz verloren, oder aber er war der Meinung, dieser dürfte sich in seinem schwarzen Anzug und der Melone sehen lassen. Für Eve hatte er drei Kleider, zwei Röcke und zwei Blusen organisiert. Er tänzelte um sie herum, als wäre er Paul Poirets Vertreter in Multan. Als sie zum Himmel emporstiegen, blieb er winkend zurück, und seine Hände flatterten dabei wie Vögel.
Sie flogen nach Norden in Richtung Kabul, drehten dann aber scharf nach Osten ab und nahmen Kurs auf Meerut. Diese Stadt war nur ungefähr fünfzig Meilen

von Delhi entfernt, aber O'Malley hoffte, die Nachricht von ihrer Anwesenheit hätte sich noch nicht über die verschiedenen Kommandostellen bis nach Delhi herumgesprochen und das dortige Hauptquartier wisse nichts von ihnen. Sie hatten Glück, in Meerut stellte niemand unbequeme Fragen; ihre Flugzeuge wurden aufgetankt, und sie flogen weiter. Eve, frisch und sauber in einer neuen Bluse und einem neuen Rock, hatte wieder Mut gefaßt. Sie würden zur Zeit in Hunan sein und ihren Vater retten.
Die Nacht verbrachten sie in Guraka, einem kleinen Ort im Vorgebirge nahe der Grenze zu Nepal. Alles lief wie am Schnürchen, die Motoren drehten rund, es gab keine Reibereien zwischen den vier Reisenden, die Offiziere in Guraka hätten nicht gastfreundlicher sein können. Sie holten sogar Karten hervor und halfen mit, die Strecke für das letzte Stück der Reise zusammenzustellen.
«Geradewegs nach Hunan, was? Sie werden einen Mordsspaß haben. Ich wollte, wir könnten mitkommen. Sehen Sie, das ist der beste Weg. Von hier nach Samarand, das liegt diesseits von Kutsch-Bihar. Es ist eines der Fürstentümer, ganz schön reich, wenn auch nicht so groß wie Kutsch-Bihar. Der Radscha ist absolute Klasse, ein großartiger Polospieler, genau genommen ist er in jedem Spiel ein As. Ein Sportfanatiker und ein Frauenliebhaber.»
«Ist das für ihn auch ein Sport?» fragte Eve.
«Ich fürchte, ja. Hüten Sie sich vor ihm, Miß Tozer. Wie dem auch sei, jedenfalls hat er einen großen Rolls-Royce-Park, so daß das Benzin kein Problem sein dürfte. Von dort fliegen Sie weiter nach Myikyina – es liegt an der Grenze dessen, was Sie mit einer Tankfüllung schaffen, aber Sie sollten versuchen, es zu erreichen. Dann über das Gebirge nach Jünnan. Das wird recht hoch hinaufgehen. Von dort aus müssen Sie sel-

ber weitersehen. Aber Ihr Chinese sollte die Route wissen. Ich habe mich in der Messe mit ihm unterhalten. Er ist ganz nett, nicht wahr?»
«Für einen Chinesen», erwiderte O'Malley. «Der Deutsche ist auch ganz nett.»
«O ja. Alle können ja nicht ekelhaft sein.»
Sie verließen Guraka am frühen Morgen, flogen über Rampen von Sonnenlicht in die kristallklare Luft hinauf. Im Norden stieg das Gebirge zu dem den Horizont begrenzenden Himalaja an. Eve glaubte, in der Ferne den silberweißen Schimmer von Schnee zu sehen. Wieder lag Indien unter ihnen, diesmal grün, was nach dem harten flimmernden Braun weiter westlich für das Auge eine Wohltat war. Sie kamen über Flüsse, die in den weiten Grünflächen wie juwelenbesetzte Schlangen funkelten. Weiter südlich türmten sich Monsunwolken wie grauweiße, angriffsbereite Büffel am Horizont auf. Sie waren seit etwas mehr als drei Stunden in der Luft, stiegen und fielen mit den gelegentlichen Aufwinden über etwas höheren Hügeln, Eve entspannt und froh, O'Malley als Pilot zu haben, als es plötzlich einen heftigen Knall im Motor gab. Einen Augenblick schien es, der vordere Teil der Bristol explodiere und löse sich vom Rumpf. Es rasselte und klirrte unter der Motorhaube, als fiele alles auseinander. Das ganze Flugzeug bebte vom Propeller bis zum Schwanz; die Flügel flatterten, als würden sie sich in der nächsten Minute selbständig machen. Eve setzte sich auf, ihr Magen krampfte sich zusammen; obwohl sie nur O'Malleys Hinterkopf sah, wußte sie, daß er ebenso überrascht war wie sie. Mit einem Mal fühlte sie sich so hilflos wie alle Flugzeugpassagiere, die untätig dasitzen müssen, während der Pilot versucht, die Maschine wieder unter Kontrolle zu bringen.
Der Lärm und das Beben hörten ebenso plötzlich auf wie sie begonnen hatten. Eve, der erst jetzt bewußt

wurde, daß sie den Atem angehalten hatte, atmete tief aus. «Ich habe geglaubt, dies sei unser Ende», sagte sie ins Sprachrohr und lächelte, als O'Malley sich nach ihr umdrehte und sie ansah.
«Es kann es immer noch sein», erklärte er. «Der Motor hat ausgesetzt!»
Erst jetzt fiel ihr auf, daß sie praktisch lautlos dahinglitten. Sie riß sich die Mütze ab, fühlte den Wind in den Haaren und hörte dessen Pfeifen, aber den Motor hörte sie nicht.
«Er kommt und kommt nicht», fuhr O'Malley fort. «Halten Sie sich fest.»
Wie wenn sie etwas anderes hätte tun können. Sie blickte seitlich hinunter und spähte nach vorn. In der Ferne erkannte sie einen weißen Platz, ein grünes Rechteck und einen blauen Kreis. Die Offiziere in Guraka hatten gesagt, sie würden Samarand an dem großen weißen Palast, dem Polorasen und dem runden See erkennen. Aber wie weit weg war es noch? Sechs oder sieben Meilen? Sie hatte in ihrem Cockpit keinen Höhenmesser, aber sie schätzte, sie müßten etwas über siebentausend Fuß hoch sein. Würde es O'Malley gelingen, die Flugzeugnase so lange oben zu behalten, würde ihre Eigengeschwindigkeit nicht plötzlich so gering sein, daß sie abschmierten?
Sie hörte das Seufzen des Windes, das Flüstern jener, die schon tot waren, im Gestänge. Wenn sie langsamer wurden, senkte O'Malley ab und zu die Flugzeugnase, um Fahrt aufzunehmen, dann hob er sie wieder und fing das Flugzeug auf. Eve sah sich um, Kern und Sun Nan hatten gemerkt, daß sie in Not waren. Sie wußte, sie waren ebenso hilflos und frustriert wie sie. Ihr Leben war einmal mehr in O'Malleys Händen.
Auf dem grünen Rasen zwischen dem See und dem Palast war eben ein Polospiel im Gang. Die Zuschauer umstellten den Platz, auf der Palastseite waren hinter

der Menge eine Reihe Autos parkiert. Niemand schien auf die lautlos näherkommende Bristol zu achten, Kern war viel höher und hinter O'Malley zurück. Die Spieler jagten ihre Ponys auf dem Feld auf und ab und merkten nicht, daß ihre Achtel demnächst von einem vom Himmel fallenden Nichtspieler beendet würden und ihre Häupter sogar Gefahr liefen, abrasiert zu werden. Eve starrte an O'Malleys Kopf vorbei, sah das Feld auf sie zukommen, die Ponys ohne ersichtlichen Grund wirr durcheinanderlaufen, augenscheinlich einzig darauf aus, eine Katastrophe herbeizuführen. Hätte sie nur ein Horn oder eine Hupe gehabt. Sie griff nach dem neben ihr liegenden Revolver.

Dann tauchte Kern mit heulendem Motor steil herunter, flog steuerbords an ihnen vorbei und brauste im Tiefflug über den Rasen. Die Polospieler stoben auseinander, in der Feldmitte befand sich niemand mehr.

O'Malley brachte die tote Bristol in einer perfekten Landung herunter. Er ließ sie über das ganze Feld ausrollen und hielt sie schön gerade. Eve schaute nach links und rechts, sie sah die überraschten Zuschauer, die Art ihres Einzugs bereitete ihr plötzlich Spaß. Dann sah sie an O'Malley vorbei nach vorn. Unmittelbar vor ihnen saß ein Reiter mit geschultertem Schläger vor dem Goal auf seinem Pferd. Bremsen, schrie sie O'Malley stumm zu. Wir überrennen ihn! Das Flugzeug verringerte das Tempo und kam einen knappen Meter vor dem Polospieler zum Stehen.

O'Malley stand im Cockpit auf und lehnte sich an den oberen Tragflügel. «Tut mir schrecklich leid, alter Junge. Es ist nicht anders gegangen.»

«Ich hoffe in Ihrem Interesse, daß Sie eine stichhaltige Erklärung dafür haben.» Die schwarzen Augen des Radscha von Samarand spiegelten dessen Seele wieder, die ebenso schwarz war. «In meinen Kerkern ist immer Platz für unwillkommene Fremde.»

2

O'Malley wandte sich Eve zu und sagte leise: «Denken Sie an das, was man uns in Guraka gesagt hat – der Radscha hat ein Auge für schöne Frauen.»
Eve überstürzte nichts. Sie holte ihre Puderdose hervor und besserte ihr Make-up aus. Danach kämmte sie das Haar und zog die Strumpfnähte gerade. Der Radscha ritt neben das Flugzeug und sah ihr wortlos zu. Endlich war sie bereit, von Bord zu gehen. O'Malley war schon am Boden und wartete auf sie. Er half ihr, als sie sich herunterschwang, und stand dabei so, daß der Radscha freie Sicht auf die langen seidenbestrumpften Beine hatte. Danach drehte Eve sich um und zog ihre Bluse über dem Busen straff.
Als Kern landete, stand bereits fest, daß sie alle mehr als willkommene Fremde waren und nicht Gefahr liefen, eingekerkert zu werden. Das Polospiel war abgebrochen worden, und die Zuschauer strömten auseinander. Die meisten von ihnen – Bauern, Dienstboten, Büroangestellte und Unberührbare – wurden wieder von der Plackerei und der Not, die ihr tägliches Los waren, aufgesogen. Eine kleine Minderheit kehrte zu den Zerstreuungen zurück, die sie brauchte, um den Tag auszufüllen. Sie setzte sich aus Maharadschas, Radschas, Nawabs und einem Nabob zusammen, aus einem Oberst, Hauptleuten und einem Richter, dazu die Damen, buntschillernde Vögel in Maisur-Seiden-Saris und Heeres- und Marine-Crêpe de Chine. Die Frauen, die über die Störung unglücklicher waren als die Männer, begutachteten die soeben eingetroffene Geschlechtsgenossin und entschieden, sie hätten auf diese Zerstreuung verzichten können.
Der Radscha von Samarand eskortierte Eve zum größten der am Rande des Spielfeldes parkierten Rolls-

Royces. Er war goldmetallisiert und hatte zwei mächtige goldene Scheinwerfer; das Lenkrad war aus Elfenbein, statt der Rücksitze standen zwei getrennte, mit karminrotem Samt bespannte, vergoldete Throne im Fond. Die übrigen elf Rolls-Royces waren serienmäßige Luxusmodelle. O'Malley fragte sich, ob der Radscha einen Restbestand aufgekauft hatte. Er, Kern und Sun Nan blieben bei den Flugzeugen. Die Gäste wurden nach Rang und Stand geordnet in die Autos verladen, und der ganze Umzug fuhr durch das Palasttor in den riesigen Vorhof. Die ganze Reise war nicht länger als dreihundert Meter.
Kern sah O'Malley an. «So etwas habe ich seit meiner Wiener Zeit, als mein Vater mich auf eine Jagdpartie mit dem Kaiser mitnahm, nicht mehr gesehen.»
«Sie haben noch nichts gesehen.» Ein junger, schlanker Mann, der immer noch seine Polosachen anhatte, war bei ihnen geblieben. Er war der älteste Sohn des Radschas und war ihnen als Prinz Chitra vorgestellt worden. Er hatte die schwarzen Augen seines Vaters, doch war soviel Humor in ihnen, daß seine Seele unmöglich auch schwarz sein konnte. «Mein Vater hat eine Vorliebe für Extravaganzen. Er hält das für eine Tugend.»
Kern erkühnte sich zu der unhöflichen Bemerkung: «Das klingt, als mißbilligten Sie diese Einstellung.»
«Das stimmt. Ich bin Kommunist.» Er stützte sich lächelnd auf seinen Schläger. «Vermutlich bin ich der einzige Polo spielende Kommunist auf der ganzen Welt. Ich möchte die Verhältnisse ändern, aber ich fürchte, mein Vater wird ein hohes Alter erreichen. Alle meine Vorfahren, die nicht ermordet wurden, sind sehr alt geworden. Was fehlt Ihrem Flugzeug?»
O'Malley hatte die Motorhaube abgenommen. «Ein Ventilschaft ist gebrochen. Was sonst noch alles nicht in Ordnung ist, weiß ich nicht. Ich fürchte, wir müssen über Nacht hierbleiben.»

«Sie sind willkommen. Mein Vater wird entzückt sein, Ihre Freundin als Gast zu haben. Hat sie Erfahrung?»
O'Malley und Kern sahen einander an. Es war dann aber Sun Nan, der erklärte: «Miß Tozer hat schon zwei Männer erschossen.»
«Nicht schlecht.» Des Prinzen Lachen wurde breit. «Mein Vater ist ein Sportfanatiker. Eine Frau betören, die Männer erschießt, wird für ihn ein ganz neuer Sport sein. Lassen Sie das Flugzeug. Wir haben einen Rolls-Royce-Mechaniker aus England hier, er wird sich seiner annehmen. Macht es Ihnen nichts aus, zu Fuß zum Palast zu gehen?»
O'Malley maß die Entfernung und sagte trocken: «Ich glaube, wir schaffen es. Sind Sie in England zur Schule gegangen?»
«In Oxford. Im Christ Church College wie mein Vater auch. Wir haben beide für die Universität gegen Cambridge Kricket gespielt. Ich fürchte, das ist auch alles, was wir getan haben.»
«Ich war im Trinity College. Ich habe dort Rugby und Biertrinken studiert.»
O'Malley und Prinz Chitra gingen zusammen auf den Palast zu. Kern und Sun Nan folgten, sie waren plötzlich ausgeschlossen. Preußen und das Reich der Mitte hatten nichts Gemeinsames, mit Oxford zuallerletzt.
Im Palast hatte Eve das in Jute gepackte Kästchen einem Diener übergeben. «Ein Schatz?» fragte der Radscha.
«In einem gewissen Sinn, Hoheit. Eine Jadefigur, die ich ihrem Eigentümer nach China zurückbringe.»
«Jade?» Des Radschas Augenbrauen hoben sich und machten dem Schlafzimmerblick, den Eve bereits als lästig und zu offensichtlich empfand, ein Ende. Der Radscha war ein gut aussehender Mann, aber er hatte Raubbau an sich getrieben, er setzte Fett an, und sein ausschweifendes Leben hatte ihn wie Aussatz gezeichnet. Macht und Reichtum hatten ihn verdorben, lange

bevor er geboren worden war. Er war ganz der Sohn seines Vaters, der ebenso extravagant und hedonistisch gewesen war. Manchmal fragte er sich, was mit seinem Samen falsch gegangen war, daß *er* einen Sohn gezeugt hatte, der sich, auch wenn er dabei seinen goldenen Teller vor sich hatte, als Kommunist bezeichnete, was immer das auch sein mochte. «Ich besitze die schönste Jadesammlung in ganz Indien, vielleicht auf der ganzen Welt. Neue Stücke interessieren mich stets. Darf ich die Figur sehen?»
Eve zögerte, ließ sich dann aber das Kästchen geben. Der Radscha nahm sie beim Arm. «Nicht hier. In meinen Privatgemächern. Ich wickle alle Geschäfte dort ab.»
Er ist ein Hanswurst, dachte Eve, ließ sich aber unter den Blicken der übrigen Gäste von ihm entführen. Und seine Gemahlin, die Rani? Sie saß im Kreise ihrer Hofdamen auf dem Balkon der *Zenana* und sah zu, wie ihr Mann die neue Anwärterin auf sein Bett über die Terrasse zu seinen Gemächern führte.
«Sag dem Haushofmeister, ich käme heute abend doch zum Bankett», befahl die Rani einer ihrer Damen. «Wir müssen dafür sorgen, daß die Neue, wer sie auch ist, auf ihren Platz gewiesen wird.»
Das Bankett bildete, wie Kern, O'Malley und Sun Nan von Prinz Chitra erfahren hatten, den Höhepunkt der jährlichen Sportwoche, die der Radscha jeweils Mitte August veranstaltete, um, wie er sagte, die Engländer zu testen. «Sie können es sich nicht leisten, ihn vor den Kopf zu stoßen, sie müssen aus den Kur- und Ferienorten in den Hügeln herunterkommen. Die andern Fürsten sind arme Verwandte, auch sie können es sich nicht leisten, Vater zu beleidigen. Von Ihnen wird erwartet, daß Sie heute abend nach dem Bankett an der letzten Veranstaltung teilnehmen.»
«Worum geht es dabei?» fragte O'Malley, der plötzlich

die unheilvolle Vision einer Sauhatz im Mondenschein vor Augen hatte.
«Um ein Rollschuh-Rennen, zweimal durch die Gänge des Palastes. Zwei Kilometer. Können Sie Rollschuhlaufen?»
«Ich kann Schlittschuhlaufen», erklärte Kern.
O'Malley sagte, er wäre ein schlechter Schlittschuhläufer, wogegen Sun Nan meinte, er könnte überhaupt nicht Schlittschuhlaufen.
«Schade. Ich fürchte, Sie werden das Rennen trotzdem antreten müssen», belehrte der Prinz sie. «Mein Vater duldet es nicht, daß jemand nicht zum Start erscheint.»
Die englischen Gäste, so erfuhren die Neuankömmlinge, waren die Offiziere der «Farnol Lancer». Kern ging, nachdem er gebadet und sich umgezogen hatte, auf den weitläufigen Platz vor dem Palast hinaus, um sich Bewegung zu verschaffen, und traf dort einen englischen Offizier, der mit seiner Frau dasselbe tat. Sie waren beide jung und blond und schön in des andern verliebten Augen, aber auch für Außenstehende ein anmutiges Paar. Kern waren die Lockes gleich sympathisch, aber seine deutsche Art verbot es ihm, bis er seiner Sache ganz sicher war, etwas anderes als steif und höflich zu sein.
«Es ist eine andere Welt», meinte Pamela Locke, als Kern sich über die Größe des Palastes ausließ. «301 Schlafzimmer, jedes von einem unbeschreiblichen Luxus. Wir Frauen haben untereinander Vergleiche angestellt. Einige der älteren kommen seit Jahren hierher, so wissen wir von allen Zimmern, wie sie aussehen.»
«Selbst von den Gemächern des Radschas», ergänzte Hauptmann Locke. «Ein paar der Damen haben es ihm angetan, und er hat sie zu sich eingeladen.»
«Einige sind sogar in seiner Schatzkammer gewesen», berichtete seine Frau. «Wenn er mich nur dorthin einladen würde!»

«Da besteht keine Gefahr», meinte ihr Mann und legte nur halbwegs zum Scherz den Arm um sie.
Pfauen schlugen auf dem versengten Rasen das Rad, Springbrunnen, die aussahen wie silberne Abbilder der Vögel, plätscherten, livrierte Diener führten zwei Geparde an Leinen spazieren. Kern wußte, wer einen solchen Hof hielt, hatte auch eine Schatzkammer, und er fragte sich, was sie enthielt. «Ich nehme an, Miß Tozer besichtigt sie im Augenblick.»
«Ich hoffe, sie ist sich bewußt, wozu sie sich damit verpflichtet», sagte Pamela Locke.
«Sie ist Amerikanerin», meinte ihr Mann, «diese sind im allgemeinen recht naiv.»
«Miß Tozer ein bißchen weniger als die meisten», erklärte Kern.
Die naive Amerikanerin stand in diesem Augenblick in einem riesigen Raum, der alles übertraf, was sie bis jetzt gesehen hatte. Er war eine Schatzhöhle, ein Lagerhaus voller Edelsteine, Gold, Silber, Elfenbein und Jade: Schätze, die durch die Masse zur Ware wurden. Sie waren auf grün belegten Tischen oder den Wänden entlanglaufenden Regalen ausgestellt. Ihr Besitzer brauchte nur durch die schweren Messingtüren zu treten und konnte alsbald die Früchte seiner Habsucht genießen. Der Raum hatte keine Fenster, die Türen wurden von zwei bis auf die Zähne bewaffneten Dienern bewacht.
«Im Frühsommer hat mich ein kleiner Fakir namens Gandhi aufgesucht», berichtete der Radscha. «Er hat mich allen Ernstes aufgefordert, mich von all dem zu trennen, um seinen armen Brüdern, wie er sie nannte, zu helfen. Doch was hülfe das? Es gibt deren Hunderte von Millionen, und sie vermehren sich viel schneller als meine Schätze. Binnen einem Jahr wären sie alle wieder arm.»
Eve hatte nie vorgegeben, für eine gleichmäßige Verteilung der Güter einzustehen, eine solche Abkehr vom

Familienglauben wäre undenkbar gewesen. Doch hier inmitten dieser Schätze hatte sie ein ungutes Gefühl, die Edelsteine bedrückten sie. Ihr einziger schwacher, für sie beschämender Einwand war: «Aber was *machen* Sie mit all dem?»
«Ich besitze es, meine Liebe. Das genügt. Verkaufen Sie mir Ihre Jadefigur?»
«Wollen Sie auch sie besitzen?»
«Ja.» Jemand anders hätte des Radschas Offenheit vielleicht einen gewissen Reiz abgewonnen, aber Eve erriet, daß er mit eben dieser Offenheit die andern einmal mehr seinen Reichtum, seine Macht und seine Verachtung fühlen ließ. Er hatte seine Polosachen gegen ein himmelblaues Seidenjackett und eine weiße Seidenhose vertauscht. Dazu trug er einen rosa Turban aus Crêpe de Chine über einem violetten Stirnband und einen Rubinohrring. Eve hatte noch nie einen Mann gekannt, der ihr mehr zuwider gewesen war, er übertraf selbst den mexikanischen Vergewaltiger und Suleiman Khan. «Es ist die schönste Jadeschnitzerei, die ich je gesehen habe.»
«Was würden Sie damit machen?» Sie hatte ihn zu Beginn Hoheit genannt, aber jetzt fühlte sie sich ihm gegenüber zu keinerlei Wertschätzungsbezeugungen mehr verpflichtet. Wenn er an ihrer Offenheit Anstoß nahm, zeigte er es nicht. Vielleicht legte er diese als Zeichen ihrer Bereitschaft, in sein Bett zu steigen, aus. «Würden Sie sie hier mit den andern Sachen aufbewahren?»
«Nach einer gewissen Zeit vermutlich schon. Ich habe nie lange an derselben Sache Freude. Schöne Frauen sind eine Ausnahme.»
«Nein, ich verkaufe sie nicht.» Sie war ärgerlich; was ihrem Vater das Leben retten sollte, wurde zu einem Nippgegenstand abgewertet. «Ich muß die Figur mit nach China nehmen.»

«Ich bezahle Ihnen jeden Preis.» Er griff nach einem Halsschmuck aus Diamanten und Rubinen. «Dies ist zwanzigmal soviel wert wie die Figur.» Er trat näher, legte ihr den Schmuck um den Hals und rückte ihn auf ihrem Busen zurecht. Sie roch sein üppiges orientalisches Parfüm. Alles an ihm war so dick aufgetragen, sie hätte mehr Raffinesse erwartet. Doch vielleicht hatte er es nie nötig gehabt, raffiniert zu sein.
Sie nahm den Schmuck ab, ohne auch nur auf ihn herunter zu schauen, und gab ihn ihm zurück. «Ich habe Ihnen schon gesagt, die Figur gehört mir nicht.»
Er legte das Halsband achtlos auf den Tisch zurück. Mit einer weitausholenden Gebärde erklärte er: «Vielleicht überlegen Sie es sich bis morgen anders. Sie können sich dafür irgend etwas auswählen.»
«Ich mache keine Gegengeschäfte, Hoheit.» Sei immer förmlich, hatte ihre Großmutter sie gelehrt, so verteidigt ein junges Mädchen seine Unschuld am besten. «Was ist mit Ihrer Frau Gemahlin? Was würde die Rani sagen, wenn sie wüßte, daß Sie mir soviel anbieten?»
«Meine Frau versteht mich nicht. Sie hat mich nie verstanden.»
Sie hätte am liebsten gelacht. Er redete wie die Witzfiguren im Harvard *Lampoon*, das ihr Vater abonniert hatte. Nur fehlte seiner Stimme der selbstbedauernde Unterton, der jenen Aussprüchen zugedacht war. Er erwartete nicht, daß irgendeine Frau ihn verstand. Das war dann auch das, was sie sagte. «Vielleicht erwartet sie von Ihnen mehr Verständnis, Hoheit.»
Er schüttelte den Kopf, in seinem Dünkel amüsierte ihn diese amerikanische Unwissenheit. «Ich bin nicht darauf angewiesen, irgend jemanden zu verstehen, Miß Tozer. Meine Familie regiert dieses Fürstentum seit über tausend Jahren. Wir haben es nicht nötig, Erklärungen abzugeben oder uns zu rechtfertigen. Wir *sind*.»
Eve wußte keine Antwort auf soviel Überheblichkeit,

diese exaltierte Unantastbarkeit überstieg ihr Begriffsvermögen. Die Familiendynastien zu Hause, die Cabots, die Vanderbilts, die Mellons waren mit einem Schlag nur noch neureiche Emigranten. «Ich glaube, ich lege mich hin.»
«Tun Sie das, Miß Tozer, und denken Sie über mein Angebot nach. Ich will die Figur haben.»
Später, in den ersten Abendstunden, schlenderten Kern und O'Malley über die äußerste Terrasse, von der man das Polofeld und den kreisrunden See überblickte. Die Sonne war eben hinter einem Pfauenschweif von Wolken untergegangen, der Himmel glühte in den verschiedensten Farben. Unten beim See legten die Flamingos ihren eigenen rosa Dunstschleier über das goldene Wasser; Ibisse und Reiher schwangen sich in einer Explosion von reinem Weiß in die Luft. Purpurrote Bougainvilleas hingen wie ein auskühlender Lavastrom von der Terrasse herunter, die in allen Farben blühenden Blumen in den Gärten darunter machten die Erde zum Spiegel des Himmels. Doch weder Himmel, Vögel noch Blumen konnten den Glanz dämpfen, der sich auf der Terrasse erging.
Kern und O'Malley trugen Smokings, die der ihnen zugewiesene Kammerdiener besorgt hatte, ohne daß sie ihn darum gebeten hätten. «Seine Hoheit besteht darauf, daß die Gäste in Galakleidung zum Essen erscheinen, Sahibs. Sie hält das für einen wunderbaren englischen Brauch.»
«Woher wußten Sie unsere Größe?» hatte O'Malley gefragt.
«Ich habe, als Sie im Bad waren, Ihren Anzug mit in die Kleiderkammer genommen und die Größe verglichen, Sahib. Damit die Gäste nicht in Verlegenheit kommen, hält Seine Hoheit Hunderte von Anzügen für sie bereit. Es war nicht schwierig, etwas Passendes für Sie und den Baron zu finden.»

«Kleider von der Stange», sagte Kern. «Mein Vater muß sich im Grab umdrehen.»
«Ich habe, seit ich in Oxford gewesen bin, keinen Smoking mehr getragen.» O'Malley bewunderte sich im Spiegel. «Ich muß sagen, ich sehe mächtig gut aus. Du auch, Conrad. Komm, wir gehen die Damen betören.»
Doch als sie auf die Terrasse hinaustraten, mußten sie feststellen, daß sie nur Pinguine unter Paradiesvögeln waren. Die Fürsten glänzten in silberdurchwirkten Seidenjacketts und Turbanen in allen Farben des Spektrums; die Damen wallten in Saris neben ihnen her. Die englischen Offiziere waren nicht auzustechen. O'Malley hätte gerne gewußt, was Hauptmann Le Quex, der herausgeputzte Kavallerist, von den «Farnol Lancers» gehalten hätte. Sie trugen smaragdgrüne Jacketts mit silbernen Blenden, grüngoldene Schärpen und enge goldene Hosen. O'Malley schloß die Augen. Nicht ihrer stutzerhaften Eleganz wegen, sondern weil er plötzlich die tot in dreckverschmierten Kakiuniformen in Frankreichs Schützengräben liegenden Männer vor sich sah.
«Das ist nicht fair», erklärte Pamela Locke. «Wir Engländerinnen kommen gegen diesen Prunk nicht auf.»
Kern blickte zum Polofeld hinüber. Die Dorfbewohner hatten sich an beiden Enden um die Torpfosten versammelt. Sie waren so weit weg, daß er sie nicht deutlich sehen konnte, und er hoffte, niemand von denen, die gekommen waren, die Parade auf der Palastterrasse anzusehen, hätte Adleraugen. Sie hatten etwas von Vögeln; diese schwarzen, grauen und schmutzig weißen Gestalten glichen Aasgeiern, die darauf warteten, daß jemand stürbe.
Etwas ging mit ihm vor, überlegte er selbstkritisch, er entwickelte ein soziales Gewissen. «Was denken diese Menschen von einer solchen Schaustellung?»
«Es gefällt ihnen», erwiderte Hauptmann Locke. «Es ist ihre Unterhaltung, ihre Flucht, wenn Sie wollen. Bei

uns zu Hause geht die Arbeiterklasse ins Varieté oder ins Kino. Hier sehen diese Leute uns an.»
Ein einfältiger Mensch, dachte Kern, war sich aber bewußt, daß er vor sechs kurzen (nein, nicht kurzen, langen) Jahren selber genauso gewesen war. «Wir können nur hoffen, sie begnügen sich immer mit dem Zusehen.»
«Keine Angst», entgegnete Locke. «Die Raj ist das Beste, was Indien je widerfahren ist, und diese Leute wissen das. Sie wissen, daß wir es sind, die Despoten wie Seine Nichtigkeit in Schach halten.»
«Pscht, Liebling», warnte seine Frau. «Da kommt die Rani. Wer ist bei ihr?»
«Mein Gott», stieß O'Malley überrascht hervor, «das ist ja Sun Nan.»
Auch der Chinese trug einen Smoking. Nach außen legte er die übliche undurchdringbare Würde zutage, innerlich war er ebenso amüsiert wie beeindruckt von dem, was er um sich herum sah. Hätte bloß der Herr des Schwertes ihn jetzt sehen können. Besonders mit der Rani an seiner Seite, keine der Konkubinen des Generals würde je den Prunk entfalten, der die Schönheit dieser Inderin erst zur Geltung brachte. Sie trug ein Diadem aus Diamanten, das bei jeder Kopfbewegung funkelte; die Stirn schmückte ein Gehänge mit einem großen blauen Diamanten in der Mitte. Halsschmuck trug sie zu dem blaßblauen Seidensari keinen, aber wenn sie die Hände hob, zogen Diamanten die Augen an, und auch um die Gelenke spannten sich Fesseln aus denselben Edelsteinen. Sun Nan, eine Krämerseele, wußte, daß neben ihm ein Vermögen einherging, und er fragte sich, ob es wohl möglich wäre, etwas davon nach China mitzunehmen. Die Habsucht begann an ihm zu nagen.
«Gentlemen», sagte die Rani, als Kern und O'Malley ihr vorgestellt wurden, «ich habe mich mit Mr. Sun un-

terhalten. Er hat mir erzählt, Sie müßten morgen schon wieder weiterfliegen.»
O'Malley deutete auf das Polofeld hinunter, wo vier Inder unter der Aufsicht des aus den Rolls-Royce-Werken importierten Mechanikers an der beschädigten Bristol arbeiteten. «Ihr Mann sagt, unsere Maschinen seien morgen früh startbereit.»
«*Mein* Mann? Ich habe keinen Mann, Major. In Indien haben Frauen keine Männer. Ist es nicht so, Mrs. Locke?» Pamela Locke sah ihren Mann an, und die Rani lächelte. «Verzeihen Sie. Es ist nicht fair, Sie so etwas zu fragen.»
Sie ging weiter, Sun Nan ließ sie bei den andern zurück. «Eine reizende Frau», sagte Hauptmann Locke. «Bezaubernd.»
«Quatsch.» Pamela Locke zog ihre Handschuhe an, als wären sie aus Panzerketten. «Sie könnte Lucrezia Borgias Zwillingsschwester sein.»
Ihr Mann machte ein dummes Gesicht. «Kann sein. Ich verstehe nicht viel von Frauen.»
«Ich sorge dafür, daß es so bleibt.» Sie nahm seinen Arm. «Dann kommst du nie in Gefahr.»
Sie entfernten sich, und O'Malley sah Kern an. «Ist das wahr? Ist man nur dann vor Frauen sicher, wenn man nichts von ihnen weiß?»
«Ich habe mich nie an dieses Prinzip gehalten. Wie ist es mit den Chinesinnen, Mr. Sun?»
«Frauen sind überall gleich, Baron. Kein Mann ist vor ihnen sicher.»
Auch Eve war die Palastgarderobe zur Verfügung gestellt worden. Sie hatte nichts Westliches gefunden, das ihr gefallen hätte; alles sah nach den Überbleibseln des Durbars von 1911 aus. Tollkühn hatte sie sich für einen rosa Chiffonsari entschieden. Der Radscha hatte ihr den Halsschmuck, den er ihr am Nachmittag angetragen hatte, bringen lassen, aber sie hatte ihn zurück-

347

geschickt. In einem indischen Kleid erscheinen, war schon der Herausforderung genug, auch noch den Schmuck tragen, hieße vermutlich den Bogen überspannen. Sie war nur eine sanfte Rebellin, es war noch zu viel von der wohlanständigen Bostonerin in ihr. Als sie über die Terrasse schritt, wußte sie, es war richtig gewesen, das Halsband zurückzuschicken. Schon über den Sari wurde genug getuschelt, das Flüstern berührte sie wie Dornenranken. Man sollte «Eingeborene» nicht nachäffen, auch wenn diese Eingeborenen in Oxford studiert hatten und reicher waren als irgendein Berufsoffizier und seine Frau es je sein würden.
Eine Hofdame hielt sie auf und brachte sie zu der Rani.
«Sie sehen wunderschön aus, meine Liebe», sagte die Rani, und ihr Lächeln war so geschliffen wie ihre Diamanten. «Stellen Sie eine Inderin oder eine Indianerin dar?»
Prinz Chitra stand in prächtige malvenfarbene Seide gekleidet daneben; Lenin hätte ihn angefleht, sich nicht ausgerechnet dem Kommunismus zu verschreiben.
«Komm, Mutter. Ich bin überzeugt, Miß Tozer hat dieses Kleid gewählt, um uns eine Reverenz zu erweisen.»
«Oder deinem Vater», erwiderte die Rani. «Soviel ich weiß, möchte mein Mann Ihnen Jade abkaufen, Miß Tozer?»
«Eine Jadefigur, Hoheit. Aber sie ist nicht verkäuflich.»
«Verkaufen Sie sonst etwas?»
Das muß ich mir nicht gefallen lassen, dachte Eve. Dann erinnerte sie sich, daß unwillkommene Fremde in den Kerkern des Radschas landeten. Vielleicht verfügte die Rani über eine eigene Gefangenenquote. Die «Farnol Lancers» paradierten vorüber, aber sie waren nicht die US-Kavallerie, sie waren nicht hier, um eine Amerikanerin zu verteidigen.
«Nein, Hoheit. Ich habe das Ihrem Gatten auch gesagt.»
«Verkaufen Sie mir die Figur?»

«Ich kann nicht über sie verfügen.»
«Wir können sie beschlagnahmen lassen.»
«So etwas tut man nicht», mischte sich Prinz Chitra ein.
«Ich habe nicht den Vorteil, in Oxford gewesen zu sein», erwiderte seine, trotz ihres Diamantkopfschmuckes unterprivilegierte Mutter.
«Genießen Sie unsere Gastfreundschaft, Miß Tozer. Bleiben Sie tugendhaft in Ihrem Sari, auch wenn rosa dafür die falsche Farbe ist.»
Überall im Palast wurden Gongs geschlagen, ein großes Gongkonzert, das Essen war serviert. Die Gäste, über hundert, stellten sich paarweise auf und schritten an langen Reihen von livrierten Dienern vorbei in den Bankettsaal. Kern, der neben Sun Nan ging, hatte weder für die Fürsten noch für die Damen Augen, sondern einzig für die Offiziere der «Farnol Lancers». Mein Gott, wie herrlich die Engländer Tradition herauszuputzen wußten. Sie sahen aus wie Gecken, wie Pfauen ohne Eier, doch auch ohne je von ihnen gehört zu haben, war er überzeugt, daß die Lancer heldenhaft und siegreich kämpften. Einen Augenblick lang wäre er gerne Engländer gewesen, um auch Lancer zu werden.
Es war ein langer Tisch, je dreiundfünfzig Personen an den beiden Längsseiten, der Radscha am einen, die Rani am andern Ende. O'Malley saß zu des Radschas Linken, Eve zu dessen Rechten; Sun Nan an der Ranis Linken und Kern an deren Rechten. Wer die Tischordnung aufgestellt hatte, blieb ein Geheimnis. Hatte man sowohl den Fürsten wie den Engländern eins auswischen wollen, indem man hergelaufenen Fremden die Ehrenplätze zugewiesen hatte, fragte sich Kern. Die Ersten werden die Letzten sein ... Aber er nahm nicht an, daß der Radscha oder die Rani je die Bibel gelesen hatten. Er sah die Rani an, eine wunderschöne Frau, die ihm unter gesenkten Lidern hervor einen Blick zuwarf. Ob sie die Kamasutra gelesen hatte? Seine Augen wan-

derten zu dem am andern Tischende sitzenden Gatten. Ja, bestimmt, entschied er, mit allen Nachträgen. In seinen Lenden spürte er jenes altbekannte Gefühl, von dem er verschont geblieben war, seit er die Gräfin Malavitza verlassen hatte.
Der ihm gegenübersitzende Sun Nan hatte weder für die Damen noch für die Herren Augen, ihn interessierte nur der Tisch. Kerzenständer, Teller, Messer und Becher waren aus massivem Gold. Er wäre eines lucullischen Mahls würdig gewesen, Lerchenzungen und dergleichen, statt dessen gab es braune Windsorsuppe, bengalischen Curry, Roastbeef mit Rosenkohl und Plumpudding. Nur der Wein war gut, aber Sun Nan stand der Sinn nicht danach, und er nippte bloß ab und zu an seinem Glas. Jeder Gast hatte seinen persönlichen Diener, der hinter seinem Stuhl stand. Sun Nans Mann trat immer wieder herzu und füllte das Glas auf, aber der Chinese wehrte ab.
«Trinken Sie nicht gern Wein, Mr. Sun?» Der Rani entging nichts.
«Der Sinn steht mir nicht danach, Hoheit.» Er pfiff ein wenig, aber nicht aus Respektlosigkeit; er genoß das Förmliche von Titeln und überlegte sich, was er gerne für einen gehabt hätte. Doch ihn würde nie jemand anders als Sun Nan oder Mr. Sun nennen. Er überblickte den Tisch und fragte sich wieder, ob er wohl etwas von den Schätzen des Palasts mit sich nehmen könnte. Er war trunkener als der Wein ihn je hätte machen können. «Wir leben spartanisch in China.»
«Wie dumm. Wozu?» Sie wandte sich Kern zu. «Glauben Sie, wir sollten alle spartanisch leben, Baron?»
«Nur wenn man es sich leisten kann», erwiderte Kern, der nicht richtig zugehört hatte.
Die Rani brach in ein schallendes Lachen aus, das sie jünger erscheinen ließ, als sie war; beinahe unschuldig, dachte Kern, der ihr nun seine ganze Aufmerksamkeit

widmete. Der ungewollte Scherz sprach sich weiter, und alle schauten zu Kern, als wären sie überrascht, daß ein Deutscher zu einem Scherz fähig war. Die Steifheit, die über der Tafel gelegen hatte, wich, die Gäste wirkten entspannter. Einige genossen sogar das Essen und träumten von zu Hause; der Schweiß lief ihnen über das Gesicht, er sah wie Tränen aus.
«Sie werden an meinem Rollschuhrennen teilnehmen, Major», sagte der Radscha am andern Tischende. «Ich nenne es mein Roll-Derby. Sie brauchen nicht zu gewinnen, Hauptsache, Sie beenden es. Ich gewinne ohnehin immer.»
«Ich habe nie Ambitionen gehabt», erwiderte O'Malley. «Außer in Luftkämpfen.»
«Ich muß fliegen lernen. Es gibt nur noch wenige Dinge, die mich begeistern.» Er sagte das nicht gelangweilt, sondern eher traurig. «Sie fliegen also mit dieser Statuette nach China?»
Warum reitet er darauf herum? fragte sich Eve und wurde unruhig.
«Vielleicht finden wir eine zweite solche Figur», sagte O'Malley. «Dann bringen wir sie Ihnen.»
Der Radscha schüttelte den Kopf. «Das ist praktisch unmöglich. Diese Figur ist einmalig. Ich kenne mich aus mit Jade. Ich glaube, Miß Tozer weiß gar nicht, wie schön und kostbar sie ist.»
«Kann sein», gestand sie ihm zu, «Mr. Sun ist der Fachmann.»
Sun Nan unterhielt sich in diesem Augenblick zu seiner eigenen Überraschung mit der Rani über die Jadefigur. «Sie gehört meinem Herrn – sie bedeutet ihm mehr als sein Leben. Hat Miß Tozer sie Ihnen gezeigt?»
«Nein, ich habe sie nicht gesehen. Wo ist sie? In ihrem Zimmer?»
Sun Nan verzog keine Miene. «Kann sein. Miß Tozer vertraut sich mir nicht an.»

«Warum hat Miß Tozer die Figur, wenn sie doch Ihrem Herrn gehört.»
«Kostbare Dinge sind bei Frauen besser aufgehoben», erklärte Kern, der wußte, daß Sun Nan zu einer solchen Antwort nicht fähig gewesen wäre.
«Ich fürchte, Sie sind ein Frauenheld, Baron», sagte die Rani und sah ihn unverfroren an. «Wie mein Mann.»
Kern blickte zu dem fetten Lüstling am andern Tischende und dann wieder zur Rani. «Nicht ganz. Es gäbe Unterschiede.»
«Ja. Sie sind zu ernsthaft, um sich für bloße Spielereien zu interessieren. Ist das vielleicht so, weil Sie Deutscher sind?»
Warum halten uns alle für humorlos? «Es ist nicht sehr lange her, da haben die Deutschen das Leben nicht minder genossen als alle andern. Sind alle Inder an Spielereien interessiert? Die Leute draußen vor dem Palast zum Beispiel auch?»
«99,9 Prozent nicht», erklärte Prinz Chitra, der auf derselben Tischseite saß wie Kern und nur durch eine farblose Engländerin, die bis jetzt nichts gesagt und augenscheinlich auch nichts gehört hatte, von ihm getrennt war. «Aber meine Eltern kommen nie mit ihnen zusammen.»
«Die Bauern lieben meinen Sohn», sagte die Rani. «Sie halten ihn für den indischen Prinz von Wales. Er hat ihnen bis jetzt nicht gesagt, daß er Kommunist ist.»
«Der Prinz von Wales ist kein Kommunist», mischte sich die Engländerin ein, die plötzlich aufgewacht war.
«Natürlich nicht, Lady Blackwood. Kein richtiger Prinz ist Kommunist.» Die Rani überblickte den Tisch und tauschte mit ihrem weit weg sitzenden Gatten ein Lächeln – zwei Länder, die Höflichkeitsnoten tauschen. «Wie ich sehe, hat mein Mann gespeist. Wir Damen müssen uns zurückziehen. Wenn die Herren ihren Portwein getrunken und die Zigarren geraucht haben,

treffen wir uns im Korridor zum Rollschuhlaufen. Ich hoffe, es hat Ihnen geschmeckt, Baron.»
«Das Essen war ausgezeichnet.»
«Lügner. Aber Sie sind reizend – ich möchte Sie näher kennenlernen, Baron.» Sie erhob sich. «Sie haben das Gedeck sehr bewundert, Mr. Sun. Vielleicht würde Ihr ... ehm, Herr die Jadefigur gegen dieses Service eintauschen.»
Sie ging vom Tisch, ohne auf Sun Nans Antwort zu warten. Die Herren blieben allein am langen Tisch; obwohl die Damen sich zurückgezogen hatten, war nichts von der Farbenpracht verlorengegangen. Die Fürsten und Lancer rückten wie ein sich verengender Regenbogen um den Radscha zusammen. Zigarrenrauch schwebte durch den Saal, Kristallkaraffen, die in der Blütezeit der East India Company nach Indien gelangt waren, machten mit Portwein gefüllt die Runde. Kern stellte fest, daß nur vereinzelte Fürsten auf den Portwein verzichteten, während die andern an dem Genuß teilnahmen, der dem in einer englischen Messe zum Verwechseln ähnlich war. Der Deutsche rauchte seine Zigarre und nippte an seinem Portwein, einmal mehr fragte er sich, ob die «Farnol Lancers» wohl einen ehemaligen Ulan in ihre Reihen aufnehmen würden. Er hatte einmal einer solchen Welt angehört; so prunkvoll war sie vielleicht nicht gewesen, aber doch genauso gesellig. Seine Welt war für immer untergegangen, aber diese Engländer und ihre indischen Brüder hatten ihre noch. Neid und Trauer überkamen ihn.
Schließlich erhob der Radscha sich. «Meine Herren, wir haben genug getrunken. Wir müssen noch so nüchtern sein, daß wir Rollschuhlaufen können. Ich nehme an, Sie haben Ihre Wetten abgeschlossen. Bin ich einmal mehr der Favorit?»
Die ganze Gesellschaft lachte schallend. Auch O'Malley lachte höflich und sagte: «Das Schwein.»

«Natürlich ist er das», bestätigte Hauptmann Locke lachend. «Aber ohne so gräßliche Schweine wie er wäre unsere Arbeit hier doppelt so schwierig.»
Die Engländer müssen die erfolgreichsten Dummköpfe der Geschichte sein, dachte Kern. Was sie sagen, klingt himmelschreiend dumm, aber am Ende sind immer die andern die Dummen. Ach, könnten wir Deutschen die Fähigkeit, andere zu täuschen, von ihnen lernen. Aber wir täuschen immer nur uns selbst.
Im Korridor waren den Wänden entlang Stühle aufgestellt worden, auf denen die Damen bereits Platz genommen hatten, um dem schuljungenhaften Vergnügen ihrer Männer zuzusehen, wie es ihre Pflicht war. Nun, es war immerhin spannender als Kricket; ein verhaßter Ehemann konnte hinfallen und sich das Bein brechen. Einige zeigten offen, wie sehr sie das Ganze langweilte, andere blickten unbeteiligt drein; ein paar wenige junge Ehefrauen taten ihr Bestes, ihren Männern zu beweisen, daß sie eine gute Wahl getroffen hatten. Diener erschienen mit Rollschuhen und schnallten sie den Konkurrenten unverzüglich an. Kern setzte sich, er kam sich vor wie eine Art Schlachtroß. Ein Diener kniete vor ihm nieder und machte die Rollschuhe an seinen Füßen fest.
Der Korridor war so breit, daß sich zehn Läufer nebeneinander aufstellen konnten. Er hatte einen reichen Mosaikboden, und wenn die Konkurrenten ihre Rollschuhe ausprobierten, glitten sie über in Stein eingelegte Legenden. Es hatte Könner darunter wie Kern, andere, wie Sun Nan, schwankten bedenklich, und man mußte fürchten, sie würden hinfallen und sich den Schädel einschlagen. Doch der Radscha ließ es nicht zu, daß jemand nicht startete. Er war einer jener Gastgeber, denen nur die Gäste willkommen sind, die tun, was man ihnen sagt.
Sun Nan ließ vorsichtig seinen Stuhl los. Davon würde

er seinem Herrn nichts erzählen; der General könnte darin die Möglichkeit einer neuen Folter sehen. Als Knabe war er einmal auf rudimentären Holzschlittschuhen auf dem gefrorenen Bach neben seinem Vaterhaus Schlittschuh gelaufen, aber das war vor Jahren gewesen, und seither hatte er sich nur auf politisches Eis begeben. Obwohl er plump und völlig unathletisch war, hatte er einen guten Gleichgewichtssinn und fiel nicht hin. Doch er wußte, wenn er das Rennen beendete, dann als einer der Letzten. Die Läufer, farbenfroh wie Jockeys in den Farben ihrer Rennställe, hatten sich aufgestellt. Die Rani gab mit einem Schal das Startzeichen. Der Radscha ging sofort in Führung; Kern, der ihm auf den Fersen blieb, staunte über die Behendigkeit des stämmigen Mannes. O'Malley hielt sich irgendwo im Feld auf, ein Nichtkämpfer, der sich unter die angreifenden «Farnol Lancers» verirrt hatte. Sun Nan bildete zusammen mit einem ältlichen Fürsten den Schluß, beide liefen mit einer Art affektierter Anständigkeit, sie glichen Jungfrauen auf dünnem Eis.
Das Rattern der Rollschuhe hallte durch die Gänge, als die Pfauenherde sie hinunterstob. Der Radscha nahm die erste Ecke, Kern und Hauptmann Locke dicht hinter ihm. Ein Lancer kam mit zuviel Tempo in die Kurve, donnerte gegen die Wand und brachte ein halbes Dutzend Läufer zu Fall. Diener, bemüht, ein schadenfrohes Lachen zu unterdrücken, eilten herbei und lasen sie zusammen. Mit schlenkernden Armen und weitausholenden Schritten ging's eine weitere Korridor-Viertelsmeile hinunter, vorbei an Plastiken und Friesen wedischer Götter, an Indra, der mit aufgerissenen Augen bestaunte, was die Menschen ihrer irdischen Vergnügungen wegen alles auf sich nahmen. Kern, dessen Frackschöße flogen und dessen steife Hemdbrust der Schweiß aufweichte, bremste ab und bog hinter dem wie ein angreifender Büffel schnaubenden Radscha um

die zweite Ecke. O'Malley hielt sich immer noch im Feld auf, er hatte mehr und mehr den Eindruck, er sei in einem Rugbygedränge auf Rädern. Auf Rollschuhen waren weder die Fürsten noch die «Farnol Lancers» Gentlemen.

Als der vor dem in Boxstellung laufenden Kern immer noch führende Radscha die erste Runde beendet hatte, lag Sun Nan eine Korridorlänge hinter dem Feld. Der ältliche Fürst, der fand, er hätte des Radschas Gastfreundschaft abgegolten, hatte sich auf einen Stuhl fallen lassen, zu erschöpft, um auf die Anfeuerungen der Asparas im Fries über seinem Kopf zu achten. Sun Nan lief weiter, vorbei an den auf der Zielstrecke an den Wänden sitzenden Damen. Diese applaudierten alle höflich, fuhren aber, ohne auch nur aufzublicken, mit ihrem Getratsche fort. Alle außer Eve, die sich zu einer durchaus nicht damenhaften Anfeuerung hinreißen ließ, als wäre sie an einem Yale-Harvard-Match. Für den keuchenden, schwitzenden Sun Nan war keine mehr als ein verschwommener Farbfleck. Er konnte darum auch nicht sehen, daß die Rani nicht mehr unter den Gästen weilte.

Er hatte das erste Drittel des entfernteren Korridors zurückgelegt und lief ganz allein, als die Rani mit dem in Jute gepackten Kästchen aus Eves Zimmer kam. Sie blieb stehen, als sie ihn auf sich zudonnern sah; das Gesicht unter dem Diamantenkrönchen und dem funkelnden Stirnschmuck in Staunen erstarrt. Sie mußte gewartet haben, bis der Hauptharst vorbei gewesen war; mit der chinesischen Geduld des Letzten, der, ungeachtet wann er ankommen würde, weiterstolperte, hatte sie nicht gerechnet. Nun stand sie mitten im Korridor und hielt das Kästchen wie eine Opfergabe mit beiden Händen vor sich. Da Sun Nan nicht anhalten konnte, stürmte er auf sie zu, donnerte an ihr vorbei und nahm das Kästchen mit sich. Er hörte ihren Aufschrei, blickte

über die Schulter, schaffte es irgendwie, das Gleichgewicht zu behalten, und sah die beiden Diener, die ihm, von der giftig keifenden Rani angetrieben, mit krummen Messern nachliefen.
Er stieß kräftiger ab und versuchte, Tempo zu machen. Schließlich sauste er so schnell den Korridor hinunter, daß ihm schwindlig wurde. Ein Fries mit Göttern, Göttinnen, Elefanten, Tigern, Schlangen und Drachen flitzte an ihm vorbei wie ein Film, der ihn verfolgen sollte; seine Füße rollten über tausend Mythen, deren Rache ihm sicher war. Er sah die Ecke und wußte, er war zu schnell, er würde sie nicht nehmen können.
In diesem Augenblick bog der außen vor der Tür der Schatzkammer des Radschas aufgestellte, bewaffnete Bewacher, durch die Schreie der Rani neugierig geworden, um die Ecke. Um im Bedarfsfall gewappnet zu sein, streckte er den Säbel gerade vor sich her. Im Smoking, förmlicher als je zuvor in seinem Leben, das Kästchen in den Armen, als wollte er als Butler ein mit der Abendpost gekommenes Paket abliefern, raste Sun Nan den Korridor hinunter und direkt in den Säbel der Wache.

3

Auszug aus William Bede O'Malleys Manuskript:
«Es tut mir unendlich leid», sagte der Radscha. «Es ist mir unerklärlich, was Ihr chinesischer Freund mit dem Kästchen wollte, es sei denn, er hat versucht, sich die Statuette anzueignen. Meine Frau sagt, er habe sie ihr angeboten und dafür einige Goldsachen haben wollen. Sie hat aber abgelehnt.»
Wie sagt man einem Radscha, er sei ein Lügner, und das in seinem Palast? «Es ist ein bedauerlicher Unglücksfall. Die Rani hat mir gesagt, der Wächter hätte seinen Säbel geputzt, als Sun Nan um die Ecke gebogen und direkt in die Klinge gelaufen sei.»
«Der Wächter wird seiner Unachtsamkeit wegen bestraft werden, obwohl meine Frau darüber entscheidet. Der Haushalt untersteht ihr.»
Ich wußte, das waren leere Worte. Aber was hätte ich sagen sollen? Der Bristolmotor war geflickt, wir hatten die Figur im Kästchen und konnten in einer halben Stunde weiterfliegen. Es fehlte uns die Zeit, Gerechtigkeit zu verlangen, ich wußte auch nicht, ob Sun Nan daran geglaubt hätte.
Der Wächter hatte mit noch blutverschmiertem Säbel, verwirrt, wie wenn er eben ausgesetzt worden wäre, neben Sun Nan gestanden, als ich auf meinen Rollschuhen den leeren Korridor hinuntergelaufen war. Das Rennen war zu Ende, Kern hatte im Endspurt den Radscha überholt und gesiegt. Eve hatte ihm als einzige zugejubelt, alle andern hatten betreten geschwiegen, als hätte der Baron den Radscha zu Fall gebracht und wäre über ihn hinweg ins Ziel gelaufen. Ich war weitergelaufen, um einer Situation, von der ich fürchtete, daß sie peinlich werden könnte, aus dem Wege zu gehen; Favoriten, besonders fürstliche, schätzten es vermutlich

nicht, auf ihrer Heimbahn geschlagen zu werden. Ich war ziemlich sicher, daß ich irgendwann auf Sun Nan stoßen würde, und lief den ersten langen Korridor hinunter, und dann auch den zweiten, der mit einem Mal eigentümlich leer war, obwohl mir das zu jenem Zeitpunkt kaum auffiel. Ich bog in den dritten ein, auch er war leer. Ich lief ihn hinunter, meine Rollschuhe quietschten gespenstisch; erst als ich in der Hälfte war, entdeckte ich die beiden Gestalten am andern Ende. Die eine lag am Boden, die andere stand daneben.
«Ein Unfall, Sahib», stammelte der Wächter, als ich bei ihm ankam. Er sah an mir vorbei den leeren Korridor hinunter, als müßte gleich jemand auftauchen, der seine Aussage bekräftigte. Sun Nans Tod erschütterte mich so, daß mir nicht auffiel, daß der Wächter so mechanisch berichtete, als hätte man ihm den Text eingetrichtert. Erst später, als mir seine Worte in den Ohren nachhallten, erkannte ich das Papageienhafte in seiner Stimme, und die leeren Gänge kamen mir plötzlich verdächtig vor. Doch dann war es zu spät, etwas zu unternehmen, wenn man überhaupt etwas hätte unternehmen können.
Ich nahm Sun Nan das Kästchen ab, ich mußte es seinen Händen entwinden. Danach befahl ich dem Wächter, an Ort und Stelle zu bleiben, und lief auf meinen Rollschuhen ans andere Ende des Palastes. Fragt mich nicht, warum ich die Rollschuhe anbehielt. Vielleicht weil mir, wenn auch nur unbewußt, klar war, daß ich eine halbe Meile zurückzulegen hatte, vielleicht war ich auch immer noch so benommen, daß ich mich auf den quietschenden Rädern durch die leeren Gänge treiben ließ. Als ich im langsamen Rhythmus eines Träumenden an den geschmückten Wänden vorbei, über die Mosaiken hinweg und unter der vergoldeten Decke dahinglitt, wurde mir bewußt, daß wir soeben in die schwierigste Lage geraten waren, seit wir England ver-

lassen hatten. Sun Nan war der einzige gewesen, der gewußt hatte, wie der Mann hieß, der Eves Vater gefangenhielt, und er war der einzige gewesen, der unsern genauen Bestimmungsort gekannt hatte.
Als ich zu der Gesellschaft kam und erzählte, was geschehen war, entstand große Verwirrung. Der Radscha brüllte und schickte Diener auf die Piste. Ich setzte mich, schnallte die Rollschuhe ab und reichte Eve das Kästchen.
«Es ist Blut daran. Passen Sie auf den Sari auf.»
«Was hat er damit gewollt?» Eve hielt das Kästchen von sich weg, als wäre eine Sprengladung darin. Sie schüttelte verwirrt und betroffen den Kopf. «Armer Mr. Sun.»
Sie hatte die ganze Tragweite von Sun Nans Tod, und was er für uns bedeutete, noch nicht begriffen. Kern dagegen schon. «Nach wem fragen wir, wenn wir in China sind? Nach Sun Nans Herrn? Das ganze Unternehmen ist in Frage gestellt, Bede.»
Die Aufregung hatte sich gelegt, aber der Vorfall beschäftigte die Gäste. Der Abend war verdorben; die Damen zogen sich in ihre Zimmer zurück. Die Offiziere standen in Grüppchen zusammen, ihre bunte Uniform paßte nicht zu ihren ernsten Gesichtern. Sie wußten nicht was tun, dies war nicht der Ort, an dem sie mit militärischem Schneid reagieren konnten. Die Fürsten hatten sich abgesondert, sie waren ärgerlich und aufgebracht, ein Außenseiter, ein Chinese überdies, hatte ihnen den gesellschaftlichen Anlaß verdorben. Mit einem Mal hatte ich nur noch einen Wunsch, weg von hier und weiterfliegen, doch, wie Kern gesagt hatte, wohin?
«Mein Vater kann den Wächter seiner Unachtsamkeit wegen hinrichten lassen», sagte Prinz Chitra. «Möchten Sie das?»
Erst jetzt sah ich klar, was für mich vor zwanzig Minu-

ten noch rätselhaft und undurchsichtig gewesen war.
«Ich glaube nicht, daß man dem Wächter irgendwelche Vorwürfe machen kann.»
«Beschäftigt Sie etwas, Major?»
«Es beschäftigt mich sehr viel, Hoheit, aber ich glaube, es ist besser, wenn es nur mich beschäftigt. Wir fliegen morgen früh weiter. Würden Sie sich um Sun Nans Bestattung kümmern?»
«Was würde er gewollt haben, eine Erdbestattung oder eine Feuerbestattung?»
«Wir haben nie darüber gesprochen. Doch ich glaube, eine Feuerbestattung würde ihm besser entsprechen. So wird ein Teil von ihm als Rauch nach China gelangen.»
«Das bezweifle ich. Der Wind weht nie in die Richtung.»
Jetzt waren wir startbereit unten auf dem Polofeld. Wir waren in zwei Rolls-Royces vom Palast zu den Flugzeugen gefahren worden, wieder eine Reise von zweihundert Metern. Meine Beine schmerzten vom Rollschuhlaufen am Abend zuvor, und meine Augen waren vom Schlafmangel verklebt. Meine Nerven waren überreizt, was seit den Wochen in Frankreich nicht mehr vorgekommen war. Die Verantwortung lastete schwer auf mir. Bis jetzt hatte ich lediglich dafür zu sorgen gehabt, daß die Maschinen flugtüchtig blieben; nun war ich plötzlich der Navigator, und zwar einer ohne Kompaß und Kurs. Doch irgendwo im Osten lag immer noch der Ort, den es innert zwei Tagen zu erreichen galt.
Hinten beim Palast war man schon auf den Beinen. Die «Farnol Lancers» kehrten an ihre Standorte zurück und ihre Frauen in die Kurorte in den Bergen. Sie wurden mit Autos zur nächsten Bahnstation gebracht. Auch die Fürsten reisten ab und fuhren in ihren Rolls-Royces, Daimlers und Lanchesters davon. Irgendwie hatte ich erwartet, sie würden auf Elefanten abziehen, in prunkvolle Howdahs mit Seidenhimmeln gebettet. Einige

Bauern und Dorfbewohner standen am Ende des Polofelds und beobachteten den Exodus. Schwiegen sie aus Verdrossenheit oder Gleichgültigkeit? Wir wußten es nicht. Vielleicht war es auch nur das Schweigen der wirklich Armen, derer, die keine Kraft mehr haben. Obwohl ich kein Geld hatte, war mir echte Armut ebenso fremd wie den Fürsten.
«Ich hoffe, die Figur bringt ihren jeweiligen Besitzern nicht Unglück», sagte der Radscha. «Es wäre mir gräßlich zu denken, Ihre Flugzeuge könnten davon betroffen werden.»
«Wir müssen das Risiko auf uns nehmen.»
«Leben Sie wohl, Miß Tozer. Ich bedaure, daß Ihr Besuch so tragisch geendet hat.» Er fand die richtigen Worte, aber sein Ton ähnelte irgendwie dem des Wächters am Abend zuvor. Nur war ihm das Ganze gleichgültig, während der Wächter bestürzt gewesen war. «Ich hatte gehofft, wir würden einander besser kennenlernen.»
«Sie wären enttäuscht gewesen», erwiderte Eve. Kein «Hoheit» stellte ich fest.
Er lächelte, ganz in seinem Ich versponnen. «Wir werden es nie wissen.» Wir stiegen in den feuchten, wolkigen Morgen hinauf, gleichzeitig hob eine rosarote und weiße Wolke von Reihern und Flamingos vom See ab. Der Palast wurde immer kleiner, ich verdächtigte den Radscha, uns zu vergessen, bevor wir außer Sichtweite waren. Samarand glitt unter unsern Flügeln vorbei: grüne Felder, ärmliche Dörfer, Dschungel; ich schaute zurück, der im Dunst entschwindende Palast glich einer Luftspiegelung. Heute gibt es Samarand nicht mehr, und manchmal frage ich mich, ob es schon am Verschwinden war, als wir dort gewesen sind. Der Radscha und die Rani sind beide tot und irgendwo an der französischen Riviera unter der neuen Extravaganz begraben. Was aus Prinz Chitra geworden ist, weiß ich nicht.

Die kommunistischen Länder haben vorzügliche Eishockey-, Fußball- und Basketballmannschaften, aber ich glaube, Polomannschaften haben sie bis jetzt keine herangezogen. Es kann natürlich sein, daß Chitra die Pferde aufgegeben und sich dem Wasser verschrieben hat. Auch «Farnol Lancers» gibt es nicht mehr, und die Pracht und Eleganz ihrer Offiziere verstaubt in den Museen und verliert mit den verblassenden Erinnerungen immer mehr von ihrem Glanz.
Wir flogen dahin. Ich hatte ein eigentümliches Gefühl, wenn ich von Eves Maschine zur andern Bristol schaute, in der jetzt nur noch Kern saß. Etwas fehlte am Himmel: das dritte Flugzeug und der vierte Mensch. Wir hatten Sun Nan nicht richtig gekannt und hätten ihn nie richtig kennengelernt, doch fehlte er mir plötzlich. Und nicht nur, weil wir ohne ihn praktisch blind flogen.
Indien lag hinter uns, wir wußten das allerdings nicht. Heutzutage erkennen Flieger gewisse Landesgrenzen an den Wachttürmen, Drahtverhauen und dem gerodeten Niemandsland, aber im allgemeinen steht ihnen heute wie damals die Welt offen. Durch die Wolken kann man keine Grenzen ziehen. Wir kamen über grüne Hügel und sahen den Strom vor uns, der der Irrawaddy sein mußte, und landeten in Myitkyina. Trotz des Grüns überall war die Landschaft auf der Karte rot. Die britischen Offiziere begrüßten uns herzlich, während die Burmesen die Flugzeuge warteten. Ich konnte mir gut vorstellen, daß mein Vater in Tanganjika Gäste bewirtete, während die Eingeborenen die Arbeit machten. Doch ich wußte, sobald wir über die sich vor uns abzeichnenden Berge waren, würde mir das Imperium fehlen.
«Nach China?» fragte Major Horler, der Kommandant. Er war sehr alt für einen Major, ein grimmig aussehendes Männlein, das auf den Außenposten des Imperiums

versauert war. Für ihn war die Sonne nie untergegangen, er hielt auf Rang und Stand, zog sich jeden Tag zum Abendessen um und war auf die einzige Art englisch, die ihm vertraut war, aber zu Hause in England dachte man kaum je an ihn. «Muß interessant sein.»
Auch damals hatte China für alle, die noch nie dort gewesen waren, etwas geheimnisvoll Lockendes. Jetzt, da wir vor seinen Toren waren, schlugen meine Erwartungen in Zweifel um. Hinter jenen Bergen war die Karte nicht mehr rot. Ich blickte auf den Schulatlas, die Kartographen hatten keinen Hehl aus ihren Vorurteilen gemacht und China gelb koloriert.
«Ich beneide Sie. Hier ist nicht viel los. Die Burmesen sind äußerst geruhsame Leute. Seit ich hier bin, hat nie einer in der Wut einen Schuß abgefeuert. Ich hab' die ganze Show in Frankreich verpaßt, wissen Sie.»
«Machen Sie sich nichts daraus. Es wird schon wieder einmal Krieg geben.»
«Ich fürchte, nein. Nicht hier.» Es ist in den Jahren darauf dort zu Zwischenfällen gekommen, doch wessen Welt so klein und genügsam ist, wie die seine es war, der erfühlt die Zukunft nicht. «Dann viel Glück in China. Machen Sie Ferien, oder sind Sie geschäftlich unterwegs?»
«Geschäftlich. Miß Tozer handelt mit Schuhen. China ist ein großartiger Markt. Millionen und Millionen von Füßen.»
Er lächelte und glaubte mir kein Wort. «Das gefällt mir. Nun, es ist Ihre Sache, O'Malley. Aber denken Sie daran, China ist nicht Indien. In China gibt es keine Engländer, die Ihnen weiterhelfen.»
Wir stiegen auf, aus Burma hinaus, über die Berge, in denen irgendwo im grünen Dschungel das Rot zu Gelb wurde, und nahmen Kurs auf Yunnanfu oder Kunming, wie es heute heißt. Überall auf der Welt werden Orte

immer wieder umgetauft, aus politischen oder sentimentalen Gründen oder auch nur aus der Dünkelhaftigkeit der Eroberer heraus. Doch die Geschichte schert sich nicht um solche Änderungen, denn sie ändern sie nicht. Das ist etwas von dem wenigen wirklich Wissenswerten, das mir von meinem Geschichtsstudium geblieben ist. Wir flogen auf 18 000 Fuß, und es war kühl dort oben. Ich behielt Kern im Auge und unterhielt mich mit Eve, um sicher zu sein, daß sie nicht unter Sauerstoffmangel litt. Wenn auch die Flugzeuge 1920 schon bedeutend größere Höhen erreichten als unsere, wußten die Flieger doch noch kaum, wie sich das Fehlen von Sauerstoff auf sie auswirkte. Ich hatte an der Westfront Piloten gekannt, die waren ohnmächtig geworden, wenn sie mit ihren SE-5 auf 22 000 Fuß stiegen. Ich dagegen hatte auf dieser Höhe nur ein herrliches, aber vermutlich gefährliches Gefühl von Berauschtsein verspürt. Die Luft über den Hügeln von Yunnan, durch die wir an jenem Nachmittag flogen, war mehr als nur ein Gasgemisch; sie war klares, leuchtendes, reinigendes Licht. Es gibt auf der Welt noch Gebiete, über die sich solche Himmel spannen, aber ich weiß nicht, wo sie sind, und ich bin zu alt, um sie zu suchen. Aber ich bin glücklich, daß ich sie zu genießen wußte, als ich sie antraf.
«Wie heißt der Fluß dort unten?» fragte ich Eve über das Sprachrohr, um sicher zu sein, daß sie noch ganz da war.
Sie blickte in den Atlas. «Mekong. Nie gehört. Ist er wichtig?»
«Für uns nicht.»
Ich schaute auf die Benzinuhr, und da ich entschied, es wäre besser, Treibstoff zu sparen, gab ich Kern mit der Hand zu verstehen, wir wollten langsam hinunter gehen. Wir hatten als Reserve nur noch die Fallbenzintanks auf den oberen Tragflügeln, und wir würden

jeden Tropfen brauchen, um nach Yuannanfu zu gelangen. Zu meiner Erleichterung sah ich in der Ferne die Seen auftauchen; jetzt wußte ich, die Stadt war in Reichweite.
Es gab keinen Flugplatz, aber wir entdeckten vor der Stadt ein Feld, das ziemlich eben aussah. Es stellte sich heraus, daß es das Exerziergelände der Truppen des lokalen Militärgouverneurs war. Kaum hatten wir die Motoren abgestellt, waren wir auch schon umstellt. Wir hätten der in Le Bourget landende Lindbergh sein können, nur war Lindy damals ein Unbekannter. Soldaten und Zivilisten stürmten auf uns ein, wie Abwässer, die sich vor einem Senkloch sammeln. Ich erlebte zum erstenmal, wie blind das westliche Auge ist, wenn ihm Massen von Asiaten gegenüberstehen: Sie sehen alle gleich aus. Schönheit ist subjektiv, mit den Vorurteilen ist es nicht anders. Wir suchen im Fremden uns selbst, und wenn wir nichts Vertrautes entdecken können, halten wir uns sofort für überlegen. Was mich betraf, hatte die Menge ein einziges Gesicht, ein nicht allzu strahlendes überdies.
In diesem Augenblick ließ Eve eine Bombe platzen: Sie sprach Chinesisch, wenn auch nur gebrochen. Später erfuhr ich, daß es Mandarin war, viele der Umstehenden verstanden sie daher nicht, die Falten auf den Gesichtern anderer dagegen verrieten, wie sehr sie die Ausländerin, die die Beamtensprache sprach, verwirrte. Die Beamten waren beeindruckt; sie sind es immer, wenn man sie in ihrer Sprache anredet, in ihren Augen ist es eine Art persönlicher Referenz. Oder ein Bestechungsversuch.
Sie sagten uns, wir könnten auf dem Feld nächtigen, Benzin wäre erhältlich, und wir müßten dem Gouverneur Gebühren entrichten. Sie würden englische Pfund oder amerikanische Dollar nehmen. Auf dem chinesischen Festland waren in jenen Tagen fremde Währun-

gen nicht geächtet. Die Gebühren betrugen zweihundert Dollar, sie wurden ohne ein Zucken der schrägen Augenlider kassiert.
Ein ambulanter Koch tauchte auf, stellte seine Suppentöpfe und Reispfannen auf und schüttelte in einem Bambuszylinder Eßstäbchen, um allen kundzutun, daß er sein Geschäft eröffnet hatte. Wir erstanden Suppe, Reis, Eier und grünen Tee; wieder tat es mir leid, daß Sun Nan nicht mehr bei uns war, daß er sein lose sitzendes Gebiß nicht mit heimatlichen Speisen festkleben konnte. Ich hatte vermutet, man würde uns einem höheren Offizier oder dem Gouverneur selbst vorführen, aber an höherer Stelle war man offenbar gewillt, uns unbehelligt zu lassen, zumindest solange die Soldaten uns im Auge behielten und die Menge dasselbe tat. Die Dämmerung brach herein, es wurde kühl. Wir befanden uns auf 1800 Meter, eine Höhe, auf der man selbst im Sommer Schlafsäcke schätzt. Wir gingen, umkreist von Soldaten und Schaulustigen, zu Bett, in einem Schlafzimmer, dessen Wände ein grinsendes, neugieriges Gesicht neben dem andern waren. Eve, die neben mir unter dem Flügel ihrer Maschine lag, fragte: «Glauben Sie, wir werden meinen Vater finden, Bede?»
Yunnanfu war nicht sehr groß, aber in den letzten paar Stunden war mir bewußt geworden, wie groß China war. Vielleicht der ungewohnten Gesichter wegen, die mir wie ein einziges vorkamen; vielleicht der Sprache wegen, die um mich herum gesprochen wurde und die mir ebenso unverständlich war wie die Aufschriften rund um das Feld; vielleicht auch lediglich, weil ich mich als Europäer in einem Land befand, das nicht das geringste Interesse für uns hatte. Wir waren im Reich der Mitte, dem Zentrum der Welt; wir waren kulturelle Spätzünder, Höhlenmenschen mit Flugzeugen. Wir hatten nicht die geringste Autorität; in ihrer Welt gab es nichts, das sie veranlaßt hätte, abzuklären, ob einer

ihrer Kriegsherren einen fremden Teufel gefangenhielt. Sun Nan wurde plötzlich zum lieben Freund, dessen Hinschied eine schmerzliche Lücke hinterlassen hatte. Doch ich durfte Eve meine Zweifel nicht eingestehen.
«Wir fliegen weiter nach Tschangtschun, von dort aus machen wir uns auf die Suche nach ihm. Alles, was wir wissen, ist, daß er die Figur in dieser Stadt von General Tschang gekauft hat.»
«Und wenn General Tschang die Figur einfach wieder an sich nimmt. Vielleicht ist ihm egal, was mit meinem Vater geschieht.»
«Eve, wir können nichts tun als hoffen. Bis hierher sind wir gekommen, es ist nicht leicht gewesen – aber das Glück ist uns treu geblieben.»
«Dem armen Mr. Sun nicht.»
Der arme Mr. Sun. Es war, als wäre er einer von uns gewesen, als hätte er auf unserer Seite gestanden. «Wir werden eine Erklärung dafür finden müssen, wenn wir endlich seinen Herrn kennenlernen, wer er auch ist.» Ich streckte die Hand aus und streichelte sie durch die Füllung des Schlafsacks hindurch; nicht sehr intim, aber was kann man schon tun, wenn einige Hundert Zuschauer um das Bett herumstehen? «Schlafen Sie, Eve. Wir haben noch den ganzen morgigen Tag.»
Der Morgen dämmerte im Feuer: Eine blutrote Sonne stieg über den pechschwarzen Horizont. Gänse flogen knapp über den Flammenseen, ein dunkles Geisterschiff segelte durch Rauchschwaden, mein Verstand sagte mir allerdings, daß es nur der aufsteigende Nebel war. Das Morgenlicht verlieh den Soldaten gebräunte Gesichter und Schatten, die so lang waren, daß sie zur Bedrohung wurden. Im Laufe der Nacht war die Menge der Fremden überdrüssig geworden und hatte sich zerstreut.
Wir wollten gerade starten, als der Provinzgouverneur vorfuhr. Angeblich war er am Abend zuvor nicht in der

Stadt gewesen, sonst hätte er uns begrüßt. Er war die Freundlichkeit in Person, aber er zeigte ebenso viel Interesse für unsere Flugzeuge wie für uns. Je höher die Sonne stieg, desto mißmutiger wurde ich. Wir verloren wertvolle Minuten unseres letzten Tages. Nach dem, was wir wußten, war Bradley Tozer vielleicht schon tot. Mußte die Figur bei Sonnenaufgang oder bei Sonnenuntergang abgeliefert sein?
Der Gouverneur war stolz auf sein Englisch, das er, wie er uns erzählte, bei amerikanischen Missionaren gelernt hatte. «Wohin fliegen Sie?»
«Nach Schanghai.» Eve entwickelte sich zum Lügentalent. «Wir sind bei Tozer Cathay angestellt. Vielleicht haben Sie schon von der Firma gehört.»
«Natürlich. Mein Auto ist von Tozer Cathay.» Es stand im Hintergrund, ein Ford T. Er schaute wieder auf die Flugzeuge und dann zu uns. «Sie wissen bestimmt, daß es in der Gegend von Banditen wimmelt. Wenn Sie zu einer Landung gezwungen werden, müßten meine Soldaten Ihnen zu Hilfe kommen. Das kostet viel Zeit und Geld.»
«Wieviel?» fragte Eve.
«Tausend amerikanische Dollar.» Ein Computer hätte nicht schneller antworten können.
«Haben Sie das auf Ihrem Abakus ausgerechnet, bevor Sie hierher gefahren sind?», fragte Eve.
«Natürlich.» Er lächelte. «Es wäre selbstverständlich sicherer, wenn Sie überhaupt nicht fliegen würden und mir die Flugzeuge in Gewahrsam gäben ...»
Eve zählte Dollarnoten heraus. «Hier, bitte. Kann ich eine Quittung haben?»
«Selbstverständlich.» Er zog sie fertig ausgestellt aus der Tasche. Die Chinesen waren die ersten Bürokraten gewesen, und dieser Bursche hätte es mit jedem aufnehmen können. «Jetzt wird Ihnen nichts zustoßen. Ich garantiere dafür.»

Wir starteten mit einer halben Stunde Verspätung. Der Morgen war jetzt klarer, vielversprechender, die Schatten, die wie Asche ausgesehen hatten, waren verschwunden. Wir flogen nicht mehr genau nach Osten, sondern ein wenig nördlicher. Es ging bereits gegen halb elf, als wir in Tuyun landeten; ein gutes Stück unseres Tages war somit schon vorbei. Hier gab es keine Bürokraten, die uns aufhielten oder erpreßten. Eve bezog sich wieder auf die Tozer Cathay, und die Soldaten klopften auf den Lastwagen, auch ein Ford, der die Benzinfässer herbeigefahren hatte, um unsere Tanks zu füllen. Wir waren in Tozer-Cathay-Gebiet, und ich begann, die amerikanische Form von Imperialismus zu schätzen. So muß es den alten Venezianern gegangen sein, wenn sie auf Marco Polos Wegen gereist waren.
Wir verließen Tuyun und behielten dieselbe Richtung bei. Wir flogen über China, doch was unter uns lag, war uns egal. Wir dachten in andern Dimensionen, wir flogen durch und gegen die Zeit. Während des Zwischenhalts in Tuyun waren wir alle schweigsam und ernst gewesen, als wäre Sprechen an sich schon Zeitverschwendung. Im geheimen hatte ich das Gefühl, wir wären schon zu spät.
Es war drei Uhr nachmittags, als wir in Tschangtschun landeten. Wir sahen die grünbraunen Schleifen des Siang und die Reisfelder zu beiden Seiten. Die Stadt lag über dem Fluß, Dschunken und Sampans sammelten sich an ihrem Fuß wie Enten am Futterplatz. Einen Flugplatz gab es nicht, wir landeten auf einem Feld hinter einem Gebäude, das sich als Schule erwies. Kaum waren wir am Boden, rannten von allen Seiten wie junge Vögel piepsende Kinder auf uns zu. Doch als wir aus den Maschinen kletterten, verstummten sie augenblicklich und starrten uns an, als wären wir Götter. Nein, Teufel: Kein chinesischer Gott würde je unsere Hautfarbe haben.

«Was machen wir jetzt?» fragte Eve. «Den Weg zu General Tschang erfragen?»
Wir waren in einem Dilemma. Tschang Tsching-jao war unsere einzige Verbindung zu dem Mann, der Sun Nans Herr gewesen war. Aber warum hätte er uns zu Gefallen sein sollen? Warum sich für Bradley Tozer einsetzen?
Dann entdeckte ich den jungen Mann, der sich, ohne allzu große Rücksichtnahme, aber doch mit einer Art liebevoller Forschheit einen Weg durch die Kinderschar bahnte. Er war größer als der Durchschnitt der Chinesen, mit denen wir zusammengekommen waren, energisch und locker in den Bewegungen, als würde er zu einem Körpertraining antreten. Sein nicht ganz tadellos gekämmtes Haar ließ vermuten, daß er nicht viel auf sein Äußeres gab. Er war den Lehrern von heute ähnlicher als denen, die mich unterrichtet hatten. Er trug eine weiße Jacke mit Stehkragen und eine blaue Hose, weder Jacke noch Hose waren gebügelt. Er hatte lebhafte Augen, aber seine Blicke waren undurchdringlich und vorsichtig, sogar ein wenig arrogant. Er wirkte wie ein Mann, der den Ehrgeiz hat, einmal mehr zu sein als ein Lehrer.
Eve grüßte ihn und sprach ein oder zwei Minuten mit ihm. Weder Kern noch ich verstanden, was sie sagte, ich hörte aber das Wort Tschang heraus. Der Lehrer hörte ihr stumm zu und verzog keine Miene, dafür streckte er die Hand aus und nahm einen Jungen, der neben ihm geflüstert hatte, beim Ohr. Ohne Eve irgendwie geantwortet zu haben, klatschte er plötzlich in die Hände und rief den Kindern etwas zu. Diese zogen sich sofort zurück, und zwar nicht murrend, sondern in augenblicklichem, respektvollem Gehorsam. Ich kann es kaum glauben, daß diese Kinder zu den Eltern der Roten Garde von vor ein paar Jahren heranwuchsen.
Nun wandte sich der Lehrer an Eve. Sie hörte ihm auf-

merksam zu und sah dann uns an. «Er sagt, die Lage in Tschangtschun sei nicht gut. Er wäre nicht überrascht, wenn General Tschangs Soldaten schon ausgerückt wären, um uns zu verhaften und die Maschinen zu konfiszieren. Die Provinz ist in Aufruhr, es könnte zu einem Bürgerkrieg kommen.»
«Dann hauen wir hier ab, so schnell wir können», erklärte ich und maß mit einem Auge die länger werdenden Nachmittagsschatten. «Sun Nan hat gesagt, sein Herr sei General Tschangs Feind – das ist der einzige Anhaltspunkt, den wir haben. Fragen Sie ihn, welcher Kriegsherr General Tschangs schlimmster Feind sei.»
Eve stellte dem Lehrer die Frage. Er starrte sie an, lächelte dann plötzlich und schüttelte den Kopf, als hätte sie einen Witz gemacht, den er nicht sofort begriffen hatte. Er beantwortete ihre Frage, und sie wandte sich verärgert und enttäuscht wieder uns zu. «Er sagt, General Tschangs schlimmster Feind sei General Tschang selbst.»
«Großer Gott, Aphorismen sind das letzte, was wir im Moment brauchen können.» Ich redete direkt auf ihn ein. «Sagen Sie uns, welche Generäle Tschangs Tod möchten!»
Eve übersetzte. Der Lehrer starrte mich an, meine Wut beleidigte ihn. Ich sah, wie auch ihm die Galle hochkam. Doch für Höflichkeiten war jetzt keine Zeit, der Tag ging zur Neige. Schließlich antwortete er, ohne mich dabei aus den Augen zu lassen, und Eve übersetzte: «Es gibt deren zwei. General T'an Yen-kai und General Meng Tschian-lien.»
«Erzählen Sie ihm von der Figur und Ihrem Vater», forderte Kern sie auf. «Es können nicht alle Kidnapper sein. Sagen Sie ihm, wer Ihr Vater ist. In einer Stadt von dieser Größe muß der Name Tozer Cathay ein Begriff sein.»
Eve zögerte, dann fing sie zu sprechen an. Der Lehrer

sah sie mit neu erwachtem, nicht allzu freundlichem Interesse an. Er zischte irgend etwas, und ich sah das Entsetzen in Eves Gesicht. «Er will wissen, warum er am Schicksal eines amerikanischen Kapitalisten Anteil nehmen sollte, besonders eines Kapitalisten, wie mein Vater einer sei.»
«Übersetzen Sie.» Ich sah dem Lehrer ins Gesicht. «Wir sind nicht da, um über Kapitalismus, Marxismus oder an was Sie auch immer glauben, zu diskutieren. Es geht uns einzig und allein darum, ein Menschenleben zu retten, das von Miß Tozers Vater. Würden Sie nicht auch alles tun, um Ihren Vater zu retten?»
Eve stellte ihm die Frage, und er schüttelte den Kopf. «Er sagt, er liebe seinen Vater nicht.»
«Allmächtiger!» Ich war noch nie so frustriert gewesen. Ich rannte mit dem Kopf gegen Chinas Große Mauer. «Schön, sagen Sie ihm, mir sei sein Vater auch scheißegal – nein, sagen Sie ihm das nicht. Er ist so aufsässig, er könnte beleidigt sein. Da er ein so verbissener Antikapitalist ist, müssen Sie ihn fragen, welcher der beiden Generäle so materialistisch eingestellt sei, daß er ein Stück Jade einem Menschenleben vorziehe.»
Eve fragte ihn das. Der Lehrer überlegte; schließlich lachte er trocken. Er hatte offensichtlich Sinn für Humor. Er sagte immer noch lachend etwas zu Eve, die es an uns weitergab. «General Meng, er nennt sich Herr des Schwertes. Er sagt, dem andern General gehe es um die Zukunft Chinas, General Meng dagegen denke nur an sich selbst.»
«Wo ist er? Können wir zu ihm fliegen?»
«Seht! Dort auf der Straße!» rief Kern.
Am andern Ende des Schulareals führte eine Straße vor den Gebäuden durch. Dort kamen drei Lastwagen daher gerast, auf deren Pritschen Soldaten standen. Einige der Kinder im Hintergrund wurden unruhig. Der Lehrer schaute über die Schulter und dann wieder zu uns.

Jetzt sah er zum erstenmal aus, als würde er vielleicht etwas für uns tun.
«Steig in deine Maschine, Conrad – ich werfe dir den Propeller an. Eve, fragen Sie den Kerl, wie wir zu General Meng kommen – er soll sich beeilen!»
Eve haspelte die Frage herunter und sah dabei am Lehrer vorbei. Die Lastwagen wurden nun vom Schulgebäude verdeckt. Der Lehrer sagte etwas, Eve bedankte sich auf englisch und kam rasch zu den Flugzeugen.
«Kurs nach Süden. Schnell!»
Während Eve in den Führersitz unserer Maschine kletterte, eilte ich hinüber und warf den Propeller von Kerns Maschine an. Da der Motor noch warm war, kam er sofort in Gang. Ich brachte mich mit einem Sprung in Sicherheit und lief zu Eves Bristol zurück. Aus den Augenwinkeln sah ich die Lastwagen zwischen den Gebäuden auftauchen. Ich packte den Propeller, drehte ihn nach oben und riß ihn herunter. Er zündete, drehte sich zuerst träge und schon bald mit der blitzenden Wucht, die einen Menschen enthaupten konnte. Ich war entschlossen, die Soldaten wenn nötig zu überrollen. Ich rannte um den Flügel herum und kletterte, während Eve die Maschine wendete und das Feld hinunter steuerte, ins hintere Cockpit. Erst als ich mich auf meinen Sitz gleiten ließ, sah ich, was vorging. Der Lehrer hatte die Kinder auf ein Glied antreten lassen, und nun hielten sie sich bei den Händen und bildeten einen lebenden Zaun, der sich den Lastwagen, die geradewegs auf uns zugedonnert kamen, entgegenstellte. Vielleicht waren auch die Kinder der Lastwagenfahrer darunter. Sie brachten ihre Gefährte mit quietschenden Bremsen zum Stehen, die Soldaten stolperten herunter und versuchten, sich einen Weg durch die sich an den Händen haltenden Kinder zu bahnen. Der Lehrer selbst stand wie der tragende Pfosten in der Mitte des Menschenzauns.

Eve gab Gas, wir rasten das Feld hinunter und stiegen in die schon tief stehende Sonne. Kern stieg hinter uns auf, und beide Flugzeuge wandten sich nach Süden.
«Wie weit?» fragte ich ins Sprechrohr. «Und wo?»
«Szeping. Ungefähr hundert Meilen.»
«Möglicherweise haben wir nicht genug Benzin.» Ich stellte es ruhig und sachlich fest. Der Tag war beinahe um, die Resignation, die es einem ermöglicht, sich geschlagen zu geben, hatte sich in mir breitgemacht. Wir würden es nie rechtzeitig schaffen. Ich schaute auf die Schule und das Feld zurück. Die Kinderschlange war aufgelöst und die Kinder zusammengetrieben worden, nun standen sie dicht beisammen wie aufgerollter Stacheldraht. «Ich hoffe, der Lehrer kriegt keine Schwierigkeiten. Hat er gesagt, wie er heißt?»
«Mao Tse-Tung, oder so was ähnliches.»
Ende des Auszugs aus O'Malleys Manuskript.

4

«Es wird mir weh tun, Sie umbringen zu lassen, Mr. Tozer», sagte General Meng. «Ehrlich. Es hat sich ein nettes Verhältnis ergeben zwischen uns. Wir hätten Freunde werden können.»
Wem der große Wurf gelungen, eines Freundes Freund zu sein... Derlei Scherze waren zu abgedroschen. Er *war* der Feind und würde es immer sein; er war zu keiner Freundschaft fähig, zu keinem Vertrauen und keiner Loyalität. «Ich verstehe nicht, wie ein Mensch von Ihrer Intelligenz auf so primitive Art abergläubisch sein kann, General. Glauben Sie tatsächlich, wenn Sie die Figur wieder haben, wende sich für Sie alles zum Guten?»
«Beten Sie manchmal, Mr. Tozer?»
«Nein.» Er war praktizierender Episkopale, das gehörte in Boston zum Familienimage, aber er konnte, wenn er ehrlich war, nicht behaupten, daß er an die Wirkung von Gebeten glaubte.
Meng sah ihn enttäuscht an. «Nun, dann nehmen Sie den römisch-katholischen Papst. Er verkündet, Beten bewirke Veränderungen. Sie müßten ein großer Zyniker sein, um zu behaupten, er praktiziere nicht, was er predigt.»
Tozer kannte in Boston einige Katholiken, von denen er mit Bestimmtheit wußte, daß sie nur um Stimmen beteten. Doch ihr Glaube mußte nicht unbedingt der des Papstes sein. «Vermutlich tut er das. Aber Gebete sind ein Aberglauben, nicht wahr?»
«Natürlich, aber ein Mensch, der an sie glaubt, ist deshalb nicht weniger intelligent. Es gibt in diesem Land Marxisten — eine Handvoll, die nie irgendwelche Bedeutung haben wird —, die glauben nicht an die Götter. Aber es sind die Gottheiten, die dieses Land seit mehr

Jahren zusammengehalten haben, als ihr westlichen Barbaren zählen könnt, Mr. Tozer. Wir bekämpfen uns gegenseitig, aber wenn wir von außen bedroht werden, halten die Gottheiten uns zusammen. Das wird immer so sein.»
«Euer wechselseitiger Kampf könnte euch von innen zerstören. Wo bleiben dann die Gottheiten?»
Die von Schauschan kommende Lastwagenkolonne war am Vortag nicht eingetroffen. Madame Buloff war am Abend zu ihm gekommen und hatte ihm die schlechte Nachricht überbracht. Die Kolonne war von den Truppen General T'an Yen-kais aufgehalten worden, die gegen General Tschang Tsching-jao in den Kampf zogen. Es war in diesem Distrikt ein kleiner Krieg im Gang, und General Meng bemühte sich, neutral zu bleiben. Er schickte *seine* Truppen nicht aus, um dem Reistransport den Weg freizumachen. Tozer, dem das Vorhandensein des Rasiermessers unter seinem Hemd so schmerzhaft bewußt gewesen war, als wäre es selber eine klaffende Wunde, hatte es ihr zurückgegeben. «Ich hätte ohnehin keinen Gebrauch davon gemacht. Ich bin kein Halsabschneider, Madame Buloff. Ich kann einem Mann einen Kinnhaken versetzen oder, wenn das Schlimmste eintritt, ihn erschießen, aber ich kann ihn nicht aus nächster Nähe töten, nicht so, daß sein Blut über mich rinnt.»
«Sie sind zu zimperlich, Mr. Tozer. Vielleicht sind Sie auch noch nie wirklich verzweifelt gewesen. Ich glaube, wenn es soweit ist, sind Sie plötzlich nicht mehr so wählerisch. Trotzdem...» Sie hatte das Rasiermesser genommen. «Jetzt müssen wir um ein Wunder beten.»
Er konnte sie sich nicht auf den Knien vorstellen. «Wer hat Sie beten gelehrt? Rasputin?»
Sie hatte das Rasiermesser lächelnd geöffnet. «Manchmal werden Sie sehr beleidigend, Mr. Tozer. Soll ich Ihren Schnurrbart zurechtschneiden?»

Jetzt, heute, war Madame Buloff irgendwo in der Küche des *Yamen* und überwachte die Zubereitung des Abendessens. Oberst Buloff war draußen vor der Stadt und ließ des Generals Truppen Stellung beziehen. Der Herr des Schwertes selber saß mit seinem mutmaßlichen Opfer auf der Terrasse unter einem Baum. Er hatte sein Banjo im Schoß und zupfte ab und zu, sozusagen als musikalische Interpunktion, eine Saite.
«Es tut mir leid, aber bei Sonnenuntergang müssen Sie sterben, Mr. Tozer. Meine Geschicke haben sich nicht zum Guten gewendet, im Gegenteil.»
«Sie *können* das sehr wohl noch. Wie, wenn General Tschang und General T'an sich gegenseitig umbringen? Wären Sie dann nicht der einzige Mächtige weit und breit?»
«Sie sind sich selbst ein guter Fürsprecher, Mr. Tozer. Ich bewundere Menschen, die nicht aufgeben. Es nützt Ihnen natürlich nichts. Wirklich schade, ich hätte mich gerne weiterhin mit Ihnen unterhalten. Sie können sich nicht vorstellen, wie mühsam es ist, mit diesen Russen ein Gespräch zu führen. Sie haben nur eine Meinung, die ihre.»
«Wie werden Sie mich, ehm, umbringen?»
«Ich fürchte, durch Enthaupten. Ich könnte Sie erschießen, aber ich weiß nicht, ob das die Götter besänftigt. Wir Chinesen haben zwar das Pulver erfunden, aber ich bezweifle, daß es eine göttliche Inspiration gewesen ist. Ich glaube, ihnen sind ältere Methoden lieber. Götter sind eher konservativ.»
Ich bin nicht richtig im Kopf, dachte Tozer. Dieses Gespräch ist nicht Wirklichkeit, ich träume. Doch was vor ihm lag, war keine Traumlandschaft; die Sonne war richtig, die Ochsenkarren, die die Straße herauf ächzten, die alten Männer und Kinder, die auf den Feldern unter dem *Yamen* Drachen steigen ließen, die Wachen, die beidseits der Terrasse standen, für den Fall, daß

zwanzig Meilen von hier ein kleiner Krieg ausbräche. «Wenn ich zu fliehen versuchte, müßten Sie mich erschießen. Die Götter könnten Ihnen das übelnehmen.»
«Werden Sie zu fliehen versuchen, Mr. Tozer?»
«Vielleicht.» Er hatte den Mut der Verzweifelten.
«In dem Fall könnte ich gezwungen sein, Ihre Hinrichtung vorzuverschieben. Möchten Sie früher sterben, solange ich noch sicher bin, daß Sie als mein Gast hier sind?»
«Ich will Ihre Mutter nicht beleidigen, General, aber Sie sind ein Hurensohn.»
«Ich weiß die Achtung, die Sie meiner verehrten Mutter entgegenbringen, zu schätzen, aber sie ist tatsächlich eine Hure gewesen, und ich war froh, von ihr wegzukommen. Nein, Mr. Tozer, versuchen Sie nicht zu fliehen. Beten Sie um das, was ihr Christen ein Wunder nennt. Würden Sie jetzt singen, während ich das amerikanische College-Lied ‹The Whiffenpoof Song› spiele?»
«Ich bin in Harvard gewesen, General, nicht in Yale.»
«Ich fürchte, in China ist der Unterschied nicht mehr erkennbar, Mr. Tozer.»
Soviel also zu amerikanischer Tradition und amerikanischem Aberglauben. Bradley Tozer begann, die Worte mühsam zusammensuchend, mit brüchiger, zum Glück praktisch tonloser Stimme den «Whiffenpoof Song» zu singen, und der ebenso unmusikalische Herr des Schwertes klimperte sich durch die Melodie. Die Wachen auf den Terrassen starrten, plötzlich taub geworden, in die Ferne und verzogen die Gesichter, als wären sie schon jetzt Kriegsversehrte.

Achtes Kapitel

1

Das Ende der Reise war nah, wenn auch nicht in Sicht. London lag eine halbe Welt weiter westlich; wenn sie jetzt zurückdachte, wußte Eve nicht, ob sie das gewagte Unternehmen optimistisch angetreten hatte oder nicht. Ihr einziges Ziel war gewesen, zu ihrem Vater zu gelangen, die Frage, ob sie ihn lebend oder tot finden würde, hatte sie so gut es ging aus ihren Gedanken verdrängt. Als sie nun durch das verblassende Licht des letzten Tages flogen, zwang sie sich, zuversichtlich zu sein. Obwohl sie nie sehr religiös gewesen war, hatte sie in den letzten Tagen immer wieder verzweifelt gebetet. Ihr Vater hätte es vermutlich kindischen Aberglauben genannt; vielleicht hatte aber auch er zum Gebet Zuflucht genommen. Ihre Großmutter, das religiöse Element in der Familie, hatte ihr oft gesagt, Gott wäre die letzte Zuflucht der Atheisten.
Sie zog ihres Vaters Uhr hervor. Sie war stehengeblieben: 5 Uhr 14. Gestern nachmittag oder heute morgen? Sie wußte nicht mehr, wann sie sie zum letztenmal aufgezogen, und wann sie sie zum letztenmal hervorgeholt hatte.
War es ein Omen? War sie an diesem Morgen stehengeblieben, war ihr Vater bei Sonnenaufgang getötet worden? Sie fühlte sich elend, tastend versorgte sie die Uhr wieder in der Tasche.
Wolken türmten sich auf und kamen von Süden auf sie zu. Unter den Flugzeugen stiegen Hügel an und fielen wieder ab wie Wellen in einer statischen See, und die Dörfer auf den Höhen glichen Schaumkronen. Dann wurde das Land flach und öffnete sich zur weiten Ebene. Eine Eisenbahnlinie führte nach Norden und Süden, die Naturstraße, die ihr folgte, wirkte wie eine blasse optische Täuschung. Auf dem Schienenstrang

standen zwei Züge und auf der Straße verschiedene Lastwagen und Dutzende von Pferdegespannen.
«Soldaten», sagte O'Malleys Stimme in ihr Ohr; sie drehte den Kopf und sah, daß er durch das Fernrohr nach unten spähte. «Sie haben etwas Artillerie dabei.»
«Wessen Truppen mögen es sein? General Tschangs oder Generals T'ans?»
«Vermutlich Tschangs. Sieht so aus, als zögen sie nach Süden.»
Sie kamen noch über andere, sich auf der Straße vorwärts bewegende Kolonnen und dann über ein Gebiet, das Niemandsland zu sein schien. Oder Bauernland, wenn die Bauern im bevorstehenden Kampf irgendeine Rolle spielten. Reisfelder erstreckten sich zu beiden Seiten des Schienenstrangs und der Straße, Wasser glitzerte zwischen den einzelnen Halmen. Ein Wind war aufgekommen und strich in dunkeln Schatten über die Felder. Bauern mit großen Hüten standen gebeugt im Getreide, scheinbar unterhalb des Windes. Wenn die Kämpfe jetzt ausbrachen, würden sie unter den ersten Opfern sein. Die Flugzeuge flogen weiter, und die gegnerischen Truppen kamen in Sicht. Ein dritter Zug stand auf den Geleisen und daneben auf der Straße eine lange Lastwagenkolonne. Der Krieg zeugte überall Schwären wie eine Seuche.
Sie flogen weiter, schließlich sagte O'Malley: «Ich glaube, wir sind bereits zu weit.»
Eve hatte das nach einem Blick auf die Benzinuhr auch schon gedacht. Sie gab Kern ein Zeichen, ging in die Kurve und flog in die Richtung zurück, aus der sie gekommen waren. Als sie über dem südlichsten Konvoi waren, sah sie Rauchwölklein unter sich, plötzlich wurde ihr klar, daß auf die Flugzeuge geschossen wurde. Sie wollte eben den Knüppel zurückziehen und über die Feuerlinie steigen, als O'Malley ihr ins Ohr schrie: «Dort drüben! Nach Westen!»

Sie ging scharf in die Kurve, Kern tat es ihr gleich, und nun folgten sie der Straße, die rechtwinklig zur Eisenbahnlinie und zur Haupt-Nordsüdverbindung verlief. Anderthalb Kilometer vor der Stadt begann der Motor zu stottern, sie wußte, sie hatte kein Benzin mehr. Es blieb keine Zeit, einen Landeplatz zu suchen. Soweit das Auge reichte, waren Reisfelder. Sie senkte die Flugzeugnase, um Fahrt aufzunehmen, hob sie wieder und sank mit waagrecht liegendem Flugzeug in Richtung Straße hinunter. Vor ihr rumpelten Ochsenkarren; sie flog dicht über sie hinweg. Die Räder setzten im Straßenstaub auf und hüpften über Rinnen, aber sie behielt die Maschine auf einer geraden Linie und ließ sie die Straße hinaufrollen, bis sie von selbst zum Stehen kam. Als sie sich umsah, stand Kerns Bristol hinter ihr. Sie stiegen alle aus. Eve war überrascht, wie schwach sie sich fühlte. Wenn die kleine Stadt am Hügel vor ihnen Szeping war, waren sie am Ende ihrer Reise.
«Wie steht's bei dir mit dem Benzin?» fragte O'Malley Kern.
«Die Uhr zeigt nicht mehr an. Wenn wir hier keines kaufen können, ist dies die Endstation.» Er schaute in Richtung Stadt und zu dem barackenähnlichen Palast auf der Höhe. In der tief stehenden Sonne schienen die braunen Mauern gelb, so daß sie sich scharf von den dunklen, am Horizont aufziehenden Wolken abhoben. Dann wandte sich Kern wieder Eve zu. «Entschuldigen Sie, ich sollte zuversichtlicher sein.»
«Nun, ich denke, jetzt geht es zu Fuß weiter.»
Eve kletterte noch einmal in ihre Maschine und reichte Kern ihren Revolver und das in Jute gewickelte Kästchen. Sun Nans Blut war zu einem braunen Etwas eingetrocknet, das sich nicht von allen andern Flecken unterschied. Sein Lebenssaft war zu einer Spur unter den vielen geworden, die die Reise hinterlassen hatte.
Bauern, deren langsame Bewegungen an Wasservögel

erinnerten, kamen durch die Reisfelder auf die Flugzeuge zu. Unmittelbar neben der Straße blieb ein großes Wasserrad stehen, weil die Frauen auf der Tretmühle innehielten und die Ankömmlinge anstarrten; die Ochsenkarren hatten zu den Flugzeugen aufgeschlossen, jetzt saßen die Fuhrleute ebenso reglos wie mißtrauisch da. Der Wind kam durch die Reisfelder, färbte die Halme dunkel und wirbelte auf der Straße den Staub auf.
«Sie glauben, wir haben mit dem Krieg zu tun», sagte Kern. Er hatte denselben Ausdruck auf Gesichtern in Belgien und Frankreich gesehen; die stumpfen, ausdruckslosen Gesichter waren vertraut und durchschaubar geworden; sie waren die Opfer, deren Namen nie auf einer Liste zu finden waren. «Ich hoffe, sie sind die einzigen.»
Sie hörten das Donnern galoppierender Pferde, und O'Malley sagte: «Das Empfangskomitee.»
Ein halbes Dutzend Reiter sprengte die Straße herunter und brachte die sich aufbäumenden Pferde vor Eve und den beiden Männern zum Stehen. Ein Faß von einem Europäer mit einem Walroßschnurrbart tätschelte sein bockiges Pferd und schaute auf sie herunter. «Wer sind Sie? Fliegen Sie für General Tschang?»
«Nein», erwiderte Eve. «Wir suchen General Meng. Ich bin Evelyn Tozer.»
«Miß Tozer!» Er sagte etwas in einer fremden Sprache, die niemand von ihnen verstand. «Haben Sie die Figur? Schnell ... wir müssen uns beeilen.» Er sagte etwas auf chinesisch, und zwei der Reiter rissen ihre Pferde herum und jagten in gestrecktem Galopp der Stadt zu. «Der General ist eben daran, Ihres Vaters Hinrichtung in Szene zu setzen!»
«Lebt ... mein Vater noch?» fragte Eve tonlos.
«Er sollte. Es ist vorgesehen, daß er bei Sonnenuntergang geköpft wird. Leider hat der General die schlechte

Gewohnheit, seine Programme immer wieder über den Haufen zu werfen. Können Sie alle reiten?»
Drei der Soldaten saßen ab und übergaben ihre Pferde Eve, O'Malley und Kern. Sie blieben bei den Flugzeugen zurück, während die drei mit den andern Berittenen dem Palast zustrebten. Sie jagten im Galopp durch die Stadt, Leute und Gänse stoben auseinander, Handkarren von Händlern stürzten um. Eve, die eine Hand am Zaum, in der andern den Revolver, hatte das Gefühl eines Wahns. Sie sprengte durch etwas, das sie nicht fassen konnte, war sich selber fremd, war jemand, der mit der Eve Tozer des fröhlichen, frivolen, in jeder Beziehung gesicherten Lebens zu Hause in der wirklichen Welt von Boston, Bar Harbor und Palm Beach nichts zu tun hatte. Selbst der Revolver in ihrer Hand, der bestimmt war, wilde Tiere und wildgewordene Männer zu töten, kam ihr unwirklich vor. Der einzige klare Gedanke in ihrem Kopf war: Wenn ihr Vater schon tot war, wenn sie den Palast erreichten, würde sie zerspringen. Es würde die letzte Irrealität sein, und sie würde sie nicht ertragen.

2

Bradley Tozer trat zwischen den Mongolen mit den Tweedmützen in das gelbe Licht auf der Terrasse hinaus.
«Ich finde es richtig, daß meine eigene Leibwache Sie eskortiert», sagte General Meng. «Es ist ein letzter Beweis meiner Hochachtung.»
«Ich weiß ihn zu schätzen», erklärte Tozer, der sich mit seinem Schicksal abgefunden hatte, ihm furchtlos entgegensah und sich zu keinerlei asiatischen Höflichkeiten mehr verpflichtet fühlte. «Aber Sie sind trotzdem ein Hurensohn.»
«Ich habe es bereits zugegeben, Mr. Tozer ... was kann ich mehr sagen?» Der General war von einer vollendeten Höflichkeit; er verstand es, eine Hinrichtung würdig über die Bühne gehen zu lassen.
«Ich bedaure immer noch, daß dies hier nötig geworden ist.»
«Sie halten sich nicht an die Zeitabmachung. Sie haben gesagt bis Sonnenuntergang.»
Meng deutete mit dem Kopf auf die sich zusammenziehenden Wolken. «Ich fürchte, das Wetter läßt Sie im Stich. Wie kann ich wissen, wann die Sonne untergegangen ist, wenn es zu regnen anfängt?»
Tozer verzichtete darauf, erneut auf Mengs Abstammung anzuspielen. «Wer wird mir den Kopf abschlagen?»
Der General deutete auf eine hohe, in rote Seide gekleidete Gestalt, die am andern Ende der Terrasse neben einer Wache stand und von dieser eben einen langen Pallasch ausgehändigt erhielt. «Madame Buloff hat die nötige Kraft dazu, glauben Sie nicht auch? Es mag ihr an Entschlußkraft fehlen, aber sie ist eine sachliche Frau. Die meisten Frauen sind es, wenn es um Leben

oder Tod geht. In solchen Augenblicken glauben sie nicht an Gefühle.»
Tozer hatte den vieldeutigen Unterton herausgehört und blieb brüsk stehen. «Wie meinen Sie das?»
Die beiden Mongolen legten je eine Hand an ihn und stießen ihn weiter. «Mr. Tozer, glauben Sie, ich wisse nichts von den Fluchtplänen, die Sie und Madame Buloff geschmiedet haben?»
Tozer wäre vielleicht übel geworden, wenn er noch etwas in sich gehabt hätte. «Wie sind Sie daraufgekommen?»
«Madame Buloff muß vergessen haben, daß eines der Mädchen, das sie letztesmal von Schanghai heraufgebracht hat, Englisch spricht. Ich habe es veranlaßt, jeweils zu horchen. Nicht sehr höflich und nicht sehr ehrenhaft, leider ist man manchmal gezwungen, die Anforderungen an sich selbst herunterzusetzen.»
«Sie können Madame Buloff nicht zumuten, mir das anzutun. Mein Gott, Mensch, haben Sie Nachsicht ... sie ist eine Frau.»
«Warum sollten Frauen schwächer sein als wir Männer, Mr. Tozer? Sind sie es in Amerika? Im Unterschied zu Konfuzius bin ich kein Weiberfeind. Ich bin dafür, daß man den Frauen dieselben Chancen gibt. Bis zu einer bestimmten Stufe.»
«Welche Stufe?»
«Die unmittelbar unter der meinen», erwiderte der Herr des Schwertes lächelnd. «Lassen Sie sich wegen Madame Buloff keine grauen Haare wachsen, Mr. Tozer. Als ich ihr erklärte, sie müßte entweder Ihnen den Kopf abschlagen, oder die Köpfe von Ihnen beiden würden rollen, hat sie nicht gezögert.»
«Was sagt der Oberst?»
«Er weiß es noch nicht. Seine Frau kann es ihm bei einem ihrer abscheulichen Essen erzählen. Gehen wir weiter?»

Als sie unter dem Pfirsichbaum durchkamen, fiel Tozer ein Pfirsich auf den Kopf und spritzte weg. Die Mongolen lachten, und Tozer fuhr sie an: «Schweigt, ihr gelben Hunde!»
«Sie haben keinen Sinn für große Augenblicke», sagte General Meng, bückte sich und hob den Pfirsich auf. «Ein Omen, fürchte ich, Mr. Tozer. Aber die Würmer werden in ihm sein, bevor sie in Ihnen sind, wenn Ihnen das ein Trost ist. Wie fühlen Sie sich?»
Tozer fühlte sich mit einem Mal schwach und benommen, als wäre er von einem Stein getroffen worden und nicht von der Frucht des langen Lebens. Aber er sagte nichts und bemühte sich, aufrecht zu bleiben, um zu beweisen, daß *er* Sinn für große Augenblicke hatte. Ein würdiger Bostoner starb würdig, auch wenn keine andern Bostoner da waren, die seine Bemühungen zu schätzen wußten. Er fragte sich, wo Eve sein mochte, ob sie tatsächlich wußte, was in den letzten fünf Wochen mit ihm geschehen war. Er fühlte sich noch schwächer und benommener, die Liebe laugte ihn aus.
Madame Buloff sah ihn entschuldigend an, als er vor ihr stehenblieb. Zu ihren Füßen stand ein Hackblock, er verjüngte sich nach oben, so daß kürzere Nacken als der seine bequem darauf ruhen konnten. Tozer fragte sich, wie oft der Block wohl schon gebraucht worden war. Neben dem Block stand ein geflochtener Korb, er sah aus, als wäre er bereitgestellt worden, die Wäsche – oder den Kopf – der Woche aufzunehmen.
«Ich hoffe, Sie haben Verständnis, Mr. Tozer», sagte Madame Buloff sanft und besorgt; sie hätte sich ebensogut dafür entschuldigen können, daß eins der Mädchen ihm eine Geschlechtskrankheit angehängt hatte. Seine Benommenheit war plötzlich gewichen, aber er war sich selbst entrückt, erlebte, was ihm geschah, wie in einem Wahn. Er blickte auf das Schwert und hätte am liebsten gesagt, sie brauchten kein so schweres In-

strument, um die Distelkugel, die auf seinen Schultern saß, zu entfernen. «Ich werde es mit soviel Feingefühl machen, wie ich kann», beteuerte Madame Buloff.
«Tun Sie es so, wie Sie rasieren, Madame.»
«Würden Sie bitte niederknien?»
Er kniete nieder und legte den Kopf auf den Block. Dieser wurde augenblicklich zur Bleikugel; sein Hirn schwoll an, seine Phantasie überbordete; er hatte plötzlich Angst, er wollte schreien. Doch die Zunge wurde ihm im Mund zu Holz, sein Blut erstarrte, und seine Glieder waren bleiern. Er schloß die Augen und sagte: «Lieber Gott . . .»
Dann rief General Meng: «Halt! Eben landen zwei Flugzeuge unten auf der Straße!»

3

Später konnte Kern nur über ihr außerordentliches Timing staunen. Sie waren 8000 Meilen geflogen, um in dem Augenblick anzukommen, der der letzte in Bradley Tozers Leben hätte sein sollen. So etwas gab es nur in Melodramen, in den englischen Abenteuerbüchern, die seine englische Gouvernante ihm vorgelesen, als er ein Kind gewesen war. Doch das Leben hatte ihn gelehrt, daß das Melodramatische Teil des Lebens ist und nicht eine Erfindung der Stückeschreiber. Das Schicksal selbst war erdacht, und er glaubte an das Schicksal. Seines war es vielleicht immer noch, Selbstmord zu machen, was nur ein melodramatischer Weg war, echte Tragik zu erreichen.
Die tragische Enthauptung Bradley Tozers war abgewendet worden. Das Wiedersehen von Vater und Tochter war etwas gewesen, bei dem die andern, selbst die beiden ungewöhnlich gekleideten Mongolen, rücksichtsvoll weggeschaut hatten. Um den Augenblick zu überbrücken, reichte Kern dem gut aussehenden, uniformierten Chinesen mit dem Spitzhut das in Jute gepackte Kästchen.
«Das ist, was Sie verlangt haben, General. Herr Sun hat uns erklärt, wieviel es Ihnen bedeutet.»
General Meng sagte etwas zu dem Walroßgesichtigen in der Reithose und dem Rock, von dem Kern wußte, daß es ein russischer Offiziersrock war. Sie waren niemandem vorgestellt worden, und Kern fragte sich, wer das Riesenweib in dem roten Seidenkleid sein mochte. Alles war so bizarr: Der Hackblock, der geflochtene Korb, die Wachen mit den Tweedmützen, die Frau mit dem langen Schwert, das sie schulterte wie einen Sonnenschirm. Er kam sich vor wie in einer Oper und wäre nicht überrascht gewesen, einen chinesisch verbrämten

Wagner zu hören. Er verzichtete auf Mutmaßungen und wartete, daß er aufgeklärt würde.
«Ich bin Oberst Buloff, und das ist meine Frau», stellte der Walroßgesichtige sich vor. «Ich bin General Mengs Militärberater, und meine Frau ist seine häusliche Beraterin.»
«Großer Gott», stieß O'Malley hervor und lachte; dann schüttelte er den Kopf. «Entschuldigung.»
Oberst Buloff machte ein beleidigtes Gesicht. «General Meng will wissen, wo sein ehrenwerter, treuer Diener Sun Nan ist.»
«Er ist tot», sagte Kern und erzählte, was dem ehrenwerten, treuen Diener zugestoßen war. Sein Bein schmerzte ihn, er war erschöpft, und es lag ihm nicht mehr viel daran, Erklärungen zu geben. Doch er fügte höflich hinzu: «Sagen Sie dem General, wir bedauerten Herrn Suns Tod sehr.»
General Meng nickte bloß, als er die Todesnachricht hörte. Er stellte keine weiteren Fragen, und Kern hatte den Eindruck, Sun Nan könnte leicht ersetzt werden. Er nahm dies dem General plötzlich übel: Niemand sollte nur ein Verbrauchsartikel sein. Doch der General packte das Kästchen aus und nahm die Figur heraus. Kern und O'Malley bekamen sie zum erstenmal zu Gesicht. Keiner von beiden war ein Sammler, und sie betrachteten sie mit einer eigenartigen Gleichgültigkeit. Ein eher verdrießlich aussehendes Jademännchen saß auf einem grünen Jadeochsen, der den Reiter nach der Richtung zu fragen schien, die er einschlagen sollte. Kern, der nichts von Jade oder Jadeschnitzerei verstand, fand es ein sehr gewöhnliches Schmuckstück; er wäre mehr beeindruckt gewesen, wenn es von Juwelen gefunkelt hätte. Doch es war ein Menschenleben wert, und das machte es unbezahlbar.
Eve und ihr Vater waren ans andere Ende der Terrasse gegangen, er hatte ihr den Arm um die Schulter gelegt.

Wenn Tränen flossen, sah sie niemand; doch alle fühlten, wie sehr das Wiedersehen Vater und Tochter aufwühlte. Kern beobachtete sie, als sie, jetzt gefaßt, zurückkamen; er glaubte in ihrer Haltung und ihrem Auftreten bereits eine Veränderung festzustellen. Sie befanden sich im Randgebiet eines Krieges, der jeden Augenblick ausbrechen konnte, und waren somit alle immer noch bedroht, aber beide Tozers blickten zuversichtlich, beinahe selbstzufrieden in die Welt, voll Vertrauen in die Vergangenheit und die Zukunft der Tozer Cathay. Kern konnte es nicht wissen, aber Eve und ihr Vater, dessen Nacken nun vor dem Schwert sicher war, hatten, wenn auch unbewußt, die Aura ihres Reichtums und Einflusses wiedergewonnen.

Bradley Tozer war seinen Rettern dankbar, aber es war ihm nie leichtgefallen, jemanden seine Dankbarkeit spüren zu lassen. «Meine Tochter hat mir kurz erzählt, was Sie auf sich genommen haben, um sie hierherzubringen. Ich weiß nicht, was für ein Honorar sie Ihnen versprochen hat, aber ich werde es verdoppeln.»

«Danke, Herr Tozer. Doch es ist nicht in erster Linie das Geld gewesen, das uns bewogen hat, Fräulein Tozer zu helfen. Ist es nicht so, Herr O'Malley?»

«Es ist so», erklärte O'Malley. «Unsere ritterlichen Köpfe haben nie an Geld gedacht.»

Tozer wußte, er hatte einen Fehler gemacht, er sah Eve unsicher an, die sagte: «Ich glaube, es ist jetzt nicht der Augenblick, über Prämien zu sprechen. Sie wissen beide, was ich Ihnen schulde...»

Sie hielt inne, und Kern sah, wie sie ihres Vaters Arm fester umfaßte. Sie tat ihm leid, die Liebe war erwacht; bis jetzt hatte sie nur seine Sinne gereizt, aber jetzt, kurz vor dem Abschied, sah er viel mehr in ihr. «Es ist noch nicht durchgestanden. Wie kommen wir hier weg, wenn die beiden Armeen anfangen, sich zu beschießen?»

General Meng und die Buloffs hatten vorläufig nur zugesehen, aber der Herr des Schwertes ließ sich in seinem eigenen Palast nicht in den Hintergrund drängen. Die Figur im Arm und der Götter Wohlwollen schon wieder sicher, sagte er etwas zu Oberst Buloff, der übersetzte. «Der General möchte wissen, was Sie aus der Luft gesehen haben. Wie nah sind General Tschangs und Generals T'ans Truppen?»
«Bis morgen ist der Kampf im Gang», erklärte Kern. «Es kann sein, daß die Artillerie heute nacht das Feuer eröffnet.»
Buloff schüttelte seinen runden Kopf. «Sie haben nicht unsere Erfahrung in moderner Kriegführung, Baron. Sie setzen die Artillerie nur tags ein, sie haben zu wenig Hülsen, darum wollen sie sehen, wo sie landen. Allerdings sollte der Nachschub jetzt besser klappen. Soviel ich weiß, sind die Vertreter der europäischen und amerikanischen Rüstungsindustrie in Schanghai und versuchen, zu Schleuderpreisen loszuwerden, was sie vom Krieg in Frankreich noch an Restbeständen haben.»
«Wunderbar», sagte O'Malley. «Es darf nichts verlorengehen.»
Buloff unterhielt sich kurz mit Meng und wandte sich wieder Kern und O'Malley zu. Die Tozers waren ausgeschlossen; da sie nicht mit Waffen handelten, verstanden sie nichts von Krieg. Buloff zupfte an seinem Schnurrbart und richtete das Wort an die Profis. «Der General fürchtet, sowohl Tschang wie General T'an würden versuchen, sich Ihrer Flugzeuge zu bemächtigen. Mit ihnen können die feindlichen Positionen überwacht und das Artilleriefeuer gesteuert werden. Der Krieg in Europa hat uns eine Menge gelehrt. Er hat den chinesischen Generälen viel Anschauungsmaterial geliefert. Sie führen länger Krieg als irgendwer, aber technisch sind sie ins Hintertreffen geraten.»
«Es freut mich, daß wir dem abhelfen konnten», sagte

O'Malley trocken, und Kern nickte zynisch. «Wir hatten schon gefürchtet, vielleicht habe niemand aus den Erfahrungen gelernt.»
«Haben Sie irgendwelche Vorschläge, was getan werden sollte?»
«Wir brauchen die Maschinen, um von hier weg zu kommen und nach Hongkong zu fliegen», sagte Kern. Ohne es zu wissen, hatte er sich wie O'Malley plötzlich für die Sicherheit des Imperiums entschieden.
«Wir brauchen Benzin.»
«Es gibt nur noch ganz wenig in der Stadt – der Nachschub ist unterbrochen. Entschuldigen Sie mich, ich spreche mit dem General.»
Der groß gewachsene Chinese und der untersetzte Russe gingen, gefolgt von den beiden Mongolen, die Terrasse hinunter. Der Himmel war jetzt dunkel, und die ersten Regentropfen fielen mit kleinen Explosionen in den Staub. Madame Buloff, die häusliche Beraterin des Generals, übernahm die Rolle der Gastgeberin.
«Wir wollen hineingehen.» Sie lächelte allen graziös und bezaubernd zu; sie war augenscheinlich eine erfahrene Gastgeberin, und Kern fragte sich, wo sie herkommen mochte. «Ich lasse Tee bringen.»
Sie folgten ihr alle; Eve hatte immer noch den Arm um ihren Vater geschlungen. Der Regen wurde unvermittelt zur Sintflut. Kern blieb unter der Tür stehen und blickte zurück: Die Stadt, dann die Flugzeuge und schließlich die ganze Landschaft verschwanden hinter einem stahlgrauen Vorhang, der wie Kugelregen auf das Wellblechdach des Palastes prasselte. Vermutlich war der Krieg für eine Weile aufgeschoben.
Madame Buloff servierte Tee und kleine süße Kuchen in einem Zimmer, in dem nichts eine weibliche Hand ahnen ließ. Kern sah sich um. Es war nur spärlich möbliert und bis auf die vier großen dekorativen Spiegel beinahe kahl.

«Madame Buloff führt das Blue Delphinium-Teehaus in Schanghai.»
Bradley Tozer schien der Frau, die ihm eben das Haupt hatte abschlagen wollen, nichts nachzutragen. «Sie ist mir während meines Hierseins eine gute Gesellschafterin gewesen. Gefällt dir mein Schnurrbart, Eve? Ich habe ihn auf ihren Rat hin wachsen lassen.»
«Er steht dir.» Aber Eve begegnete der Russin mit Mißtrauen. Ich mache ihr keinen Vorwurf, dachte Kern. Was ist das für eine Frau, die einem Mann Gesellschaft leistet, sein Äußeres pflegt und dann zum Schwert greift, um ihm den Kopf abzuschlagen? «Was tun Sie sonst noch, Madame?»
Madame Buloff schenkte Tee ein und reichte Kuchen herum. «Ich versorge Herren mit Gespielinnen. Sämtliche Mädchen des Generals kommen aus meinem Hause. Ihr Vater wird mir helfen, in Amerika ins Geschäft zu kommen.»
Kern hätte nie gedacht, daß Tozer je errötete. Doch als Eve ihn ansah, tat er es. «Es ist nicht ganz so. Ich habe Madame Buloff und ihrem Mann eine gewisse Summe angeboten, wenn sie mir zur Flucht verhelfen. Sie zu verwenden, wäre ihre Sache gewesen!»
«Heißt das, daß sie damit Bordelle einrichten wollte? Was würde Großmutter dazu sagen?»
«Deine Großmutter hat sich noch nie darum gekümmert, womit unser Geld verdient und wofür es ausgegeben wird. Aber die Abmachung gilt ohnehin nicht mehr. Madame Buloff hat sie gebrochen, als sie auf des Generals Vorschlag, mir den Kopf abzuhacken, eingegangen ist.»
«Sie enttäuschen mich, Mr. Tozer. Sie wissen, daß ich keine Wahl hatte.»
Eine erstaunliche Frau, dachte Kern. Sie wirkte trotz ihrer Größe anziehend. Wie mochte die Liebe mit ihr sein? Allzu viel Akrobatik durfte man sich mit ihr nicht

leisten, sonst lief man Gefahr, erdrückt zu werden ...
Er schaute von ihr weg zu Eve, dem Mädchen, von dem er wußte, daß er es, wenn die Umstände sich änderten, lieben könnte. Er begann an Amerika zu denken ...
«Ich hänge jetzt plötzlich irgendwie an diesen alten Brisfits», sagte O'Malley am Fenster stehend. «Ich könnte mich nur schwer damit abfinden, daß jemand anders sie fliegt.»
General Meng und Oberst Buloff kamen herein. Meng hatte immer noch die Jadefigur im Arm und streichelte sie ab und zu, als wäre sie ein Haustier. Er nahm seinen Hut ab, betrachtete sich in zwei Spiegeln, setzte sich und fuhr sich mit derselben liebevollen Hingabe durchs Haar, die er der Statue angedeihen ließ. Er betrachtete seine Gäste, lächelte und sagte etwas auf chinesisch.
«Der General sagt, Sie könnten alles Benzin haben, das in der Stadt aufzutreiben ist», übersetzte Buloff. «Aber Sie dürfen auf keinen Fall hinter Tschangs Linien landen. Lassen Sie die Maschinen eher zerschellen, als daß sie diesem Hund in die Hände fallen.»
«Wir gehen jetzt hinunter und holen die Maschinen herauf», erklärte Kern. «Solange es regnet, sehen sie nicht, was wir tun. Können wir Ochsen oder Pferde haben, um sie vorzuspannen?»
Er hinkte auf die Tür zu, sein Bein schmerzte ihn wieder. Eve trat zu ihm und legte die Hand auf seinen Arm. «Conrad» – Sie nannte ihn zum erstenmal beim Vornamen, ob ihr das soviel bedeutete wie ihm? – «Conrad, lassen Sie Bede und den Oberst das machen. Ihr Bein braucht Ruhe.»
«Als Bede mich abgeschossen hat ...» Er sah O'Malley verschmitzt an, er gestand ihm zu, an jenem fernen Tag siegreich gewesen zu sein, und es tat ihm, zu seiner Überraschung, wohl. «Damals bin ich viel schlimmer verletzt gewesen und bin am nächsten Tag doch wieder geflogen.»

«Ich sorge dafür, daß er sich nicht überanstrengt.»
O'Malley zwinkerte Kern zu, und der Deutsche wußte, der andere verstand; er, Kern, zog es vor, beschäftigt zu sein. Er fühlte eine warme Zuneigung, beinahe Liebe für den Engländer. Der Schmerz im Bein war vergessen, lachend ging er mit ihm hinter Oberst Buloff aus dem Zimmer. O'Malley sagte im Hinausgehen zu Eve: «Erkundigen Sie sich bei Madame Buloff über ihre Bordelle, Eve. Kann sein, daß ich einen Teil meiner Prämien in sie investiere.»
Sie ritten durch den Regen; auf der aufgeweichten Straße, die zu den Flugzeugen hinunterführte, hatten die Pferde Mühe, festen Boden unter die Hufe zu bekommen. Es regnete nicht mehr so heftig, aber noch genug, um jede Sicht zu nehmen. Die Straßen der Stadt waren verlassen, aber unter den Türen und Fenstern standen Ladenbesitzer und Haushaltvorstände, deren Blicke ihnen folgten. Sie warten auf den Krieg, fuhr es Kern durch den Kopf, und er bewunderte ihren Stoizismus.
Oberst Buloff schickte einige Soldaten, Ochsen und Stricke beschaffen, Kern und O'Malley prüften unterdessen, wie gut sich die Stadt verteidigen ließ. «Er versteht sein Handwerk», sagte O'Malley. «Das Feld, das er mit Feuer belegen kann, ist ungefähr so groß, wie man es sich wünscht. Die Frage ist, wie sehr sind seine Leute aufs Kämpfen versessen?»
Doch Kern blickte die sich im Regen verlierende Straße hinunter. «Wenn Tschangs Truppen oder die des andern Burschen hier heraufkommen, starten wir geradewegs in ihr Feuer. Sie könnten schon da unten sein, hinter der Regenwand.»
Sie standen da und merkten nicht, daß sie bis auf die Haut durchnäßt waren. Die Erfahrung machte es ihnen leicht, sich die Soldaten vorzustellen, die, das Gewehr im Anschlag, um jederzeit schießen zu können, beid-

seits der Straße durch den Regen pirschten. Kern wurde sich plötzlich bewußt, daß auch er und O'Malley Zielscheibe sein würden, er fröstelte und merkte, daß ihm die Kleider am Leib klebten.
«Kalt?» fragte O'Malley. «Los, gehen wir.»
Oberst Buloff und die Soldaten kamen mit acht Ochsen und zwei Treibern zurück. Sie spannten vor jedes Flugzeug vier Ochsen, und Kern und O'Malley kletterten in die Cockpits. Von den Treibern angefeuert, machten sich die Ochsen daran, die Flugzeuge zur Stadt hinaufzuziehen. Neben den Flügelenden ging je ein Soldat, sie hielten die Maschinen im Gleichgewicht, wenn sie im Schlamm ins Rutschen kamen. Die Stadt, die eigentlich nur ein großes Dorf war, begann nicht allmählich mit einem verzettelten Rand von vereinzelten Häusern. Man war plötzlich mitten drin, als habe man einen Damm zwischen dem grünen Meer von Reisfeldern und einer Insel überschritten. Da waren die Felder, dann kam ein Wall von Deichen und dann die ineinandergeschachtelten Häuser. Als sie über die Deiche kamen, hob die Regenwand sich plötzlich, und Kern schaute zu den Soldaten in den Maschinengewehrstellungen hinüber. Er sah, wie sie zusammenfuhren, sich hinter ihre Gewehre kauerten und das Feuer eröffneten. Er wandte sich rasch um und sah gerade noch, wie der Schwanz seines Flugzeuges im Kugelregen zersplitterte. Hinter den herumfliegenden Leinwandstücken sah er unten auf der Straße die andern Soldaten und ihre Maschinengewehre.
Er duckte sich ins Cockpit, gleich mußten die Kugeln längs durch den Rumpf fahren und ihm in den Rücken dringen. Er kam sich so hilflos vor wie das eine Mal, als er abgeschossen worden war, als O'Malley, damals ein ihm fremder britischer Pilot, auf den Flugzeugschwanz heruntergestochen war und ihn überrascht hatte. Doch damals hatte er noch eine Chance gehabt, er hatte sein

fliegerisches Können gegen das seiner Verfolger ausspielen können. Jetzt konnte er gar nichts tun. Er fühlte, wie das Flugzeug sich neigte, seitlich in den Schlamm abrutschte; er versuchte unwillkürlich zu korrigieren, aber da war nichts mehr, womit er es steuern konnte. Die beiden Soldaten hatten die Flügelenden losgelassen; der eine lag im Straßenschlamm, der andere hatte sich seitlich hinter einen Deich gerettet. Der Ochsentreiber war in die nahen schützenden Häuser geflohen, die O'Malley und sein Flugzeug schon erreicht hatten. Kern, der wie durch ein Wunder noch unverletzt war, duckte sich weiterhin in sein Cockpit, während die Bristol um ihn herum in Stücke ging.
Er konnte nichts tun. Hätte er versucht, hinauszuspringen und um sein Leben zu laufen, wäre er tot gewesen, bevor er Boden unter den Füßen gehabt hätte. Obwohl zwei der Ochsen getroffen worden waren, waren noch alle vier auf den Beinen und zogen auch immer noch an den Stricken. Das Flugzeug schlitterte und rutschte zwar auf der schlammigen Unterlage, aber es blieb auf der Straße, und die verängstigt brüllenden Ochsen zogen es über den Deich, an der ersten Häuserreihe vorbei und um die rettende Ecke.
O'Malley, der seine Maschine verlassen hatte, eilte auf das Flugzeugwrack zu. «Großer Gott, hast du was abgekriegt?»
Kern, der nicht verletzt war, lehnte sich zurück und schüttelte ungläubig den Kopf, er konnte sein Glück nicht fassen. Er lächelte seinem Freund und Ex-Feind zu. «Luftkämpfe am Boden sind etwas, wovon abzuraten ist.»
Er kletterte heraus, und die beiden Männer besahen das nutzlos gewordene Flugzeug. «Na gut, das andere ist unbeschädigt», meinte O'Malley schließlich.
«Es wird überladen sein, wenn wir abfliegen. Wir sind zu viert.»

4

General Meng stand auf der Terrasse und schaute ins Land hinaus. Wenn der Mond ab und zu durch die treibenden Wolken schien, schimmerten die Reisfelder stumpf wie große Rauchglasscheiben. Er pflückte einen Pfirsich vom Baum, aß ihn und starrte dabei weiter in die Dunkelheit hinaus. Die Mongolen standen unmittelbar hinter ihm, sie waren schläfrig und wünschten, ihr Herr ginge zu Bett. Es war ein langer Tag gewesen und alle im Palast, auch die Fremden, hatten sich schlafen gelegt.
«Was meint ihr, Tso? Kwang? Sollten wir uns in kältere Gegenden zurückziehen?»
Die Wachen waren mit einemmal so wach, als wären sie angegriffen worden. Sie waren noch nie etwas gefragt worden. Was war mit dem Herrn des Schwertes geschehen?
Dieser sann vor sich hin; sollte er dem Engländer oder dem Deutschen Geld geben, damit er ihn ausflog; alles verlassen und nach Turfan zurückkehren, als General, aber arm, denn außer den Jadefiguren würde er kaum viel mitnehmen können? Er verwarf den Gedanken sofort wieder. Wenn er nach Sinkiang, nach Turfan, in seiner Mutter Haus zurückkehrte, dann mit Stil und als reicher, mächtiger *Tuchun*. Die Zwillingsfiguren von Laotse waren wieder hier, an ihrem rechtmäßigen Platz; in ein oder zwei Tagen würde ihm das Glück wieder lächeln. Er würde sowohl T'an wie den Hund Tschang überleben, für *Tuchune,* wie er einer war, würde in China immer irgendwo Platz sein.
Er wandte sich den Wachen zu. «Kwang, Tso, die Zeit ist noch nicht gekommen. Wir kehren in einem andern Jahr zurück.» Eine Wolke zog über den Mond, er sah die Enttäuschung nicht, die ihre Gesichter verfinsterte.

«Holt den Sergeanten des Wachekorps. Sagt ihm, er solle die Fremden zu mir bringen. Und Oberst und Madame Buloff.»

In einem der Schlafzimmer des Palastes lagen O'Malley und Kern immer noch hellwach auf den Betten und starrten an die Decke. Eine tiefgestellte Öllampe zeichnete Schatten und die Umrisse der beiden liegenden Männer an die nackten Wände.

«Glaubst du, es wird möglich sein, die Straße hinunter zu starten?», fragte O'Malley.

Kern sah im Geist die Straße. Die Ochsen hatten das ihnen noch gebliebene Flugzeug durch die Stadt gezogen und es, als die Dunkelheit hereingebrochen war, den schlüpfrigen, aufgeweichten Weg zum Palast heraufgeschleppt. Er und O'Malley waren einige Male den Hang hinauf und hinunter gegangen. Der Weg zerschnitt die Anhöhe, auf der der Palast stand, er war schnurgerade und an die zweihundert Meter lang. Er endete in einem rechten Winkel und verlor sich sofort in der Stadt. An der Ecke stand ein zweistöckiges Gebäude. Kein Hindernis hätte besser plaziert sein können. Wenn sie den Weg als Rollbahn für den Start benutzten, mußten sie nach der halben Strecke in der Luft sein, sonst strandeten sie im obern Stock des Hauses.

«Der Weg müßte trocknen», sagte er und dachte an die glitschige, tückisch aussehende Oberfläche. «Bis jetzt haben wir immer Glück gehabt.»

«Morgen ist alles vorbei», meinte O'Malley. «So oder so.»

Kern nickte, er wußte, was er meinte. Die Erfahrungen der letzten zwei Wochen hatten sie weitblickend gemacht. Was nach morgen und Hongkong kam, wenn sie dorthin gelangten, war so hellbraun und wenig aufregend wie kalter Kakao. Sie würden beide Geld auf der Bank haben, aber mehr nicht. Kern wußte, daß ihm wieder nur der Thé dansant in Konstanz bleiben würde;

O'Malley würde einmal mehr versuchen, das Wort Oxo fünf- oder sechssilbig auf die Tafel des unberechenbaren englischen Himmels zu schreiben. Trotz ihrer Intelligenz legten sie keinen Wert darauf, vom Abenteuerfieber geheilt zu werden. Während der letzten beiden Wochen hatten sie zumindest gelebt, wenn auch manchmal auf der Schwelle zur Ewigkeit.
«Wir könnten nach Amerika gehen, Bede. Stunt-Flieger werden.»
«Oder Zubringerflüge zu Madame Buloffs Bordellkette organisieren.»
Sie grinsten einander an, sie hatten plötzlich den Punkt erreicht, an dem Worte nicht mehr nötig sind. Dann hörten sie Schritte im Korridor, die Tür wurde aufgerissen. Sechs Soldaten standen vor ihnen, die Gewehre im Anschlag. Im Hintergrund entdeckten sie Eve und ihren Vater, die von vier weiteren Soldaten bewacht wurden. O'Malley und Kern fuhren auf, beide ahnten sofort Schlimmes.
«Was geht hier vor?»
«Ich weiß es nicht», erwiderte Bradley Tozer. «Aber es sieht nicht gut aus. Nicht zu dieser Stunde.»
Die Soldaten trieben sie ziemlich unsanft durch die Gänge und auf die Terrasse hinaus. Eine Wolkenwand hatte sich vor den Mond geschoben, aber einige Soldaten hatten Öllampen bei sich. Unter dem Pfirsichbaum stand General Meng, flankiert von den beiden Mongolen, Oberst Buloff und Madame Buloff gegenüber. Er empfing O'Malley und die andern mit einem undefinierbaren Lächeln.
«Ach, Mr. Tozer, entschuldigen Sie, daß ich Ihre Nachtruhe störe, aber ich habe, was Sie, Ihre Tochter und deren Freunde betrifft, einen Entschluß gefaßt.»
Tozer musterte die Buloffs fragend. Sie schwiegen; doch der General sagte: «Sie, Mr. Tozer, werden sogleich abreisen.»

«Jetzt gleich?», fragte Tozer und blickte in die schwarze Nacht hinaus. «Können wir nicht bis zum Morgen warten?»
«Was ist los?» erkundigte sich O'Malley; Tozer klärte ihn auf. «Mein Gott, er verlangt, daß wir Selbstmord machen! Es wird schon bei Tag schwierig sein, den Weg hinunter zu starten – heute nacht ist es unmöglich!»
«Wollen Sie es ihm sagen?» fragte Tozer trocken; er wußte, wie nutzlos es war, mit General Meng zu diskutieren. «Es gibt das oder nichts. Ich kenne ihn zur Genüge. Aber ich werde es versuchen.» Er wandte sich wieder Meng zu und erklärte ihm, wie gefährlich es wäre, in der Dunkelheit zu starten. «Lassen Sie uns zumindest bis zur Dämmerung warten, General...»
«Das geht leider nicht, Mr. Tozer. Ich schätze zwar Ihre Gesellschaft, aber Sie und dieses Flugzeug sind für mich zur Bedrohung geworden. Wenn ich Ihnen gestatte, bis zum Morgen zu warten, wird General T'an – ich habe erfahren, daß es seine Truppen sind, die vor der Stadt stehen – sehen, daß ich Sie ungehindert abfliegen lasse. Er will die Maschine, und wenn Sie morgen früh noch hier sind, bin ich gezwungen, sie ihm zu überlassen. Sehen Sie, ich glaube, er wird General Tschang schlagen. Sie wissen selber, daß wir Chinesen Hasardeure sind und uns immer auf seiten des Siegreichen schlagen. Ich habe mich entschlossen, mit ihm eine Übereinkunft zu treffen.»
«Und wenn wir ums Leben kommen?»
«Niemand wird Ihren Tod mehr bedauern als ich», erklärte General Meng. «Er würde mein Gewissen schwer belasten. Tun Sie um meinetwillen Ihr Bestes, heil wegzukommen.»
«Wie wollen Sie, wenn wir es jetzt versuchen, General T'an davon überzeugen, daß wir nicht mit Ihrem Einverständnis abgeflogen sind?» fragte Eve.

«Es ist dunkel auf dem Weg unten. Sie werden den Motor aufheulen hören, und gleich darauf werden Schüsse fallen. Wenn Sie weg sind, werde ich General T'an am Morgen sagen, Sie hätten einige meiner Wachen überwältigt und wären entkommen. Wenn Sie abstürzen, erzähle ich dieselbe Geschichte.»
«Sie sind von einer teuflischen Durchtriebenheit», sagte Tozer. «Ich meine das selbstverständlich als Kompliment.»
«Wie könnte ich es sonst auffassen?» fragte der Herr des Schwertes. Fünf Minuten später waren die vier Fremden bei der Bristol. Ihre Sachen hatte man ihnen herausgebracht. O'Malley schaute den Weg hinunter, den sie im Schatten der Mauer und des Felskopfs, auf dem der Palast gebaut war, kaum noch ausmachen konnten. Er schritt ihn mit Kern ab und kam zu Eve und ihrem Vater zurück.
«Der Weg hat abgetrocknet, mit Ausnahme von ein paar Karrenspuren ist die Unterlage gut. Das Problem ist, die Flugzeugnase so früh hochzubekommen, daß wir das Haus am Fuß des Abhangs nicht streifen. Mit zwei Passagieren auf den Flügeln wird das nicht leicht sein.»
«Ich setze mich auf einen Flügel», erklärte Eve. «Ich bin am leichtesten.»
«Sie setzen sich ins hintere Cockpit, Miß Tozer. Keine Diskussion.»
«Mr. O'Malley...»
«Schweigen Sie», gebot O'Malley höflich. «Es tut mir leid, Mr. Tozer, aber Sie müssen außen Platz nehmen. Es ist nicht bequem und Sie werden steif und durchfroren in Hongkong ankommen, aber ich glaube, Sie schaffen es.»
Tozer nickte. «Wer wird fliegen?»
O'Malley sah Kern an. «Wir sind beide gleich gut, Conrad. Wollen wir eine Münze werfen?»

Kern zog eine hervor. «Ein Pfennig, heute ist er nichts mehr wert. Wäre dir ein englisches Geldstück lieber?»
«Nein, der Pfennig ist mir recht.»
Unter den Augen der Chinesen, der zwei Russen und der zwei Amerikaner warf Kern die Münze in die Luft, fing sie auf und präsentierte sie auf dem Handrücken.
«Wappen», sagte O'Malley.
«Du hast gewonnen, Bede. Ich habe Vertrauen zu dir.»
Sie reichten General Meng, Oberst Buloff und Madame Buloff zum Abschied die Hand. Bradley Tozer sah den General lachend an. «Wenden Sie sich an Tozer Cathay in Schanghai, wenn Sie irgend etwas nötig haben, General. Sie sind es uns schuldig, Ihre Geschäfte mit uns zu tätigen.»
«Das hängt von General T'an ab – es kann sein, daß er schon Verträge mit Jardine Matheson hat. Viel Glück, Mr. Tozer.»
Tozer gab dem Oberst die Hand, sagte aber nichts. Dann nahm er die von Madame Buloff und küßte sie. «Laden Sie mich zur Eröffnung Ihres ersten Teehauses ein, wenn Sie je nach Amerika kommen.»
Madame Buloff, die immer noch ihren Mann an der Hand hielt, lächelte. «Sie werden bei uns die Nummer Eins sein.»
Eve und O'Malley waren bereits in die Cockpits geklettert. Kern in seinem eigenen und Tozer in O'Malleys Fliegeranzug bezogen ihre Plätze auf den Flügeln und schnallten sich an den nach innen gerichteten Verstrebungen fest. Kern zog seine Brille herunter, und Tozer rückte die zurecht, die Sun Nan gehört hatte. Sie legten sich flach hin, um den Luftwiderstand beim Start zu verringern, und blickten den Weg hinunter. Sie mußten in ein schwarzes Loch hineinrasen, und das Haus am Fuß des Hügels würde erst im letzten Augenblick sichtbar werden. Vielleicht würde er für sie alle der letzte sein.

Oberst Buloff hatte sich anerboten, den Propeller anzuwerfen. Er packte ihn und wartete auf O'Malleys Befehl. Dieser fühlte, wie seine Hände feucht und seine Beine kraftlos wurden. Plötzlich wünschte er, die Münze hätte gegen ihn entschieden, dann wäre es an Kern, sie heil vom Boden wegzubringen. Doch dazu war es nun zu spät, er hatte sich gerühmt, ein ebenso guter Pilot zu sein wie der Deutsche, jetzt mußte er es beweisen. Er hob die Hand, und Oberst Buloff warf den Propeller an.

Der Motor hustete und sprang heulend an. O'Malley ließ ihn warmlaufen; General Mengs Soldaten eröffneten das Feuer, sie schossen in alle Richtungen, nur nicht auf das Flugzeug. O'Malley hob wieder die Hand, und zwei Soldaten stießen die Bremsblöcke unter den Rädern weg. Die Bristol rollte den Hügel hinunter.

Sie holperte über den schmalen Weg und nahm rasch Fahrt auf. Der dunkle Felskopf zu ihrer Rechten glich einer riesigen Steinmasse, die demnächst auf sie herunterstürzen würde; er schien das Flugzeug von sich weg, über den Wegrand hinauszudrücken, und O'Malley mußte gegen die Versuche ankämpfen, zu stark zu korrigieren. Er fixierte den gräulichen Streifen unter der Flugzeugnase und war sich dabei bewußt, daß die Geschwindigkeit, mit der das unsichtbare Haus unten in der Kurve auf sie zukam, genau so wuchs wie ihre eigene. Tozer und Kern klammerten sich verbissen an die scharfe Segeltuchkante, die ihnen mit derselben Verbissenheit in die Finger schnitt; jeden Schlag auf die Räder verspürten sie vervielfacht auf Brust und Bauch, bis sie glaubten, die Eingeweide müßten ihnen zum Mund herausquellen; der Wind riß an ihren Gesichtern und drückte ihnen die Brillen gegen die Augen. Eve saß verkrampft im hinteren Cockpit, sie lehnte sich nach vorn und spähte an O'Malleys Kopf vorbei in die Dunkelheit. Ihr Tempo wuchs, aber sie waren noch nicht

schnell genug; sie würden nicht rechtzeitig abheben. Plötzlich gewahrte sie die Umrisse vor ihnen, sie rasten mit einer solchen Geschwindigkeit auf sie zu, daß sie sie nicht genau erkennen konnte, aber sie wußte, es war das Haus am Fuß des Hügels. Gleich würden sie hineinprallen. Steif wie der Revolver neben ihr, lehnte sie sich in ihren Sitz zurück und streckte die Beine von sich; sie war nicht bereit zu sterben.
Plötzlich fühlte sie einen Druck auf dem Magen, O'Malley hatte das Flugzeug brüsk hochgezogen. Die Bristol ächzte, als breche sie auseinander, aber sie blieb ganz und stieg steil an. Kern und Tozer hielten sich verzweifelt fest, sie hingen praktisch an den Flügeln. Das Haus flitzte vorbei, sie waren keinen halben Meter über ihm. Das Flugzeug stieg weiter und ging langsam in Gleitflug über, O'Malley ging sanft in die Kurve und nahm Kurs auf das im Süden liegende Hongkong.
Kern und Tozer richteten sich vorsichtig auf, drehten sich auf den Rücken und setzten sich auf. Mit dem Rücken gegen den Wind, machten sie es sich zwischen den nach innen gerichteten Verstrebungen bequem. Kern sah Szeping, den Palast und die Domäne des Herrn des Schwertes in der Dunkelheit entschwinden. Er hob die Augen und schaute weiter westwärts, in die Nacht, die alles einhüllte: China, Indien, Kleinasien, den Balkan, sein Zuhause. Er blickte in die lange Nacht der Geschichte: auf kleine, einst sichere, schmucke Welten, die für immer untergegangen waren.
Dann sah er O'Malley und Eve an, lächelte und winkte. Sie hatten noch einen dreistündigen Flug vor sich, aber sie waren alle vier in Sicherheit. Er und Tozer mußten nur dafür sorgen, daß sie nicht herunterfielen.

Nachwort des Verfassers

Das Abenteuer ging gut aus.
Sie landeten in Hongkong auf dem Feld, auf dem heute die Ameisenhügel-Überbauung steht. O'Malley und Kern erhielten ihre 500 Pfund ausbezahlt, plus eine Prämie von weiteren 500 Pfund, und waren für eine kurze Zeit reicher, als sie es sich je hätten träumen lassen. Den Bristol-Fighter verkaufte Tozer Cathay an Jardine Matheson, die ihn General T'an Yen-kai verkaufte, der ihn einem andern General namens Tschiangkaischek weiterverkaufte. Er wurde 1936 noch geflogen und eingesetzt, um eine Armee auf ihrem von dem ehemaligen Lehrer Mao Tse-Tung angeführten Langen Marsch zu bombardieren und im Tiefflug zu beschießen. Was danach aus ihm geworden ist, ist nicht feststellbar.
Eve Tozer und ihr Vater kehrten nach Amerika zurück, wo die Klatschspalte des «Boston Globe» berichtete: «Miß Tozer ist von einer interessanten Ferienreise nach China zurückgekommen.» Niemand nahm sich die Mühe, Bradley Tozer zu interviewen. Er kehrte nach Hause zurück, nachdem einen Tag zuvor in der Wall Street eine Bombe explodiert war. Alle Kapitalisten Amerikas schienen plötzlich von Anarchisten oder Bolschewisten bedroht. Kapitalisten, die nur in China Geschäfte machten, riskierten nichts und waren daher uninteressant.
Im Oktober folgten O'Malley und Kern den Tozers nach Amerika. Da sie Asse waren und beide 32 Abschüsse auf ihrem Konto hatten, was das Publikum anzog, wurden sie eingeladen, sich Oberst Billy Zinnemanns Fliegendem Zirkus anzuschließen. Sie verdienten 75 Dollar die Woche, wenn es eine gute Woche war. Doch oft verdienten sie nicht mehr, als ein Lokomotivführer der Union Pacific, Baltimore Ohio oder

einer andern der zwölf Eisenbahnlinien, über die sie flogen.
Im Januar 1921 besuchten sie die Tozers in deren Winterresidenz in Palm Beach, Florida. Als sie Eve wiedersahen, wurden sich beide Männer klar, wie sehr sie sie liebten, aber da sie Freunde und Gentlemen waren, offenbarten sie sich weder einander noch Eve. Auch nicht Wilbur Frankenhorn III., einem New Yorker Bankier, der ebenfalls bei den Tozers zu Gast war und den Eve im Juni des Jahres 1921 in Boston heiratete.
O'Malley und Kern zogen weiter von Jahrmarkt zu Jahrmarkt, flogen für andere Luftzirkusse und auf eigene Rechnung. 1923 gingen sie nach Kalifornien und wurden Stunt-Flieger beim Film. Kern hatte einige Romanzen mit Stars, und O'Malley, der weniger ehrgeizige Liebhaber, mit Darstellerinnen von Nebenrollen. Am längsten dauerte diejenige mit einem Mädchen, das Karriere machte, weil es in jedem Ramon-Novarro-Film als Statistin auftrat.
Baron Conrad von Kern verunglückte während der Dreharbeiten zu «Wings» tödlich. Er hatte des Regisseurs Anweisungen in den Wind geschlagen und etwas versucht, das dieser als Selbstmord bezeichnet hatte. Kern hatte in seinem letzten Lebensjahr viel getrunken und voll Bitterkeit über die Ereignisse in Deutschland gesprochen, so daß der Tod und die Todesart seines Freundes O'Malley zwar tief betrübten, aber nicht erstaunten.
O'Malley drehte Hollywood den Rücken und flog fortan für die Pan American World Airways Post nach Kuba. An dem nationalen Flugmeeting in Cleveland, Ohio, dem er während eines Ferienaufenthaltes beiwohnte, sah er 1931 Eve Tozer-Frankenhorn wieder. Von ihrem Bankier geschieden, kinder- und ruhelos, nahm sie am Thompson-Trophy-Luftrennen teil. Sie wurde zehnte, zwei Ränge hinter O'Malley. Einen Mo-

nat später waren sie verheiratet. Sie verbrachten die Flitterwochen in England, wo Eve Martin und Marjorie O'Malley kennenlernte, die sich, nachdem Tanganjika und das Imperium für die Nachwelt gesichert waren, in Sussex zur Ruhe gesetzt hatten. Während ihres Englandaufenthaltes kauften O'Malley und Eve einen Bristol-Fighter, verschifften ihn nach Amerika und schenkten ihn einem kleinen Luftfahrtmuseum in Florida.
Sie hatten drei Kinder, alles Mädchen, und neun Großkinder. Bradley Tozer wurde krank, er verkaufte Tozer Cathay 1939 an Jardine Matheson und starb am 8. Dezember 1941 in Boston. Sein Vermögen, das nicht so groß war, wie man angenommen hatte, hinterließ er seiner Tochter, seinem Schwiegersohn und seinen drei Enkelinnen.
O'Malley wurde amerikanischer Staatsangehöriger und führte im Zweiten Weltkrieg Flugzeuge von Amerika nach England über. Er mußte einmal in Grönland notlanden, wurde aber von einem Patrouillenboot der amerikanischen Marine an Bord genommen. Ein anderes Mal griffen ihn drei Dornier Do-17 an, aber er schaffte es, seinen unbewaffneten Bomber heil in England zu landen. Von da an weigerte er sich, unbewaffnete Flugzeuge zu fliegen, wurde aber zu seinem Leidwesen nie wieder angegriffen. Nach dem Krieg wurde er Geschäftsführer bei Pan American und blieb bei dieser Gesellschaft, bis er sich 1959 zur Ruhe setzte.
Die Winterresidenz der Tozers in Palm Beach war 1939 verkauft worden, und die O'Malleys bauten sich ein bescheideneres Heim in Fort Lauderdale. Als die Stadt mehr und mehr zum nationalen Treffpunkt der lärmenden Collegejugend wurde, anerbot sich O'Malley, der, je mehr die Distanzen geschrumpft und die Welt sich verändert hatte, desto konservativer geworden war, die Bristol aus dem Museum zu holen und die Jugend im

Tiefflug von den Stränden zu vertreiben. Seine drei Töchter, deren eigene Kinder ohne das Wissen des Großvaters ebenfalls am Strand waren, hielten ihn davon ab. Eve Tozer-O'Malley, die bis ins hohe Alter nichts von ihrer Anmut einbüßte, starb im Januar 1974. William Bede folgte ihr sechs Monate später. Der Kustos des Luftfahrtmuseums fand ihn eines Morgens im Cockpit des alten Bristol-Fighters sitzend. Er war, wie der Gerichtsarzt feststellte, eines natürlichen Todes gestorben. Es war vielleicht ein gebrochenes Herz, vielleicht auch einfach der Wunsch, nicht mehr länger zu leben.
Das Abenteuer war endlich zu Ende.